U0540778

中国志怪

［清］纪昀 —— 著
韩希明 —— 评译

阅微草堂笔记

浙江文艺出版社

图书在版编目（CIP）数据

阅微草堂笔记 /（清）纪昀著；韩希明评译. —杭州：浙江文艺出版社，2023.8
ISBN 978-7-5339-7278-3

Ⅰ.①阅… Ⅱ.①纪… ②韩… Ⅲ.①笔记小说—小说集—中国—清代　Ⅳ.① I242.1

中国版本图书馆 CIP 数据核字（2023）第 119769 号

选题策划	柳明晔	
责任编辑	关俊红	
装帧设计	人马艺术设计·储平	
责任印制	张丽敏	
营销编辑	宋佳音	
数字编辑	姜梦冉　诸婧琦	

阅微草堂笔记
［清］纪昀 著　韩希明 评译

出　　版	浙江文艺出版社
地　　址	杭州市体育场路 347 号
邮　　编	310006
电　　话	0571-85176953（总编办）
	0571-85152727（市场部）
制　　版	杭州立飞图文制作有限公司
印　　刷	浙江海虹彩色印务有限公司
开　　本	710 毫米 ×1000 毫米　1/16
字　　数	209 千字
印　　张	22.5
插　　页	7
版　　次	2023 年 8 月第 1 版
印　　次	2023 年 8 月第 1 次印刷
书　　号	ISBN 978-7-5339-7278-3
定　　价	68.00 元

版权所有　　违者必究

书韵悠长经香阁

大千世界诱惑多

小毛驴无辜遭祸

奇门遁甲小花招

怎样才算做功德

蝴蝶背上红衫女

西洋鏡中觀奇景

袖珍小人旋笔弄墨

导读

一、茶余饭后的随笔

《阅微草堂笔记》是清代纪昀的作品。纪昀从出生到去世，经历了雍正、乾隆、嘉庆三朝，主要活动是在乾隆朝，科举考试中举之后一直在朝廷中央机关任职。作为总编辑，纪昀领衔编纂了《四库全书》，参与编纂了《热河志》等，他还选编了不少科举考试的辅导材料；他一生写过很多文章，除了应景、应酬的官样文章，还有诗评、诗歌等，《阅微草堂笔记》是他主动面向社会大众的一本书。

《阅微草堂笔记》是纪昀的随笔记录，有空了写一篇，有所见闻记一笔，有的是自己亲身经历的，有的是亲属说的，最多的信息来源则是同僚、门生，还有仆人、轿夫等。纪昀为了强调这些故事不是想象出来的，特别在每一则开头标明出处，用以表明这个故事是某地某人讲述的，是真实的，不是编造的，但实际上，如果细加考究，就能发现有些故事的真正出处是《太平广记》等志怪笔记小说。

《阅微草堂笔记》分为五本，一本写完，随即付印发行，前后陆陆续续写了十年，最后集为一本。《阅微草堂笔记》一共有1290则，每一则独立成篇，互相之间并无关联，全书五本共二十四卷，各卷的体例相同，忽而说鬼狐精怪，忽而记人间的稀奇古怪，上一篇的故事发生在城镇，下一篇的主人公也许就在偏僻的山林，没有规律可循。故事的主题、叙说的主体，纪昀都没有分类。每一篇末尾，作者有时略加评论，有时戛然收住。加之这本书是纪昀利用工余饭后的零碎时间写成的，一则故事，长则三五百字，短则一两百字，千字篇幅的只有几篇，因此特别适合现代社会忙碌的我们利用零碎时间来阅读。

二、独具一格的"志怪"小说

中国古代文学史将《阅微草堂笔记》归类为"志怪"笔记小说，是因为这本书要么写鬼狐精怪的所言所行、所作所为，要么写人遇到的或者自己做的怪事；而纪昀在叙述这些故事之后，分析、推理、说教，揭示的道理，却是平常而朴实的。总之，《阅微草堂笔记》1290则笔记，充满神秘的气息，处处闪烁着作者睿智的辉光。当然，作为现代人，我们了解中国历史，了解中国古代社会生活，懂科学，明事理，因此不难发现两百多年前这位"大才子"的种种破绽。

在《阅微草堂笔记》写作和出版发行的年代,"志怪"小说这种类型的作品很是流行,我们熟悉的有蒲松龄的《聊斋志异》,有袁枚的《子不语》,有人还认为《阅微草堂笔记》是模仿《聊斋志异》来写的。的确,《阅微草堂笔记》中的鬼、怪、狐、神、精、灵各种形象,不是纪晓岚的原创。纪晓岚利用大众对鬼狐精怪的敬畏、恐惧和好奇,来宣扬道德、伦理,实现教化和训导的写作目的。因此,《阅微草堂笔记》中对鬼狐精怪的形象没有细致的刻画,也没有性格的发展,没有像《聊斋志异》那样塑造文学形象,而是完全服从其说理、说教的需要,呼之即来,挥之即去,并不考虑是否符合文学作品细节描写的逻辑。书中的鬼狐精怪,有的言语犀利,思想敏锐,但是很少面对面与人交流,经常在屋檐边、窗户外、天花板上、屋梁上大声说着那些让人振聋发聩的话语;有的虽与人密切接触,但是解决了人类的纷争之后,就不知所终了。纪晓岚特别强调鬼狐精怪不仅知晓人们的过去,预测人们的未来,更厉害的是能知道极为隐秘的个人往事,就连人们内心深处隐藏得很深、极其短暂的一闪念,都瞒不过他们。又因为鬼狐精怪们有着人类想象不到的洞察力,因此,当他们进行道德训诫时,一开口就语出惊人。此外,人们一般认为,鬼狐精怪都无所不知、无所不能,《阅微草堂笔记》中则记叙了不少鬼狐精怪孜孜读书学习的故事,在志怪小说中显得很独特。《阅微草堂笔记》里的鬼,有的善良,有的无恶不作;害人的鬼魅,有的蠢笨,有的狡诈,其中的恶鬼形象其实是纪晓岚对现实社会的一种影射。

这个世界到底有没有鬼、有没有神？在这个问题上，纪晓岚是摇摆的。他曾经发问，为什么没有中土境外的鬼？为什么没有上古时期的鬼？灶神到底有多少个？还有另外一些名目的鬼，到底是全天下只有这一个还是每个地区都有？为了坚持他的道德说教，他坚信有鬼神，可是一旦深入思考，他又忍不住发出疑问。相信我们的读者在读过《阅微草堂笔记》之后能够做出解答。

纪晓岚从未怀疑过狐狸能成精，他笔下成精后的狐狸，处于人物、幽冥、仙妖之间，都受到人世间习俗的影响，品行也是有好有坏。作为精怪，狐狸精有许多特异功能，比如能随心所欲变换自己的相貌，知晓过往，还能预知未来。《阅微草堂笔记》中狐狸精所在的世界其实是人世间的写照，书中的狐精故事其实就是纪晓岚用来道德教化的素材。

三、寄予爱恨褒贬的书写

纪昀写《阅微草堂笔记》的目的，是宣扬道德伦理。但他的设想有点过于理想化。他期待人们读过这本书后在忠孝节义各个方面都能恪守规矩，能够严于律己宽以待人，能因此建立起符合道德伦理的各种和谐关系。作为警示，纪昀给那些不忠不孝不守道义的人安排了各种可怕的结局，有的是断子绝孙，有的是穷病而亡，总之，都很凄惨。

纪晓岚希望人们忠君孝亲，以此推理，官宦世界也罢，家庭生活也罢，都必须有义仆，但现实世界中义仆太少，刁仆豪奴却太多。比如跟随官员的长随，这个人群让纪晓岚绝望。纪晓岚没有认识到长随问题不仅仅是某个官员或长随的个人品质问题，而是政治体制问题，他没有追究社会和政治方面的原因，只是在书中一味表达对长随的不满。书中还写了不少刁仆，有的吞没主人钱财，有的造谣生事败坏主人名声，有的蒙骗主人。

《阅微草堂笔记》主要批评了文人和官员。纪晓岚认为，这是个饱读圣贤书的人群，引领着社会风气，理所当然应该成为全社会的道德楷模，如果这些人只是混同于一般的平民百姓，那都是罪过。

对于普通民众，纪晓岚采取的是居高临下的视角。《阅微草堂笔记》写了普通民众的愚顽、无知，也写了他们的质朴、单纯，记叙了平民百姓的好人故事。纪昀认为，民众的愚昧，根本的原因是无知；通过形形色色的民间生活记录，纪昀强调，必须加强对民众的道德教化，引导民众掌握最原始最本真的儒学教义，引导他们有意向善，这才是知识阶层应该做的。他痛恨那些整天夸夸其谈的人，痛恨他们曲解"圣贤书"，揭露他们把宣讲"圣贤书"当成谋生手段、当成敛财手段、当成给自己涂抹光环的手段，于是，用百姓民众最欢迎的方法，为这些欺世盗名的人安排了凄惨悲凉的结局。

纪晓岚痛恨讲学家。在《阅微草堂笔记》里，"讲学家"是个贬义词，是反面形象。书中揭露，这些所谓的讲学家，有的是有名望的老儒，有的是退休官员，他们招收学生或者是门徒并且以传授"儒学"为生。这些人高谈阔论，夸夸其谈，似乎代表了圣贤，代表着真理，内心却阴暗肮脏、龌龊卑鄙。作者对他们极其愤恨和厌恶，能惩治他们的，却只有鬼神。而由鬼神形象充当道德教化的代言人，痛斥讲学家，甚至飞砖追打，这也表现了纪晓岚自己的局限。他洞察到了讲学家的丑陋，他看到了社会的病态，也想拯救，却无能为力、无所作为，只是引导读者把希望寄托在冥冥之中形形色色的鬼神身上。

纪晓岚要求教师言传身教，不仅通过教学内容，更要通过自己的行为来教育学生。《阅微草堂笔记》批评讥刺了无德无行、虚伪的教师，还不止一次嘲笑讥讽死读经书的"腐儒"。书中记叙，违反师德的教师都要受到冥罚。同样，作为知识阶层的医生，《阅微草堂笔记》极少有正面赞扬，而是揭露了各种不良医生，比如，有的趁病人之危勒索钱财，人命危急时刻，有的医生甚至缺德地要妇人"荐枕"，还有的医生迂腐刻板、泥古不化。

纪晓岚本人的人生道路是"学而优则仕"，但是在《阅微草堂笔记》这本书里，他却从来没有宣扬过"学而优则仕"，他强调的是：读书要领会真正的儒学真谛，学习要以提高道德修养为首要目标。他这个学霸、考霸，根本看不起青灯黄卷寒窗苦读的书呆子。《阅微草堂笔记》里，作者批评得最多的是腐儒，这群人，不能适应时代潮流，言行举止都要按照古时候的旧准则，把自己困在古时候的规矩里出不来。表面上，腐儒们饱读诗书，其实在现实社会生活里，表现得百无一用；腐儒们整天讲理学，讲道义，其实是不学无术，见识浅陋；腐儒们看起来事事循规蹈矩，实际上是不近人情；还有些腐儒言行卑俗，人格分裂，人前仁义道德，背地里男盗女娼；腐儒们妄自尊大，只知道诵读，只注重死记硬背，完全脱离实际，完全背离真正的文士精神。他们自己的生活秩序混乱不堪，哪里还有能力整顿社会、教化民众。

纪晓岚从科举进身，一生经历宦海沉浮，也目睹了官场内幕，在《阅微草堂笔记》中，他像有知情人揭老底那样，表现了官场百态，对官场腐败的暴露和谴责，揭露得深刻，批评得准确。他揭露欺世盗名的昏官，沽名钓誉；他批评昏官颠倒是非，胡乱断案；他指出是昏官败坏了社会风气。《阅微草堂笔记》还揭示了吏役生事、各种舞弊是封建社会吏制腐败的一个重要症结。有感于小吏的腐败却无能为力，《阅微草堂笔记》一而再、再而三地描述了阴司冥官惩治的种种场景，以此表达作者的愤怒和祈愿。

四、不只有"官邸气"，更有开盲盒的惊喜

对于《阅微草堂笔记》的评价，一般的公论是"官邸气"重。是的，纪昀在全书字里行间下意识流露出来的，尤其是讲完故事之后的议论，的确有不少地方是打着官腔；但，也不全是。在写作时，纪昀显然是想教育全社会的，因此，他努力放下身段，引述"婆婆妈妈"的见闻，分析平民百姓的家长里短，从民众生活中的鸡毛蒜皮琐屑小事中引申出有普遍教育意义的大道理来。比如，不要虐杀动物，不要做守财奴，不要贪小便宜，不要以讹传

讹惹是非，要饮食有节、不要胡吃海塞等等，诸如此类。

读《阅微草堂笔记》，看到那些说理、说教的文字时，似乎感觉到是不苟言笑的纪昀端坐在面前；书中也有不少诙谐风趣的文字，这让我们看到了那个风流才子纪晓岚。他写笨拙的鹊鸟，写千杯不醉的同僚，写砗磲棋子，写神奇的大风，写树皮可以当床的万年松……他写了当时内地人不知道的新疆很多奇闻逸事，写得活灵活现轻松愉快，让人误以为他去新疆做了一次深度游。为了应试、为了考证做学问，他读过万卷书；因为工作，他因公出差走过很多地方，渊博的学识再加上细心的观察，他的发现特别多，在《阅微草堂笔记》中记录了很多有趣的见闻，还有他的迷惑和猜疑，这些，在交通、信息传播高度发达的今天读来，有不少仍然觉得很新奇。可以想见，这本书中那么多有趣的随记，给当时的读者带来多少收获和欢喜。

一本《阅微草堂笔记》，为我们展现了一个大千世界，读它，就可以读到封建社会走到末世时，各色人等的种种言行举止；读它，就能了解在封建制度即将土崩瓦解之际，一个朝廷高官、一个读书人内心的焦灼和思虑；读它，也能探知在凶险万端的环境里，如何巧妙地保全自己。读《阅微草堂笔记》一则笔记，长则十分钟，短则两三分钟，在短暂的碎片阅读里，总能获得一点真知。

韩希明

目录

滦阳消夏录一

- 教参讲义不算书 002
- 唐生装鬼戏塾师 004
- 书韵悠长经香阁 006
- 术士给墙壁算命 010
- 胡维华灭族记 011
- 在仇人家卧底 014
- 大千世界诱惑多 015

滦阳消夏录二

- 贪生怕死的谏官 018
- 罗两峰说鬼 019
- 幽谷怪物 020
- 土神救难 021
- 刑罚奖赏为谁立 023

滦阳消夏录三

- 人扮鬼更可恨 028
- 不好奇少上当 029
- 上梁不正下梁歪 030
- 荔姐自救 031
- 唐执玉上当 033
- 幸灾乐祸也是作恶 035
- 暴风来得太及时 037
- 刘羽冲的悲剧 038
- 读书的目的 041
- 珍惜生命 043
- 佛家的功德 046
- 孝子平安 047

i

滦阳消夏录四 卷四

凭梦断案真荒唐 050
明晟断案 051
讲学家被拍砖 053
举人被逐 054
虐杀生灵太可恶 055
正义的微风 058
便宜的古董 059
许方杀驴 060

滦阳消夏录五 卷五

罗仰山治心病 064
审案之难 066
守财奴和吝啬鬼 068
小毛驴无辜遭祸 069
纪晓岚的大黑狗 070
厨子为何懊恼 072

滦阳消夏录六 卷六

乱坟堆里的演唱会 076
书生为何不可以 077

如是我闻一 · 卷七

- 井水时甜之谜 080
- 读书为明理 082
- 胡医生奇遇多 082
- 命比脸面更重要 084
- 复杂的案情 086
- 洒脱的董曲江 088
- 神奇的业镜 089
- 庸人自扰 092
- 梦中之梦 093
- 师爷的小账本 096

如是我闻二 · 卷八

- 巧妙劝架 100
- 学道需缘分 101
- 吃小亏保平安 103
- 读书要读原著 105
- 夜梦血人 106
- 不速之客 107
- 奇门遁甲小花招 109
- 神仙的陷阱 111
- 破瓷片的价值 113

如是我闻三 · 卷九

- 画上的钟馗 116
- 刘书生挨冻 117
- 呼号自救 118
- 好书法辟火 120
- 海上的火灾 121
- 生死门 122
- 感同身受 123
- 医生太刻板 125

如是我闻四 卷一〇

- 为国捐躯重于泰山 ····· 128
- 忠犬的故事 ····· 130
- 巧事一连串 ····· 131
- 生存的奥秘 ····· 133
- 吝啬鬼蒙羞 ····· 134
- 举人受骗 ····· 136
- 老太太的妙计 ····· 137
- 雄狮写真 ····· 139
- 敦厚老书生 ····· 141

槐西杂志一 卷一一

- 神祠的名号 ····· 147
- 皇朝的大老鼠 ····· 148
- 和乩仙下棋 ····· 149
- 痴心单纯的高西园 ····· 151
- 妖由人兴 ····· 152
- 害人终害己 ····· 153
- 盲人的义举 ····· 155
- 飞车手的教训 ····· 156
- 唐打猎杀虎 ····· 158
- 聪明的刘老太太 ····· 160

槐西杂志二 卷一二

- 吃白食 ····· 164
- 贫贱夫妻 ····· 165
- 老儒的运气 ····· 167

槐西杂志 三 (卷一三)

- 勇敢的新娘 ····· 170
- 老树多嘴 ····· 172
- 弟弟的哭声 ····· 173
- 大旋风 ····· 174
- 山石奇观 ····· 175
- 谦谦君子好运气 ····· 176
- 世上哪有狐狸精 ····· 178
- 佛不受不义之财 ····· 179
- 谁是读书人 ····· 180
- 怎样才算做功德 ····· 181
- 想占便宜反吃亏 ····· 182
- 湮灭的汉代画 ····· 184
- 不比不知道 ····· 184
- 是梦还是真 ····· 186

槐西杂志 四 (卷一四)

- 珍贵的岩画 ····· 190
- 残忍的打鱼术 ····· 191
- 小人的计谋 ····· 192

姑妄听之 一 (卷一五)

- 自重才有自尊 ····· 198
- 不同时代的喜好 ····· 200
- 人正鬼不侵 ····· 202
- 蝴蝶背上红衫女 ····· 203
- 不留退路的老虎 ····· 204
- 施恩勿图报 ····· 205
- 不要高估自己 ····· 206
- 同类可畏 ····· 208
- 相见不相亲 ····· 210
- 天上不会掉馅饼 ····· 215
- 见到了别人的梦 ····· 217

姑妄听之二 卷一六

- 离奇的婚事 ····· 222
- 闲事不能都管 ····· 224
- 不要传闲话 ····· 225
- 自取其辱 ····· 227
- 枣树下的陷阱 ····· 229
- 西洋镜中观奇景 ····· 230
- 传走样的故事 ····· 231
- 刘家孝子 ····· 233

姑妄听之三 卷一七

- 不圆滑的老儒生 ····· 236
- 得道全靠自己拼 ····· 237
- 以德报怨 ····· 241
- 溺爱就是虐杀 ····· 242
- 有压迫就有反抗 ····· 244
- 为情诈死 ····· 246
- 到底为何打官司 ····· 247
- 两心相契 ····· 250
- 不合群的鬼 ····· 251
- 临危不乱奇女子 ····· 252
- 千奇百怪的骗局 ····· 254

姑妄听之四 卷一八

- 愤怒的长姐 ····· 258
- 县吏被捉弄 ····· 259
- 殷桐复仇 ····· 262
- 王发救人 ····· 264
- 辟尘珠 ····· 266
- 死读书的仆人 ····· 268
- 穷寇勿追 ····· 269
- 艾子诚寻父 ····· 270

滦阳续录一

卷一九

- 绝技不外传 …… 277
- 穷家出举人 …… 279
- 留取他年相见地 …… 280

滦阳续录二

卷二〇

- 袖珍小人旋笔弄墨 …… 284
- 道士与神仙 …… 285
- 诱惑致命 …… 288
- 要重视平民教育 …… 290
- 表面忠厚 …… 293
- 考官的雅趣 …… 294
- 考官阅卷与发榜 …… 297

滦阳续录三

卷二一

- 狡诈的人贩子 …… 300
- 只割耳朵的强盗 …… 300
- 事有轻重缓急 …… 302
- 世态炎凉 …… 304

滦阳续录四 卷二二

- 吉木萨人家 …… 308
- 小人之心 …… 310
- 玄武门的小土堆 …… 312
- 科举录取花絮 …… 314
- 丁一士的教训 …… 317

滦阳续录五 卷二三

- 沧州麻姑酒 …… 320
- 正人君子鬼不欺 …… 322
- 迂儒刘泰宇 …… 324
- 大盗归正 …… 326
- 忠厚积福 …… 327
- 卖粮报恩 …… 331
- 董华妻 …… 332

滦阳续录六 卷二四

- 趣说酒量 …… 336
- 长官的守门人 …… 338
- 看重实录 …… 341

卷一

滦阳消夏录一

乾隆己酉夏，以编排秘籍，于役滦阳¹。时校理久竟，特督视官吏题签庋架而已²。昼长无事，追录见闻，忆及即书，都无体例。小说稗官，知无关于著述；街谈巷议，或有益于劝惩³。聊付抄胥存之，命曰《滦阳消夏录》云尔⁴。

【注释】　1. 于役：行役。因兵役、劳役或公务奔走在外。滦阳：河北承德的别称，因在滦河之北，故名。乾隆五十四年（1789）夏，纪昀因校刊《四库全书》至承德避暑山庄。　2. 庋架：放置在架子上。　3. 稗官：指野史小说。　4. 胥：古代的小官。

【译文】　乾隆己酉年（1789）夏天，由于要按照规定的体例给珍贵稀见的书籍排列次序，我到滦阳办理公务。当时校勘整理工作早已结束，只是督察相关官吏题写书签、上架而已。白天时间很长，无所事事，便追述以往见闻，想到了就写下来，没有一定的体例。都是细小琐屑的故事，明知与著述无关，但是这些街谈巷议的内容，也许有益于劝诫。因此叫办事员抄写了存放起来，题名为《滦阳消夏录》。

【评点】　纪昀写《阅微草堂笔记》，有点类似于现在的"博客"，或者是有感而发，或者是想到就写，或者是听到什么就记下来，所以全书的总标题叫"笔记"。全书内容庞杂，包罗万象。不过，纪昀创作的《阅微草堂笔记》还是有主题的，那就是他自己说的"有益于劝惩"。

教参讲义不算书

爱堂先生言：闻有老学究夜行，忽遇其亡友。学究素刚直，亦不怖畏，问："君何往？"曰："吾为冥吏，至南村有所勾摄，适同路耳。"因并行。至一破屋，鬼曰："此文士庐也。"问何以知之。曰："凡人白昼营营，性灵汩没¹。惟睡时一念不生，元神朗澈，胸中所读之书，字字皆吐光芒，自百窍而出，其状缥缈缤纷，烂如锦绣²。学如郑、孔，文如屈、宋、班、马者，上烛霄汉，与星月争辉³。次者数丈，次者数尺，以渐而差，极下者亦荧荧如一灯，照映户牖⁴。人不能见，惟鬼神见之耳。此室上光芒高七八尺，以是而知。"学究问："我读书一生，睡中光芒当几许？"鬼嗫嚅良久曰："昨过君塾，君方昼寝。见君胸中高头讲章一部，墨卷五六百篇，经文七八十篇，策略三四十篇，字字化为黑烟，笼罩屋上⁵。诸生诵读之声，如在浓云密雾中。实未见光芒，不敢妄语。"学究怒叱之，鬼大笑而去。

【注释】 1. 汩：沉没。 2. 元神：道家称人的灵魂为元神。 3. 郑：郑玄，东汉末年的经学大师，他遍注儒家经典，以毕生精力整理古代文化遗产，著有《天文七政论》《中侯》等书，共百万余言，世称"郑学"，为汉代经学的集大成者。后人建有郑公祠。孔：孔安国，孔子十代孙，西汉经学家。 4. 户牖：门窗，门户。 5. 高头讲章：经书正文上端留有较宽空白，刊印讲解文字，这些文字被称为"高头讲章"。后来泛指这类格式的经书。墨卷：明清科举制试卷名目之一。乡试、会试时，应试者用墨笔书写试卷，称墨卷。策略：古代科举考试的一种文体。

【译文】 爱堂先生说：听说有一个老学究在夜里赶路，忽然遇到了他死去的朋友。老学究一向性情刚强正直，也不害怕，问亡友："你上哪儿去？"亡友答："我在阴间当差，到南村拘拿活人到阴间去，恰好与你同路。"于是两人一起走。到了一间破房子前，鬼说："这是文人的家。"老学究问鬼是怎么知道的。鬼说："一般人在白天都忙于生计，以致掩没了本来的性灵。只有睡着时，什么也不想，性灵清朗明澈，读过的书，字字都射出光芒，透过人全身的窍孔照射出来。那样子缥缥缈缈，色彩缤纷，灿烂如锦绣。做学问像郑玄、孔安国，写文章像屈原、宋玉、班超、司马迁的人，发出的光芒直冲云霄，与星星、月亮争辉。不如他们的，光芒有几丈高，或者几尺高，依次递减。最次的人也有一点微弱的光，像一盏小油灯，能照见门窗。这种光芒人看不到，只有鬼和神灵能看见。这间破屋上，光芒高达七八尺，因此知道是文人的家。"老学究问："我读了一辈子书，睡着时光芒有多高？"鬼欲言又止，沉吟了好久才说："昨天路过你的私塾，你正在午睡。我看见你胸中有厚厚的解释经义的文章一部，选刻取中的试卷五六百篇，经文七八十篇，应试的策文三四十篇，字字都化成黑烟笼罩在屋顶上。那些学生的朗读声，好似密封在浓云迷雾之中，实在没看到一丝光芒，我不敢乱说。"老学究听了怒斥鬼，鬼大笑着走了。

【评点】　这则笔记是纪昀记录了一个听来的段子。说是段子，是因为活着的人不可能与死去的朋友一起赶路，还一起聊天。但是这则笔记揭露的现象，在人世间是客观存在的。那就是，有些人读了几本书，就自以为有学问了，自以为自己就不是平常人了。文中那个"亡友"，也正因为已经是异类，才敢于直言，批评那个所谓的老学究，他其实只是死记硬背了些经文、试卷。用我们现在的话来说，老学究只是读了一些教学参考书，记住了一些模拟试题，其实根本算不上有学问。

唐生装鬼戏塾师

　　河间唐生，好戏侮，土人至今能道之，所谓唐啸子者是也。

有塾师好讲无鬼，尝曰："阮瞻遇鬼，安有是事，僧徒妄造蜚语耳。"唐夜洒土其窗，而呜呜击其户。塾师骇问为谁，则曰："我二气之良能也。"塾师大怖，蒙首股栗，使二弟子守达旦。次日委顿不起。朋友来问，但呻吟曰："有鬼。"既而知唐所为，莫不拊掌。然自是魅大作，抛掷瓦石，摇撼户牖，无虚夕。初尚以为唐再来，细察之，乃真魅。不胜其嬲（niǎo），竟弃馆而去[1]。盖震惧之后，益以惭恧（nǜ），其气已馁，狐乘其馁而中之也[2]。妖由人兴，此之谓乎。

【注释】　1. 嬲：戏弄，纠缠。　2. 惭恧：羞惭。馁：没有勇气。

【译文】　河间的唐生，喜欢戏弄别人，拿侮辱人当开玩笑，当地人至今还能说起这个人，所谓的"唐啸子"就是他。有一个私塾先生喜欢鼓吹无鬼论，曾经说："都说阮瞻遇见鬼，哪有这种事，不过是和尚们造谣罢了。"夜里，唐生往私塾先生的窗户上撒土，然后又呜呜叫着敲门。私塾先生惊问是谁，唐生回答说："我是阴阳二气聚结的贤良有才能的鬼。"私塾先生吓坏了，蒙着头躲在被窝里发抖，叫两个弟子守他守到天亮。第二天私塾先生瘫在床上起不来了。朋友来问，他只是呻吟着说："有鬼。"后来大家知道是唐生干的，没有不拍手大笑的。然而从此以后学馆真闹起鬼来，抛瓦扔石，摇晃门窗，没有一个晚上能安静的。开始还以为是唐生又来了，后来仔细察看，才知道是真鬼。私塾先生实在受不了纠缠骚扰，竟丢下学馆离开了。这是因为私塾先生受过惊吓之后，加上惭愧，勇气已经消减，狐鬼因此得以乘机而入。妖由人兴，说的就是这个道理。

【评点】　这个私塾先生真是表里不一、外强中干。他嘴上坚持无鬼论，心里实际上却怕极了鬼，所以一个晚上的遭遇就让他吓破了胆。之前的理直气壮，与后来的心虚胆战，形成了鲜明对比。

书韵悠长经香阁

朱子颖运使言：守泰安日，闻有士人至岱岳深处，忽人语出石壁中，曰："何处经香，岂有转世人来耶？"劃然震响，石壁中开，贝阙琼楼，涌现峰顶，有耆儒冠带下迎[1]。士人骇愕，问此何地。曰："此经香阁也。"士人叩经香之义。曰："其说长矣，请坐讲之。昔尼山删定，垂教万年，大义微言，递相授受[2]。汉代诸儒，去古未远，训诂笺注，类能窥先圣之心；又淳朴未漓，无植党争名之习，惟各传师说，笃溯渊源。沿及有唐，斯文未改。迨乎北宋，勒为注疏十三部，先圣嘉焉。诸大儒虑新说日兴，渐成绝学，建是阁以贮之。中为初本，以五色玉为函，尊圣教也。配以历代官刊之本，以白玉为函，昭帝王表章之功也。皆南面。左右则各家私刊之本，每一部成，必取初印精好者，按次时代，庋置斯阁，以苍玉为函，奖汲古之勤也[3]。皆东西面。并以珊瑚为签，黄金作锁钥。东西两庑以沉檀为几，锦绣为茵。诸大儒之神，岁一来视，相与列坐于斯阁。后三楹则唐以前诸儒经义，帙以纂组，收为一库[4]。自是以外，虽著述等身，声华盖代，总听其自贮名山，不得入此门一步焉，先圣之志也。诸书至子刻午刻，一字一句，皆发浓香，故题曰经香。盖一元斡运，二气絪缊，阴起午中，阳生子半[5]。圣人之心，与天地通。诸大儒阐发圣人之理，其精奥亦与天地通，故相感也。然必传是学者始闻之，他人则否。世儒于此十三部，或焚膏继晷(guǐ)，钻仰终身；或锻炼苛求，百端掊(pǒu)击，亦各因其性识之所根耳[6]。君四世前为刻工，曾手刊《周礼》半部，故余香尚在，吾得以知君之来。"因引使周览阁庑，款以茗果。送别曰："君善自爱，此地不易至也。"士人回顾，惟万峰插天，杳无人迹。案，此事荒诞，殆尊汉学者之寓言。夫汉儒以训诂专门，宋儒以义理相尚。似汉学粗而宋学精，然不明训诂，义理何自而知？概用诋排，视犹土苴(jū)，未免既成大辂(lù)，追斥椎轮；得济迷川，遽焚宝筏(jù)[7]。于是攻宋儒者又纷纷而起。故余撰《四库全书·诗部总叙》有曰：宋儒之攻汉儒，非为说经起见也，特求胜于汉儒而已；后人之攻宋儒，亦非为说经起见也，特不平宋儒之诋汉儒而已。韦苏州诗曰："水性自云静，石中亦无声。如何两相激，雷转空山惊。"此之谓矣。平心而论，《易》自王弼始变旧说，为宋学之萌芽。宋儒不攻《孝经》，词义明显。宋儒所争，只今文古文字句，亦无关宏旨，均姑置弗议。至《尚书》《三礼》《三传》《毛诗》《尔雅》诸注疏，皆根据古义，断非宋儒所能。《论语》《孟子》，宋儒积一生精力，字斟句酌，亦断非汉儒所及。盖汉儒重师传，渊源有自；宋儒尚心悟，研索易深。汉儒或执旧文，过于信传；宋儒或凭臆断，勇于改经。计其得失，亦复相当。惟汉儒之学，非读书稽古，不能下一语；宋儒之学，则人人皆可以空谈。其间兰艾同生，诚有不尽餍(yàn)人心者，是嗤点之所自来[8]。此种虚构之词，亦非无因而作也。

【注释】 1.刲：破裂的声音。耆：年老，六十岁以上的人。 2.尼山：位于曲阜市城东南三十公里。尼山原名尼丘山，孔子父母"祷于尼丘得孔子"，所以孔子名丘字仲尼，后人因避讳而称孔子为尼山。 3.庋：放置，保存。 4.帙：书、画的封套，用布帛制成。这是指整理书籍。 5.斡运：旋转运行。 絪缊：古代指天地阴阳二气交互作用的状态。 6.焚膏继晷：夜里点着油灯，继续白天的事情。膏，油脂，指灯烛。晷，日影，指白天。捣：击，抨击。 7.土苴：渣滓，糟粕。比喻微贱的东西。軨：古代车辕上用来挽车的横木。椎轮：原始的无辐车轮。 8.餍：吃饱，满足。嗤点：讥笑指摘，嘲笑挑剔。

【译文】 朱子颖运使说：他任泰安知府时，听说有个读书人来到泰山的深处，忽然从石壁中传出说话声："是什么地方的经书香味，难道有转世的人来了？"随着刲的一声震响，石壁从中间裂开，现出了紫贝美玉装饰的宫阙楼阁，耸立山顶，有位年老的儒者顶冠束带下来迎接。

读书人大吃一惊，问这里是什么地方，回答说："这是经香阁。"读书人恭恭敬敬询问"经香"的意思，老者答道："这说来话长了，请坐下听我慢慢讲来。过去孔子删定经书，传教万年，诸经的要义、精微的言辞，一代一代传授下来。汉代的各位大儒，离上古不远，因此阐释注解，大概还能够理解先圣的本意，而且当时风俗淳朴，尚未流于凉薄，没有培植党羽争名夺利的习气，只是各自传承老师的学说，实实在在地追溯学问渊源。流传到唐代，斯文的风气也没有改变。到了北宋，刻为注疏十三部，得到先圣的嘉许。大儒们担心新说日日兴盛，儒家经典学说将渐渐失传，所以建造这座阁楼来贮藏它。中间陈列的是初刻本，装在五色玉做成的盒子里，是表示尊崇先圣的遗教。附上历代官刻的本子，装在白玉做成的盒子里，是显示帝王倡导的功德。都在南面。左右则是各家私刻的本子，每一部书印出来，必定选出初刻本中印刷精美的，以年代为序收藏在这个阁楼里，这些版本都装在青玉做成的盒子里，奖励辛勤钻研古籍的人。这些都放在东西两面。而且所有的经书都用珊瑚做标签，用黄金做成锁钥。东西两边廊屋里，用沉香、檀木做小桌子，用锦绣做垫子。各位大儒的神灵每年来视察一次，一起依次坐在这个阁楼里。后面三排房子里，则是唐以前诸位大儒解释经书义理之类的书，逐套编列，收在一个库房里。除此之外，即使是著述的书堆起来的高度与身高齐平，声誉荣耀超出当代之上，也只是听任他自己贮藏于名山之中，不得进入这座阁楼一步。这是先圣的意旨。每到夜里十一点到一点、上午十一点到下午一点这个时段，这些经书一字一句都散发出浓浓的香味，所以题名叫经香阁。因为一元旋转，二气交融，阴气起于午时的正中，阳气生于子时的夜半，圣人的心与天地相通。各位大儒阐发圣人的义理，精微深奥也与天地相通，所以能与天地互相感应。但这种香气必须是能传承这门学问的人才能闻到，其他人则不能。世上的儒者对这十三部经书，有的夜以继日钻研仰望一辈子；有的深推曲解，吹毛求疵，百般抨击，也是各自因为性情学识的根柢不同。您四世以前做刻字工，曾经手刻过半部《周礼》，所以余香还在，所以我知道您来了。"

老者引导读书人遍看楼阁廊屋，用茶点果品招待他。送别时，老者对读书人说："您要自爱，这个地方是不容易来的。"读书人出来后回头一看，只有群峰直插天空，幽深不见人迹。

按，这件事荒唐怪诞，大概是推崇汉代学者的人编造的寓言。汉代儒者以解释古书字句为专门的学问，宋代儒者重在阐发经书的义理。似乎汉学粗疏而宋学精要，可是如果不明白古书的字句，又怎么能了解义理？一概诋毁排斥汉学，视之如粪土，这就未免像已经造成了华美的大车，却回头去斥责最早时没有辐条的车轮；就像渡过苦海到达了彼岸，立即烧毁了引导众生的佛经。于是攻击宋儒的，又纷纷而起。所以我撰写的《四库全书·诗部总叙》中说：宋儒攻击汉儒，不是为了讨论讲解儒家的经书，不过刻意想要胜过汉儒罢了；后人攻击宋儒，也不是因为讨论讲解儒家的经书，不过是对宋儒诋毁汉儒感到不平罢了。韦应物（苏州）的诗说："水性自云静，石中亦无声。如何两相激，雷转空山惊。"就是这个意思。平心而论，《周易》从王弼开始改变旧的说法，是宋学的萌芽。宋儒不攻击《孝经》旧疏，是因为词义很明显。宋儒所争的，只是今文、古文的字句，也是无关于大旨，都可以暂且搁置不予议论。至于《尚书》《三礼》《三传》《毛诗》《尔雅》各种注疏，都是根据古义，断然不是宋儒所能做到的。对于《论语》《孟子》，宋儒投入一生的精力，字斟句酌，所取得的成就也断然不是汉儒所能赶得上的。一般说来，汉儒看重老师的传授，学问都有来源；宋儒崇尚心悟，认为研求容易深入。汉儒又是过于执着于旧文，过于相信老师的传授；宋儒有时单凭主观臆断，往往歪曲经文的本义。双方的优劣得失，差不多半斤八两。只是汉儒的学问，如果不读书不查考古义，就一句话也说不到点子上；宋儒的学问，则人人都可以高谈阔论。这中间好比兰草与艾蒿同生，确实有不能让人满足的地方，这就是宋学遭受讥笑指摘的由来。由此看来，前面这种虚构的故事，也不是无缘无故而起的。

【评点】　这一则笔记，是一篇宏论。在《阅微草堂笔记》中，这样的长篇大论不多，这样篇幅的笔记，已经类似于学术论文了。这一篇议论的中心，是汉儒与宋儒的区别。前一半，朱子颖说的故事，中心思想是尊崇汉儒，诋毁宋儒；此文的后一半，是纪昀发表看法。他首先认为朱子颖说的事情不可能真实发生，不过是一则寓言罢了，是推崇汉代经学的人编造出来的；然后，他认真分析了汉儒和宋儒各自的特征，以及现代人有关汉儒、宋儒纷争的由来。这也算是一家之说吧。

术士给墙壁算命

安中宽言：昔吴三桂之叛，有术士精六壬(rén)，将往投之[1]。遇一人，言亦欲投三桂，因共宿。其人眠西墙下，术士曰："君勿眠此，此墙亥刻当圮[2]。"其人曰："君术未深，墙向外圮，非向内圮也。"至夜果然。余谓此附会之谈也，是人能知墙之内外圮，不知三桂之必败乎？

【注释】　1.六壬：又称六壬神课，是一种古老的占卜吉凶的术数。　2.圮：坍塌，倒塌。

【译文】　安中宽说：过去吴三桂背叛清廷时，有个精通占卜吉凶的术士要去投奔他。路上遇到一个人，说也要去投奔吴三桂，于是两人一同住下。术士遇见的那人睡在西墙下，术士说："你不要睡在这儿，这座墙将在今晚九点到十一点之间倒塌。"对方说："你的艺业还不精，墙向外倒，而不会向里倒。"到了夜里，墙果然向外倒塌了。我认为这是牵强附会之谈，这个人能知道墙往哪个方向倒，怎么就不知道吴三桂一定要失败呢？

【评点】　吴三桂，历史上认为是个反复无常的人。他在明崇祯时为官，崇祯十七年（1644）降清，引清军入关；康熙十二年（1673），他又背叛清廷，发动三藩之乱。康熙十七年（1678），吴三桂在衡州（今湖南省衡阳市）登基为皇帝，国号大周，建都衡阳。同年秋，吴三桂病逝。吴三桂的孙子吴世璠支撑了三年后，清军攻破昆明，三藩之乱遂告结束。纪昀到底是不相信这个传说呢，还是不相信术士遇到的人真有未卜先知的本领呢？

胡维华灭族记

康熙中，献县胡维华以烧香聚众谋不轨。所居由大城、文安一路行，去京师三百余里；由青县、静海一路行，去天津二百余里。

维华谋分兵为二，其一出不意，并程抵京师；其一据天津，掠海舟。利则天津之兵亦北趋，不利则遁往天津，登舟泛海去。方部署伪官，事已泄。官军擒捕，围而火攻之，髫龀不遗[1]。初，维华之父雄于资，喜周穷乏，亦未为大恶。邻村老儒张月坪，有女艳丽，殆称国色，见而心醉。然月坪端方迂执，无与人为妾理。乃延之教读。月坪父母柩在辽东，不得返，恒戚戚。偶言及，即捐金使扶归，且赠以葬地。月坪田内有横尸，其仇也，官以谋杀勘。又为百计申辩得释。一日，月坪妻携女归宁，三子并幼，月坪归家守门户，约数日返。乃阴使其党，夜键户而焚其庐，父子四人并烬[2]。阳为惊悼，代营丧葬，且时周其妻女，竟依以为命。或有欲聘女者，妻必与谋，辄阴阻，使不就。久之，渐露求女为妾意。妻感其惠，欲许之。女初不愿，夜梦其父曰："汝不往，吾终不畅吾志也。"女乃受命。岁余，生维华，女旋病卒。维华竟覆其宗。

【注释】　1. 髫龀：垂髫换齿之时。指童年，借指孩童。髫，通"鬌"。　2. 键：固定门闩的金属棍。

【译文】　康熙年间，献县胡维华以敬神礼佛烧香的名义纠集一伙人叛乱。他居住的地方，沿大城、文安走，离京城三百多里；沿青县、静海走，离天津二百多里。胡维华计划兵分两路：一路出其不意，兼程到达京城；一路占据天津，掠夺海船。如果事情顺利，天津的兵马也往北赶，不顺利则逃往天津，登船入海逃亡。但当他正要给下属安排官职时，阴谋败露。官军前往擒拿，包围起来用火攻，胡家连幼小的孩童也一个都没留下。

早年间，胡维华的父亲富有资财，喜欢周济穷人，也没干过太坏的事。邻村有个老儒张月坪，有个女儿长得很漂亮，简直可以称得上国色，胡维华的父亲看到后喜爱得有些痴迷。但是张月坪品行端正，又迂腐固执，没有让女儿给人做妾的道理。胡父就聘请张月坪来家教孩子读书。张月坪父母的灵柩在辽东，因为运不回来，所以经常悲哀叹息。有一次偶然与胡父谈及此事，胡父就捐助钱财让他扶灵柩而归，并且送了一块坟地。张月坪田里有具尸体，死于非命，死者生前是他的仇家，官府要以谋杀罪审理这桩案子。胡父又千方百计替他申辩，张月坪终于被释放。有一天，张月坪的妻子带着女儿回娘家，因为三个儿子都很小，张月坪就回自家看守门户，约好几天后返回胡家。胡父就暗中指使家丁夜里从外面把张家的门户锁上，放火烧了房子，张月坪父子四人都被烧成了灰烬。胡父却假装吃惊表示哀悼，代为料理丧葬，并常常周济张月坪的妻女，孤女寡母竟把他当成了依靠。有人要想娶张家的女儿，张月坪妻子必定来同他商量，胡父则在暗中阻挠，婚事总是成不了。时间久了，胡父渐渐露出求张家女儿做妾的意思。张月坪妻子感激他的恩惠，打算答应下来。女儿开始不情愿，夜里梦见她的父亲说："你不去，终究不能满足我的心愿。"女儿于是遵命嫁了过去。过了一年多，生下胡维华，张月坪的女儿很快就病死了。胡维华竟使胡家断子绝孙。

【评点】　纪昀说了一个因果报应的故事。因果链是这样的：胡维华的父亲为了抢占张家的女儿，竟然杀害了张家父子四人，还假装慈善，最终如愿以偿；张家女儿生了胡维华，胡维华蓄意谋反被镇压，胡家老小被清兵灭门。就连果报的形式也一样：胡维华的父亲派人残忍纵火，使得张家父子罹难；胡维华遭到火攻，全家都被烧死。胡家父亲残害张家，手段狡诈阴险，张家女儿听从父亲，嫁到胡家，为胡家生下一个逆子，断了胡家的香火；胡维华父亲是暗中使坏，张家女儿是暗中复仇。也只有这种结局，才能抚平生活在下层的平民激愤的心情。

在仇人家卧底

又，去余家三四十里，有凌虐其仆夫妇死而纳其女者。女故慧黠，经营其饮食服用，事事当意[1]。又凡可博其欢者，冶荡狎媟，无所不至[2]。皆窃议忘其仇。蛊惑既深，惟其言是听。女始则导之奢华，破其产十之七八。又谗间其骨肉，使门以内如寇仇。继乃时说《水浒传》宋江、柴进等事，称为英雄，怂恿之交通盗贼。卒以杀人抵法。抵法之日，女不哭其夫，而阴携卮酒，酹其父母墓曰："父母恒梦中魇我，意恨恨似欲击我。今知之否耶？"[3] 人始知其蓄志报复。曰："此女所为，非惟人不测，鬼亦不测也，机深哉！"然而不以阴险论，《春秋》原心，本不共戴天者也。

【注释】 1.黠：聪明而狡猾。 2.冶荡：行为放荡。狎媟：亲昵而放荡。媟，轻慢、淫秽猥亵的言辞。 3.卮：古代盛酒的器皿。酹：以酒洒地，表示祭奠。魇：发生梦魇。

【译文】 又，离我家三四十里的地方，有个人残暴虐待弄死了仆人夫妇两人之后霸占了他们的女儿。这个女子一向聪明狡黠，照料主人日常起居，侍奉得样样都很称心。凡是能博得主人欢心的事情，淫荡狎昵、打情骂俏等等无所不做。人们都在背后说她忘记了杀父之仇。主人被女子迷惑得不可自拔，对她言听计从。女子开始时引导主人追求奢侈豪华，把主人家产耗去了十分之七八。随后又离间主人与亲人间的骨肉关系，使主人一家人之间互相怨恨像仇人一样。接着经常向主人讲述《水浒传》宋江、柴进等人的故事，称赞他们是英雄好汉，怂恿主人与强盗往来。主人最后竟然因为杀了人要偿命。行刑这天，这个女子没有去哭遭受极刑的男人，而是悄悄带着酒，到父母墓前浇奠，说："父母双亲经常在梦中惊吓我，恨恨地想要打我。今天明白了吗？"人们这才知道她原来是蓄意报仇，说："这个女人的行为，非但人预料不到，就是连鬼也未能料到，真是机谋深远啊！"然而，人们并不认为她阴险，《春秋》主张根据原心定罪，根本在于推究动机，何况这是不共戴天的家仇。

【评点】　这又是一则复仇故事，这个女子可谓用心良苦。她的复仇计划分几步走：先是千方百计博得主人的欢心，让主人对她言听计从；再劝说主人奢靡享乐耗去家产；接着离间主人家庭成员的关系；最后怂恿主人违法乱纪。女子简直就是一个卧底，复仇计划神不知鬼不觉。这也是受尽欺凌的平民百姓最愿意看到的故事结局。

大千世界诱惑多

陈枫崖光禄言：康熙中，枫泾一太学生，尝读书别业。见草间有片石，已断裂剥蚀，仅存数十字，偶有一二成句，似是夭逝女子之碣也[1]。生故好事，意其墓必在左右，每陈茗果于石上，而祝以狎词。越一载余，见丽女独步菜畦间，手执野花，顾生一笑[2]。生趋近其侧，目挑眉语，方相引入篱后灌莽间。女凝立直视，若有所思，忽自批其颊曰："一百余年，心如古井，一旦乃为荡子所动乎？"顿足数四，奄然而灭[3]。方知即墓中鬼也。蔡修撰季实曰："古称盖棺论定[4]。观于此事，知盖棺犹难论定矣。是本贞魂，乃以一念之差，几失故步。"晦庵先生诗曰："世上无如人欲险，几人到此误平生。"谅哉！

【注释】　1.夭逝:少年时就去世。碣:圆顶的墓碑。　2.畦:田园中分成的小区。　3.奄:忽然,突然。　4.修撰:官名。科举一甲第一名进士即授翰林院修撰。

【译文】　光禄大夫陈枫崖说:康熙年间,浙江枫泾有个太学生在别墅读书,见草丛中有一块石板,已经断裂了,石板表面也风化了,上面只能看出来几十个字,偶然能凑成一两个完整的句子,看来好似夭折女子的墓碑。这个太学生向来喜欢多事,他估计坟墓就在附近,于是常常在残碑上陈设茶点果品,祈祝一些猥亵的话。过了一年多,见到一个漂亮的女子独自在菜畦间走。女子手里拿着一枝野花,对着太学生嫣然一笑。太学生走到女子身旁,眉来眼去地挑逗她。两个人互相拉拉扯扯来到篱笆后的灌木丛中,女子站住了,两眼直愣愣地看着太学生,好像想起了什么。忽然她抽了自己一个耳光说:"一百多年来,心像古井一样,难道一下子却被这放荡小子勾引动了心吗?"她不停地顿脚,一下子就隐灭不见了。这才知道她就是坟墓里的鬼。修撰蔡季实说:"古语说盖棺论定。从这件事可知,盖棺也难论定啊。这本来是贞节的鬼魂,因为一念之差,几乎失去她原来的操守。"朱熹有诗说:"世上无如人欲险,几人到此误平生。"确实如此啊!

【评点】　人欲,意思是人本能的欲望。只要是想要的、想追求的,都是"欲"。合理的欲望,应当顺应,应当满足;但是如果是过分的追求,或者是非分的想法,就应当克制,应当杜绝。这则笔记表明,凡是人,都有欲望,甚至连黄泉之下沉寂了一百多年的幽灵,也很难抵挡欲望的诱惑。这种说法,是把欲望的影响力延展到了极致。纪昀则是用这种极致的故事告诫人们:就连鬼都会因为欲望而有所动摇,更何况血肉之躯的人呢!可见道德层面的修身养性何等重要,何等艰难!

卷二

滦阳消夏录二

贪生怕死的谏官

宋按察蒙泉言：某公在明为谏官，尝扶乩问寿数[1]。仙判某年某月某日当死。计期不远，恒悒悒[2]。届期乃无恙。后入本朝，至九列。适同僚家扶乩，前仙又降。某公叩以所判无验。又判曰："君不死，我奈何？"某公俯仰沉思，忽命驾去。盖所判正甲申三月十九日也。

【注释】 1.扶乩：一种迷信活动。扶，指扶架子。乩，指卜以问疑。术士制丁字形木架，其直端顶部悬锥下垂。架放在沙盘上，由两人各以食指分扶横木两端，依法请神，木架的下垂部分即在沙上画成文字，作为神的启示，或与人唱和，或示人吉凶，或与人处方。 2.悒：忧愁，不安。

【译文】 按察宋蒙泉说：某公在明朝时做谏官，曾扶乩向神仙求问自己的寿命。神仙判断他当死于某年某月某日。某公计算日期，已经不远了，因此郁郁不乐。可是，到了那天却安然无恙。后来他归顺清朝，官至九卿。一次同僚家扶乩，当年那个神仙又降临了。他就问当年判断没有应验的原因。神仙给他的判语说："你不死，我有什么办法？"某公仰首沉思，恍然大悟，急命备车告退。原来，神仙所判的某公死期是甲申年三月十九日。

【评点】 甲申，明朝崇祯十七年（1644）。甲申年三月十九日，是明朝覆亡的日子，崇祯皇帝自缢煤山，明朝百官从主赴难。笔记里这个某公，身为明朝谏官，按照惯例，也应该殉主，可是他却只关心自己的寿命，对朝廷覆亡无动于衷，居然还询问乩判为何不灵。这则笔记可谓不动声色地骂了人。

罗两峰说鬼

扬州罗两峰，目能视鬼。曰："凡有人处皆有鬼，其横亡厉鬼，多年沉滞者，率在幽房空宅中，是不可近，近则为害。其憧憧往来之鬼，午前阳盛，多在墙阴；午后阴盛，则四散游行，可以穿壁而过，不由门户，遇人则避路，畏阳气也[1]。是随处有之，不为害。"又曰："鬼所聚集，恒在人烟密簇处，僻地旷野，所见殊稀。喜围绕厨灶，似欲近食气。又喜入溷厕，则莫明其故，或取人迹罕到耶[2]？"所画有《鬼趣图》，颇疑其以意造作。中有一鬼，首大于身几十倍，尤似幻妄。忽闻先姚安公言：瑶泾陈公，尝夏夜挂窗卧，窗广一丈[3]。忽一巨面窥窗，阔与窗等，不知其身在何处。急掣剑刺其左目，应手而没。对屋一老仆亦见之，云从窗下地中涌出。掘地丈余，无所睹而止。是果有此种鬼矣。茫茫昧昧，吾乌乎质之！

【注释】 1.憧憧：往来不绝的样子。 2.溷：肮脏浑浊；厕所。 3.姚安公：纪昀的父亲纪容舒，曾供职刑部和户部，做过云南楚雄姚安知府，故称姚安公。

【译文】 扬州人罗两峰，能看见各种鬼。他说："凡是有人的地方都有鬼。横死的厉鬼，多年逗留不去，一般大多在闲宅空屋里，人不能靠近这种鬼，靠近就要受害。那些往来游荡的鬼，因中午之前阳气旺盛，大多在墙的阴面；中午以后阴气旺盛，大多四处游荡。这些鬼可以穿墙而过，不需要从门口走，遇见人则避开让路，因为害怕阳气。这种游荡的鬼到处都有，不害人。"他又说："鬼的聚集场所，常在人烟稠密的地方，僻地旷野，能看到的鬼特别稀少。鬼喜欢围绕在厨灶旁，似乎想接近食物的气味。又喜欢进入厕所，不明其中原因，也许是因为人不大到那里去？"罗两峰还画有《鬼趣图》，很怀疑他是随意胡编的。图中有一个鬼，头比身体大几十倍，尤其荒唐虚幻。不过，我曾经听先父姚安公说：瑶泾人陈公，曾经夏天夜晚挂起窗睡觉，窗户有一丈宽。忽然有一张大脸从窗外往里面偷看，脸和窗子一样宽大，不知身子在哪里。陈公急忙拔剑刺巨面怪物的左眼，大脸应手消失。对面屋子有一个老仆人也看见了这个巨面怪。据老仆人说，巨面怪是从窗下的地中涌出来的。人们挖地掘到一丈多深，什么也没发现。由此看来，是真有这种大头鬼了。这类渺茫暗昧的事情，我怎样才能证实呢！

【评点】　这则笔记里提到的罗两峰，袁枚在《新齐谐》里也曾提到过，似乎有一种特殊功能，以能够随时随地看到鬼的行踪而出名。纪昀虽然转述了罗两峰关于鬼的描述，但是怀疑《鬼趣图》题材来源的真实性，特别是脑袋比身体大几十倍的这种鬼，纪昀斥之为虚妄。但是，别人的一则传说又让他感到困惑，他惋惜不能亲自证实这种大头鬼的存在，因此而感慨。

幽谷怪物

方桂，乌鲁木齐流人子也[1]。言尝牧马山中，一马忽逸去。蹑踪往觅，隔岭闻嘶声甚厉。寻声至一幽谷，见数物，似人似兽，周身鳞皴（cūn），斑驳如古松，发蓬蓬如羽葆（bǎo），目睛突出，色纯白，如嵌二鸡卵，共按马生啗（chòng）其肉[2]。牧人多携铳自防，桂故顽劣，因升树放铳[3]。物悉入深林去，马已半躯被啖（dàn）矣。后不再见，迄不知为何物也。

【注释】　1. 流人：被流放的人，犯人的一种。流放是古代刑罚的一种类型。2. 皴：皮肤上积存的泥垢和脱落的表皮。羽葆：古代仪仗的一种，以鸟羽聚于柄头如盖。　3. 铳：一种旧式火器。

【译文】　方桂，是流放到乌鲁木齐的一个囚犯的儿子。他说，曾经在山里牧马，一匹马忽然逃走了。他跟踪寻找，隔着山岭听到很凄厉的马嘶声。循着声音的方向，追到一个幽深的山谷，看见几个怪物，像人又像野兽，全身像长了鳞片那样毛糙，斑斑驳驳像是古松；头发蓬乱，像是插满了鸟的羽毛；眼珠突出，颜色纯白，就像镶嵌着两个鸡蛋。这几个怪物一起按住马，生吞活剥地啃马肉。放牧的人多半携带火铳防身，方桂本来就顽皮暴烈，于是爬上树拿起火铳开了一枪，那几个怪物全部逃进了茂密的森林，马的半个身体已经被吃掉了。后来没有再见到过这种怪物，所以至今不知道是什么东西。

【评点】　从古到今，关于类人生物的报道一直都有。按住活马生啃的怪物，就是深山老林、人迹罕至之所一种类人生物，而不是人们臆想的鬼怪之类。我们生活的这个世界，曾经物种丰富，无论是植物还是动物，古时候的数量都远远高于现在，《阅微草堂笔记》为我们留下了许多珍贵的记忆。

土神救难

杜生村，距余家十八里。有贪富室之贿，鬻(yù)其养媳为妾者。其媳虽未成婚，然与夫聚已数年，义不再适。度事不可止，乃密约同逃。翁姑觉而追之。二人夜抵余村土神祠，无可栖止，相抱泣。忽祠内语曰："追者且至，可匿神案下。"俄庙祝踉跄(liàng qiàng)醉归，横卧门外[1]。翁姑追至，问踪迹。庙祝呓语应曰："是小男女二人耶？年约若干，衣履若何，向某路去矣。"翁姑急循所指路往。二人因得免，乞食至媳之父母家。父母欲讼官，乃得不鬻。尔时祠中无一人。庙祝曰："吾初不知是事，亦不记作是语。"盖皆土神之灵也。

【注释】　1. 庙祝：庙宇中管香火的人。

【译文】　杜生村，距离我家十八里。村子里有个贪图富家钱财的人，打算把他家的童养媳卖给富人做妾。那个童养媳虽然没有成婚，但是和未婚夫已经在同一个屋檐下一起生活了几年，有了情义，绝不想再嫁别人。估计事情不可能挽回，两个孩子于是暗暗约定一起逃走。公婆发觉，随后追赶。两人夜里跑到我这个村的土神祠，无处安身，相互抱着哭泣。忽然祠内有声音道："追的人快到了，你们可以躲在神桌下面。"不一会儿管香火的庙祝喝酒喝得醉醺醺跟跟跄跄地回来了，横躺在门外。公婆追到，向庙祝打听两个人的踪迹，庙祝含含糊糊像说梦话一样答道："是两个小男女吗？年纪大约多少多少，衣服鞋子又是什么什么样，向某条路上去了。"公婆急忙沿着庙祝指的路追去。两人因此没有被发现，一路要饭到了童养媳的父母家。童养媳父母要告官，童养媳才不至于被卖掉。当时土神祠里没有一人，庙祝说："我起初不知道这件事，也不记得说过什么话。"大概都是土地神显灵。

【评点】　所谓童养媳，就是旧社会时流行小女孩很小的时候就来到婆家，等女孩儿成年之后，才成为这家正式的儿媳妇。养童养媳的家庭，有两种情况：一种是家境往往比较贫困，家里有儿子，但是估计等儿子长大了家里也没有经济能力娶儿媳妇，于是在儿子小的时候就为他准备一个未婚妻;还有一种情况是,一夫只能有一妻,于是家境还比较富有的家庭,为了确保传宗接代,预先买一个小女孩在家,这个小女孩成年以后成为"妾",而儿子还可以再正式娶妻。童养媳的来源,有的是被遗弃的女童,有的是领养的,还有的是买来的。童养媳在这个家庭往往是一个劳动力,像一个奴仆,没有家庭地位。童养媳的命运往往比较凄惨,常常遭受婆家人打骂凌辱,甚至被再次卖掉。当时人们虽同情这一类女孩子,可是这终属家务事,旁人不好插嘴。这一对少年男女不愿意分开,逃到土地庙里,得到帮助,也是顺理成章的事情。可是一定要说成是土地神显灵,大约也是纪昀为了强调不能虐待童养媳的意思。

刑罚奖赏为谁立

颖州吴明经跃鸣言:其乡老儒林生,端人也。尝读书神庙中,庙故宏阔,僦(jiù)居者多[1]。林生性孤峭,率不相闻问。一日,夜半不寐,散步月下,忽一客来叙寒温。林生方寂寞,因邀入室共谈,甚有理致。偶及因果之事,林生曰:"圣贤之为善,皆无所为而为者也。有所为而为,其事虽合天理,其心已纯乎人欲矣。故佛氏福田之说,君子弗道也[2]。"客曰:"先生之言,粹然儒者之言也。然用以律己则可,用以律人则不可;用以律君子犹可,用以律天下之人则断不可。圣人之立教,欲人为善而已。其不能为者,则诱掖(yè)以成之;不肯为者,则驱策以迫之。于是乎刑赏生焉。能因慕赏而为善,圣人但与其善,必不责其为求赏而然也;能因畏刑而为善,圣人亦与其善,必不责其为避刑而然也。苟以刑赏使之循天理,而又责慕赏畏刑之为人欲,是不激劝于刑赏,谓之不善;激劝于刑赏,又谓之不善，人且无所措手足矣。况慕赏避刑，既谓之人欲，而又激劝以刑赏，人且谓圣人实以人欲导民矣，有是理欤？盖天下上智少而凡民多，故圣人之刑赏，为中人以下设教；佛氏之因果，亦为中人以下说法。儒释之宗旨虽殊，至其教人为善，则意归一辙。先生执董子谋利计功之说，以驳佛氏之因果，将并圣人之刑赏而驳之乎？先生徒见缁(zī)流诱人布施，谓之行善，谓可得福[3]。见愚民持斋烧香，谓之行善，谓可得福。不如是者，谓之不行善，谓必获罪。遂谓佛氏因果，适以惑众。而不知佛氏所谓善恶，与儒无异；所谓善恶之报，亦与儒无异也。"林生意不谓然，尚欲更申己意。俯仰之顷，天已将曙。客起欲去，固挽留之，忽挺然不动，乃庙中一泥塑判官。

【注释】 1. 僦：租赁。 2. 福田：佛教以为供养布施，行善修德，能受福报，犹如播种田亩，有秋收之利，故称。 3. 缁流：佛教术语，僧人着缁衣，故谓之缁流或缁徒。缁，黑色。流，流类。

【译文】 颖州人明经吴跃鸣说：他的同乡老儒林生，品行端正。林生曾借住在神庙里读书，庙宇很宽敞开阔，借住的人很多。林生性情孤僻，与庙里其他人一概不来往。一天半夜，林生睡不着，在月下散步，忽然有一位客人来跟他寒暄。林生正感到寂寞，就邀请客人进屋闲谈，客人说的话很有内涵。偶然谈到因果报应的事情。林生说："圣贤做善事，都是无所求而做成的。如果为了功利目的去做，即使所做的事情合乎天理，他的用心也就纯粹是为了满足某种愿望了。所以佛家的所谓福田之说，君子是不讨论的。"

客人说:"先生的这种说法,纯粹是儒家经典读多了说的话。用来要求自己是可以的,用来要求别人就不行;用来要求君子可以,用来要求普天下的人则断然行不通。圣人设置教化措施,无非是要人做善事而已。不能做善事的人,就诱导扶持他去做;不肯做善事的人,就赶着打着迫使他去做。于是也就产生了刑罚和赏赐。对于为了赏赐而做善事的人,圣人就肯定他是善人,必定不会责怪他是为了求赏才做善事;对于能因为害怕刑罚而做善事的人,圣人也承认他是善人,必定不会追究他是因为害怕刑罚才做善事。如果用刑赏手段驱使人们遵循天理,却又指责人们喜赏畏刑是出于某种欲望,那么人们遵从刑赏会被说成是不善,不遵从刑赏也会被说成是不善,人们也就手足无措,不知怎么做了。况且,既然把喜赏畏刑称为人欲,而又使用刑赏手段,人们将会说圣人实际上是以人欲来诱导百姓,有这个道理吗?因为普天之下大智大慧的少,凡人多,所以圣人的刑赏,其实是为中等以下的人设置的;佛家的因果论,也是为中等以下的人说法。佛家、儒家的宗旨虽然不同,但在教人为善这一点上,意思完全一致。先生用董仲舒的谋利计功观点,批驳佛家的因果理论,是要连圣人的刑赏主张一同批驳吗?先生只见僧人诱人布施钱财,说这就是行善,可以得福;不布施,就是不行善。看到愚民持斋烧香,说这是行善,可以得福,不这样做就是不行善,必定有罪。由此就误以为佛家的因果理论,完全是欺惑民众的。你并没有了解到佛家所说的善恶与儒家没有区别,佛家所说的善恶报应也与儒家没有差异。"

林生对客人的这套论述不以为然,还想进一步申述自己的见解。正相互探讨,不知不觉天快亮了,客人起身想走,林生执意挽留。客人忽然挺直不动了,林生仔细一看,这个客人原来是庙里的一尊泥塑判官。

【评点】 文中客人的那一番议论,阐述了平民教化的内容、目的和手段,颇有见地,操作性也很强。明清时期的许多小说作品,总喜欢在一头一尾设置神秘的氛围，让整个作品蒙上一层神秘的色彩，大概也是为了避免现实生活中有人自动对号入座，或者因为故事内容惹上什么麻烦。这个故事也是这种模式。

卷三

滦阳消夏录三

人扮鬼更可恨

淮镇在献县东五十五里，即《金史》所谓槐家镇也。有马氏者，家忽见变异，夜中或抛掷瓦石，或鬼声呜呜，或无人处突火出，阅岁余不止。祷禳（ráng）亦无验[1]。乃买宅迁居。有赁居者，阅如故，不久亦他徙。以是无人敢再问。有老儒不信其事，以贱价得之。卜日迁居，竟寂然无他，颇谓其德能胜妖。既而有猾盗登门与诟（gòu）争，始知宅之变异，皆老儒贿盗夜为之，非真魅也。先姚安公曰："魅亦不过变幻耳。老儒之变幻如是，即谓之真魅可矣。"

【注释】 1. 禳：向鬼神祈祷，希望消除灾殃。

【译文】 淮镇在献县城东五十五里，也就是《金史》所说的槐家镇。镇上有户姓马的人家，家中忽然出现怪事，夜里有时砖头瓦片飞来飞去，有时呜呜的，像是鬼叫，有时在没有人的地方突然冒出火来。这样闹了一年多还没停息，请术士祈祷消灾也不见应验。马家只好在别处买了房子搬走了。有人租住马家这所宅院，仍然照样不得安宁，不久租住的人也搬走了。从此，没人再敢来住。有个老儒说不信会有这等怪事，用很便宜的价钱买下了马家宅院。老儒选了个好日子搬进去，竟然安安静静，没有发生任何异常。很多人都说老儒德高望重，能够镇住妖魅。老儒住进去不久，有个狡猾的强盗登门与老儒争吵，人们才知道马家宅的各种怪事，都是老儒买通这个强盗在夜里干的，并不是真的有什么妖魅。先父姚安公说："鬼魅也不过是善于变幻罢了。老儒能使出这种变幻莫测的手段，说他是真正的妖魅也没什么不可以的。"

【评点】 这则笔记写得波澜起伏。马家闹鬼，一直骚扰马家人一年多，道士居然也镇压不了，一波；马家搬走了，租户住着，依然闹鬼，又一波；老儒买下，住进去，安安静静，波澜平息；强盗上门争吵，再起波澜。正是在这样的跌宕起伏中，揭露了老儒和强盗之间的肮脏交易。《阅微草堂笔记》绝大部分篇目谈狐说鬼，用拟人化的手法让鬼狐精怪说人话做人事；这一篇的主人公是人，他的所作所为却属鬼魅行为。姚安公的点评，则又是一波。

不好奇少上当

己卯七月，姚安公在苑家口，遇一僧，合掌作礼曰："相别七十三年矣，相见不一斋乎？"适旅舍所卖皆素食，因与共饭。问其年，解囊出一度牒(dié)，乃前明成化二年所给[1]。问："师传此几代矣？"遽收之囊中，曰："公疑我，我不必再言。"食未毕而去，竟莫测其真伪。尝举以戒昀曰："士大夫好奇，往往为此辈所累。即真仙真佛，吾宁交臂失之。"

【注释】 1.度牒：僧道出家，由官府发给凭证，证明其合法身份。成化二年：1466年。成化，明宪宗朱见深的年号。

【译文】 乾隆己卯年（1759）七月，姚安公在苑家口遇到一个和尚，和尚合掌行礼说："相别已有七十三年了，相见不请我吃一顿斋饭吗？"恰好旅舍卖的都是素食，两人便一起吃饭。姚安公问和尚多大年纪了，和尚解开行囊拿出一份度牒。这份度牒是明代成化二年（1466）签发的。姚安公问："不知度牒传到师父这一代一共有多少代了？"和尚马上把度牒收进行囊中，说："你怀疑我，不必再说了。"饭没有吃完就走了，到底不知这个和尚的真假。姚安公曾经用这件事告诫我说："士大夫们好奇，往往被这一类人骗。即便是真仙真佛，我宁可当面错过。"

【评点】　这个和尚见到纪昀的父亲姚安公，立刻就是一副老友重逢的自来熟腔调；问他多大年纪了，这个和尚掏出的所谓身份证明是293年前签发的，这意思是说，他不是凡僧，至少活了三百年了。姚安公委婉地问对方是第几代了，说明他有一双慧眼，识破了这个骗子，但是他又不直接说破，略略点一下，让对方还没有来得及抛出钓饵就知难而退了。不好奇，无所求，有策略，就能化解骗局。

上梁不正下梁歪

　　史松涛先生，讳茂，华州人，官至太常寺卿，与先姚安公为契友[1]。余十四五时，忆其与先姚安公谈一事曰：某公尝棰杀一干仆。后附一痴婢，与某公辩曰："奴舞弊当死。然主人杀奴，奴实不甘。主人高爵厚禄，不过于奴之受恩乎？卖官鬻爵，积金至巨万，不过于奴之受赂乎？某事某事，颠倒是非，出入生死，不过于奴之窃弄权柄乎？主人可负国，奈何责奴负主人？主人杀奴，奴实不甘。"某公怒而击之仆，犹呜呜不已。后某公亦不令终。因叹曰："吾曹断断不至是。然旅进旅退，坐食俸钱，而每责僮婢不事事，毋乃亦腹诽矣乎[2]！"

【注释】　1. 契友：情投意合的朋友。　2. 旅进旅退：与众人一起进退。形容跟着大家走,自己没有什么主张。旅,共,同。

【译文】　史松涛先生名字叫茂,是华州人,官做到太常寺卿,和先父姚安公是好朋友。记得我在十四五岁时,他与先父姚安公谈到一件事说:某公曾打死了一个很能干的仆人,后来这个仆人附魂在一个傻傻的婢女身上,和某公辩论道:"我营私舞弊该当死罪,但是你杀我,我心中实在不服气。你得到高官厚禄,所受恩惠不是超过了我吗?你买官卖官,积聚了上万的钱财,所得赃款不也超过了我吗?你在某件事某件事上,颠倒是非,草菅人命,你玩弄权术不是更甚于我吗?你可以负国,为什么责备我辜负了你?你杀我,我心中实在不平。"某公发怒,把婢女打倒了,她嘴里仍然嘟囔不停。后来某公也不得善终。于是史松涛先生叹道:"我们断断不至于这样,但是同进同退随大流,坐享俸禄,却常常责备僮仆婢女不好好干活,他们岂不是虽然口中不言,但心里也是不满吗?"

【评点】　某公奴仆的一番驳难,揭露的就是上行下效的现象,正所谓上梁不正下梁歪。如果不是假借鬼魂,还真不知如何把这一番声讨传播开来。这就是志怪小说的妙处。史松涛的一番感慨,则有自我反省的意味。

荔姐自救

满媪,余弟乳母也,有女曰荔姐,嫁为近村民家妻。一日,闻母病,不及待婿同行,遽狼狈而来。时已入夜,缺月微明。顾见一人追之急,度是强暴,而旷野无可呼救。乃映身古冢(zhǒng)白杨下,纳簪珥(zān ěr)怀中,解缎系颈,披发吐舌,瞪目直视以待[1]。其人将近,反招之坐。及逼视,知为缢(yì)鬼,惊仆不起。荔姐竟狂奔得免。比入门,举家大骇,徐问得实,且怒且笑,方议向邻里追问。次日,喧传某家少年遇鬼中恶，其鬼今尚随之，已发狂谵语[2]。后医药符箓皆无验，竟颠痫终身。此或由恐怖之余，邪魅乘机而中之，未可知也。或一切幻象，由心而造，未可知也。或明神殛恶，阴夺其魄，亦未可知也[3]。然均可为狂且戒[4]。

【注释】 1.簪：用来固定发髻的长针。珥：用珠子或玉石做的耳饰。 2.谵：病中说胡话。 3.殛：惩罚。 4.狂且：狂人。这里指轻薄少年。

【译文】 满媪，是我弟弟的奶妈。她有一个女儿，名叫荔姐，嫁到附近村民家。一天，荔姐听说母亲病了，来不及等丈夫一道走，就马上慌慌张张赶来探望。当时已经入夜，借着残月微明，只见一个人在后面急急追来。荔姐猜到是强横的暴徒，但在空旷的野地里，喊不到人可以相救。于是就闪身躲到古墓旁的白杨树下，把发簪和耳饰藏进怀里，解下丝带系在颈上，披散了头发，吐出舌头，直愣愣地瞪着眼睛等着。那人追得近了，荔姐反倒招呼他来坐。那人赶到荔姐身旁靠近了一看，发现是个吊死鬼，吓得倒地不起。荔姐趁机狂奔逃脱。一进门，全家大惊，慢慢地询问，得知实情，又怒又笑，才开始商议要向邻里打听追查。第二天，人们纷纷传说某家少年遇鬼中了邪，那个鬼现在还跟着他，少年已经发狂胡言乱语了。后来求医问药、画符驱鬼，都没有效验，竟终身得了癫痫病。这也许是受了惊吓之后，妖邪鬼魅趁机制住了他，就不得而知了。也许他所见到的一切幻象，都是他臆想出来的，也不得而知。也可能是明察的神惩罚恶人，暗中夺去了他的魂魄，这也不得而知。但这些都可以作为那些浮浪子弟的鉴戒。

【评点】 荔姐急中生智假扮成吊死鬼，吓倒狂徒，得以逃脱险境。她的成功是建立在人人相信有鬼的基础上，现代人不能随便模仿。故事里的那个轻薄少年之所以发疯，是因为猝然受到惊吓。世上本没有鬼神，纪昀的三种设想纯属多余。不过，荔姐在危急时刻表现出来的镇定和胆量，她的自救方法，还是有着借鉴意义的。

唐执玉上当

制府唐公执玉，尝勘一杀人案，狱具矣。一夜秉烛独坐，忽微闻泣声，似渐近窗户。命小婢出视，噭然而仆[1]。公自启帘，则一鬼浴血跪阶下。厉声叱之。稽颡曰："杀我者某，县官乃误坐某[2]。仇不雪，目不瞑也。"公曰："知之矣。"鬼乃去。翌日，自提讯。众供死者衣履，与所见合。信益坚，竟如鬼言改坐某。问官申辩百端，终以为南山可移，此案不动。其幕友疑有他故，微叩公。始具言始末，亦无如之何。

一夕，幕友请见，曰："鬼从何来？"曰："自至阶下。""鬼从何去？"曰："欻然越墙去[3]。"幕友曰："凡鬼有形而无质，去当奄然而隐，不当越墙。"因即越墙处寻视，虽甃瓦不裂，而新雨之后，数重屋上皆隐隐有泥迹，直至外垣而下[4]。指以示公曰："此必囚贿捷盗所为也。"公沉思恍然，仍从原谳[5]。讳其事，亦不复深求。

【注释】 1.噭：同"叫"，呼喊，鸣叫。 2.稽颡：古代一种跪拜礼，屈膝下拜，以额触地，表示极度虔诚。 3.欻然：忽然。 4.甃：砌。 5.谳：审判定罪。

【译文】　总督唐执玉审查一件杀人案，已经定案。这天夜里他独自点着蜡烛坐在屋里，忽然隐隐约约听到哭泣声，好像渐渐临近窗户。他叫小婢出去看看。小婢出去，惊叫了一声倒在地上。唐公掀开帘子，看见一个浑身是血的鬼跪在台阶下。唐公厉声呵斥它，鬼叩头道："杀我的人是某人，县官却误判是某人。这个仇报不了，死也不能瞑目。"唐公说："知道了。"鬼于是离开了。第二天，唐公亲自提审，证人们提供死者的衣服鞋子等物，与昨夜所见相符。唐公更加相信了，竟然按鬼所说的改判某人为凶手。原审案官百般申辩，唐公坚持认为南山可以移动，但这个案子不能改。师爷怀疑有别的原因，婉转地向唐公探询，他才说了见鬼之事，师爷也拿不出什么主意来。

　　一天晚上，师爷来见唐公，问："鬼从哪儿来的？"唐公说："他自己来到台阶下面。"师爷问："鬼往哪儿去了？"唐公说："他倏然越墙而去。"师爷说："凡是鬼，都只有形影而没有肉体，离去时应该是突然消失，而不应该越墙。"随即到鬼越墙的地方察看，虽然屋瓦没有碎裂的，但因为刚下过雨，几处屋顶上都隐隐约约有泥脚印，一直到外墙，泥脚印下去了。师爷指着泥脚印说："这一定是囚犯买通了有功夫的盗贼干的。"唐公沉思了一会儿恍然大悟，仍改回原判。他不愿意再提这件事，也没有再深入追究。

【评点】　故事里的唐执玉，因为过分相信有鬼，上当受骗，差点制造了一起冤案。这个案子本来证据确凿，不需要鬼神出现干预。假扮成鬼的这个骗子，是利用人们相信有鬼的心理布了一个局。幸亏这个师爷充分利用了人们坚信不疑的关于鬼的行为方式的描述，才揭露了这个骗局，也避免了一桩冤案。

幸灾乐祸也是作恶

御史某之伏法也,有问官白昼假寐,恍惚见之,惊问曰:"君有冤耶?"曰:"言官受赂鬻章奏,于法当诛,吾何冤?"曰:"不冤,何为来见我?"曰:"有憾于君。"曰:"问官七八人,旧交如我者亦两三人,何独憾我?"曰:"我与君有宿隙,不过进取相轧耳,非不共戴天者也。我对簿时,君虽引嫌不问,而阳阳有德色;我狱成时,君虽虚词慰藉,而隐隐含轻薄。是他人据法置我死,而君以修怨快我死也。患难之际,此最伤人心,吾安得不憾?"问官惶恐愧谢曰:"然则君将报我乎?"曰:"我死于法,安得报君?君居心如是,自非载福之道,亦无庸我报。特意有不平,使君知之耳。"语讫,若睡若醒,开目已失所在,案上残茗尚微温。后所亲见其惘惘如失,阴叩之,乃具道始末,喟然曰:"幸哉我未下石也,其饮恨犹如是。曾子曰:'哀矜勿喜[1]。'不其然乎!"所亲为人述之,亦喟然曰:"一有私心,虽当其罪,犹不服,况不当其罪乎!"

【注释】 1.哀矜勿喜:出自《论语·子张》:"上失其道,民散久矣。如得其情,则哀矜而勿喜。"指对遭受灾祸的人要怜悯,不要幸灾乐祸。哀矜,怜悯。

【译文】 某御史被依法处死后,有个负责审理案件的官员白天闭目养神,恍惚之中,他看见了刚刚死去的御史,吃惊地问:"先生觉得冤枉吗?"御史说:"我身为监察官,收受贿赂,出卖奏章,依法当死,有什么冤屈呢？"这个人问："既然不冤屈，为何前来见我？"御史回答："想起你觉得心有怨恨。"这人说："负责审理此案的官员有七八个人，你的旧交像我这样的也有两三个人，为什么单单对我有怨恨呢？"御史说："我和你一直有隔阂，不过是仕途上的互相排挤，并非不共戴天的深仇大恨。我受审时，你虽然因为避嫌没有发问，却有扬扬得意的神色；我定案时，你虽然表面同情，说些空话宽慰我，却隐隐流露出幸灾乐祸的心思。这就是说，别人依法处死我，你是因为旧怨很高兴看到我死。患难之际，这是最令人伤心的，我怎么不遗憾？"这个人惶恐不安地对御史谢罪，问："那么你要报复我吗？"御史回答："我死于法律制裁，怎么能报复你？你有这样的居心，自然不是得福之道，也用不着我来报复。我只是心中不平，让你知道罢了。"御史说完，这个人若睡若醒，睁开眼睛御史已经不见了，书桌上的剩茶还没有凉。后来，身边亲近的人见他精神恍惚若有所失，私下里问他，他才把梦里的事情详详细细说出来，长叹一声说："幸好我还没有落井下石，他都这样恨我。曾子说过：'哀矜勿喜。'这话太正确了。"他身边亲近的人给别人讲述这件事，也长叹着说："负责审案的官员一旦有了私心，即使判决正确，罪犯还是不服气，更何况判决不当呢！"

【评点】　纪昀写《阅微草堂笔记》的目的是为了对民众进行教化，他把各级官员也当成了教化的对象。这则笔记就是写给官员看的。它有两层含意：一层意思是从为人处世层面说，另一层意思是要求官员审案一定要出于公心，而重点是在第一层意思。人们往往把不对他人落井下石当成一种境界，但是按照纪昀的要求，这还远远不够。他人遭遇牢狱之灾，不是从道义出发对其批评或挽救，而是出于私心幸灾乐祸，也是一种罪恶，所以纪昀设置了白日见鬼这样的场景。

暴风来得太及时

相传某公奉使归，驻节馆舍[1]。时庭菊盛开，徘徊花下。见小童隐映疏竹间，年可十四五，端丽温雅，如靓妆女子。问知为居停主人子。呼与语，甚慧黠。取一扇赠之，流目以盼，意似相就。某公亦爱其秀颖，与流连软语。适左右皆不在，童即跪引其裾(jū)，曰："公如不弃，即不敢欺公[2]。父陷冤狱，得公一语可活。公肯援手，当不惜此身。"方探袖出讼牒，忽暴风冲击，窗扉六扇皆洞开，几为驺(zōu)从所窥[3]。心知有异，急挥之去，曰："俟夕徐议。"即草草命驾行[4]。后廉知为土豪杀人，狱急不得解，赂胥吏引某公馆其家，阴市娈童，伪为其子，又赂左右，得至前为秦弱兰之计[5]。不虞冤魂之示变也。裘文达公尝曰："此公偶尔多事，几为所中。士大夫一言一动，不可不慎。使尔时面如包孝肃，亦何隙可乘。"

【注释】 1. 驻节：指身居要职的官员于外执行使命，在当地住下。节，符节。 2. 裾：衣服的大襟。 3. 驺从：古代贵族、官员出行时的骑马侍从。 4. 草草：匆忙仓促的样子。 5. 廉知：查考，访查。

【译文】 相传某公奉命出使归来，驻留在接待宾客的房舍里。当时庭院里菊花盛开，某公在花下散步。他看见有小童隐约映现在稀疏的竹枝间，年纪十四五岁，端丽温雅，像个盛装的女子。一问才知道是房舍主人的儿子。某公把他叫来说话，发觉他很是聪慧灵巧。某公送给他一把扇子，他目光流转送情，意思像是要主动亲近。某公也喜欢他秀美聪颖，就同他温声软语，恋恋不舍。恰巧左右的人都不在，童子当即跪下，拉着某公的衣襟，说："您如果不厌弃，我也不敢瞒您。我的父亲蒙冤下狱，有您的一句话，他就可以活命。您肯救助，我一定不吝惜这个身子。"童子刚从袖子里摸出状纸，忽然一股狂风冲撞窗户，砰的一下六扇窗户全部大开，他们刚才的情景，几乎被侍从们偷看到。某公暗想这里面肯定有异常，就连忙挥手让童子走，说："到晚上再慢慢商量。"马上急急忙忙叫人驾车离开了这里。后经访察，知道是因为土豪杀了人，急切之间翻不了案，就买通了官府里的小吏，引导某公在他家留宿；又暗地里买了娈童，假装是他的儿子；买通了某公身边的差吏，让这个娈童能到得了某公面前，用上了秦弱兰引诱陶谷的计策。没有料到冤魂显示有诈。裘文达公曾经说："此公偶尔多事，差一点中了计。士大夫一言一行，不可不谨慎，如果某公当时面孔像包公，别人又哪会有机可乘。"

【评点】　秦弱兰引诱陶谷的事，发生在北宋初年。当时宋主准备进攻南唐，先派遣翰林学士陶谷前去劝降，同时探听虚实。陶谷到了南唐，气焰逼人，倨傲万状。南唐丞相宋齐丘看出陶谷虽然外状骄矜，却品德俱亏，是个好色之徒。于是宋齐丘和金陵名妓秦弱兰设一计，陶谷果然坠入计中，只得听凭宋齐丘摆布。文中的某御史公，就有点像北宋的陶谷，别人略微用一点"美人计"，就差点上当。至于"冤魂示警"这个关键细节是真是假已经不重要。既然是土豪杀人，满怀怨愤的怎么可能只有死者？

刘羽冲的悲剧

　　刘羽冲，佚其名，沧州人。先祖高厚斋公多与唱和。性孤僻，好讲古制，实迂阔不可行。尝倩董天士作画，倩厚斋公题[1]。内《秋林读书》一幅云："兀坐秋树根，块然无与伍[2]。不知读何书，但见须眉古。只愁手所持，或是井田谱[3]。"盖规之也。偶得古兵书，伏读经年，自谓可将十万。会有土寇，自练乡兵与之角，全队溃覆，几为所擒。又得古水利书，伏读经年，自谓可使千里成沃壤，绘图列说于州官。州官亦好事，使试于一村。沟洫甫成，水大至，顺渠灌入，人几为鱼[4]。由是抑郁不自得，恒独步庭阶，摇首自语曰："古人岂欺我哉！"如是日千百遍，惟此六字。不久，发病死。后风清月白之夕，每见其魂在墓前松柏下，摇首独步。侧耳听之，所诵仍此六字也。或笑之，则欻隐。次日伺之，复然。泥古者愚，何愚乃至是欤！阿文勤公尝教昀曰："满腹皆书能害事，腹中竟无一卷书，亦能害事。国弈不废旧谱，而不执旧谱；国医不泥古方，而不离古方。故曰：'神而明之，存乎其人[5]。'又曰：'能与人规矩，不能使人巧[6]。'"

【注释】 1.倩：请（别人代替自己做事）。 2.兀坐：端坐。块然：孤独，独处。 3.井田谱：《周礼井田谱》二十卷（永乐大典本），宋夏休撰。此书以己意推演西周井田制，《四库提要》谓为"无用之书"。 4.沟洫：水道，沟渠。 5."神而明之"二句：出自《易·系辞上》："纪而裁之，存乎变；推而行之，存乎通；神而明之，存乎其人。"指要真正明白某一事物的奥妙，在于各人的领会。 6."能与人规矩"二句：出自《孟子·尽心章句下》。指只能教会人规矩法则，不能教会人如何有智慧。

【译文】 刘羽冲，不知名字是什么，沧州人。我的高祖厚斋公常和他用诗歌唱和。他性情孤僻，喜欢讲古时候的章法规制，理解迂腐，实际上都不能施行。他曾请董天士作画，请厚斋公题诗。其中《秋林读书图》

题道:"兀坐秋树根,块然无与伍。不知读何书,但见须眉古。只愁手所持,或是井田谱。"那是规劝他的意思。他偶然弄到了古代兵书,伏案攻读了一年多时间,自称能带兵十万打仗。恰好当时有土匪,他自己训练兵士跟土匪较量,结果乡兵大败,他几乎被活捉。他又弄到了古代讲水利的书,钻研了有一年多时间,自吹可以使千里之地成为沃土,画了图游说州官。州官也好事,就叫他在一个村子里试验。刚挖好沟渠,洪水就来了,顺着沟渠灌进来,百姓差点成了鱼。从此他闷闷不乐想不开,常常在庭院里独自踱步,摇头自语道:"古人岂能骗我!"每天念叨千百遍,只有这六个字。不久,他发病死了。后来,在风清月白的夜晚,常常能见到他的魂在墓前的松柏下摇头踱步。仔细听去,嘴里念叨的还是这六个字。有人笑出了声,他的魂就突然消失了。第二天再守着看,他的魂还和前一天晚上一样在摇头踱步。

沉溺于古代的人很愚蠢,但怎么能愚蠢到这个地步呢?阿文勤公曾教导我说:"满肚子都是书本知识能坏事,肚里一点知识也没有同样能坏事。下棋高手不忽视旧棋谱,但不照搬旧谱;名医不迷信古方,但不离古方。所以说:'对待古书,将它研究透了,而保存自己的见解。'又说:'它能给人定规矩,但不能让人生计谋。'"

【评点】 民间有俗谣云:"死读书,读死书,读书死。"说的就是刘羽冲这种人。这是一个泥古不化、执迷不悟的典型案例。古人没有欺骗刘羽冲,只是时代发展到刘羽冲生活的这个阶段,情况较古书中记载的已经有了发展,有了变化;而且,古时候的兵法、治水方法,也不是不加改造搬到任何地方都能用的。古人没有骗他,是他自己害了乡里,也害了自己。当下,像刘羽冲这样极端的例子肯定没有,但是像这种类型的,其实还是比比皆是的。

读书的目的

何励庵先生言：相传明季有书生，独行丛莽间，闻书声琅琅。怪旷野那得有是，寻之，则一老翁坐墟墓间，旁有狐十余，各捧书蹲坐。老翁见而起迎，诸狐皆捧书人立。书生念既解读书，必不为祸，因与揖让，席地坐。问："读书何为？"老翁曰："吾辈皆修仙者也。凡狐之求仙有二途：其一采精气，拜星斗，渐至通灵变化，然后积修正果，是为由妖而求仙。然或入邪僻，则干天律。其途捷而危。其一先炼形为人，既得为人，然后讲习内丹，是为由人而求仙。虽吐纳导引，非旦夕之功，而久久坚持，自然圆满。其途纡(yū)而安。顾形不自变，随心而变。故先读圣贤之书，明三纲五常之理，心化则形亦化矣。"书生借视其书，皆《五经》《论语》《孝经》《孟子》之类，但有经文而无注。问："经不解释，何由讲贯？"老翁曰："吾辈读书，但求明理。圣贤言语，本不艰深，口相授受，疏通训诂，即可知其义旨，何以注为？"书生怪其持论乖僻，憪憪莫对。姑问其寿。曰："我都不记。但记我受经之日，世尚未有印板书。"又问："阅历数朝，世事有无同异？"曰："大都不甚相远。惟唐以前，但有儒者。北宋后，每闻某甲是圣贤，为小异耳。"书生莫测，一揖而别。后于途间遇此翁，欲与语，掉头径去。案，此殆先生之寓言。先生尝曰："以讲经求科第，支离敷衍，其词愈美而经愈荒。以讲经立门户，纷纭辩驳，其说愈详而经亦愈荒。"语意若合符节。又尝曰："凡巧妙之术，中间

卷三　　　　　　　　　　　　　　　　　041

必有不稳处。如步步踏实，即小有蹉(cuō)失，终不至折肱(gōng)伤足。"与所云修仙二途，亦同一意也。

【译文】　何励庵先生说：相传明代末年有个书生，独自在丛生的草木间赶路，听到琅琅的读书声，觉得很奇怪，在空旷的野地里怎么能有这种声音。循声寻找，只见一个老翁坐在坟墓中间，旁边有十多只狐狸，各自捧书蹲坐着。老翁看见他，起身迎接，那些狐狸都捧着书像人一样站了起来。书生想既然懂得读书，必定不会害人。于是相互施礼，席地而坐。书生问："读书为了什么？"老翁说："我们都是修仙的。狐狸的求仙途径总共有两条：一条是采阴补阳，祭拜星斗，渐渐达到通灵变化的地步。然后再修炼成正果，这是由妖而求仙。但是假如入了邪僻一路，就触犯了天条。这条路快速但是有危险。还有一条途径是先炼形成为人，既然修炼成人了，然后再讲究内炼成丹、外炼成法，这是由人而求仙。采用吞吐导引的方法修炼，不是一朝一夕的工夫，而要长久地坚持，自然能够圆满。这条路曲折而安全。但是形体不能自然而变，是随心而变。所以先读圣贤的书，明白三纲五常的道理。心思变化了，形体也就变化了。"

书生借过他的书来看，都是《五经》《论语》《孝经》《孟子》之类，但只有经文而没有注解。问："经文不解释，怎么讲解贯通？"老翁说："我们读书，只求明理。圣贤的言语，本来就不艰深，口头讲授，疏通解释词义，就可以知道它的义理要旨，要注解做什么？"书生觉得他的议论怪僻，惘惘然不知所对。姑且问他的年寿，老翁回答说："我都不去记这个。只记得我学习经书时，世上还没有刻版印刷的书。"书生又问："您经历了几个朝代，世事有没有同异？"答："大都相差不太远。只是在唐朝以前，只有儒者。北宋以后，常听说某甲是圣贤，这点小有差别罢了。"书生不懂他的意思，作揖告辞。后来在路上遇见这个老翁，想要同他说话，老翁却掉转头径自走了。

我想，这大概是何励庵先生编的寓言。先生曾经说："用讲经文求取科第出身，把经书理解得支离破碎，凭着自己的一知半解去解释，言辞愈是华美，实际上对经文愈是荒疏。用讲经文树立门户，众说纷纭，辩论驳难，说法愈详细，实际上对经文也愈是荒疏。"何励庵先生的意思和故事里老翁的看法完全一致。何励庵先生又曾经说："凡是巧妙的手段方法，中间必然有不稳当的地方。如果步步踏实，即使有小的坎坷，也不至于跌得断胳膊伤脚。"这和老翁所说的修仙有两条途径，也是同一个意思。

【评点】　这则笔记指出了世人读经的三个目的：有人读书，是为了自己修身养性；有人读书，是为了科举进身；有人读书，是为了树立门户。读书是为了修身养性，这是说故事的何励庵先生倡导的，他还强调了如何才能通过读书修炼内心。那就是只读真经，也就是读原文、读原著，然后自己用心体会，而不要去读什么注解。通过注解理解原文，方便快捷，快是快了，但没有步步踏实研读，总有缺漏的地方。何励庵先生为了阐明这个道理，编了一个寓言故事，这个寓言，对于我们是有教益的。

珍惜生命

励庵先生又云：有友聂姓，往西山深处上墓返。天寒日短，翳(yì)然已暮[1]。畏有虎患，竭蹶(jué)力行，望见破庙在山腹，急奔入。时已曛(xūn)黑，闻墙隅人语曰："此非人境，檀(tán)越可速去。"[2]心知是僧，问："师何在此暗坐？"曰："佛家无诳(kuáng)语，身实缢鬼，在此待替。"聂毛骨悚栗，既而曰："与死于虎，无宁死于鬼。吾与师共宿矣。"鬼曰："不去亦可。但幽明异路，君不胜阴气之侵，我不胜阳气之烁，均刺促不安耳[3]。各占一隅，毋相近可也。"聂遥问待替之故。鬼曰："上帝好生，不欲人自戕(qiāng)其命。如忠臣尽节，烈女完贞，是虽横夭，与正命无异，不必待替。其情迫势穷，更无求生之路者，闵其事非得已，亦付轮转，仍核计生平，依善恶受报，亦不必待替。倘有一线可生，或小忿不忍，或借以累人，逞其戾气，率尔投缳(huán)，则大拂天地生物之心，故必使待替以示罚。所以幽囚沉滞，动至百年也。"问："不有诱人相替者乎？"鬼曰："吾不忍也。凡人就缳，为节义死者，魂自顶上升，其死速。为忿嫉死者，魂自心下降，其死迟。未绝之顷，百脉倒涌，肌肤皆寸寸欲裂，痛如脔(luán)割，胸膈肠胃中如烈焰燔(fán)烧，不可忍受。如是十许刻，形神乃离。思是楚毒，见缳者方阻之速返，肯相诱乎？"聂曰："师存是念，自必生天。"鬼曰："是不敢望。惟一意念佛，冀忏悔耳。"俄天欲曙，问之不言，谛视亦无所见。后聂每上墓，必携饮食纸钱祭之，辄有旋风绕左右。一岁，旋风不至，意其一念之善，已解脱鬼趣矣。

【注释】　1.翳：遮蔽。　2.曛：昏暗。　3.刺促：惶恐不安。

【译文】　何励庵先生又说：有个姓聂的朋友，前往西山深处上坟回来，天冷，白天的时间短，阴沉沉的天已晚了。因为害怕有老虎出没，跌跌撞撞尽力赶路。远远看见山腰上有座破庙，急忙奔了进去。这时已经天黑，听到墙角有人说话道："这里不是人待的地方，施主赶紧离开。"聂某以为是和尚，就问："师父为什么在这暗地里坐着？"答："佛家不说谎话，我其实是吊死鬼，在这里等替身。"聂某吓得毛骨悚然，浑身发抖，过了一会儿说："与其死于虎口，不如死在鬼手里，我今天就和师父一起住宿了。"鬼说："不走也可以。但是阴间和阳世路数不同，您受不了阴气的侵袭，我受不了阳气的烘烤，靠近了你我都不得安宁。各自占据一个角落，不要互相靠近好了。"聂某远远问他吊死鬼为什么要找替身。鬼说："上帝热爱生命，不愿看到人自己伤害自己的性命。像忠臣尽节，烈妇保全贞操，这虽然也是意外的横死，但和寿终而死没有什么区别，不必等替代。那些因为情势紧迫困窘、没有求生之路的，冥官则同情他是出于不得已，这样的死者也交付转生轮回，仍然核查他的生平，让他依照善恶接受报应，也不必等替代。倘若有一线希望可以活命，只是因为小小的愤恨就不能忍受，或者用自己的死连累别人，逞一时的暴戾之气，轻率地上吊自杀，那么就大大地违背了天地降生万物的本意，所以一定要让他等待替身，以示惩罚。因此有的鬼魂滞留在阴间，动不动就是百年之久。"聂某问："不是有引诱人相替代的吗？"鬼说："我不忍心这么做。凡是人上吊，为节义而死的，魂从头顶上升，死得很快。为愤恨嫉妒而死的，魂从心脏往下降，死得缓慢。没有断气的时刻，血脉倒涌上来，肌肤好像一寸都要裂开，痛得好比一刀一刀在零碎割肉，胸腹肠胃里如同烈火焚烧，无法忍受。像这样要过十来刻钟的时间，形与神才分离。想想这样的痛苦，所以看见上吊的人就要阻止，让他赶快回头，还肯去引诱他吗？"聂某说："师父有这样的念头，自然一定要升天。"鬼说："这个不敢妄想。只是一心一意地念佛，希望忏悔罢了。"不久，天要亮了，聂某再问，对方不说话了，仔细看，什么也没有。后来聂某每次上坟，必定携带饮食纸钱祭奠这个鬼，每次也总有旋风围绕左右。有一年，旋风不来，料想这个鬼因为一念之善，已经脱离鬼界了。

【评点】　这则笔记有两层意思。一层意思是绕着弯劝人珍惜生命，描述上吊自杀的人在临终前所必需经受的万般痛苦，让人听来心生恐惧，可以多多少少打消自杀的念头；二是因为经历过这种痛苦了，所以不愿意再让不知上吊痛苦的人遭受折磨，这个鬼心存善念，所以，即便他放弃了求"替代"获得再生的机会，还是得到善报，有一天终于脱离了苦海。

实际生活当中是没有鬼的,可是这个故事里,如果不设置一个有过亲身经历的"鬼"现身说法,就不足以让人们极端恐惧,这种说服的效果,要比宣扬生命可贵的大道理来得又快又好。

佛家的功德

沧州插花庙尼,姓董氏。遇大士诞辰,治供具将毕,忽觉微倦,倚几暂憩。恍惚梦大士语之曰:"尔不献供,我亦不忍饥;尔即献供,我亦不加饱。寺门外有流民四五辈,乞食不得,困饿将殆。尔辍供具以饭之,功德胜供我十倍也。"霍然惊醒,启门出视,果不谬。自是每年供具献毕,皆以施丐者,曰此菩萨意也。

【译文】 沧州插花庙的尼姑,姓董。观音菩萨生日那天,董尼姑准备好供具,忽然觉得疲倦,就倚靠几案休息片刻。恍惚中,她梦见观音菩萨对她说:"你不献供,我也不挨饿;你就是献供,我也不会更饱。寺门外有四五个逃难的流民,讨不到饭吃,就要饿死了。你停办供品,给他们施舍饭食,功德胜于供我十倍。"尼姑猛然惊醒,开门一看,果然寺外有几个饥饿的流民。从此,她每年供神以后,都把供品施舍给乞丐,说这是菩萨的旨意。

【评点】 这是劝说人们,不要执迷于虚妄的敬佛供菩萨。救助身边弱小孤苦受难的人群,才是真正意义上的做功德。因为讨好虚拟的菩萨为自己祈福,远远比不上救助弱者来得实在。

孝子平安

先太夫人言：沧州有轿夫田某，母患臌将殆[1]。闻景和镇一医有奇药，相距百余里。昧爽狂奔去，薄暮已狂奔归，气息仅属[2]。然是夕卫河暴涨，舟不敢渡。乃仰天大号，泪随声下。众虽哀之，而无如何。忽一舟子解缆呼曰："苟有神理，此人不溺。来来，吾渡尔。"奋然鼓楫，横冲白浪而行。一弹指顷，已抵东岸。观者皆合掌诵佛号。先姚安公曰："此舟子信道之笃，过于儒者。"

【注释】 1. 臌：中医指肚子膨胀的病，有水臌、气臌两种，通称"臌胀"。2. 昧爽：拂晓，黎明。

【译文】 先母太夫人说：沧州有个轿夫田某，母亲得了臌胀病快不行了。他听说景和镇一个医生有奇药，但距离那儿有一百多里。天刚亮他就狂奔而去，傍晚就已狂奔回来了，累得上气不接下气。但是这天晚上卫河水猛涨，船夫不敢摆渡。田某仰天大哭，声泪俱下。大家虽然都可怜他，但也没有办法。忽然一个船夫解开缆绳招呼道："如果还有天道，这人就不会淹死。来来，我渡你过去。"船夫奋然摇橹，逆着滔天的波浪前进，弹指间船已到达东岸。观看的人都合掌念诵佛号："阿弥陀佛。"先父姚安公说："这个船夫相信天道的虔诚，超过了那些读书人。"

【评点】 这个勇敢的船夫，被轿夫的孝心打动，冒险出航，在汹涌的波涛里平安到达彼岸，靠的是高超的技巧。还有一点很重要，就是船夫相信天道不负孝子，有了充分的信心，就能处变不惊。

卷四

滦阳消夏录四

凭梦断案真荒唐

再从伯灿臣公言：曩(nǎng)有县令，遇杀人狱不能决，蔓延日众[1]。乃祈梦城隍祠。梦神引一鬼，首戴磁盎，盎中种竹十余竿，青翠可爱。觉而检案中有姓祝者，"祝""竹"音同，意必是也。穷治无迹。又检案中有名节者，私念曰："竹有节，必是也。"穷治亦无迹。然二人者九死一生矣。计无复之，乃以疑狱上，请别缉杀人者，卒亦不得。夫疑狱，虚心研鞫(jū)，或可得真情[2]。祷神祈梦之说，不过慑伏愚民，绐(dài)之吐实耳[3]。若以梦寐之恍惚，加以射覆之揣测，据为信谳，鲜不谬矣[4]。古来祈梦断狱之事，余谓皆事后之附会也。

【注释】 1.再从伯：与父同祖而长于父者。次于至亲而同祖的亲属关系叫从，又次一层，同曾祖的亲属关系叫再从。曩：以往，从前。 2.鞫：勘验，审问。 3.绐：欺哄，欺骗。 4.射覆：古代民间的猜物游戏，在瓯、盂等器具下覆盖某一物件，让人猜测。

【译文】 远房伯父灿臣公说：从前有个县令，遇到一个杀人案件不能判决，拖延下来，牵连的人越来越多。于是他到城隍庙向神求祷梦示。他梦见神带来一个鬼，鬼头上顶着个小口大肚子的瓷罐，罐里种着十几根竹子，青翠可爱。醒后他查到案子里有姓祝的人，心想，"祝""竹"同音，凶手必定是他。但用尽酷刑审讯，也没审出证据来。又查到案子里有个人名"节"，他暗想，竹有节，凶手必定是他。于是又用尽酷刑，也没有找到线索。而这两个人都被审得九死一生，好歹总算活了下来。县令没有办法，仍然作为疑案报到上面，请求另外追捕杀人凶手，最终也没有捉到。疑难案子，如果虚心研究审讯，也许能得到真情。请神梦示的说法，不过是吓唬愚民，哄骗他们吐露实情而已。若将梦中恍惚的情景，加以射覆式的猜测，作为定案的依据，没有不错的。自古以来求梦断案的事，我认为都是事后的牵强附会。

【评点】　这个县令，遇到疑案，不是依靠调查研究追查凶手，却求梦中神示，然后像猜谜一样根据梦境里的景象猜测谁是凶手。这种做法，真是草菅人命，荒诞至极。纪昀的结论，是对各种根据神示判案的坚决否定。

明晟断案

　　雍正壬子六月，夜大雷雨，献县城西有村民为雷击。县令明公晟(shèng)往验，饬(chì)棺殓矣[1]。越半月余，忽拘一人讯之曰："尔买火药何为？"曰："以取鸟。"诘曰："以铳击雀，少不过数钱，多至两许，足一日用矣。尔买二三十斤何也？"曰："备多日之用。"又诘曰："尔买药未满一月，计所用不过一二斤，其余今贮何处？"其人词穷。刑鞫之，果得因奸谋杀状，与妇并伏法。或问："何以知为此人？"曰："火药非数十斤不能伪为雷。合药必以硫黄。今方盛夏，非年节放爆竹时，买硫黄者可数。吾阴使人至市，察买硫黄者谁多，皆曰某匠。又阴察某匠卖药于何人，皆曰某人，是以知之。"又问："何以知雷为伪作？"曰："雷击人，自上而下，不裂地。其或毁屋，亦自上而下。今苫(shān)草屋梁皆飞起，土炕之面亦揭去，知火从下起矣[2]。又此地去城五六里，雷电相同，是夜雷电虽迅烈，然皆盘绕云中，无下击之状，是以知之。尔时其妇先归宁，难以研问，故必先得是人，而后妇可鞫。"此令可谓明察矣。

【注释】 1.饬：上级命令下级。 2.苫：用草编成的帘子，草屋顶面。

【译文】 雍正壬子年（1732）六月，一天夜里有大雷雨，献县城西有个村民被雷击而死。县令明晟去查看了现场，下令把尸体装进棺材埋掉。半个多月后，县令明晟忽然抓了一个人，问："你买火药是何用意？"这人说："打鸟。"县令反驳道："用枪打鸟，火药少不过用几钱，至多也不过一两就能用一天，你买二三十斤干什么？"这人说："准备用许多天。"县令又反驳道："你买药不到一月，算算用过的不过一二斤，其余的都放在哪里？"这人答不上来了。经过审问，果然审出了因奸谋杀的情状，于是这人和姘妇一起伏法。有人问："怎么知道凶手是他？"县令说："不用几十斤火药伪装不成雷击现场。配药必用硫黄。如今正是盛夏，不是年节放爆竹之时，没几个人买硫黄。我暗中派人到市场，查问谁买得最多，回答说是某匠人。又暗查某匠人把药卖给了什么人，都说是某人，所以知道这个人就是凶手。"又问："怎么知道雷击是假的？"县令说："雷击人，从上而下，不会炸裂地面。也许有毁坏房屋的，也从上而下。现在茅草顶屋梁都飞了起来，土炕的炕面也揭去了，由此知道火是从下面起来的。另外，这儿离城五六里，雷电应该一样，那天夜里雷电虽然很厉害，但都在云层中盘绕，没有下击，因此知道是伪造了现场。那时，死者的妻子已先回娘家，难以审问。所以一定要先捉到这个人，然后才能审讯那个女人。"这个县令可谓明察秋毫。

【评点】 县令明晟明察秋毫、认真办案。他审理的这个案子几乎没有立案的理由，死者看起来很像是遭雷击意外死亡，可是他仔细勘查现场，分析案发时的天气状况、时令特征以及看起来与案子无关的一些细节，加上自己的知识储备，从而侦破了这起因奸情而谋杀的疑案。作为一个管理者，经常会遇到一些错综复杂的情况，必须学会通过推理分析得出正确的判断，由此才能采取正确的措施。这种推理，必须建立在极端负责任、充分尊重客观事实的基础上。

讲学家被拍砖

武邑某公，与戚友赏花佛寺经阁前。地最豁厂，而阁上时有变怪。入夜，即不敢坐阁下。某公以道学自任，夷然弗信也[1]。酒酣耳热，盛谈《西铭》万物一体之理，满座拱听，不觉入夜[2]。忽阁上厉声叱曰："时方饥疫，百姓颇有死亡。汝为乡宦，既不思早倡义举，施粥舍药，即应趁此良夜，闭户安眠，尚不失为自了汉[3]。乃虚谈高论，在此讲民胞物与[4]。不知讲至天明，还可作饭餐，可作药服否？且击汝一砖，听汝再讲邪不胜正。"忽一城砖飞下，声若霹雳，杯盘几案俱碎。某公仓皇走出，曰："不信程朱之学，此妖之所以为妖欤！"徐步太息而去。

【注释】 1.夷然：态度镇定，像平常一样。 2.《西铭》：原名《订顽》，为《正蒙·乾称篇》中的一部分，作者张载。张载，宋六儒之一。张载曾将《正蒙·乾称篇》录于学堂双牖的右侧，题为《订顽》，将篇中的另一部分录于左侧，题为《砭愚》。后程颐将《订顽》改称为《西铭》，《砭愚》改称为《东铭》。至朱熹又将《西铭》从《正蒙·乾称篇》中分出，加以注解，成为独立的篇章，其向来被视为张载的代表著作。 3.自了汉：《晋书·山涛传》："帝谓涛曰：'西偏吾自了之，后事深以委卿。'"后来把只顾自己、不顾大局的人称为"自了汉"。 4.民胞物与：民为同胞，物为同类，一切为上天所赐。泛指爱人和一切物类。

【译文】 武邑县某公，与亲友在一所寺院的藏经阁前赏花。阁前场地非常豁亮宽敞，可是阁上时常发生怪异的事情，一到夜晚人们就不敢坐在阁下。某公自命信奉道学，神情坦然，不信有什么鬼怪。他趁着酒酣耳热，大谈《西铭》所说万物一体的道理，满座亲友拱手恭听，不知不觉天色已晚。忽然藏经阁上厉声呵斥："眼下正闹饥荒，瘟疫流行，百姓死了很多。你是个退休回乡的官员，既然不想早点倡导义行，不想给灾民施舍粥米、发放草药，就应该趁此美好夜晚，关起门来安稳睡觉，还不失为一个自己管好自身的人。可是你却在这里空谈高论，讲什么世人都是我的同胞，万物都是我的同辈。不知讲到天亮，是可以拿来做饭吃呢，还是可以当药服呢？暂且击你一砖，听你再讲什么邪不胜正。"忽然飞来一块城砖，声响好似霹雳，杯盘几案全被打得粉碎。某公仓皇跑出寺院，说："不信奉程朱道学，这就是妖物成为妖物的原因啊！"他放慢步子，叹息着走开。

【评点】　阁楼上这个只闻其声、不见其形的反对者，斥责的并不只是武邑的这一个某公，而是愤怒批评了这样的某一类人。他们高谈阔论，在百姓最需要实际帮助的时候夸夸其谈。藏经阁上那个愤怒的声音，代表了百姓的意愿。

举人被逐

　　乾隆丙子，有闽士赴公车[1]。岁暮抵京，仓卒不得栖止，乃于先农坛北破寺中僦一老屋。越十余日，夜半，窗外有人语曰："某先生且醒，吾有一言。吾居此室久，初以公读书人，数千里辛苦求名，是以奉让。后见先生日外出，以新到京师，当寻亲访友，亦不相怪。近见先生多醉归，稍稍疑之。顷闻与僧言，乃日在酒楼观剧，是一浪子耳。吾避居佛座后，起居出入，皆不相适，实不能隐忍让浪子。先生明日不迁，吾瓦石已备矣。"僧在对屋，亦闻此语，乃劝士他徒。自是不敢租是室。有来问者，辄举此事以告云。

【注释】　1.公车：汉代官署名，臣民上书和征召都由公车接待。后来指举人进京应试。

【译文】　乾隆丙子年（1756），福建一个举人赴京城参加会试。年末到了京城，仓促间找不到住处，就在先农坛北的破庙里租了一间老屋。过了十几天，半夜里，有人在窗外说道："先生且醒醒，我有几句话。我住在这儿很久了，当初因为你是读书人，从几千里外辛苦奔来求功名，因此让给你住。后来发现你天天外出，以为你刚到京城，应该去寻亲访友，也没有怪你。近来发现你常常喝醉了回来，便开始有些怀疑。刚才听你跟和尚说话，才知道你天天在酒楼看戏，原来是一个浪子。我避居在佛座后面，起居出入，都很不方便，实在不能暗自忍着自己的不舒服把房子让给浪子住。先生明天不迁走的话，我已经准备好了瓦块石头。"和尚在对面屋，也听到了这些话，就劝这个人搬到别处去。从此和尚不再把这间屋子租给别人。有人来问，就举出这件事来告诉对方。

【评点】　古代有些读书人，为了应考离乡背井，可是到了繁华都市以后，他们不是读书求知，而是纵情追求感官享受。给这位福建举人上课的，按纪昀的暗示，应该是狐狸精一类的异类，因为它们常常用砖头瓦片作为武器。其实，为什么不是庙里的和尚看不下去，假装成异类的声音来教训这个浪子呢？这种浪子，这种无行文人，太需要有人给予当头棒喝了！

虐杀生灵太可恶

闽中某夫人喜食猫。得猫则先贮石灰于罂(yīng)，投猫于内，而灌以沸汤[1]。猫为灰气所蚀，毛尽脱落，不烦挦治；血尽归于脏腑，肉白如莹玉[2]。云味胜鸡雏十倍也。日日张网设机，所捕杀无算。后夫人病危，呦呦作猫声，越十余日乃死。卢观察扬吉尝与邻居，扬吉子荫文，余婿也，尝为余言之。因言景州一宦家子，好取猫犬之类，拗折其足，捩之向后，观其孑孓跳号以为戏，所杀亦多[3]。后生子女，皆足踵反向前。又余家奴子王发，善鸟铳，所击无不中，日恒杀鸟数十。惟一子，名济宁州，其往济宁州时所生也。年已十一二，忽遍体生疮，如火烙痕，每一疮内有一铁子，竟不知何由而入。百药不痊，竟以绝嗣。杀业至重，信夫！余尝怪修善果者，皆按日持斋，如奉律令，而居恒则不能戒杀。夫佛氏之持斋，岂以茹蔬啖果即为功德乎？正以茹蔬啖果即不杀生耳。今徒曰某日某日观音斋期，某日某日准提斋期，是日持斋，佛大欢喜；非是日也，烹宰溢乎庖，肥甘罗乎俎，屠割惨酷，佛不问也[4]。天下有是事理乎？且天子无故不杀牛，大夫无故不杀羊，士无故不杀犬豕，礼也。儒者遵圣贤之教，固万万无断肉理。然自宾祭以外，特杀亦万万不宜。以一脔之故，遽戕一命；以一羹之故，遽戕数十命或数百命[5]。以众生无限怖苦，无限惨毒，供我一瞬之适口，与按日持斋之心，无乃稍左乎？东坡先生向持此论，窃以为酌中之道，愿与修善果者一质之。

【注释】 1.罂：口小肚大的罐子。 2.挦：扯拔毛发。 3.孑孓：蚊子的幼虫，这里形容肢体屈伸颠踬的样子。 4.俎：古代切肉的砧板。 5.脔：一小块肉。

【译文】 福建某个夫人喜欢吃猫。捉了猫就先在小口坛子里装进生石灰，把猫扔进去，然后灌进开水。猫的毛被石灰气蒸腾得全都掉光了，就用不着一点一点麻烦地拔毛；猫血都涌进腑脏之中，猫肉洁白似玉。她说经过这样处理，猫肉味胜过鸡雏十倍。她天天张网设置机关，捕杀的猫不知有多少。后来这个夫人病危，嗷嗷发出猫叫的声音，过了十几天才死。道员卢拧吉曾经是这个夫人的邻居。拧吉的儿子叫荫文，是我的女婿，向我讲了这件事。接着又说起景州一个官宦子弟，喜欢把猫狗之类小动物的腿弄断，扭向后面，然后看它们扭来扭去地爬行、哀嚎，以此取乐，这样弄死不少小动物。后来他的子女生下来后，脚后跟都反着往前长。还有我家奴仆王发，擅长打鸟枪，弹无虚发，每天都能打死几十只鸟。他只有一个儿子，叫济宁州，是他去济宁州时出生的。已经十一二岁了，忽然全身长疮，好像是烙痕，每一个疮口里都有一个铁弹，不知是怎么进去的。用了各种药都不见效，最后王发竟然绝了后。杀孽的报应最重，确实如此啊！

我不明白的是，那些修善果的人都在特定的日子里吃斋，好像遵奉着律令，但平时并不能戒杀生。佛家吃斋，难道只吃蔬菜水果就算是功德吗？正是因为吃蔬菜水果就可以避免杀生。如今的佛教徒说：某天某天，是观音斋期；某天某天，是准提斋期。在这一天吃斋，佛极高兴。如果不是这一天，在厨房里大宰大烹，案板上堆满了肥美的肉，惨酷地屠宰，佛也不管。天下有这个道理吗？况且天子不无故杀牛，大夫不无故杀羊，士不无故杀狗、杀猪，这是礼法规定的。儒者遵奉圣贤的教义，当然万万没有不吃肉的道理。但是除了宴客和祭祀以外，如果时时杀生，也万万不妥。为了一块肉，骤然间杀害一条命；为了一顿羹汤，骤然间杀害几十条命或者几百条命。以许多生灵无限的恐惧痛苦，无限的悲惨怨愤，供我享受瞬间的口福，这与在特定的日子吃斋，不是有点自相矛盾吗？苏东坡先生一向坚持这种看法，我认为这是比较中肯的观点，我愿意和那些所谓修善果的人辩一辩这件事。

【评点】　纪昀并不是一味追求吃斋戒杀生，他是反对残忍杀生，反对虐杀、滥杀。故事中的这个夫人，为了满足口腹之欲，每天都想着怎么抓猫，抓来以后又用那样残忍的手段杀猫，应当受到谴责。把猫狗的脚拗断了取乐，同样令人发指。

正义的微风

有两塾师邻村居，皆以道学自任。一日，相邀会讲，生徒侍坐者十余人。方辩论性天，剖析理欲，严词正色，如对圣贤。忽微风飒然，吹片纸落阶下，旋舞不止。生徒拾视之，则二人谋夺一寡妇田，往来密商之札也。此或神恶其伪，故巧发其奸欤！然操此术者众矣，固未尝一一败也。闻此札既露，其计不行，寡妇之田竟得保。当由茕嫠苦节，感动幽冥，故示是灵异，以阴为呵护云尔[1]。

【注释】　1. 茕嫠：寡妇。

【译文】　有两个私塾先生邻村住着，都宣称把继承和宣扬道学作为自己的责任。有一天，两人约定集合一处讲学，十几个学生门徒陪坐一旁。两个人辩论人性和天命，剖析天理人欲，都神态严肃，一本正经，如同面对圣贤讲话一般。忽然一阵微风，吹来一个纸片，在讲坛台阶下不停地旋转飞舞。学生门徒们捡起一看，原来是两个老师的往来密信，内容都是策划夺取一个寡妇的田产。这也许是神灵厌恶他们的虚伪，才用巧妙手段揭露他们的奸诈阴谋吧！然而，这样干的人多了，并没有一一败露。听说两个塾师的私信暴露后，诡计无法实施，寡妇的田产得以保存下来。这应当是那个孤独的寡妇苦苦守节,感动了鬼神,所以才显现灵异暗中保护。

【评点】 两个私塾先生表里不一,表面上道貌岸然,一副正人君子的样子,实则内心世界肮脏,密谋巧取豪夺寡妇的田产。在人力无法干涉、律条又管不到的情况下,幻想由鬼神来揭穿阴谋,这一点让人振奋。但是,纪昀却把事情的结局说成是因为寡妇苦苦守节感动了鬼神,鬼神则作法保护了寡妇的利益。这则笔记的陈腐气息真够浓厚的。

便宜的古董

某公之卒也,所积古器,寡妇孤儿不知其值,乞其友估之。友故高其价,使久不售。俟其窘极,乃以贱价取之。越二载,此友亦卒。所积古器,寡妇孤儿亦不知其值,复有所契之友效其故智,取之去。或曰:"天道好还,无往不复。效其智者罪宜减。"余谓此快心之谈,不可以立训也。盗有罪矣,从而盗之,可曰罪减于盗乎?

【译文】 某先生死后,生前收集的古董,寡妇孤儿不知道价值,就请他的朋友估价。这个朋友故意把价格估得高高的,这些古董好久也卖不出去。等孤儿寡母穷得过不下去时,这个朋友乘机以低价买下了这些古玩。两年后,这个朋友也死了。他收集的这些古董,孤儿寡妇也不识货,于是又有生前好友照搬他的计谋,把古董都弄到了自己手里。有人说:"天道循环,报应不爽,没有往而不返的。所以仿效亡友计谋的,罪责应当减轻。"我认为这话不过是说说痛快而已,却不可以定为公理。小偷有罪,如果有人再偷小偷的，能说这人的罪过就比小偷轻吗？

【评点】 以恶制恶，其实后者更可恶。纪昀的议论，爽快！

许方杀驴

屠者许方，即前所记夜逢醉鬼者也。其屠驴，先凿地为堑，置板其上，穴板四角为四孔，陷驴足其中[1]。有买肉者，随所买多少，以壶注沸汤沃驴身，使毛脱肉熟，乃剀而取之[2]。云必如是始脆美。越一两日，肉尽乃死。当未死时，箝其口不能作声，目光怒突，炯炯如两炬，惨不可视[3]。而许恬然不介意。后患病，遍身溃烂无完肤，形状一如所屠之驴。宛转茵褥，求死不得，哀号四五十日，乃绝。病中痛自悔责，嘱其子志学急改业。方死之后，志学乃改而屠豕。余幼时尚见之，今不闻其有子孙，意已殄绝久矣[4]。

【注释】 1.堑：陷坑。 2.剀：剖开后再挖空。 3.箝：夹住，限制。 4.殄：消灭，灭绝。

【译文】 屠夫许方，就是前面记载的夜里碰到醉鬼的那个人。他杀驴，先在地上挖个坑，在坑上放一块板，板的四角钻四个孔，把驴的脚插进孔里。有来买肉的，按照要买多少，用壶往驴身上浇滚开的水，这样毛褪肉熟，然后把肉割下来，说是必定要这样驴肉才爽脆鲜美。要过一两天，肉被割尽，驴才死去。驴还没有死时，嘴被夹住出不了声，眼珠愤怒地向外凸起，目光炯炯像两盏灯，惨状没法看，而许方满不在乎，不当回事。后来许方患病，浑身溃烂，没有一块完好的皮肤，形状就像他屠宰的驴一样。他卧床不起，辗转反侧，求死不得，哀号了四五十天才死去。他在病中发自内心地悔恨自责，嘱咐他的儿子志学赶紧改行。许方死后，志学改行杀猪。我小时候还见过他，如今没听说他有子孙，想来已经绝嗣很久了。

【评点】　许方为了让驴肉卖出好价钱，想出了一个活驴身上取肉的主意，这种手段令人惨不忍睹。俗话说："和气致祥，戾气致凶。"纪昀告诉读者，许方是死于戾气，死于"天道好还"。他希望民众能培养或保养自己的人道，这样才不会偏离天道，否则就会受到天道的惩罚。

卷五

滦阳消夏录五

罗仰山治心病

　　罗仰山通政在礼曹时，为同官所轧，动辄掣肘，步步如行荆棘中[1]。性素迂滞，渐恚愤成疾[2]。一日，郁郁枯坐，忽梦至一山，花放水流，风日清旷，觉神思开朗，垒块顿消[3]。沿溪散步，得一茅舍。有老翁延入小坐，言论颇洽。老翁问何以有病容，罗具陈所苦。老翁太息曰："此有夙因，君所未解。君七百年前为宋黄筌，某即南唐徐熙也[4]。徐之画品，本居黄上。黄恐夺供奉之宠，巧词排抑，使沉沦困顿，衔恨以终。其后辗转轮回，未能相遇。今世业缘凑合，乃得一快其宿仇。彼之加于君者，即君之曾加于彼者也，君又何憾焉。大抵无往不复者，天之道；有施必报者，人之情。既已种因，终当结果。其气机之感，如磁之引针：不近则已，近则吸而不解。其怨毒之结，如石之含火：不触则已，触则激而立生。其终不消释，如疾病之隐伏，必有骤发之日。其终相遇合，如日月之旋转，必有交会之躔[5]。然则种种害人之术，适以自害而已矣。吾过去生中，与君有旧，因君未悟，故为述忧患之由。君与彼已结果矣，自今以往，慎勿造因可也。"罗洒然有省，胜负之心顿尽[6]。数日之内，宿疾全除。此余十许岁时，闻霍易书先生言。或曰："是卫公延璞事，先生偶误记也。"未知其审，并附识之。

【注释】　1.掣肘：原意指拉着胳膊，比喻有人从旁牵制，工作受干扰。　2.恚：

恨，怒。　3. 垒块：积砌成堆的土块。比喻心中郁积的不平之气。　4. 黄筌：五代时西蜀画院的宫廷画家，字要叔，四川成都人。历仕前蜀、后蜀，官至检校户部尚书兼御史大夫；入宋，任太子左赞善大夫。早以工画得名，擅花鸟，兼工人物、山水、墨竹。所画禽鸟形象丰满，赋色浓丽，勾勒精细，几乎不见笔迹，似轻色染成，谓之"写生"。徐熙：五代南唐杰出画家。江宁（今南京）人。一生未官，性情豪爽旷达，志节高迈，善画花竹林木、蝉蝶草虫，其妙与自然无异。与黄筌并称"黄徐"，形成五代、宋初花鸟画两大主要流派。　5. 躧：足迹，行迹。　6. 洒然：潇洒，洒脱。

【译文】　通政罗仰山在礼曹做官时，受到同僚的排挤倾轧，事事受到牵制，好比每走一步都走在荆棘丛中。他的性格一向迂阔不善变通，渐渐积愤成了病。一天，罗仰山闷闷不乐地坐着，忽然梦见来到一座山里，山间水流花开，风清日丽，风光宜人。罗仰山觉得心旷神怡，心中的郁闷顿时消失了。他沿着溪水散步，见到一座茅舍。有个老翁请他进屋去坐，两人谈得很投机。老翁问他怎么像生病的样子，罗仰山向老翁详细陈述了自己的苦闷。老翁长叹着说："这里有前世的恩怨，你自己不知道罢了。你七百年前是宋朝的黄筌，现在排挤你的同僚前生就是南唐的徐熙。徐熙的画品，本来高出黄筌。但黄筌恐怕被夺走恩宠，就在皇帝面前花言巧语排斥压制徐熙，使得徐熙贫困落魄，含恨而死。之后两人各自辗转轮回，几辈子都没有相遇。今生业缘凑合，徐熙才得以报宿仇。他加在你身上的不幸，正是你曾经加在他身上的不幸，你又有什么好怨恨的呢？世上事情，大体上没有往而不复的。往而必复，这是天道；有恩有冤必报，这是人情。既然已经种上因，终究是要结出果。因果契机的感应，如同磁石吸针，没有靠近也就罢了，一旦靠近就会牢牢吸住不能消解。怨恨的纠结，如同火石含着火，不触则已，一触就火星迸发。冤结一直不消释，就像潜伏的疾病一样，必然会有骤然发作的那一天。冤家终究要相逢，就像旋转的日月一样，必然会有互相交会的印记。可见，种种害人之术，恰好是用来害自己的啊！我在前生跟你有一段交情，因为你没有醒悟，所以给你讲讲前因后果。你与他的冤仇已经了结，从今以后，小心不要再造因就可以了。"罗仰山豁然开朗，争强斗胜之心顿消。几天过去，病就全好了。这是我十来岁时，听霍易书先生讲的。有人说："这是卫延璞的事，霍易书先生偶尔记错了。"不知究竟是谁的事，一并附记下来。

【评点】　罗仰山的病，是心病。由于在梦中遇到了一位高人为他解说缘由，他竟然豁然病愈。毫无疑问，梦境里老翁告诉他说的前世今生之事，是虚构的，但其中的道理却是真实的。就是说，当意识到不是自己的过失造成自己困窘，也并非是由于自己不努力，而且所有的客观因素不可能改变时，能做的只能是俗话所说的"认命"了，抑郁不平之气反倒消释了。他的心病，其实还是他自己治好的。

审案之难

张福，杜林镇人也，以负贩为业。一日，与里豪争路，豪挥仆推堕石桥下。时河冰方结，觚(gū)棱如锋刃，颅骨破裂，仅奄奄存一息[1]。里胥故嗛(xián)豪，遽闻于官[2]。官利其财，狱颇急。福阴遣母谓豪曰："君偿我命，与我何益？能为我养老母幼子，则乘我未绝，我到官言失足堕桥下。"豪诺之。福粗知字义，尚能忍痛自书状。生供凿凿，官吏无如何也。福死之后，豪竟负约。其母屡控于官，终以生供有据，不能直。豪后乘醉夜行，亦马蹶堕桥死。皆曰："是负福之报矣。"先姚安公曰："甚哉，治狱之难也！而命案尤难：有顶凶者，甘为人代死；有贿和者，甘鬻其所亲，斯已猝不易诘矣。至于被杀之人，手书供状，云非是人之所杀。此虽皋陶(gāo yáo)听之，不能入其罪也[3]。倘非负约不偿,致遭鬼殛,则竟以财免矣。讼情万变,何所不有,司刑者可据理率断哉!"

【注释】　1.觚:棱角。　2.嗛:同"衔",怀恨。　3.皋陶:传说他是虞舜时的司法官,后常为狱官或狱神的代称。亦作"皋繇"。

【译文】　张福,是杜林镇人,挑货郎担做小买卖维持生计。有一天,他和乡里的富豪争路,富豪指挥仆人把他推到了石桥下面。当时河面结了冰,冰凌就像锋利的刀,张福摔下去,头颅骨破裂,气息微弱,只剩一丝呼吸。里长原本怀恨富豪,立刻报告了官府。官府垂涎富豪的钱财,催办追得很急。张福暗中让他母亲对富豪说:"你给我偿命,对我有什么好处?如果能替我供养老母幼子,那么趁我没有断气,我跟官府说自己是失足掉到桥下的。"富豪答应了。张福略微认识几个字,这时候还能够忍痛自己书写状纸。张福写的供词言之凿凿,官吏也无可奈何。张福死后,富豪竟背弃约定。张福的母亲多次到官府控告,终因张福生前写过供词,始终不能申雪。富豪后来喝醉了夜间赶路,马失足扑倒,富豪掉下桥下摔死了。人们都说:"这是背弃张福的报应。"先父姚安公说:"审案真难啊,审人命案尤其难。有顶替凶犯、甘心替人去死的,有行贿讲和、甘心出卖亲友的,这已经是仓促间不容易问到真相了。至于被杀的人亲手写供状,说不是为这个人所杀,这即使是虞舜时的司法官皋陶来办案,也不能定罪。这个富豪倘若不是背弃约言不兑现,以致遭到鬼的诛杀,那么就会因为有钱而免罪了。案情千变万化,什么怪事都会发生,掌管刑法的人难道仅仅依据常理就能轻率判决吗?"

【评点】　小货郎担心老母幼子无人供养出此下策,却让富豪逃脱了法律制裁;富豪恃强凌弱,又背信弃义,狡诈无耻,只有遭了天谴,这种结局才顺应民意。但纪昀记录这件事的用意还不在此。他记录了父亲的一段话，是想告诉读者，世情复杂，为官者审案，万万不可依据常理轻率判断。

守财奴和吝啬鬼

姚安公言：有孙天球者，以财为命，徒手积累至千金；虽妻子冻饿，视如陌路，亦自忍冻饿，不轻用一钱。病革时，陈所积于枕前，一一手自抚摩，曰："尔竟非我有乎？"呜咽而殁。孙未殁以前，为狐所魟，每摄其财货去，使窘急欲死，乃于他所复得之，如是者不一。又有刘某者，亦以财为命，亦为狐所魟。一岁除夕，凡刘亲友之贫者，悉馈数金。讶不类其平日所为。旋闻刘床前私箧，为狐盗去二百余金，而得谢柬数十纸。盖孙财乃辛苦所得，狐怪其悭啬，特戏之而已。刘财多由机巧剥削而来，故狐竟散之。其处置亦颇得宜也。

【译文】　姚安公说：有个叫孙天球的人，把钱财看成是他的命。他白手起家积累了千两银子的家产，即便妻子儿女挨冻受饿，他也看成陌生人一样，不管不顾。他自己也同样忍冻挨饿，轻易不用一文钱。病重时，他把积攒的钱都摆在枕头前，一一用手抚摸着说："你最终还是不归我了吗？"他呜咽着死去。孙天球没有死时，狐狸精戏弄他，常常把他的钱偷了去，让他急得要死，然后再让他在别处找到。这种事有过好几次。又有一个刘某，也把钱财当作命，也被狐狸精戏弄过。某年除夕，凡是刘某亲友中贫困的都得到了刘某馈赠的礼钱。大家觉得奇怪，这不像他平时的作为。后来听说刘某床前的箱子里，被狐狸精偷去二百多两银子，却出现了几十张表示感谢的字条。这是因为孙天球的钱财都是辛苦得来的，狐狸嫌他吝啬，只是耍耍他而已。刘某的钱财都是靠玩弄手段剥削而来的，所以狐狸把这不义之财分给了别人。这种处置也是极为妥当的。

【评点】 纪昀说了两个守财奴：孙天球和刘某。他们的共性是：有了钱财，却过分爱惜，他们自私，特别计较个人得失，总是怕自己吃亏；他们冷漠，过分看重自己的财富，为了保护自己的利益，对别人冷漠无情，毫不怜悯，甚至可以六亲不认。因此他们没有朋友，少有亲情。他们既是守财奴，同时又是吝啬鬼，所有表现，都是病态心理的具体反映。

小毛驴无辜遭祸

聂松岩言：即墨于生，骑一驴赴京师。中路憩息高岗上，系驴于树，而倚石假寐。忽见驴昂首四顾，浩然叹曰："不至此地数十年，青山如故，村落已非旧径矣。"于故好奇，闻之跃然起曰："此宋处宗长鸣鸡也，日日乘之共谈，不患长途寂寞矣[1]。"揖而与言，驴啮草不应。反覆开导，约与为忘形交，驴亦若勿闻[2]。怒而痛鞭之，驴跳掷狂吼，终不能言。竟榰折一足，鬻于屠肆，徒步以归。此事绝可笑，殆睡梦中误听耶？抑此驴夙生冤谴，有物凭之，以激于之怒杀耶？

【注释】 1.宋处宗长鸣鸡：古代志怪故事。兖州刺史宋处宗得一长鸣鸡，喜爱备至，每日将鸡笼放在书房窗前。此鸡常听主人吟诗读书，时间长了，竟能谙习人语，时与宋处宗对话，谈论问题颇有见解。后世遂以"鸡窗"代指书窗，书斋。 2.忘形交：出自《新唐书·孟郊传》："孟郊者，字东野，湖州武康人。少隐嵩山，性介，少谐合。愈一见，为忘形交。"指不拘身份、形迹的知心朋友。

【译文】　聂松岩说：即墨书生于某，骑着一头驴子前往京城，中途在一个高岗上休息，把驴子拴在树上，自己靠着石头闭目养神。忽然看到驴子昂头向四处张望，长长地叹了口气说："几十年没到这儿了，青山依旧，村落已经不是当年的模样了。"于某一向好奇，听到驴子说话，一跃而起，自言自语地说："原来此驴就像是宋处宗的长鸣鸡呀！天天骑着一起闲谈，就不怕长途的寂寞了。"于是拱手作揖，对驴说话，驴却只顾吃草，没有应声。于某反复开导恳求，表示愿与驴子结成忘形之交，驴子仍然好像没听见。于某大怒，用鞭狠抽驴子，驴子蹦跳狂吼，可就是不能说话。于某最后打断了驴子一条腿，将驴卖给了屠夫，自己徒步返回家。这件事情十分可笑，是于某睡梦中听错了呢，还是跟这头驴有前生的冤债，有怪物依附在驴身上说话，激怒于某，让驴挨打并且被杀呢？

【评点】　这个于书生，分明是自己打盹儿的时候进入了恍恍惚惚的梦境，却信以为真，当成是毛驴真的会发感慨。毛驴怎么可能会说话呢，又怎么可能会跟人聊天呢，于书生显然是志怪小说看多了。自己的一厢情愿得不到毛驴的响应，就诉诸武力，甚至于要置毛驴于死地，这个书生迂腐、固执得令人咋舌。纪昀说"此事绝可笑"，可笑的是这个书生的无知，可笑的是他把梦境当成实景。至于说到毛驴与书生上辈子的恩怨，动不动就归结到因果报应，那就是纪昀可笑了。

纪晓岚的大黑狗

余在乌鲁木齐，畜数犬。辛卯赐环东归，一黑犬曰四儿，恋恋随行，挥之不去，竟同至京师[1]。途中守行箧甚严，非余至前，虽僮仆不能取一物。稍近，辄人立怒啮。一日，过辟展七达坂（达坂译言山岭，凡七重，曲折陡峻，称为天险），车四辆，半在岭北，半在岭南，日已曛黑，不能全度。犬乃独卧岭巅，左右望而护视之，见人影辄驰视。余为赋诗二首曰："归路无烦汝寄书，风餐露宿且随予。夜深奴子酣眠后，为守东行数辆车。""空山日日忍饥行，冰雪崎岖百廿程。我已无官何所恋，可怜汝亦太痴生。"纪其实也。至京岁余，一夕，中毒死。或曰："奴辈病其司夜严，故以计杀之，而托词于盗。"想当然矣。余收葬其骨，欲为起冢，题曰"义犬四儿墓"，而琢石象出塞四奴之形，跪其墓前，各镌姓名于胸臆，曰赵长明，曰于禄，曰刘成功，曰齐来旺。或曰："以此四奴置犬旁，恐犬不屑。"余乃止。仅题额诸奴所居室，曰"师犬堂"而已。初，翟孝廉赠余此犬时，先一夕，梦故仆宋遇叩首曰："念主人从军万里，今来服役。"次日得是犬，了然知为遇转生也。然遇在时，阴险狡黠，为诸仆魁，何以作犬反忠荩[2]？岂自知以恶业堕落，悔而从善欤？亦可谓善补过矣。

【注释】　1. 赐环：旧时放逐之臣，遇赦召还谓"赐环"。　2. 忠荩：忠诚。

【译文】　我在乌鲁木齐时，养了几只狗。乾隆辛卯年（1771）遇赦离开乌鲁木齐回归京城，一只名叫四儿的黑狗，恋恋不舍地跟随队伍前行，赶也赶不回去，最终一同到了京城。途中，四儿守护行装箱物，看得很严，不是我亲自上前，就是僮仆也拿不出一样东西。稍稍走近一点，它就像人一样站立起来怒咬。有一天，经过辟展的七达坂（达坂，翻译成汉语就是山岭，七重曲折，非常陡峻，人们称之为天险），四辆车子，一半在岭北,一半在岭南,天色已经昏黑,来不及全部翻过山集中到一起。这只狗就卧在山岭顶峰上,左右张望看护着,一见人影就奔过去看。我曾为黑狗赋诗二首:"归路无烦汝寄书,风餐露宿且随予。夜深奴子酣眠后,为守东行数辆车。""空山日日忍饥行,冰雪崎岖百廿程。我已无官何所恋,可怜汝亦太痴生。"记录了四儿的真实情况。

到达京城一年多后,一天晚上,四儿中毒死了。有人说:"家奴们嫌它守夜太严,因此想法弄死了它,而推说是盗贼毒死的。"想来是这样。我收葬了四儿的尸骨,打算为它起个坟头,题字"义犬四儿墓",然后再雕琢随我出塞的四个家奴的石像,跪在四儿墓前,在胸部各刻上他们的姓名,分别是赵长明、于禄、刘成功、齐来旺。有人说:"将这四个家奴安置在四儿墓旁,恐怕四儿看不上。"我才打消了这个念头,只在家奴们住室的门额上题写了"师犬堂"三个字而已。

当初翟孝廉把四儿送给我的前一天夜晚,我梦见已故的仆人宋遇向我叩头说:"我顾念主人从军万里之外,现在前来服役。"第二天,就得到这只狗,因此清楚地知道这是宋遇转生。但是宋遇活着时阴险狡黠,是刁仆的头儿,为何转生为狗以后反而忠心耿耿了?难道是他自知罪孽深重堕落为狗,从而悔恨从善了吗?若是这样,这也可以说是善于补过了。

【评点】 有人评价《阅微草堂笔记》,说"官邸气"很浓,这一篇应该是很典型的了。且看纪昀居高临下的说教,绷着脸训斥下人,自以为是的评判。赞美狗忠心护主没错,错在作者用狗的忠心反衬奴仆的无良,错在作者用狗来侮辱人。

厨子为何懊恼

四川藩司张公宝南,先祖母从弟也。其太夫人喜鳖臛[1]。一日,庖人得巨鳖,甫断其首,有小人长四五寸,自颈突出,绕鳖而走。庖人大骇仆地。众救之苏,小人已不知所往。及剖鳖,乃仍在鳖腹中,已死矣。先祖母曾取视之,先母时尚幼,亦在旁目睹:装饰如《职贡图》中回回状,帽黄色,褶蓝色,带红色,靴黑色,皆纹理分明如绘;面目手足,亦皆如刻画[2]。馆师岑生识之,曰:"此名鳖宝,生得之,剖臂纳肉中,则唼人血以生。人臂有此宝,则地中金银珠玉之类,隔土皆可见。血尽而死,子孙又剖臂纳之,可以世世富。"庖人闻之大懊悔,每一念及,辄自批其颊。外祖母曹太夫人曰:"据岑师所云,是以命博财也。人肯以命博财,则其计多矣,何必剖臂养鳖?"庖人终不悟,竟自恨而卒。

【注释】　1.臛:肉羹。　2.《职贡图》:古时候外国及中国境内的少数民族上层向中国皇帝进贡的纪实图画。

【译文】　四川布政使张宝南先生是先祖母的堂弟,他的夫人爱吃鳖羹。有一天,厨子买了一只大鳖,刚砍掉鳖的头,就有一个长四五寸的小人从鳖的脖腔里蹦出来,绕着鳖跑来跑去。厨子吓得昏倒在地,大家把他救醒,小人已经不知跑到哪儿去了。等剖开鳖,发现小人仍在鳖腹里面,已经死了。先祖母曾拿来小人看过,先母当时还小,也在一旁看到了。小人的装饰像《职贡图》中回族人的样子,帽子是黄色的,夹袍是蓝色的,腰带是红色的,靴子是黑色的,衣着纹理分明,像画的一样,脸面手脚却像雕刻的一样。馆师岑某认识它,他说:"这种小人叫鳖宝,如果能活捉它,剖开人的胳膊放在肉里,它就能靠喝人血为生。人的胳膊里有这种宝物,那么地里的金银珠宝之类,隔着土便能看见了。人被它喝光了血就死了,子孙又可以割开胳膊把它放进去,这样就可以世世代代享用无穷而富裕了。"厨子听了极为懊悔,每当想到这事,就打自己嘴巴。

外祖母曹太夫人说："据岑馆师这么说，这是以命换财。人既然愿意用命去拼，那发财的办法就多了，何必割开胳膊来养鳖？"厨子始终懊恼不已，竟然恼恨得病而死。

【评点】　蒲松龄在《聊斋志异》里也描写过这种鳖宝。一只巨鳖（八大王）为了答谢冯生的不杀之恩，变幻成人，把鳖宝安进了冯生胳膊里。等冯生过上了幸福美满的生活后，八大王担心危害冯生健康，便收回了鳖宝。纪昀此文，则是暴露了一类人渴望一夜暴富，连危害生命也在所不惜的浮躁心态。

卷六

滦阳消夏录六

乱坟堆里的演唱会

沧州瞽(gǔ)者刘君瑞,尝以弦索来往余家。言其偶有林姓者,一日薄暮,有人登门来唤曰:"某官舟泊河干,闻汝善弹词,邀往一试,当有厚赉(lài)¹。"即促抱琵琶,牵其竹杖导之往。约四五里,至舟畔。寒温毕,闻主人指挥曰:"舟中炎热,坐岸上奏技,吾倚窗听之可也。"林利其赏,竭力弹唱。约略近三鼓,指痛喉干,求滴水不可得。侧耳听之,四围男女杂坐,笑语喧嚣,觉不似仕宦家,又觉不似在水次,辍弦欲起。众怒曰:"何物盲贼,敢不知使令!"众手交挝,痛不可忍。乃哀乞再奏。久之,闻人声渐散,犹不敢息。忽闻耳畔呼曰:"林先生何故日尚未出,坐乱冢间演技,取树下早凉耶?"矍然惊问,乃其邻人早起贩鬻过此也²。知为鬼弄,狼狈而归。林姓素多心计,号曰"林鬼"。闻者咸笑曰:"今日鬼遇鬼矣。"

【注释】 1.河干:河边;河岸。赉:赐予,给予。 2.矍:惊慌张望的样子。

【译文】 沧州的盲人刘君瑞,曾经来往我家弹唱。他说,有一个姓林的伙伴,一天傍晚时分,有人找上门来说:"有位官员的船停泊在河岸边,听说你善于说唱弹词,邀请你去试试,应该会有重赏。"当即催促他拿着琵琶,拉着他的竹杖就领他走。走了四五里,到了船边,寒暄完毕,主人指示说:"船里面很热,你坐到岸上弹唱,我靠着窗户听就行了。"林某想得厚赏,卖力地弹唱。大约快到三更的时候,手指疼痛,口干舌燥,求对方给点水喝也没有得到。林某侧耳细听,只听得四周男男女女混杂在一起，笑语喧哗，感觉好像不是官宦人家，又觉得好像不是在河边，于是他停下演奏想要起来。那些人发怒道："瞎眼贼，你是什么东西？敢不听使唤！"接着众人对他拳打脚踢，林某疼痛难忍，于是哀求让他继续演奏。过了许久，听到人声渐渐离开，林某还不敢停止。忽然听见有人叫："林先生，为什么太阳还没出来就坐在这乱坟堆中演唱，是因为早晨树下凉快吗？"林某吃了一惊，原来是他的邻居清早出去贩卖路过此地。林某知道被鬼耍弄了，狼狈地回去了。林某平时很有心计，外号叫"林鬼"。听说了这件事的人都取笑说："今天是鬼遇上鬼了。"

【评点】 平时特别有心机的，往往反倒遭人暗算，这个盲人林先生，又是一个显证。不过，把一个盲人拉到乱坟堆里，一群男男女女围着听弹唱，一定是鬼吗？耍弄林先生的，除了鬼就不能是人吗？纪昀先生这个结论下得还是武断了些。

书生为何不可以

南宫鲍敬之先生言：其乡有陈生，读书神祠。夏夜袒裼睡庑下，梦神召至座前，诃责甚厉[1]。陈辨曰："殿上先有贩夫数人睡，某避于庑下，何反获愆[2]？"神曰："贩夫则可，汝则不可。彼蠢蠢如鹿豕，何足与较？汝读书而不知礼乎？"盖《春秋》责备贤者，理如是矣。故君子之于世也，可随俗者随，不必苟异；不可随俗者不随，亦不苟同。世于违礼之事，动曰某某曾为之。夫不论事之是非，但论事之有无，自古以来，何事不曾有人为之，可一一据以借口乎？

【注释】　1.袒裼:脱去上衣,裸露肢体。庑:堂下周围的走廊、廊屋。　2.愆:罪过,过失。

【译文】　南宫的鲍敬之先生说:他家乡有个姓陈的书生,在神祠庙读书。一个夏夜,陈生光着膀子睡在廊庑下,梦见神把他召到座前,斥责得很严厉。陈生辩解说:"殿上先有几个小贩睡了,我回避到廊庑下,为什么反而受到责备?"神说:"小贩可以睡,你就不行。他们蠢笨得像鹿、像猪,怎么值得跟你比呢?你是读书人,难道不懂礼节吗?"《春秋》挑剔有贤能的人,就是这个道理。因此,君子处世,可以随俗就随俗,不必非得独树一帜;不可随俗就不随,也不必去苟且求同。世上的人对于违背礼数的事,动不动就说某某人曾经做过。不论这样做是否正确,只论事情是否已有先例,自古以来,什么事情不曾有人做过,难道可以一一拿来作为借口吗?

【评点】　世人有一种"从众"心理,往往喜欢随大流,还总是觉得,人家可以这样,我为什么不可以。纪昀借用神灵的梦中警示否定了这种做法,尤其是文末的最后一句话,有振聋发聩之效。

卷七

如是我闻一

曩撰《滦阳消夏录》，属草未定，遽为书肆所窃刊，非所愿也。然博雅君子，或不以为纰缪，且有以新事续告者[1]。因补缀旧闻，又成四卷。欧阳公曰："物尝聚于所好。"岂不信哉！缘是知一有偏嗜，必有浸淫而不自已者。天下事往往如斯，亦可以深长思也。辛亥七月二十一日题。

【注释】　1.纰缪：错误。

【译文】　以前我撰写过一本《滦阳消夏录》，还没定稿就被书坊偷印了。其实这不是我的初衷。但那些博学端雅之士，有的并不认为这部书稿有什么错漏，还是有人告诉我新的故事，于是我将自己的旧闻增加进去又写了四卷。记得欧阳修说过："珍贵的宝物常常聚集在喜欢的人手里。"难道不是真的吗！由此可知，一个人一旦有了偏爱，就会沉浸其中不能自已。天下的事往往是这样，这是应该去加以深思的。乾隆辛亥年（1791）七月二十一日题。

【评点】　由朋友们向自己提供素材，而想到了道德自律的问题，符合《阅微草堂笔记》的写作原则。

井水时甜之谜

虎坊桥西一宅，南皮张公子畏故居也，今刘云房副宪居之。中有一井，子午二时汲则甘，余时则否，其理莫明。或曰："阴起午中，阳生子半，与地气应也。"然元气昆仑，充满大地，何他井不与地气应，此井独应乎？西士最讲格物学，《职方外纪》

载其地有水，一日十二潮，与晷漏不差秒忽¹。有欲穷其理者，构庐水侧，昼夜测之，迄不能喻，至恚而自沉。此井抑亦是类耳！

【注释】　1.《职方外纪》：意大利传教士艾儒略于明天启三年（1623）根据庞迪我和熊三拔所著的底本编译而成，是我国最早的中文版世界地理专著，加深了中国人对地球的认识。晷漏：晷与漏，均是古代测时的仪器。晷，按照日影测定时刻的仪器，亦称"日规"。漏，古代计时器，铜制有孔，可以滴水或漏沙，有刻度标志以计时间。

【译文】　北京虎坊桥西有一处住宅，是南皮张子畏先生的故居，现在由左副都御史刘云房住着。宅中有一口井，在子时、午时两个时辰打水，水是甜的，其他时间则不甜，不知是什么缘故。有人说："这是由于阴气正午生起，阳气在夜里十二点时生起，阴阳二气与地气感应的缘故。"然而元气广大无垠，充满天地之间，为什么其他井并不与地气感应，唯独这口井与地气相感应呢？记得西洋人是最讲究格物学的，在《职方外纪》中记载，某地的水一天之内十二次涨潮，其时间与十二时辰分秒不差。有个人想要探究其中的道理，就在水边搭了棚子，日夜观测，始终未能弄明白，他怨愤至极投水而死。这口井或许也属于这一类吧！

【评点】　通过读书寻求答案，结合读书及亲身实践试图找出答案，都是可取的。但故事中那个跳水身亡的人，还是没有读懂书。有些谜团需要拓宽思路才能解开，急于求成，他的思想反而会被自己的框框束缚住，像这种异常现象不能用常理来思考，只靠下苦功夫是解决不了问题的。有些谜团需要客观条件成熟方能解开，条件还不成熟，解不开的谜团不解也罢，这么轻易就轻生了，说到底还是读书读傻了。

读书为明理

里人王五贤（幼时闻呼其字是此二音，不知即此二字否也），老塾师也。尝夜过古墓，闻鞭朴声，并闻责数曰："尔不读书识字，不能明理，将来何事不可为？至上干天律时，尔悔迟矣。"谓深更旷野，谁人在此教子弟。谛听，乃出狐窟中。五贤喟然曰："不图此语闻之此间。"

【译文】　村里人王五贤（幼年时听到叫他的字是这两个音，不知道是否就是这两个字），是个教私塾的老先生。有一次，他夜间经过古墓，听到鞭打的声音，还听到斥责说："你不读书识字，不能明白道理，将来什么事情干不出来呢？等到触犯天条的时候，你再后悔就晚了！"他想更深夜静的，又是在旷野之中，是谁在教育子弟呢？仔细一听，原来声音出于狐狸居住的洞穴之中。王五贤感慨地说："没有料到这样的话，竟然在这里听到。"

【评点】　读书识字，是明事理、有所为的基础，但前提是读什么书，怎样读。如果只是为了应试去读书，考完了就把书烧掉表示庆祝，那是读多少书也不可能明事理的。王五贤的感慨，是因为看到了当时读书人的种种劣迹，看到了当时的社会现象才发出的，而这番议论，到今天仍有现实意义。

胡医生奇遇多

医者胡宫山，不知何许人。或曰："本姓金，实吴三桂之间谍。

三桂败，乃变易姓名。"事无左证，莫之详也。余六七岁时及见之，年八十余矣，轻捷如猿猱(náo)，技击绝伦[1]。尝舟行，夜遇盗，手无寸刃，惟倒持一烟筒，挥霍如风，七八人并刺中鼻孔仆。然最畏鬼，一生不敢独睡。言少年尝遇一僵尸，挥拳击之，如中木石，几为所搏，幸跃上高树之顶。尸绕树踊距，至晓乃抱木不动。有铃驮群过，始敢下视。白毛遍体，目赤如丹砂，指如曲钩，齿露唇外如利刃。怖几失魂。又尝宿山店，夜觉被中蠕蠕动，疑为蛇鼠；俄枝梧撑拄，渐长渐巨，突出并枕，乃一裸妇人。双臂抱持，如巨綆(gēng)束缚，接吻嘘气，血腥贯鼻，不觉晕绝[2]。次日得灌救，乃苏。自是胆裂，黄昏以后，遇风声月影，即惴惴却步云。

【注释】　1.猿猱：泛指猿猴。猱，古书上说的一种猴。　2.綆：大绳索。

【译文】　行医的胡宫山，不知道是个什么样的人。有的说："他本来姓金，实际上是吴三桂的间谍。吴三桂失败，他才改名换姓。"这种说法没有旁证，无法了解清楚。我六七岁时还见到过他，当时他年纪已经有八十多岁了，但身体轻便敏捷得像猿猴一样，搏斗的技巧无与伦比。他曾经有一次乘船途中夜里遇到强盗，手无寸铁，只是倒提着一支烟筒，挥舞起来呼呼生风，七八个人都被他打中了鼻子扑倒在地上。但是他最怕鬼，一生不敢一个人睡觉。他说年轻时曾经遇到一个僵尸，挥拳打去，就像打在木头上石头上，几乎被僵尸抓住，幸而跳上高高的树顶。僵尸绕着树上蹿下跳，到天亮才抱住树不动。直到有系着铃铛的马帮经过，他才敢向下观看。只见那个僵尸满身白毛，眼睛红得像朱砂，手指像弯曲的钩子，牙齿露在嘴唇外面像快刀。他害怕得几乎掉了魂。他又曾经有一次住在山间的旅店里，夜里觉得被中蠕蠕而动，疑心是蛇鼠之类。一会儿，这个东西像树枝一样撑起来，越长越大，从被窝里拱出来与他并枕而卧，原来是一个裸体妇人。她双臂抱住他，就像粗大的绳子捆绑着他，女人亲他的嘴，朝他嘘气，血腥味直贯鼻子，他不知不觉昏死过去。第二天被人灌救，才苏醒过来。从此以后，他吓破了胆，黄昏以后，有一点儿风声月影，就吓得往后退。

【评点】　胡宫山说的那个"僵尸"，明代冯梦龙在他的小说中也描述过，现代有人考证过，实际上并不是真的僵尸作怪，而是有一种罕见的怪异生物，形似僵尸而已。至于胡宫山被窝里拱出来的那个女人，究竟是梦魇还是真实情景，反正胡宫山已经认定是鬼了，别人也无法考证。

命比脸面更重要

　　史太常松涛言：初官户部主事时，居安南营，与一孀（shuāng）妇邻。一夕盗入孀妇家，穴壁已穿矣。忽大呼曰："有鬼！"狼狈越墙去。迄不知其何所见也。岂神或哀其茕独，阴相之欤？又戈东长前辈一日饭罢，坐阶下看菊，忽闻大呼曰："有贼！"其声喑（yīn）呜，如牛鸣瓮中。举家骇异。俄连呼不已，谛听，乃在庑下炉坑内。急邀逻者来，启视，则儽（léi）然一饿夫，昂首长跪[1]。自言前两夕乘暗阑入，伏匿此坑，冀夜深出窃[2]。不虞二更微雨，夫人命移腌虀（jī）两瓮置坑板上，遂不能出[3]。尚冀雨霁移下，乃两日不移。饥不可忍，自思出而被执，罪不过杖；不出则终为饿鬼。故反作声自呼耳。其事极奇，而实为情理所必至。录之亦足资一粲也。

【注释】　1.儑:憔悴颓丧的样子。　2.阑入:混进,进入不该进的地方。　3.齑:同"齑",指捣碎的姜、蒜、韭菜等。

【译文】　太常寺卿史松涛说:起初担任户部主事时,住在安南营,与一个寡妇相邻。一天晚上,盗贼想进寡妇家,在墙壁上凿洞已经凿穿了,忽然大声呼叫道:"有鬼!"狼狈地跳过墙头逃走了。至今不知道他见到了什么。难道神也哀怜寡妇孤独无依,暗中佑助她吗?还有,戈东长前辈有一天吃完饭,坐在台阶下赏看菊花。忽然听到大声呼叫:"有贼!"声音沉闷,就像牛埋头在瓮中叫,全家惊异极了。不一会儿,连叫不停,仔细一听,是在廊屋下的炉坑里。赶紧叫巡逻的人来,打开一看,是一个半死不活的男人,抬着头跪着。自己说前两天乘天黑混进来,伏在这个坑里,想到了夜深的时候出来偷东西。不料二更天下起小雨,夫人让人把两瓮腌菜搬在坑板上,这下出不来了。还希望雨止天晴会把腌菜搬下去,过了两天也没有搬,饿得受不了。思前想后,预料出来被抓住,不过挨棒打;不出来,就要成饿鬼了。所以反而自己呼叫捉贼。这事情很离奇,但又在情理之中。记录下来,也足以供人一笑。

【评点】　这则笔记写了两件事。第一件事,盗贼打洞偷东西,已经打通了,却突然大叫有鬼狼狈逃走,纪昀猜想有可能是神灵怜惜她守节,可是他为什么就没有想到,有可能是这个寡妇扮成鬼相吓走了盗贼呢?第二则故事的确可笑,可是包含了一个很重要的道理,那就是:不要因为一点小挫折就灰心,就放弃努力。哪怕需要丢那么一点点面子,也不能因为灰心、因为怕丢面子而丢弃了生命。因为,生命太珍贵了。故事中小偷所遇之事虽不算挫折,他也应受到惩罚,但他遇事并不迂腐,还是很顾惜生命的。

复杂的案情

河间府吏刘启新，粗知文义。一日问人曰："枭鸟、破獍(jing)是何物？"或对曰："枭鸟食母，破獍食父，均不孝之物也。"刘拊掌曰："是矣。吾患寒疾，昏懵(mēng)中魂至冥司，见二官连几坐。一吏持牍请曰：'某处狐为其孙啮杀，禽兽无知，难责以人理。今惟议抵，不科不孝之罪。'左一官曰：'狐与他兽有别。已炼形成人者，宜断以人律；未炼形成人者，自宜仍断以兽律。'右一官曰：'不然。禽兽他事与人殊，至亲属天性，则与人一理。先王诛枭鸟、破獍，不以禽兽而贷也。宜仍科不孝，付地狱。'左一官首肯曰：'公言是。'俄吏抱牍下，以掌掴(guǎi)吾，悸而苏[1]。所言历历皆记，惟不解枭鸟、破獍语。窃以为不孝之鸟兽，今果然也。"案，此事新奇，故阴府亦烦商酌。知狱情万变，难执一端。据余所见，事出律例之外者：一人外出，讹传已死。其父母因鬻妇为人妾。夫归，迫于父母，弗能讼也。潜至娶者家，伺隙一见，竟携以逃。越岁缉获，以为非奸，则已别嫁；以为奸，则本其故夫。官无律可引也。又，劫盗之中，别有一类，曰赶蛋。不为盗，而为盗之盗。每伺盗外出，或袭其巢，或要诸路，夺所劫之财。一日互相格斗，并执至官。以为非盗，则实强掠；以为盗，则所掠乃盗赃。官亦无律可引也。……不知彼地下冥官，遇此等事，又作何判断耳？

【注释】　1.掴：用手掌打耳光。

【译文】 河间府小吏刘启新,看书看文章能看懂点意思。有一天,他问别人:"枭鸟、破獍是什么东西?"有人回答说:"枭鸟吃它母亲,破獍吃它父亲,都是不孝的动物。"刘启新拍手说:"对了。我得了伤寒,昏昏沉沉的,灵魂到了阴曹,看见两位冥官并排坐着。一个小吏手持案卷请示说:'某处的狐狸被它孙子咬死了。禽兽无知,难以用人理来要求它。现在只能考虑抵命,而不能以不孝治罪。'左边的官员说:'狐狸与其他兽类有区别。已经修炼成人形的,应当按人的法律判处;未修炼成人形的,就仍然按禽兽来断案。'右边的官员说:'不能这样。禽兽在其他方面与人不同,亲情爱心则是天性,与人一样。先王杀枭鸟、破獍,并不因为是禽兽就宽恕它们。因此应以不孝罪,把狐孙打入地狱。'左边的官员点头说:'你说得很对。'过了不久,小吏抱着案卷退下,用手打我耳光,我吓醒了。他们所讲的话历历在耳,只是不明白枭鸟、破獍是什么意思。我猜测它们是不孝的鸟兽,果然是这样。"

按,这种事很新奇,所以阴府也很费斟酌,可知案情千变万化,很难偏执一端。据我所见,还有超出律条规范之外的。有一个人离家外出,讹传已经死了。于是他的父母把儿媳卖给别人做妾。丈夫回家后,知道是父母卖了妻子,不能打官司,就偷偷地到娶自己妻子的人家里,等着机会见了一面,竟然带着妻子逃了,过了一年又被抓获。认为这事不是通奸吧,女方已经另嫁别人了;定为通奸吧,男方又是女方原来的丈夫,官府没有律条可以援引使用。

再有,劫盗之中,别有一种类型,叫"赶蛋",这种人不抢劫别人,而专抢劫盗贼抢来的东西。他们每每等到盗贼出外抢劫之机,要么袭击盗贼的巢穴,要么在路上抢夺盗贼劫得的财物。有一天撞上了格斗起来,一同被执送到官府。认为他们不是强盗,他们确实强抢了他人;把他们定为强盗,可他们抢夺的又是盗贼的赃物。官府也没有律条可以援引定案。……不知那些阴府官员遇到此类事情,又会做怎样的决断呢?

【评点】 人世间的事情,纷繁复杂,仅是抢劫偷盗案,竟然也花样百出。

纪昀认为阴府判案公正，也只是道听途说，但足见他对阳间官府颇有微词。

洒脱的董曲江

　　钱遵王《读书敏求记》载：赵清常殁，子孙鬻其遗书，武康山中，白昼鬼哭[1]。聚必有散，何所见之不达耶？明寿宁侯故第在兴济，斥卖略尽，惟厅事仅存。后鬻其木于先祖。拆卸之日，匠亦闻柱中有泣声。千古痴魂，殆同一辙。余尝与董曲江言："大地山河，佛氏尚以为泡影，区区者复何足云。我百年后，傥图书器玩，散落人间，使赏鉴家指点摩挲曰：'此纪晓岚故物。'是亦佳话，何所恨哉！"曲江曰："君作是言，名心尚在。余则谓消闲遣日，不能不借此自娱。至我已弗存，其他何有？任其饱虫鼠，委泥沙耳。故我书无印记，砚无铭识，正如好花朗月，胜水名山，偶与我逢，便为我有。迨云烟过眼，不复问为谁家物矣[2]。何能镌号题名，为后人作计哉！"所见尤脱洒也。

【注释】　1. 钱遵王：即钱曾，字遵王，号也是翁，又号贯花道人、述古主人，清代诗人、藏书家、目录学家，明末清初著名诗人钱谦益的后人。《读书敏求记》：是一部解题式的书目，继承了前人特别是宋人的书目传统，解题内容侧重于版本的鉴定。　2. 迨：等到。

【译文】　钱遵王《读书敏求记》记载：赵清常死后，他的藏书全都被子孙卖了，在武康山里，白天就能听见鬼的哭声。有聚必有散，怎么就这么不达观呢？明代寿宁侯的故宅在兴济，早已被拆卖干净，只剩下了一个厅堂。后来又把厅堂的木料卖给我的先祖。拆卸的时候，工匠也听到厅柱里有哭泣声。千古痴魂，如出一辙。我曾对董曲江说："大地山河，佛家也以为是泡影，一点点东西又何足道？我百年以后，如果我的图书器物古玩，散落在人间，鉴赏家能指点抚摩着说：'这是纪晓岚的故物。'也是一段佳话，还有什么可遗憾的呢？"董曲江说："您说这样的话，还有一种求名的心思。我却认为，活着时需要消闲打发日子，不能不借用各种器物供自己娱乐。至于死后，我本人都已经不存在了，其他还有什么意义呢？生前用过的东西，可以任其喂虫子喂老鼠、丢进泥沙里。因此，我的书没有印章记录，砚石也没有铭刻留文，恰似好花圆月，山水名胜，偶然与我相逢便属于我所有；等云烟过眼，就不再问属于谁家所有。哪里还能刻什么号、题什么名，为后来人做打算呢！"他的见识更为超脱潇洒。

【评点】 董曲江颇得老庄真传。董曲江的话，也令我们想起苏轼在《前赤壁赋》中的一段话："且夫天地之间，物各有主，苟非吾之所有，虽一毫而莫取。惟江上之清风，与山间之明月，耳得之而为声，目遇之而成色，取之无禁，用之不竭，是造物者之无尽藏也，而吾与子之所共适。"天地之间，所有的物品各自都有归属，如果不是自己应该拥有的，即使是一分一毫也不能求取。只有江上的清风，以及山间的明月，送到耳边我就能听到声音，进入眼帘我就能看到形状和颜色，获得这些不会有人禁止，享用这些也不会有竭尽的时候。这是造物主恩赐给我们的没有穷尽的大宝藏，你我尽可以一起享用。

神奇的业镜

于道光言：有士人夜过岳庙，朱扉严闭，而有人自庙中出。知是神灵，膜拜呼上圣。其人引手掖之曰："我非贵神，右台司镜之吏，赍文簿到此也。"问："司镜何义？其业镜也耶？"曰："近之，而又一事也。业镜所照，行事之善恶耳。至方寸微暧，情伪万端，起灭无恒，包藏不测，幽深邃密，无迹可窥，往往外貌麟鸾，中韬鬼蜮，隐慝未形，业镜不能照也。南北宋后，此术滋工，涂饰弥缝，或终身不败。故诸天合议，移业镜于左台，照真小人；增心镜于右台，照伪君子。圆光对映，灵府洞然：有拗捩者，有偏倚者，有黑如漆者，有曲如钩者，有拉杂如粪壤者，有溷浊如泥滓者，有城府险阻千重万掩者，有脉络屈盘左穿右贯者，有如荆棘者，有如刀剑者，有如蜂虿者，有如狼虎者，有现冠盖影者，有现金银气者，甚有隐隐跃跃现秘戏图者[1]。而回顾其形，则皆岸然道貌也。其圆莹如明珠，清澈如水晶者，千百之一二耳。如是者，吾立镜侧，籍而记之，三月一达于岳帝，定罪福焉。大抵名愈高则责愈严，术愈巧则罚愈重。《春秋》二百四十年，瘅恶不一，惟震夷伯之庙，天特示谴于展氏，隐慝故也[2]。子其识之。"士人拜受教，归而乞道光书额，名其室曰"观心。"

【注释】　1. 捩：扭转。虿：古书上说的蝎子一类的毒虫。　2. 瘅：憎恨。震夷伯之庙：出自《汉书·五行志》："九月己卯晦，震夷伯之庙。"似乎是上天发出警示，不要让大夫代代为官，独掌朝政而昏昧。

【译文】　于道光说：有个读书人夜里经过岳庙，红色的大门紧紧地关闭着，却有人从庙里出来。他知道这是神灵，就合掌加额，长跪而拜，呼叫上圣。那人伸手扶住他说："我不是高贵的神，是右台司镜的小吏，到这里送档案资料的。"问："司镜是什么意思？是业镜吗？"答："差不多，但又是另一件事。业镜所照，是判断人们做过的事情性质是善是恶。至于人们内心细微的隐曲，真诚与虚伪，万种头绪，起灭无常；还有包藏着的难以测量的心思，幽深细密，找不到可以窥看的途径，往往外貌像麒麟鸾凤那般高贵，心里却掩藏着鬼蜮伎俩，这一类人的隐恶没有露出形迹，业镜就照不见。南北宋以后，人们伪装内心的技术更加工巧，掩饰弥补，有人竟然终身都不败露。所以众天神合议，把业镜移到左台，照真小人；增设心镜在右台，照伪君子。两个镜子圆光相对映照，人们的内心就清清楚楚照出来了：有固执的，有偏心的，有黑如漆的，有曲如钩的，有乱七八糟如粪土的，有混浊如泥污的，有心机深险千遮万挡的，有脉络盘曲左穿右贯的，有像荆棘的，有像刀剑的，有像蜂和蝎子的，有像虎狼的，有现出做官的冠服和车盖的，有现出金银珠宝形状的，甚至有隐隐约约现出男女秘戏图的。而回顾人们的外形，却都是神态庄严的道学家的面貌。内心圆润光亮像明珠，清澈像水晶的，千百个人中只有一两个罢了。这些情况，我站立在镜的旁边，都记录下来，三个月送给岳帝一次，由岳帝决定降罪或赐福。大约是名声愈高就责备愈严，心术愈巧就惩罚愈重。《春秋》二百四十年，其中值得憎恨的坏人坏事不止一处，上天却只用雷击夷伯的庙，特别表示对展氏的谴责，是因为他隐匿了罪恶。你要记住。"士人敬受教诲，回来后恳求于道光书写匾额，把自己的居室命名为"观心"。

【评点】　人们常说："人在做，天在看。"这一则笔记所说，则更进了一层，是"人在想，天在看"。纪昀设置的是一个理想境界，这个境界在当今现实中可能会被斥为虚幻和迷信，但是民间一直有"要想人不知，除非己莫为"的说法。无论是行善还是作恶，即便是现场没有人看见，但总会留下蛛丝马迹，总会被人知晓，更何况，随着现代科技的发展，更加能够勘破真相。

庸人自扰

　　雍正甲寅，余初随姚安公至京师。闻御史某公性多疑。初典永光寺一宅，其地空旷。虑有盗，夜遣家奴数人，更番司铃柝；犹防其懈，虽严寒溽暑，必秉烛自巡视，不胜其劳[1]。别典西河沿一宅，其地市廛栉比，又虑有火，每屋储水瓮[2]。至夜铃柝巡视，如在永光寺时，不胜其劳。更典虎坊桥东一宅，与余邸隔数家。见屋宇幽邃，又疑有魅。先延僧诵经，放焰口，钹鼓琤琤者数日，云以度鬼[3]。复延道士设坛召将，悬符持咒，钹鼓琤琤者又数日，云以驱狐。宅本无他，自是以后，魅乃大作，抛掷砖瓦，攘窃器物，夜夜无宁居。婢媪仆隶，因缘为奸，所损失者无算。论者皆谓妖由人兴。居未一载，又典绳匠胡同一宅。去后不通闻问，不知其作何设施矣。姚安公尝曰："天下本无事，庸人自扰之。其此公之谓乎？"

【注释】　1. 溽暑：潮湿而闷热的夏天。　2. 市廛：集市。廛，古代城市平民聚集地。　3. 琤琤：声音清脆明快。

【译文】　雍正甲寅年（1734），我第一次随先父姚安公到京城。听说御史某公性情多疑。他最初租住宣武门外永光寺一所住宅，这个地方空旷。他担心有盗贼，夜里派几个家奴，轮流打更敲梆子；他怕打更人松懈，即便是严寒酷暑，也一定举着灯烛亲自巡视，不胜劳苦。又租住崇文门外西河沿一处住宅，这个地方店铺林立，他又怕有火灾，在每间房里备上水缸，还像以前那样夜里亲自巡视，就如同住在永光寺时那样不胜其劳。又租住虎坊桥东一宅,与我家只隔了几户人家。他见房屋幽静深邃,又疑心有鬼。先是请僧人诵经,放焰口超度亡灵,铙声钹声鼓声琤琤哐哐响了好几天,说是驱除鬼魂。又请道士设法坛,招神将,念咒挂符,又是好几天钹鼓琤琤,说是驱除狐媚。这座屋宅本来没什么,自此后却真的闹鬼了。扔砖瓦,偷器皿,整夜不得安宁。仆人们借此机会偷拿东西,损失的钱财无法计算。人们议论说这鬼魅是人招来的。住了不到一年,他又租住绳匠胡同中一宅。他离开后,没通信息,不知他又搞了什么防范措施。先父姚安公说:"天下本无事,庸人自扰之。说的正是某御史这种人吧?"

【评点】 从几次租房的经历来看,这个御史公人生的动力和方向,似乎就是:家不被偷、东西不被烧,没有鬼魅侵扰。不错,在那个年代生活,担心盗贼,担心灾难,担心鬼魅,如果是平民百姓,都属正常,因为社会底层的人,活着,有种种难处。可是,这个不胜劳苦的不是一般民众,他是个级别不算低的官员啊!了解自己的生存环境,鸵鸟般将自己的头藏起来,遇到纷争,庸人也会有刺,但这个官员的刺绝不是为了出击,而是如刺猬一样,只求自保。如果做官都跟他一样,这个朝代还有什么指望?

梦中之梦

钱塘陈乾纬言:昔与数友泛舟至西湖深处,秋雨初晒,登寺楼远眺。一友偶吟"举世尽从忙里老,谁人肯向死前休"句,相与慨叹。寺僧微哂(shěn)曰:"据所闻见,盖死尚不休也。数年前,秋月澄明,坐此楼上,闻桥畔有诟(gòu)争声,良久愈厉。此地无人居,心知为鬼。谛听其语,急遽搀夺,不甚可辨,似是争墓田地界。

俄闻一人呼曰：'二君勿喧，听老僧一言可乎？夫人在世途，胶胶扰扰，缘不知此生如梦耳。今二君梦已醒矣，经营百计，以求富贵，富贵今安在乎？机械万端，以酬恩怨，恩怨今又安在乎？青山未改，白骨已枯，孑然惟剩一魂。彼幻化黄粱，尚能省悟；何身亲阅历，反不知万事皆空？且真仙真佛以外，自古无不死之人；大圣大贤以外，自古亦无不消之鬼。并此孑然一魂，久亦不免于澌灭。顾乃于电光石火之内，更兴蛮触之兵戈，不梦中梦乎[1]？'语讫，闻呜呜饮泣声，又闻浩叹声曰：'哀乐未忘，宜乎其未齐得丧。如斯挂碍，老僧亦不能解脱矣。'遂不闻再语，疑其难未已也。"乾纬曰："此自师粲花之舌耳[2]。然默验人情，实亦为理之所有。"

【注释】　1. 蛮触：《庄子·则阳》曰："有国于蜗之左角者，曰触氏；有国于蜗之右角者，曰蛮氏。时相与争地而战，伏尸数万，逐北，旬有五日而后反。"后以"蛮触"为典，常用来指为小事而争斗的人。　2. 粲花之舌：形容人的言论精妙绝伦。

【译文】　钱塘人陈乾纬说：过去他与几个朋友到西湖深处泛舟，秋雨初晴，登上寺楼向远方眺望。一个朋友诗兴大发，偶尔吟诵出诗句"举世尽从忙里老，谁人肯向死前休"，众人都慨叹起来。一个僧人微笑着说："据我的所闻所见，人死后还有仍然不肯罢休的。几年前，一个秋月明亮的夜晚，我坐在这楼上，听见桥旁有辱骂争吵声，吵了很长时间，越吵越厉害。此地没人居住，我心知是鬼在争吵。仔细听他们吵些什么，由于你争我抢吵得很激烈，分辨不太清楚，只是听出似乎是在争夺坟墓地界。不一会儿听到另有一人喊着说：'两位先生不要吵，能听老僧说一句话否？人在世间，忙忙乱乱，那是由于不知道人生如梦而已。可现在二位的梦应该醒了。苦心经营，千方百计，求取富贵，富贵如今在哪里呢？机巧之心万种，用来酬恩报怨，恩怨如今又在哪里呢？青山没有改变，白骨已经干枯，只剩了孤零零的魂魄。那个做了黄粱一梦的人，尚且能够醒悟；为什么两位已经亲身经历的，反而不懂万事皆空这个道理呢？况且，真仙真佛以外，自古以来没有不死的人；大圣大贤以外，自古以来也没有不灭的鬼。连同这样孤零零的一个灵魂，长久以后也不免于消失。为什么还要在电光石火般的瞬间，像蜗牛角上的蛮氏、触氏两国兵戎相见地争斗，你们岂不是在做着梦中之梦吗？'说完，只听到呜呜的哭泣声。接着，又听到那个自称老僧的人长叹一声说：'喜怒哀乐到现在还没忘记，难怪你们不能把得和失看成一回事。这样挂念尘世利害，老僧也不能帮二位解脱了。'以后再没听见说话声，可能他们的纠葛还没结束吧。"陈乾纬说："这是大师巧妙的生花之舌编出来的。然而体察人情，确实也合乎情理。"

【评点】　佛家总是劝人看破。所谓看破，就是要认识到，世间万物都不可能真正得到，最终都不可能永远占有。即便曾经属于你，这些事物也只不过是在你那儿停留一个时期，最终还是要失去的。因此，与"看破"相对应的就是"放下"。所谓放下，就是放下心上的执着，就是一切的事、一切的物都随缘，不强求。得到时不贪爱，失去时不留恋。连自己的身体自己都不能做主，其他事物怎么可能留得住？一切都是过眼云烟，爱不释手的后果就是烦恼，难舍难离的结果就是痛苦。可是，世人想要真的看破、真的放下，还真是非常困难。

师爷的小账本

　　州县官长随，姓名籍贯皆无一定，盖预防奸赃败露，使无可踪迹追捕也[1]。姚安公尝见房师石窗陈公一长随，自称山东朱文；后再见于高淳令梁公润堂家，则自称河南李定。梁公颇倚任之。临启程时，此人忽得异疾，乃托姚安公暂留于家，约痊时续往。其疾自两足趾寸寸溃腐，以渐而上，至胸膈(gé)穿漏而死。死后检其囊箧，有小册作蝇头字，记所阅凡十七官，每官皆疏其阴事，详载某时某地，某人与闻，某人旁睹，以及往来书札、谳断案牍，无一不备录。其同类有知之者，曰："是尝挟制数官矣。其妻亦某官之侍婢，盗之窃逃，留一函于几上，官竟弗敢追也。今得是疾，岂非天道哉！"霍丈易书曰："此辈依人门户，本为舞弊而来。譬彼养鹰，断不能责以食谷，在主人善驾驭耳。如喜其便捷，委以耳目腹心，未有不倒持干戈，授人以柄者。此人不足责，吾责彼十七官也。"姚安公曰："此言犹未揣其本。使十七官者绝无阴事之可书，虽此人日日橐(tuó)笔，亦何能为哉[2]？"

【注释】　1. 长随：古代官员私人聘用的仆役，大多读过书，能为主官掌管来往信函、账簿等私密事务。　2. 橐笔：古代书史小吏，手持橐橐，簪笔于头，侍立于帝王大臣左右，以备随时记事，称作持橐簪笔，简称"橐笔"，这里指书吏随时记事。

【译文】　州县官雇用的长随仆役，都没有固定的姓名籍贯，大概是准备着弄奸贪赃败露后，让人找不到追捕的踪迹。姚安公曾见到房师陈石窗先生的一个长随，自称是山东人，名叫朱文；后来，又在高淳县令梁润堂家见到他，可他却又自称是河南人，名叫李定。梁先生非常信任他。启程赴任时，这个长随忽然得了奇怪的病，于是他托姚安公说情，暂留家中，约定病好以后继续前往。这个长随的病，发自两脚脚趾，一寸一寸地沿着身体向上溃烂，直到胸膈间穿孔流脓而死。死后，翻检他的箱囊，发现一个小册子，上面写满蝇头小字，记录了他跟随过的十七个官员。每个官员的名下，都分条记录着各自隐秘的事，详细注明了时间和地点，哪些人听说的，哪些人旁观，以及往来书信、审判文书，无不一一抄录。他的同行中有知道底细的人说："这个人已经挟制过好几个官员了。他的妻子就是某位官员的侍女，他们私奔窃逃出来。临逃之前在书案上留下一封信，那个官员竟然没敢追。现在他死于这种怪病，难道还不是上天的报应吗？"霍易书先生说："这类人投奔官员门下，原本就是为了营私舞弊才来的。使用他们好比养鹰，绝对不能要求他们不吃肉而去吃谷米，这只在主人善于驾驭罢了。如果喜欢他们机灵，当作耳目心腹使用，没有不如同倒拿干戈，将把柄交给别人的。这个长随不值得我们去责备，我所责备的是那十七个官员。"姚安公说："这话还没抓住根本。假设十七个官员全都大公无私，谁也没有见不得人的阴私事可以记录，即使这个长随天天都准备着纸笔，又能怎么样呢？"

【评点】　做长官的长随，目的就是要谋求好处，所以为了利益，长随们颇费心机。若要长随的阴谋不能得逞，关键还是要长官自身过硬。纪昀想告诉人们的是，长随固然可恶，但不能严于律己的官员，被人抓住把柄，那更是活该。

卷八

如是我闻二

巧妙劝架

昆霞又言：其师精晓六壬，而不为人占。昆霞为童子时，一日早起，以小札付之，曰："持此往某家借书。定以申刻至，先期后期皆笞汝[1]。"相去七八十里，竭蹶仅至，则某家兄弟方阋墙[2]。启视其札，惟小字一行曰："借《晋书·王祥传》一阅。"兄弟相顾默然，斗遂解。盖其弟正继母所生云。

【注释】 1.申刻：下午三点至五点。笞：用鞭、杖或板子抽打。 2.阋墙：形容兄弟之间不和。

【译文】 道士王昆霞又说：他的师父精通六壬之术，可是从不为人占卜。他还是个孩子时，一天师父起得很早，把一个小字条交给他，说："拿着这个字条到某家去借书。一定要在申刻准时到达，提前错后，回来我都要打你。"离借书的人家七八十里，他跑得跌跌撞撞才勉强按时到达。一进门，这家兄弟二人正在争吵打斗。他们打开字条看，只有一行小字："借《晋书·王祥传》一阅。"兄弟互相看了看对方，都沉默了，于是争斗也就化解了。原来他家的弟弟正是继母所生。

【评点】 这个道士可贵的不在于他精准算出了兄弟争斗的时间，而在于巧妙提醒兄弟俩要模仿先贤，化解矛盾。王祥，字休徵，琅邪临沂人。小时候母亲早亡，继母不喜欢他，经常在父亲面前挑拨，所以王祥又失爱于父亲。但王祥对父母更加恭敬孝顺。父母生病了，王祥衣不解带，汤药必亲尝。天寒冰冻，继母想吃活鱼，王祥解开衣服卧在冰上，河冰忽然自动化冻，双鲤跃出，让王祥如愿以偿。王祥同父异母的弟弟王览，很小的时候，看到王祥被鞭打，就抱着王祥哭泣。王览时常劝母亲朱氏不要虐待哥哥。朱氏对王祥提不合理的要求，王览也自愿跟着王祥一起吃苦；朱氏要用毒酒毒死王祥，王览知道了，急着抢来喝，王祥疑酒有毒，就和王览抢，朱氏只好自己把酒抢了下来。后来每次后母给王祥食物时，王览都要先吃，朱氏怕毒死自己亲生儿子，就不再下毒了。

学道需缘分

冯巨源官赤城教谕时，言赤城山中一老翁，相传元代人也。巨源往见之，呼为仙人。曰："我非仙，但吐纳导引，得不死耳。"叩其术。曰："不离乎丹经，而非丹经所能尽。其分刌(cǔn)节度，妙极微芒[1]。苟无口诀真传，但依法运用，如检谱对弈，弈必败；如拘方治病，病必殆。缓急先后，稍一失调，或结为痈疽(yōng jū)，或滞为拘挛；甚或精气瞀(mào)乱，神不归舍，竟至于颠痫[2]。是非徒无益已也。"问："容成、彭祖之术，可延年乎[3]？"曰："此邪道也，不得法者，祸不旋踵；真得法者，亦仅使人壮盛。壮盛之极，必有决裂横溃之患。譬如悖理聚财，非不骤富，而断无终享之理。公毋为所惑也。"又问："服食延年，其法如何？"曰："药所以攻伐疾病，调补气血，而非所以养生。方士所饵，不过草木金石。草木不能不朽腐，金石不能不消化。彼且不能自存，而谓借其余气，反长存乎？"又问："得仙者，果不死欤？"曰："神仙可不死，而亦时时可死。夫生必有死，物理之常。炼气存神，皆逆而制之者也。逆制之力不懈，则气聚而神亦聚；逆制之力或疏，则气消而神亦消。消则死矣。如多财之家，勤俭则常富，不勤不俭则渐贫；

再加以奢荡，则贫立至。彼神仙者，固亦兢兢然恐不自保，非内丹一成，即万劫不坏也。"巨源请执弟子礼。曰："公于此道无缘，何必徒荒其本业？不如其已。"巨源怅然而返。

景州戈鲁斋为余述之，称其言皆笃实，不类方士之炫惑云。

【注释】 1.刓:切割。 2.瞀:眼睛昏花。 3.容成、彭祖:古代传说中的仙人，擅长采阴补阳之术。

【译文】 冯巨源任赤城教谕时，说赤城山中有个老翁，相传是元代人。他去拜见，称他为仙人。老翁说："我不是神仙，只是懂些吐纳导引之术，才得以不死。"冯巨源询问他的道术，老翁说："不外乎丹经，但并不完全依靠丹经。掌握分寸、把握节奏极为微妙。假如没有口诀真传，只是按照说明运用，就像靠棋谱对弈，必败无疑；如同拘泥于药方治病，病人必定危险。其中的缓急先后，稍微一点失调，郁结了就成毒疮，凝滞了造成痉挛，甚至会精气紊乱，神不守舍，以至疯癫。这就不仅仅是无益的问题了。"冯巨源又问："容成、彭祖的方术，可以延年益寿吗？"老翁道："那是邪道，人修炼不得其法，立即身受祸害；得其法的，也仅仅能使人强壮一些。强壮到极点，必定会有意想不到的大祸患。就如逆天悖理聚敛钱财，尽管能迅速致富，但最终绝不可能安享长久。您不要被这些迷惑了。"冯巨源又问："服食丹药怎么样呢？"老翁说："丹药是用来治疗疾病、调补气血的，并不是用来养生的。方士们服食的，不过是些草木金石。草木不能不腐朽，金石不能不销熔。它们尚且不能长存，又怎能借助它们的余气而长存呢？"冯巨源又问："成仙的人果真能不死吗？"老翁说："神仙可以不死，但也时时会死。生必有死，这是万物的常理。修炼精气而得以保存住神，是逆向控制死亡的办法。控制不松懈，那么精气就凝聚，神也就凝聚；控制一旦松懈，那么精气就会消散，神也就消散了。神气消散，人也就死了。就像有钱人家，勤俭就能长久富裕，不勤俭就会逐渐贫困。如果奢侈放荡，就会很快贫穷。那些神仙们也是战战兢兢地唯恐不能自保，并不是内丹一经炼成，就一劳永逸万劫不坏了。"冯巨源请求做他的弟子，老翁说："您与此道无缘，又何必因为涉足此间而荒废了本业呢？还是不学为好。"冯巨源没有如愿，闷闷不乐回来了。

景州的戈鲁斋为我讲了这事，称那个老翁话都很实在，不像方士的迷惑之词。

【评点】 人想要长生不死，几乎是历代一个永恒的话题，也有很多人误入歧途，反而枉送了性命。冯巨源见到的这个老先生，据传是元代人，那么至少有400多岁了，这未必可信，他说的一番话，却是颇有道理。

吃小亏保平安

老儒刘挺生言：东城有猎者，夜半睡醒，闻窗纸淅淅作响，俄又闻窗下窸窣声，披衣叱问[1]。忽答曰："我鬼也。有事求君，君勿怖。"问其何事。曰："狐与鬼自古不并居，狐所窟穴之墓，皆无鬼之墓也。我墓在村北三里许，狐乘我他往，聚族据之，反驱我不得入。欲与斗，则我本文士，必不胜。欲讼诸土神，即幸而得申，彼终亦报复，又必不胜。惟得君等行猎时，或绕道半里，数过其地，则彼必恐怖而他徙矣。然倘有所遇，勿遽殪获，恐事机或泄，彼又修怨于我也[2]。"猎者如其言。后梦其来谢。夫鹊巢鸠据，事理本直。然力不足以胜之，则避而不争；力足以胜之，又长虑深思而不尽其力。不求幸胜，不求过胜，此其所以终胜欤！

孱弱者遇强暴，如此鬼可矣。

【注释】　1.窸窣：拟声词，细小的声音。　2.殪：杀死，杀。

【译文】　老儒刘挺生说：东城有个猎户，半夜睡醒，忽然听见窗纸渐渐地有声响，不一会儿，又听到窗下有窸窸窣窣的声音，披衣起来喝问。外面答道："我是鬼，有事向您求助，请千万不要害怕。"猎户问有什么事，鬼说："狐与鬼自古不同居，狐狸住的墓穴都是没有鬼的。我住的坟墓在村北三里多地外，趁我不在，有一个族群的狐狸搬到我的坟墓里住到了一起，反而把我驱赶出来，我进不去了。本来想争斗，可我是个儒生，一定打不赢的。又想告到土神那里，但即便侥幸能够申冤，它们终究还是要报复，最终还是等于没有打赢官司。只希望您在打猎时，或者能绕道半里，从那里经过几次，它们必定惊恐，因而搬到别处去。但是，倘若您遇到它们，请不要立即捕杀。恐怕泄露了消息，它们又要怨恨我。"猎户按他的话办了。后来又梦见他来道谢。好比是喜鹊的巢穴被斑鸠占据了，喜鹊讨回自己的巢，理由本来是正当的。然而，气力若不足以制胜，就退避，不争斗；气力若足以制胜，又深思熟虑而不竭尽全力。不求侥幸制胜，不求胜之过分，这就是那个鬼最终得胜的原因吧！弱者遇到强暴时，像这鬼一样做就可以了。

【评点】　敢于碰硬，不失为壮举，可是若是硬要拿着鸡蛋跟石头赌狠，就只能是无谓的牺牲。我们要认识到，人的一生要学习的东西有很多，学会吃亏无疑是特别重要的一件事。现实生活是残酷的，我们都有可能碰上不能尽如人意的事情，有时候需要低一低头，有时候需要忍一点气，也就是说，需要吃一点亏。

读书要读原著

余布衣萧客言：有士人宿会稽山中，夜闻隔涧有讲诵声。侧耳谛听，似皆古训诂。次日，越涧寻访，杳无踪迹。徘徊数日，冀有所逢。忽闻木杪(miǎo)人语曰："君嗜古乃尔，请此相见。"[1]回顾之顷，石室洞开，室中列坐数十人，皆掩卷振衣，出相揖让。士人视其案上，皆诸经注疏。居首坐者拱手曰："昔尼山奥旨，传在经师。虽旧本犹存，斯文未丧；而新说叠出，嗜古者稀。先圣恐久而渐绝，乃搜罗鬼录，征召幽灵。凡历代通儒，精魂尚在者，集于此地，考证遗文；以次转轮，生于人世。冀递修古学，延杏坛一线之传[2]。子其记所见闻，告诸同志，知孔孟所式凭，在此不在彼也。"士人欲有所叩，倏似梦醒，乃倚坐老松之下。萧客闻之，裹粮而往。攀萝扪(mén)葛，一月有余，无所睹而返。此与朱子颖所述经香阁事，大旨相类。或曰："萧客喜谈古义，尝撰《古经解钩沉》，故士人投其所好以戏之。"是未可知。或曰："萧客造作此言，以自托降生之一。"亦未可知也。

【注释】 1. 杪：树梢。 2. 杏坛：相传为孔子聚徒授业讲学的处所，后泛指讲学之处。这里指正统儒学。

【译文】 布衣朋友余萧客说：有个读书人住在会稽山中，夜里隔着山涧听见对面有讲诵的声音。他侧耳细听，似乎都是解释古书的字义。第二天，他到山涧对面寻访，杳无人迹。一连转悠了几天，希望能够找到讲诵训诘的人。忽然听到树梢有人说："先生这么爱好古学,那就请到此相见吧。"他回头一看,只见石室门大敞,里面排排坐着几十个人,都合上书本站起身来整整衣服,出来行礼,请他进去。读书人看到书案上都是儒家的经文注疏。坐在首座的人对他拱手说："当初孔圣人删定六经的奥妙大义,由历代经师向下传授。虽然故本依然存在,文章还没有遗失,可是新的解说层出不穷,爱好古学的人越来越少。先圣担心时代久远古学逐渐绝迹,于是搜罗鬼录,征召幽灵。凡是历代通晓古今、学识渊博的儒者,只要灵魂还存在,就都集中到这里,做考证遗文的研究活动,然后按次序转生于人世,让古学有人传授,孔圣人的学问得以延续。请先生记住来这里的见闻,回去后告诉志同道合的人们,让他们知道孔孟之学的根据在这里,而不是在他们那里。"读书人还想请教一些问题,却忽然醒来,原来坐在老松树下。萧客听说了这件事,就带上干粮赶到那里寻找。他攀缘藤萝,跋山涉水,找了一个多月,什么也没看到,只好返回。这与朱子颖讲的经香阁一事大体相同。有人说："萧客喜欢谈论经书的古义,曾撰写《古经解钩沉》一书,因此那个人投其所好,故意编出这件事捉弄他。"这也不是不可能。还有人说:"是萧客本人编了这番话,用来伪托他自己就是历代大儒之一转生的。"这种说法也无法证实。

【评点】　幽灵讲古文的故事,究竟是余萧客听来的,还是余萧客自己编的,这其实不重要。纪昀传故事的用意,则是反对讲学家歪曲篡改古代经典,脱离古代圣贤的本意蛊惑民众,他强调要读原著,理解古代经典阐述的本来的意思。

夜梦血人

姚安公官刑部日,同官王公守坤曰:"吾夜梦人浴血立,而不识其人,胡为乎来耶?"陈公作梅曰:"此君恒恐误杀人,惴惴然如有所歉，故缘心造象耳。本无是鬼，何由识其为谁？且七八人同定一谳牍，何独见梦于君？君勿自疑。"佛公伦曰："不然。同事则一体，见梦于一人，即见梦于人人也。我辈治天下之狱，而不能虑天下之囚。据纸上之供词，以断生死，何自识其人哉？君宜自儆，我辈皆宜自儆。"姚安公曰："吾以佛公之论为然。"

【译文】　姚安公在刑部任职时，有一天他的同僚王守坤说："昨天晚上我梦见一个人浑身都是血站在面前，但我不认识他，他这是为什么来的呢？"陈作梅说："因为您常常担心误杀了人，心里总是忐忑不安，所以心里才造成了这种幻象。本来就没有这样的鬼，您又怎么认得他呢？况且七八个人审断同一案例，为什么只有您梦到呢？您不要多虑。"佛伦却说："不是你说的那样。大家同事就是同一个整体，在一个人的梦中出现，就像人人梦见一样。我们治理天下人的刑案，却无法讯察审问天下所有的囚犯。只是根据纸上的供词，来判断一个人是生是死，又怎么能认识那个人呢？您应当自警，我们也都应该自警。"姚安公说："我认为佛伦的话言之有理。"

【评点】　对于梦的解析，陈作梅是安慰同事，佛伦是把同事的梦作为警示，佛伦说的这番道理，的确言之有理。报到刑部的案子，往往复杂而重大，如果仅凭记录下来的供词做出终审决定，的确草率。这则笔记也从一个侧面揭露了冤案产生的缘由。

不速之客

　　外叔祖张公雪堂言：十七八岁时，与数友月夜小集。时霜蟹初肥，新筼(chōu)亦熟，酬洽之际，忽一人立席前，著草笠，衣石蓝衫，蹑镶云履，拱手曰："仆虽鄙陋，然颇爱把酒持螯，请附末坐可乎？"[1]众错愕不测，姑揖之坐。问姓名，笑不答。但痛饮大嚼，都无一语。醉饱后，蹶然起曰："今朝相遇，亦是前缘。后会茫茫，不知何日得酬高谊。"语讫，耸身一跃，屋瓦无声，已莫知所在。视椅上有物粲然，乃白金一饼，约略敌是日之所费。或曰仙也，或曰术士也，或曰剧盗也。余谓剧盗之说为近之。小时见李金梁辈，其技可以至此。又闻窦二东之党（二东，献县巨盗，其兄曰大东，皆逸其名，而以乳名传。他书记载，或作窦尔敦，音之转耳），每能夜入人家，伺妇女就寝，胁以刃，禁勿语，并衾褥卷之，挟以越屋数十重。晓钟将动，仍卷之送还。被盗者惘惘如梦。一夕，失妇家伏人于室，俟其送还，突出搏击。乃一手挥刀格斗，一手掷妇于床上，如风旋电掣，倏已无踪。殆唐代剑客之支流乎？

【注释】　1. 筲：一种竹制的滤酒的器具。

【译文】　外叔祖张雪堂说：十七八岁时，与几个朋友月夜小聚。当时秋蟹刚刚长肥，新稻米酿的酒也可以喝了，众人正在酣饮，忽然有一个人站在了席前。他头戴草笠，穿着石蓝色衣衫，脚蹬镶云靴，施礼道："我虽鄙陋，但颇爱饮酒吃蟹。请问坐在末座可以吗？"众人惊愕，不知是什么人，姑且还礼让他坐下。问及姓名，他微笑不答，只是痛饮大嚼而已，始终不说一句话。酒足饭饱，忽地站起，说："今日相聚，也是前缘。后会之期茫茫，不知何日能报答这番高谊。"说完耸身一跃，大家都没有听到屋瓦的响声，他就已经不知所往了。众人发现椅子上有个东西发亮，原来是一锭银子，大概与那夜那顿酒席的花费相当。有人说他是仙人，有人说他是术士，有人说他是大盗，我认为大盗的可能性大。小时见到的李金梁等人，他们的武功能有这个程度。又听说窦二东的同伙（二东，是献县的大盗，他的哥哥叫大东。兄弟俩的名字都已佚失，而以乳名相传。别的书上记载，或者作窦尔墩，一音之转罢了），往往能在夜里进到人家里，偷看到女人睡下后，用匕首威胁她们不让出声，连同被子卷起来，挟着越过数十重房屋而去。等到晨钟快敲响的时候，仍用被子卷着送回来。被盗者迷迷糊糊如在梦中。一天夜里，丢了妇女的人家埋伏在屋里，等盗贼送还妇女的时候突然出来搏斗。强盗一手挥刀格斗，一手把妇人扔到床上，然后风驰电掣般溜得无影无踪了。他们大概是唐代剑客的支流吧？

【评点】　这两个故事，可以作为当今武侠小说的素材了，一笑。

奇门遁甲小花招[1]

　　奇门遁甲之书，所在多有，然皆非真传。真传不过口诀数语，不著诸纸墨也。德州宋清远先生言：曾访一友（清远曾举其姓名，岁久忘之。清远称雨后泥泞，借某人一驴骑往。则所居不远矣），友留之宿，曰："良夜月明，观一戏剧可乎？"因取凳十余，纵横布院中，与清远明烛饮堂上。二鼓后，见一人逾垣(yuán)入，环转阶前，每遇一凳，辄踟蹰，努力良久乃跨过。始而顺行，曲踊一二百度；转而逆行，又曲踊一二百度。疲极踣(bó)卧，天已向曙矣[2]。友引至堂上，诘问何来。叩首曰："吾实偷儿，入宅以后，惟见层层皆短垣，愈越愈不能尽，窘而退出，又愈越愈不能尽，故困顿见擒，死生惟命。"友笑遣之。谓清远曰："昨卜有此偷儿来，故戏以小术。"问："此何术？"曰：

"奇门法也。他人得之恐召祸，君真端谨，如愿学，当授君。"清远谢不愿。友太息曰："愿学者不可传，可传者不愿学，此术其终绝矣乎！"意若有失，怅怅送之返。

【注释】　1.奇门遁甲：易学中衍生出来的一个影响较大的占测门类，大约产生于汉魏以后。　2.踣：跌倒，扑倒。

【译文】　奇门遁甲这一种术数的书，现在虽有很多，但都不是真传。真传不过是几句口诀，不需要写到纸上。德州的宋清远先生说，他曾经去拜访他的一个朋友（清远曾经说了他的姓名，因为过去的时间太久了，忘了。清远曾经说过，下雨之后道路泥泞，借了某人的一头驴子骑着过去的，应该是住得不太远），朋友留他住一晚，说："今夜的月光真好，看一出戏剧怎么样？"朋友搬出十几条凳子，竖着横着排放在院子里，然后点着蜡烛在堂上与宋清远饮酒。二更后，他们看见一个人翻墙进来，在台阶前四面打转。每碰到一条凳子，就摇摇晃晃跌跌撞撞，费很大的劲才跨过去。开始他是顺行，向上跳一两百次才跨过一条凳子；后来又逆行，又是向上跳一两百次才跨过一条凳子。到后来，弄得疲惫不堪，倒在地上，这时天已快亮了。朋友把他带到堂上，审问他的来历。那个人磕着头说："我是小偷，进来后只看见层层矮墙，越跳越没有尽头；我尴尬恼火想退出去，也是越跳越没有尽头，弄得精疲力竭，只好随您处置了。"朋友笑了笑，打发他走了。朋友对宋清远说："昨天我就算到这个小偷要来，因此用小术耍耍他。"宋清远问："这是什么法术呢？"朋友回答说："是奇门术。别人学去恐怕招祸，你是个正直谨慎的人，如果愿意学的话，我一定传授给你。"宋清远谢绝了。朋友叹息说："愿学的人不能传，能传的人不愿学，这门法术岂不是要灭绝了！"朋友十分失望，茫然若失地送宋清远回去了。

【评点】　奇门遁甲是古代术数的一种。"奇"指三奇,即乙、丙、丁;"门"指八门,即"开、休、生、伤、杜、景、死、惊";"遁甲"则指六甲旬首遁入六仪,即"戊、己、庚、辛、壬、癸"。奇门遁甲是中国古代很多代人共同研究的结果,包含有天文学、历法学、战争学、谋略学、哲学等,是中国神秘文化中一个特有的门类。

神仙的陷阱

申铁蟾,名兆定,阳曲人。以庚辰举人官知县,主余家最久。庚戌秋,在陕西试用,忽寄一札与余诀。其词恍惚迷离,抑郁幽咽,都不省为何语。而铁蟾固非不得志者,疑不能明也。未几,讣音果至。既而见邵二云赞善,始知铁蟾在西安,病数月。病愈后,入山射猎,归而目前见二圆物如球,旋转如风轮,虽瞑目亦见之。如是数日,忽爆然裂,二小婢从中出,称仙女奉邀。魂不觉随之往。至则琼楼贝阙,一女子色绝代,通词自媒。铁蟾固谢,托以不惯居此宅。女子薄怒,挥之出,霍然而醒。越月余,目中见二圆物如前,爆出二小婢亦如前,仍邀之往。已别构一宅,幽折窈窕,颇可爱。问:"此何地?"曰:"佛桑。"请题堂额。因为八分书"佛桑香界"字。女子再申前议。意不自持,遂定情。自是恒梦游。久而女子亦昼至,禁铁蟾勿与所亲通。遂渐病。病剧时,方士李某以赤丸饵之,呕逆而卒。其事甚怪,始知前札乃得心疾时作也。铁蟾聪明绝特,善诗歌,又工八分,驰骋名场,俏然以风流自命[1]。与人交,意气如云,邮筒走天下。中年忽慕神仙,遂生是魔障,迷罔以终。妖以人兴，象由心造。才高意广，翻以好异陨生，其可惜也夫！

【注释】　1.翛然：无拘无束的样子，超脱的样子。

【译文】　申铁蟾，名兆定，阳曲人，乾隆庚辰年（1760）中举人，官任知县，在我家门下最久。乾隆庚戌年（1790）秋天，他在陕西任职期间，忽然写来一封信与我诀别。信中的言辞恍惚迷离，情绪低沉，似乎是流着眼泪写的，我都看不懂他说了些什么。申铁蟾并不是坎坷不得志的人，因此这封信让我非常疑惑，猜不透其中的缘故。不久，果然传来了他的死讯。过后见到太子赞善邵二云，这才知道申铁蟾在陕西的一段经历。申铁蟾在西安病了几个月。病愈后，带着火枪进山打猎，回来后总能见到两个圆的东西，像球，旋转如风轮，就是闭上眼睛也能看到。这样过了几天，忽然圆物爆裂，从里面出来两个小婢女，声称奉仙女之命前来请他。他的魂魄不知不觉地就随两个小婢女去了。来到一处宫室，只见琼楼贝阙，非常壮丽。宫中有位绝代佳人，寒暄问候之后亲口向他提亲。申铁蟾执意谢绝，托词是住不惯这种房屋。美女看上去微微发怒，挥手让他出来，他就醒了。过了一个多月，圆球又像以前一样出现了，爆裂出两个小婢女，又来邀请他。这次来到一处新建的住宅，曲折幽深，特别可爱。他问这是什么地方，女子回答是"佛桑"，并请他题写堂额。他用八分体书写了"佛桑香界"四个大字。女子再次提出议婚，他心猿意马，不能自持，与女子定了情。从此以后，经常梦游佛桑。时间一久，女子白天也来，还禁止他与亲友来往。就这样，申铁蟾的病渐渐加重。病危时，方士李某给他吃导赤丸，结果呕吐而死。这件事情非常奇怪。听了这些，我才知道申铁蟾的信，是在他得心病的时候写的。

　　申铁蟾聪明绝顶，多才多艺，既擅长写诗，又精通书法，因此驰名儒林官场，俊朗飘逸，以风流自命。与人交往，潇洒如流云，书信遍天下。

到了中年忽然羡慕神仙，才得了这样的怪病，恍恍惚惚丧生了。妖魅因人而发生，幻象由心而造就。才情高，追求广，反而因为好奇而送了命，实在可惜啊！

【评点】　这是纪昀又一次控诉求仙学道的危害。纪昀在《阅微草堂笔记》中屡屡透露这样的信息：成佛和成仙，因个人具体情况不同而不同，有的要吃尽千辛万苦，有的人却是无意中得道成仙。平常普通的生活中可能就隐藏着成仙的真经，求仙学道的过程中则往往潜伏着致命的危机，不可不警惕。

破瓷片的价值

有客携柴窑片磁，索数百金，云嵌于胄，临阵可以辟火器[1]。然无由知确否。余曰："何不绳悬此物，以铳发铅丸击之。如果辟火，必不碎，价数百金不为多；如碎，则辟火之说不确，理不能索价数百金也。"鬻者不肯，曰："公于赏鉴非当行，殊杀风景。"急怀之去。后闻鬻于贵家，竟得百金。夫君子可欺以其方，难罔以非其道。炮火横冲，如雷霆下击，岂区区片瓦所能御？且雨过天青，不过泑（yòu）色精妙耳，究由人造，非出神功，何断裂之余，尚有灵如是耶[2]？余作《旧瓦砚歌》有云："铜雀台址颓无遗，何乃剩瓦多如斯[3]？文士例有好奇癖，心知其妄姑自欺。"柴片亦此类而已矣。

【注释】　1. 柴窑：中国古代瓷窑。据记载创建于五代后周显德元年（954）河南郑州（一说开封），是周世宗柴荣的御窑。柴窑至今未发现实物及窑址。

周世宗曾御定御窑瓷："雨过天青云破处，这般颜色作将来。"据此推断，柴窑瓷应为天青釉瓷。　2. 泑：古同"釉"。　3. 铜雀台：三国时期，曹操击败袁绍后营建邺都，修建了铜雀、金虎、冰井三台，铜雀台位于今河北临漳境内。

【译文】　有人拿着一片柴窑的瓷片，要卖几百两银子，说嵌在盔甲里，打仗时可以避开火器。但无从得知是否确实。我说："为什么不用绳子把它悬挂起来，用火铳射击。如果能避火器，必定不碎，要价几百两银子也不为多；如果碎了，那避火的说法就是假的了，当然不能索价几百。"那个人不肯，说："你在赏鉴方面是个外行，这话真煞风景。"急急忙忙揣起瓷片走了。后来听说卖给一个富家，最终得了一百两银子。君子可能被冠冕堂皇的道理骗了，却不会被没有道理的事情欺骗。炮火横飞，就像雷霆下击，难道区区一个瓦片就能抵挡吗？柴窑著名的雨过天晴色彩，不过是着色精妙而已，但终究是人造的，并非出自神功，又为什么在断裂之后，反而有了这般威力呢？我作了一首《旧瓦砚歌》："铜雀台址颓无遗，何乃剩瓦多如斯？文士例有好奇癖，心知其妄姑自欺。"柴窑瓷片也属于此类情况。

【评点】　这则笔记可以称得上是纪昀拆骗局了。《阅微草堂笔记》里拆穿过很多骗局，也写了不少人上当受骗的事，归结起来，人之所以上当受骗，原因无非是贪心、好奇、无知和轻信。纪昀关于古瓷片的这番议论，条理清晰，有理有据，令人信服。

卷九

如是我闻三

画上的钟馗

从孙翰清言：南皮赵氏子为狐所媚(mèi)，附于其身，恒在襟袂间与人语。偶悬钟馗小像于壁，夜闻室中跳掷声，谓驱之去矣。次日，语如故。诘以曾睹钟馗否，曰："钟馗甚可怖，幸其躯干仅尺余，其剑仅数寸。彼上床则我下床，彼下床则我上床，终不能击及我耳。"然则画像果有灵欤？画像之灵，果躯干皆如所画欤？设画为径寸之像，亦执针锋之剑，蠕蠕然而斩邪欤？是真不可解矣。

【译文】 侄孙翰清说：南皮赵氏的儿子被狐精迷住了。狐精附在他身上，常在衣襟上衣袖里跟人说话。有一次，赵氏偶然把钟馗的小画像挂在墙上，夜里听到屋里传来蹦跳的声音，以为狐精被赶走了。第二天，却依然如故。问狐精可曾看到了钟馗，狐精说："钟馗真是可怕，好在他只有一尺来长，他的剑也只有几寸。他上床我就下床，他下床我就上床，他始终打不着我。"这么说来画像真的有灵？画像中的神灵，个子高矮真的和画的一样吗？如果画只有几寸大小，那么画像里的人就拿着缝衣针大小的剑，像虫子那样蠕动着斩杀妖邪吗？这些事真是让人难以理解呀。

【评点】 钟馗，陕西终南人，小时候就才华出众。唐武德年间，赴京城应试，却因为相貌丑陋而落选，一怒之下撞死在殿阶下。唐高祖听说后，赐以红官袍安葬。唐天宝年间，唐明皇李隆基在临潼骊山讲武后，患病久治不愈，一晚梦见一相貌奇伟之大汉，捉住一小鬼，剜出其眼珠后，把小鬼吃掉了。大汉声称自己为"殿试不中进士钟馗"，唐玄宗梦醒，即刻病愈。于是，命吴道子将梦中钟馗捉鬼情景作成一幅画，悬挂在宫中，辟邪镇妖。后来民间也以为钟馗能捉鬼，遂悬挂他的画像来辟邪。但是，纪昀这则笔记，已经开始对钟馗捉鬼的传说存疑了。

刘书生挨冻

诸桐屿言：其乡旧家有书楼，恒镝(jué)钥。每启视，必见凝尘之上有女子足迹，纤削仅二寸有奇，知为鬼魅。然数十年寂无形声，不知何怪也。里人刘生，性轻脱，妄冀有王轩之遇[1]。祈于主人，独宿楼上，具茗果酒肴，焚香切祝，明烛就寝。屏息以伺，亦无所见闻，惟渐觉阴森之气砭(biān)入肌骨，目能视，耳能听，而口不能言，四肢不能动。久而寒沁肺腑，如卧层冰积雪中，苦不可忍。至天晓，乃能出语，犹若冻僵。至是无敢复下榻者。此怪行踪可云隐秀，即其料理刘生，不动声色，亦有雅人深致也。

【注释】 1. 王轩：字公远，唐文宗大和时登进士第，曾为幕府从事。王轩颇有才思，少即能诗，尤善题咏。尝游苎萝山，题诗西施石，据传曾经与西施邂逅。

【译文】 诸桐屿说：他家乡某个大户人家有一座书楼，经常锁着门。每次打开，都会看到积尘上有女子的足迹，纤细瘦削，才两寸多长，人们知道屋里有鬼怪。但几十年来从未现形出声，也不清楚到底是什么鬼怪。村里有个刘生，为人轻佻放荡，妄想有王轩那样的艳遇。他请求主人让他独自住在书楼上。刘生备好茶果酒菜，焚上香认真祷告，然后不熄灯烛就躺下了。他屏着呼吸等鬼来，但什么也没看到，什么也没听到，只是渐渐觉得阴森森的寒气直刺肌骨，眼睛能看，耳朵能听，但嘴不能说话，四肢不能动。时间长了，觉得寒气渗透肺腑，好像躺在层冰积雪当中，冷得受不了。直到天亮，刘生才能说话，但已经像是冻僵了一样。从此再没有人敢住在书楼了。这个鬼的行踪称得上是幽雅含蓄，它不动声色地处置刘生，还真有雅人的风致。

【评点】　其实，这个故事根本无须妖魅出招，刘书生实际上根本就是自作自受。一幢楼房，只有藏书而无人居住，且多年如此，其间的温度肯定比通常的住所要低得多，如果还是在寒冷的季节，夜里的气温不适合人居，是很正常的。刘书生刚进去时浑身热血沸腾，根本没有顾及，之后，等待的时间长了，安静下来了，加之先前没有足够的御寒准备，在半睡半醒之间像是受了一场酷刑，完全在情理之中。当时只有他一个人在场，事后也只是他一个人叙述，至于刘书生究竟是不是真的动弹不了，此话的可信程度就值得怀疑了。大概是他心有不甘，天亮之前一直在盼望美女现身，即使觉得冷也舍不得离开这间楼房吧，这么说来，受一夜冻也是活该。《红楼梦》里痴想着打王熙凤主意的书生贾瑞，不就被王熙凤冻了一夜吗？要是没有后来的事情，让贾瑞来说这事，可能也会敷衍成一个传奇。显然，刘书生是用妖魅的说法给自己遮羞罢了。

呼号自救

洛阳郭石洲言：其邻县有翁姑受富室二百金，鬻寡媳为妾者。至期，强被以彩衣，掖之登车。妇不肯行，则以红巾反接其手，媒媪拥之坐车上。观者多太息不平。然妇母族无一人，不能先发也。仆夫振辔(pèi)之顷，妇举声一号，旋风暴作，三马皆惊逸不可止[1]。不趋其家而趋县城，飞渡泥淖，如履康庄，虽仄径危桥，亦不倾覆[2]。至县衙，乃屹然立。其事遂败。用知庶女呼天，雷电下击，非典籍之虚词。

【注释】　1. 辔：驾驭马、牛等牲畜的嚼子和缰绳。　2. 康庄：出自《尔雅·释宫》："四达谓之衢，五达谓之康，六达谓之庄。"宽阔平坦、四通八达的道路。

【译文】　洛阳郭石洲说：他家邻县有户人家，儿子死了，父母接受了富户的二百两银子，把守寡的儿媳卖给富户做妾。改嫁这天，寡妇被强迫披上鲜艳的衣服，架上了车。寡妇不肯走，她的双手被红巾反捆起来，由媒婆抱住坐在了车上。围观的人大都为她叹息，还有的愤愤不平。可是，寡妇娘家没有人，谁也不好首先出面阻拦。就在车夫扬鞭催马那一刻，寡妇高声呼号一声，刹那间旋风骤起，三匹马都被惊得狂奔起来，车夫控制不了。三匹马拉着车子，不向富户家中跑去，而是直接奔向县城。一路上，马车飞越沼泽如同走在康庄大道上，就是经过危险的小桥也没有翻车。到了县衙门口，这才屹然停下站住。于是这件事就没有办成。从这件事可以知道，文献中记载的受屈平民女子呼唤上天，雷电立刻下去，并不是虚构的。

【评点】　纪昀写这个故事的目的，是想强调这样一个原则：凡事如果违背道德伦理，冥冥之中会有看不见的力量来阻止，或者使之失败。其实，这个故事的实际情形是：寡媳略有计谋，车夫急中生智。寡媳若是上车时激烈反抗大哭大叫，那就不光是手被捆，连嘴巴都要被堵住了，嘴巴被堵，那就连最后的机会都丧失了；寡媳没有公然向车夫求救，车夫也没有问应当去哪里，整个过程没有商量，连心照不宣的表示都没有，这样就不会引起公婆的警惕进而防范车夫，事后也不会起疑心；车夫没有把马赶到别的地方去，而是赶到真正能够解救寡媳的官府衙门，又省去了若干可能的枝节。给人的启示是：一事当前，首先要镇定；没有确定把握时，不动声色，时机来到时果断呼叫，是强暴当前的必胜绝技。

好书法辟火

程也园舍人居曹竹虚旧宅中。一夕,弗戒于火,书画古器,多遭焚毁。中褚河南临《兰亭》一卷,乃五百金所质,方虑来赎时轇轕,忽于灰烬中拣得,匣及袱并蒻,而书卷无一字之损[1]。表弟张桂岩馆也园家,亲见之。白香山所谓"在在处处有神物护持"者耶?抑成毁各有定数,此卷不在此火劫中耶?然事则奇矣,亦将来赏鉴家一佳话也。

【注释】　1.轇轕:纠葛。蒻:点燃,焚烧。

【译文】　中书舍人程也园住在曹竹虚的旧宅子里。一天夜晚不慎失火,名贵书画和古器物大都焚毁,其中有褚遂良临摹的一卷《兰亭集序》,是人家为了借五百两银子用来做抵押的,他正担心物主来赎时不好交代,忽然在灰烬中捡到了,匣子和包皮都被烧毁了,书卷却没损一字。当时表弟张桂岩在程也园家教书,亲眼看见了这件奇事。难道这就是白居易所说的"到处都有神明的保护"的话吗?或者还是因为成和毁各有定数,这个书卷就不该毁在这场火的浩劫之中?无论如何,这事确实很离奇,将来也可作为鉴赏家们的一段佳话吧。

【评点】　《阅微草堂笔记》中也有很多篇什,没有道德说教,纯粹记载奇闻逸事,这一则就是这样。大火之中,同样是纸质的书卷却安然无恙,的确很神奇,也给读者留下了思考空间。

海上的火灾

余家距海仅百里,故河间古谓之瀛州。地势趋东,以渐而高,故海岸绝陡,潮不能出,水亦不能入。九河皆在河间,而大禹导河,不直使入海,引之北行数百里,自碣石乃入,职是故也。海中每数岁或数十岁,遥见水云颒洞中,红光烛天,谓之烧海[1]。辄有断椽折栋,随潮而上。人取以为薪。越数日,必互言某匠某匠,为神召去营龙宫。然无亲睹其人话鲛室贝阙之状者,第传闻而已。余谓是殆重洋巨舶,弗戒于火,火光映射,空无障翳,故千百里外皆可见。梁柱之类,舶上皆有,亦不必定属殿材也。

【注释】 1.颒洞:绵延;弥漫。

【译文】 我家离海仅有百里,所以河间这个地方古代称为瀛州。这一带地势趋东渐高,因此海岸很陡,潮不能涌出来,河水也不能直接流进大海。九河都在河间,大禹治水导河,不是直接让河流入海,而是引河北行几百里,从碣石入海,就是地势的缘故。海上每隔几年或几十年,就会远远望见在弥漫无际的水云中,有红光照亮天空,人们称为"烧海"。烧海之后,就有折断的橡子和栋梁,随着潮水漂到海边。人们捡回去当柴烧。几天后,肯定会互相传言,某某工匠被神召去修建龙宫了。可是并没有谁亲眼看见修建龙宫的工匠,听他讲述龙宫是什么样子,只是互相传闻罢了。我认为可能是远渡重洋的巨大船舶,不慎失火,大火经水光映射,水天空阔没有遮碍,因此千百里外都能看见。至于梁柱之类的东西,船舶上都有,也未必就是建筑宫殿的木材。

【评点】　对于烧海场景的描述，逼真传神；对于烧海原因的分析，合情合理。

生死门

　　道士庞斗枢，雄县人。尝客献县高鸿胪家。先姚安公幼时，见其手撮棋子布几上，中间横斜紫带，不甚可辨；外为八门，则井然可数。投一小鼠，从生门入，则曲折寻隙而出；从死门入，则盘旋终日不得出。以此信鱼腹阵图，定非虚语[1]。然斗枢谓此特戏剧耳。至国之兴亡，系乎天命；兵之胜败，在乎人谋。一切术数，皆无所用。从古及今，有以壬遁星禽成事者耶[2]？即如符咒厌劾(hè)，世多是术，亦颇有验时。然数千年来，战争割据之世，是时岂竟无传？亦未闻某帝某王某将某相死于敌国之魇魅也，其他可类推矣。姚安公曰："此语非术士所能言，此理亦非术士所能知。"

【注释】　1. 鱼腹阵图：古代用兵的一种阵法，即八阵图。《三国志·蜀志·诸葛亮传》："推演兵法，作八阵图。"　2. 壬遁："六壬"与"遁甲"的并称。星禽：以五行二十八宿与各禽相配占吉凶祸福的方术。

【译文】　道士庞斗枢，雄县人。曾到献县高鸿胪家做门客。先父姚安公年幼时，看到他手撮棋子摆在桌上，中间横斜连带，看不太清楚；外围有八个门，清清楚楚数得出来。抓一只小鼠，从生门放进去，小鼠能曲曲折折地找到缝隙钻出来；从死门放进去，小鼠在里面转一整天也出不来。由此相信鱼腹浦的八阵图，绝不是虚构出来的。但庞斗枢说这只不过是游戏罢了。至于国家的兴亡，因天命而定；战斗的胜败，因人的谋略而定。一切方术，都起不了作用。从古到今，有靠星相之术而成就事业的吗？就是符咒厌胜这些方术，世间很流行，也颇有些灵验的时候。但是几千年来，战争割据的时代，那时方术难道就失传了吗？也没听说过哪个皇帝、哪个大王、哪个将军、哪个丞相死于敌国的诅咒厌胜，其他就可以推想而知了。姚安公说："这番话不是一般的方士能说得出的，这个道理也不是一般的方士所能理解的。"

【评点】 看古代小说，常常有出奇制胜的所谓神阵，还有各种神法，那就是纪昀特别反对的才子笔法了。可是，纪昀亲自记载的这种"生死门"阵法，可有道理？

感同身受

玛纳斯有遣犯之妇，入山樵采，突为玛哈沁所执。玛哈沁者，额鲁特之流民，无君长，无部族，或数十人为队，或数人为队，出没深山中，遇禽食禽，遇兽食兽，遇人即食人。妇为所得，已褫(chǐ)衣缚树上，炽火于旁，甫割左股一脔(luán)，俄闻火器一震，人语喧阗(tián)，马蹄声殷动山谷[1]。以为官军掩至，弃而遁。盖营卒牧马，偶以鸟枪击雉子，误中马尾。一马跳掷，群马皆惊，相随逸入万山中，共噪而追之也。使少迟须臾，则此妇血肉狼藉矣，岂非若或使之哉！妇自此遂持长斋。尝谓人曰："吾非佞(nìng)佛求福也。天下之痛苦，无过于脔割者；天下之恐怖，亦无过于束缚以待脔割者。吾每见屠宰，辄忆自受楚毒时；思彼众生，其痛苦恐怖，亦必如我。

故不能下咽耳。"此言亦可告世之饕餮者也²。

【注释】 1.褫:剥去衣服。脔:切成块的肉。喧阗:声大而杂;喧闹拥挤。 2.饕餮:传说中一种贪食的恶兽。后亦专指贪于饮食。

【译文】 玛纳斯有个流放犯的妻子进山打柴,突然被玛哈沁抓住。玛哈沁是额鲁特的流民,没有首领,也没有部族,或许几十人一伙,或许几人一伙。他们出没于深山树丛,遇到飞禽吃飞禽,遇到野兽吃野兽,遇到活人就吃人肉。妇人落到他们手里,被扒了衣服,捆在树上。玛哈沁在一旁燃起篝火,刚从妇人左大腿上割下一块肉,忽然听到一声火枪响,顿时人语喧哗,众多的马蹄声像擂鼓一样震动了山谷。玛哈沁以为大队官兵围追过来,扔下妇人和火堆,慌忙逃遁了。原来,军营的士卒放马,偶尔用鸟枪射击野鸡,误中马尾。一匹马横着蹦跳起来,群马都惊了,纷纷往山里狂奔,士卒呐喊着追马,无意中吓跑了玛哈沁,救了妇人一命。假设他们迟到片刻,这个妇人就血肉狼藉了,这岂不是好像有什么神灵暗中促使他们这样做吗?从此以后,这个死里逃生的妇人持了长斋。一次她对人说:"我并非是虚情假意敬佛求福。天下的痛苦,没有比得上割肉的;天下的恐怖,也没有比得上被捆起来等着被割肉的。我每次见到屠宰动物,就会想起自身曾经受过的痛苦和恐怖;想到那些被宰的众生,痛苦和恐怖也必然像我当初的情景一样。因此我就咽不下去了。"这番话也可以用来告诫世上那些贪吃的人。

【评点】 从自己遭受的痛苦出发,推及所有将要被宰杀的动物,这个女子的"持斋",符合生态伦理,也与儒家的"仁"相契合。相较之下,某些人为求得神佛保佑得长生、得福祉的那种功利性实用性的"持斋",还有那种假惺惺假慈悲的"持斋",是多么虚伪。

医生太刻板

吴惠叔言：医者某生，素谨厚。一夜有老媪持金钏一双，就买堕胎药。医者大骇，峻拒之。次夕，又添持珠花两枝来。医者益骇，力挥去。越半载余，忽梦为冥司所拘，言有诉其杀人者。至则一披发女子，项勒红巾，泣陈乞药不与状。医者曰："药以活人，岂敢杀人以渔利！汝自以奸败，与我何尤？"女子曰："我乞药时，孕未成形，倘得堕之，我可不死。是破一无知之血块，而全一待尽之命也。既不得药，不能不产，以致子遭扼杀，受诸痛苦，我亦见逼而就缢。是汝欲全一命，反戕两命矣。罪不归汝，反归谁乎？"冥官喟然曰："汝之所言，酌乎事势；彼所执者，则理也。宋以来，固执一理而不揆(kuí)事势之利害者，独此人也哉？汝且休矣！"拊几有声，医者悚然而寤。

【译文】 吴惠叔说：有个医生，为人一向谨慎忠厚。一天夜里，有个老太太拿着一对金钏来买堕胎药。医生吓坏了，严词拒绝。第二天夜里，老太太又添了两枝珠花，还是要买药，医生更加害怕，硬是赶走了她。过了半年多，医生忽然梦见冥府把他捉去，说有人告他杀了人。到冥府后见一个披着头发的女人，脖子上勒着红巾，边哭边陈述当初买堕胎药医生不给的情形。医生说："药是用来医治救人的，怎么敢用来杀人赚钱呢？你自己的淫行败露了，和我有什么关系？"女人说："我向你求药时，所孕胎儿尚未成形，如果能打掉，我可以不死。这等于破了一个无知觉的血块而保住一条临危的生命。结果我没能得到药，不得已生下孩子，以致孩子被杀死，受尽痛苦之后，我也被迫上了吊。这样，你本想保全一条性命，反倒害了两条性命。这不是你的罪过又是谁的呢？"

冥府判官叹口气说："你所说的，符合事情的实际情况，他所坚持的是理。自宋朝以来，固执于理，不去考虑事情发展的利害关系的，难道就医生一个人吗？你就别追究了！"判官砰砰拍着桌子，医生被吓醒了。

【评点】　且不说冥府判官第二点理由所蕴含的"法不责众"论有多荒谬，难道老祖宗都这么做，我们就不能破这规矩；别人都这么做，你就也能这么做吗？关键是那医生所作所为，真像冥府判官所说是合理的吗？女子求堕胎药，总有她的道理。医生没有望闻问切，而是"既惊又怕"。这就不是"人命至重"，而是一事当前，先替自己打算了。看这个故事，需要领会的，首先是要人们懂得怎样恪守职业道德，比如，做医生，就不能做得像故事里的医生那样那么死板教条。既然是做医生，就应当全面考虑问题，明白轻重缓急，懂得从大局想问题，而不能只是拘泥于眼前的一时一事。其次不能一味拘泥于书本，因为病人不会按照教科书上写的来生病，所以照搬医书不对。礼书是用来规范人们行为的，书上只是说了一半的情况，不能不分情由地拿来适用于任何人任何事，所以照搬礼书也不对。

卷一〇

如是我闻四

为国捐躯重于泰山

乌鲁木齐提督巴公彦弼言：昔从征乌什时，梦至一处山麓，有六七行幄，而不见兵卫，有数十人出入往来，亦多似文吏[1]。试往窥视，遇故护军统领某公（某名凡五字，公以滚舌音急呼之，今不能记），握手相劳苦，问："公久逝，今何事到此？"曰："吾以平生拙直，得授冥官。今随军籍记战殁者也。"见其几上诸册，有黄色、红色、紫色、黑色数种。问："此以旗分耶？"微哂曰："安有紫旗、黑旗（按：旧制本有黑旗，以黑色夜中难辨，乃改为蓝旗。此公盖偶未知也），此别甲乙之次第耳。"问："次第安在？"曰："赤心为国，奋不顾身者，登黄册；恪遵军令，宁死不挠者，登红册；随众驱驰，转战而殒者，登紫册；仓皇奔溃，无路求生，蹂践裂尸，追歼断脰者，登黑册[2]。"问："同时授命，血溅尸横，岂能一一区分，毫无舛误？"曰："此惟冥官能辨矣。大抵人亡魂在，精气如生。应登黄册者，其精气如烈火炽腾，蓬蓬勃勃；应登红册者，其精气如烽烟直上，风不能摇；应登紫册者，其精气如云漏电光，往来闪烁。此三等中，最上者为明神，最下者亦归善道。至应登黑册者，其精气瑟缩摧颓，如死灰无焰。在朝廷褒崇忠义，自一例哀荣；阴曹则以常鬼视之，不复齿数矣。"巴公侧耳敬听，悚然心折。方欲自问将来，忽炮声惊觉。后常以告麾下曰："吾临阵每忆斯语，便觉捐身锋镝，轻若鸿毛。"

【注释】　1.行幄：古代帝王外出时的临时营帐，也指军用帐篷。　2.胫：脖子，颈。

【译文】　乌鲁木齐提督巴彦弼说：以前从征乌什时，梦见来到一处山麓，有六七座帐篷，不见士兵守卫，几十人出入往来，也大多像是文吏。巴彦弼走过去想悄悄看一下，遇到了已经亡故的护军统领某公（某公的名字有五个字，巴彦弼说的时候用的是滚舌音，又说得很快，现在已经想不起来了），握手问候，问他："你已经过世很久了，今天因为何事到这里来呢？"护军统领说："我因为生前正直，被封了个冥官。现在随军登记阵亡的官兵。"巴彦弼见他办公桌上放着许多登记册，有黄色、红色、紫色、黑色几种颜色，便问："这是按旗划分的吧？"某公微笑着说："哪有紫旗、黑旗呢？（按：旧制本来是有黑旗的，因为黑色在夜里看不清，于是改成蓝旗。此公大概碰巧不知道。）这是用来区别甲乙等级次第的。"巴彦弼问："怎样划分次第呢？"某公回答说："赤心为国，奋不顾身的，登记在黄册上；严守军令，宁死不屈的，登记在红册上；随众冲锋战死的，登记在紫册上；仓皇奔逃，无路求生，被践踏而死、追歼杀头的，登记在黑册上。"巴彦弼问："同时受命，同时参战，血溅横尸，战场混乱，哪里就能一一区分，毫无差错呢？"某公说："这就只有冥官才能分辨了。大体上人死后灵魂存在，精气就如生前。应该登入黄册的，精气像烈火炽腾，蓬蓬勃勃；应该登入红册的，精气像烽烟直上，风吹不摇；应该登入紫册的，精气像云漏电光，往来闪烁。这三等阵亡官兵，最好的将成为明神，最下等的也能归于善道轮回。至于应该登入黑册的，精气瑟缩衰颓，像没有火焰的死灰一样。阳世朝廷褒扬忠义时，虽然连他们的丧事也很隆重，但是阴曹地府却按普通鬼魂对待，不再承认他们是为国事阵亡的魂魄。"巴彦弼侧耳恭听，心里又害怕又佩服。他正想叩问一下自己的将来，忽然被炮声惊醒。后来，他常用这件事告诫部下说："我临阵时每当想起这番话，就觉得捐躯战场，轻如鸿毛。"

卷一〇

【评点】 很显然，这则笔记是用来激励将士的。战场是残酷的，无论是视死如归，还是贪生怕死，都不一定能毫发无伤地安然回来。既然难免一死，那就不如豁出去，舍生忘死、赤心报国，还可指望来世荣光。

忠犬的故事

舅氏张公梦征言：所居吴家庄西，一丐者死于路，所畜犬守之不去。夜有狼来啖其尸，犬奋啮不使前。俄诸狼大集，犬力尽踣，遂并为所啖。惟存其首，尚双目怒张，眦如欲裂[1]。有佃户守瓜田者亲见之。又程易门在乌鲁木齐，一夕，有盗入室，已逾垣将出，所畜犬追啮其足。盗抽刃斫之，至死啮终不释，因就擒[2]。时易门有仆曰龚起龙，方负心反噬。皆曰程太守家有二异：一人面兽心，一兽面人心。

【注释】 1. 眦：眼角，上下眼睑的接合处。 2. 斫：用刀斧等砍。

【译文】 舅舅张梦征先生讲：自己住在吴家庄西，有个乞丐死在路上，乞丐养的狗守着他的尸体不离开。夜晚有狼来吃尸体，狗奋力拼咬逼得狼不能靠近。不一会儿，群狼聚集而至，狗筋疲力尽，最终也被狼吃掉了，只剩下一个头，仍然双眼怒睁欲裂。有个守瓜田的佃户亲眼看见了整个经过。又有，程易门在乌鲁木齐时，一天晚上，有个强盗进了他的住所，要跳墙逃出去时，被程家养的狗追上去咬住了脚。强盗抽刀猛砍，狗直到被砍死也没松口，强盗因此被捉住了。当时，程易门家有个叫龚起龙的仆人，忘恩负义诬害主人。人们都说，程太守家有两怪：一个人面兽心，一个兽面人心。

【评点】 人们认为狗懂得报恩。忠犬护主的故事，我们听过很多，《阅微草堂笔记》里，纪昀就写过几个，比如他养过的忠犬大黑狗四儿等等。通常，人的寿命比狗长很多。对人而言，养狗不过是生命中某个阶段中的一件事，狗的一生却往往是跟主人一起度过，从出生到死亡，和主人之间的感情是它生活的全部。对于主人，狗往往有一分执着的忠诚与守候，这一点，常常令人动容。狗的忠诚一向为人称道，古今中外都有以狗为主人公的各种文艺作品，颂扬的均是狗身上所体现出来的知恩图报、忠诚、聪明勇敢以及牺牲精神。从生物学的角度来看，狗的嗅觉十分灵敏，能辨别出空气中最稀薄的气味，因此现代人训练狗寻找毒品、追寻罪犯、在灾难现场寻找生还者，甚至给人看病。狗的直觉本能也很强，在许多灾难还没出现明显预兆时，狗就会有反应。而且在所有动物中，狗与人的交流、互动最积极、最密切，尤其对主人的感情特别深。一旦遇上人没有察觉到的危险，它会出于保护主人和同类的本能，奋不顾身地加以阻止。

巧事一连串

余在乌鲁木齐日，骁骑校萨音绰克图言：曩守红山口卡伦，一日将曙，有乌哑哑对户啼。恶其不吉，引骲矢射之[1]。嗃然有声，掠乳牛背上过。牛骇而奔，呼数卒急追。入一山坳，遇耕者二人，触一人仆。扶视无大伤，惟足跋难行。问其家不远，共舁送归[2]。入室坐未定，闻小儿连呼有贼。同出助捕，则私逃遣犯韩云，方逾垣盗食其瓜，因共执焉。使乌不对户啼，则萨音绰克图不射；萨音绰克图不射，则牛不惊逸；牛不惊逸，则不触人仆；不触人仆，则数卒不至其家；徒一小儿见人盗瓜，其势必不能执缚；乃辗转相引,终使受絷伏诛³。此乌之来,岂非有物凭之哉!盖云本剧寇,所劫杀者多矣。尔时虽无所睹,实与刘刚遇鬼因果相同也。

【注释】　1. 骹矢:响箭。骹,古同"髇"。　2. 舁:共同用手抬。　3. 絷:用绳子捆住。

【译文】　我在乌鲁木齐时,听骁骑校萨音绰克图说:以前他驻守红山口哨卡,有一天天将亮时,有只乌鸦对着门哑哑啼叫。他讨厌乌鸦叫不吉利,就拉弓搭箭射它。乌鸦怪叫一声,从奶牛背上掠过急飞,牛受了惊吓狂奔。他急忙招呼几个士兵追赶。追进一个山坳,遇见两个耕地的农夫,牛把其中一人撞倒了。扶起来一看,没有大伤,只是崴脚了难以行走。农夫家离那儿不远,就一起搀扶送他回家。进了农夫家门还没坐定,就听见一个小孩连呼"有贼!",士兵们出门追捕,竟是在逃犯韩云。韩云正好跳过墙来偷瓜吃,大家一拥而上捉住了他。假如乌鸦不对着门啼叫,萨音绰克图不会射它;不射乌鸦,奶牛就不会狂奔;奶牛不奔逃,就不会撞倒农夫;不撞倒农夫,士兵也不会到农夫家。如果只是一个小孩看见有人偷瓜,也不可能把盗贼捉住。就这样辗转引导,终于使盗贼被捕受到制裁。这只乌鸦的到来,莫非是受了什么东西引导?韩云本来是个大盗,被他抢劫杀掉的人不少。他当时虽然没有看到什么,但实际上与刘刚遇鬼的因果报应是一样的。

【评点】　这是由一连串的巧合构成的故事。所谓巧合,就是若干小概率事件一道发生。有人说,巧合是可以解释的。英国著名的数学家考来克雷教授说过,有些巧合并非神秘莫测,实际上它们可以用数学中概率学的方式来推测。如果用数学的方法来分析,地球上60多亿人之间,每天都要发生数以十亿计的各种联系,在这些联系中,有十万分之一是巧合。这么说来,发生巧合的概率还不低,萨音绰克图遭遇的巧合也算是平常事。我们常常听说，因为一个毫不相干的人而使得某一个贪官劣迹败露，终至锒铛入狱；也经常看到报道，某个逃犯，隐姓埋名多年，却因为某一个看起来毫不相干的细节而东窗事发。由此，我们钦佩古人，很早就总结出这么一个道理——要想人不知，除非己莫为。

生存的奥秘

翰林院笔帖式伊实从征伊犁时，血战突围，身中七矛死。越两昼夜复苏，疾驰一昼夜，犹追及大兵。余与博晰斋同在翰林时，见有伤痕，细询颠末。自言被创时，绝无痛楚，但忽如沉睡。既而渐有知觉，则魂已离体，四顾皆风沙溟洞，不辨东西，了然自知为已死。倏念及子幼家贫，酸彻心骨，便觉身如一叶，随风漾漾欲飞。倏念及虚死不甘，誓为厉鬼杀贼，即觉身如铁柱，风不能摇。徘徊伫立间，方欲直上山巅，望敌兵所在；俄如梦醒，已僵卧战血中矣。晰斋太息曰："闻斯情状，使人觉战死无可畏。然则忠臣烈士，正复易为，人何惮而不为也！"

【译文】　翰林院笔帖式伊实从征伊犁时，一次血战中突围，身中七矛，昏死过去。两天后又苏醒过来，骑马急奔一昼夜，终于追上了大部队。我与博晰斋同在翰林院任职时，见到伊实身上有伤痕，仔细询问事情的原委。伊实说受伤时一点不觉得疼痛，只是突然间像沉睡过去似的。后来渐渐有了知觉，则是灵魂已离开了身体。四面环顾，风沙茫茫，辨不清方向，心里明白自己已经死了。突然想到孩子尚小，家中贫寒，心酸彻骨。这时就觉得身躯像一片树叶一样随风飘荡，似乎要飞起来。突然又想到就这样白白死去不甘心，立誓要变成厉鬼再去杀敌，顿时觉得身軀像一根铁柱,风怎么也不能动摇。伫立片刻,正想直上山顶观看敌兵在哪儿,顷刻间如梦初醒,发现自己正直挺挺躺在血泊之中。博晰斋听罢叹息说:"听你这么说,让人觉得战死并不可怕。可见做忠臣烈士也是容易的,人为什么害怕而不去做呢?"

【评点】　一个过来人的叙说,揭示了生与死的奥秘:若是为了个人的私利,魂飞魄散,归乎杳然;若是为了国家利益,却能死而复生。

吝啬鬼蒙羞

　　香畹(wǎn)又言:一孝廉颇善储蓄,而性啬。其妹家至贫,时逼除夕,炊烟不举。冒风雪徒步数十里,乞贷三五金,期明春以其夫馆谷偿。坚以窘辞。其母涕泣助请,辞如故。母脱簪珥付之去,孝廉如弗闻也。是夕,有盗穴壁入,罄所有去。迫于公论,弗敢告官捕。越半载,盗在他县败,供曾窃孝廉家,其物犹存十之七。移牒来问,又迫于公论,弗敢认。其妇惜财不能忍,阴遣子往认焉。孝廉内愧,避弗见客者半载。夫母子天性,兄妹至情,以啬之故,漠如陌路,此真闻之扼腕矣。乃盗遽乘之,使人一快;失而弗敢言,得而弗敢取,又使人再快;至于椎心茹痛,自匿其瑕,复败于其妇,瑕终莫匿,更使人不胜其快。颠倒播弄,如是之巧,谓非若或使之哉!然能愧不见客,吾犹取其足为善。充此一愧,虽以孝友闻可也。

【译文】　刘香畹又说:有个举人很会聚财,但极其吝啬。他妹妹家很穷,当时将近年关,家里已经揭不开锅。妹妹冒着风雪走了几十里,求借三五两银子，说好到明年春天用她丈夫做塾师的收入来偿还。但举人说自己手头紧张，就是不肯借。他母亲哭着为妹妹求情，举人依然拒绝。母亲取下自己的发簪耳饰交给女儿，举人好像没看到一样。这天夜里，有贼挖墙洞进了他家，偷走了他所有的钱财。他害怕众人议论，不敢报官。过了半年，那个盗贼在别的县作案被捉，供出曾经偷过举人家，偷的钱财还剩十分之七。官府发公文来查询，他仍害怕别人议论，不敢认领。他妻子爱财，实在忍不住，就暗地里派儿子去认领了。举人内心羞愧，闭门谢客半年。

母子之间的爱是天性，兄妹之间是骨肉亲情，因为吝啬，竟冷漠得像对陌生人，听到这样的事令人扼腕愤恨。那个盗贼一下子得手，使人感到痛快；丢了钱不敢声张，钱追回来又不敢领取，更令人痛快；至于忍着锥心之痛，自己掩盖缺德事，又被妻子败露，缺德事最终还是隐瞒不住，更令人痛快得很。颠倒捉弄，如此之巧，谁说不是好像有人在摆布呢！但是能够羞愧而不见客，我认为还是有救的。就从这一点羞愧之心扩展开去，也是可以做到孝友的。

【评点】　纪昀曾经写过一个故事，故事中有个人作恶多端，机关算尽还是没有逃脱惩罚，纪昀兄弟几个听到这件事情时，觉得很开心。纪昀的父亲教育儿子们说，老天让坏人受到惩罚，不是让旁人开心的，而是让知道这件事情的人都有敬畏之心、警惕之心，时时告诫自己，处处谨慎小心，不做坏事。可是，纪昀在写这个吝啬的举人钱财被盗时，三次说到让人感到痛快，这说明，他终究未能免俗。不过文末说道，举人有羞愧心，若是能发扬开去，还是有希望的，这句话还是有点道理的。

举人受骗

乾隆己未会试前,一举人过永光寺西街,见好女立门外,意颇悦之,托媒关说,以三百金纳为妾。因就寓其家,亦甚相得。迨出闱返舍,则破窗尘壁,阒(qù)无一人,污秽堆积,似废坏多年者[1]。访问邻家,曰:"是宅久空,是家来往仅月余,一夕自去,莫知所往矣。"或曰:"狐也,小说中盖尝有是事。"或曰:"是以女为饵,窃资远遁,伪为狐状也。"夫狐而伪人,斯亦黠矣;人而伪狐,不更黠乎哉!余居京师五六十年,见类此者不胜数,此其一耳。

【注释】 1.阒:静寂,没有一点声音。

【译文】 乾隆己未年(1739)会试前夕,有个举人经过永光寺西街,看见一个漂亮女子站在门前,十分爱慕,就托媒人说合,用了三百两银子纳她为妾。接着举人就住在她家,两人十分恩爱。等举人考完出了试院回去,只见破窗尘壁,静悄悄的没有一人,污秽堆积,好像废弃多年了。询问邻居,说:"这个宅子已经空了很久,这家人来只住了一个多月,一天晚上忽然离开,不知到哪里去了。"有人说:"这是狐精,传奇小说中就有这样的事情。"有人说:"这是用女子作诱饵,骗了钱财后远逃了,是伪装为狐精。"狐精假扮成人,这也够狡猾的了;但是人假扮成狐精,不是更狡猾吗!我住在京城五六十年,这类事情见得太多了,这只是其中之一。

【评点】 这是又一个骗局。没有谁逼这个举人,骗子也没有动用多少特别的心思,是他自己招来了这个骗局。举人无法抗拒色诱,轻信上当,责任还在他自己。

老太太的妙计

　　至危至急之地,或忽出奇焉;无理无情之事,或别有故焉。破格而为之,不能胶柱而断之也。吾乡一媪,无故率媪妪数十人,突至邻村一家,排闼强劫其女去。以为寻衅,则素不往来;以为夺婚,则媪又无子。乡党骇异,莫解其由。女家讼于官,官出牒拘摄,媪已携女先逃,不能踪迹。同行婢妪,亦四散逋亡。累缧多人,辗转推鞫,始有一人吐实[1]。曰:"媪一子,病瘵垂殁,媪抚之恸曰:'汝死自命,惜哉不留一孙,使祖父竟为馁鬼也。'子呻吟曰:'孙不可必得,然有望焉。吾与某氏女私昵,孕八月矣,但恐产必见杀耳。'子殁后,媪咄咄独语十余日,突有此举,殆劫女以全其胎耳。"官怃然曰:"然则是不必缉,过两三月自返耳。"届期果抱孙自首,官无如之何,仅断以不应重律,拟杖纳赎而已。此事如兔起鹘落,少纵即逝[2]。此媪亦捷疾若神矣。安静涵言:其携女宵遁时,以三车载婢妪,与己分四路行,故莫测所在。又不遵官路,横斜曲折,歧复有歧,故莫知所向。且晓行夜宿,不淹留一日,俟分娩乃税宅,故莫迹所居停。其心计尤周密也。女归,为父母所弃,遂偕媪抚孤,竟不再嫁。以其初涉溱洧,故旌典不及,今亦不著其氏族焉[3]。

【注释】　1. 累绁:捆绑罪犯的绳索,引申为牢狱,囚禁。累,通"缧"。　2. 兔起鹘落:兔子刚跳起来,鹘就飞扑下去。比喻动作敏捷。鹘,鹰一类的猛禽。　3. 溱洧:《诗经·郑风》篇名。溱和洧是两条河的名称,诗中写青年男女到河边春游,相互谈笑并赠送香草表达爱慕的情景。这里指私自定情。

【译文】　人在极危险极紧迫的时候,或许会出奇谋;看起来不合情理的事情,或许另有缘故。反常的事情,不能墨守成规地判断。我的家乡有个老妇,有一天夜里无故率领几十个妇人,突然来到邻村一户人家,闯进门去强行劫走了这家的女儿。以为是寻衅闹事,但彼此素无往来;以为是抢婚,而老妇又没有儿子。乡里人又惊又怕又觉得怪异,想不出是什么缘故。女家告官之后,官府就发出通牒追捕,而老妇早就携女逃走了,不知道往哪里追才能找到,同案的众妇人也已经四散逃走。此事牵连多人,辗转传讯,才有一个人吐出实情。那人说:"老妇有个儿子,病危将亡时,老妇抚摸着他痛哭道:'你死是你的命,只可惜没有留下一个孙子,你的先祖先父要成饿鬼了。'儿子呻吟着说:'孙子不能肯定有,可还是有希望的。我与某女私通,她已有了八个月的身孕,但恐怕孩子生下来就会被杀死。'儿子死后,老妇自言自语了十来天,才突然有此举。大概抢劫女子是为保全胎儿吧。"县官茫然若失,说:"既然是这样,那就不必通缉了,过两三个月,她自己会回来的。"到了县官说的时间,老妇果然抱着孙子来自首。县官无可奈何,判决不应定重罪,只处以杖责,交钱赎打就可以了。这件事的变化快得让人几乎反应不过来,追查起来线索稍纵即逝,这个老妇也真是迅捷如神。

安静涵说:老妇携女夜里逃走时,三辆车载着其他妇人,加上她自己,分成四路走,因而没有谁知道她到了哪里。她又不走官道,横斜曲折,岔路中又有岔路,因而也不知她往哪儿去了。况且晓行夜宿,一天也不停,等分娩时才租借住宅,所以也查不出她停留的地方。她的心计是很周密的。女子回来后,父母不让进屋,她就与老妇一同抚养孤儿,最终也没有再嫁人。因为她当初是和人私通,因而不能以节妇的名义受表彰,现在我也不便写出她的家族了。

【评点】 人在极其危险、极其紧迫的时候，或许会出奇谋，这就叫急中生智。绝处逢生，就是要用非常的智谋加上非常的措施，如果按照常理，则有可能陷入困境。老太太如果按照习惯做法，循礼上门提婚认亲，比起她破门而入抢了就跑，效果肯定远远不如。但是，急中生智，的确是需要有智慧的。老太太此举还有一个特点，就是在行动方案没有确定之前，丝毫没有泄露，深思熟虑之后行动果断，毫不迟疑。谋划的过程其实不短，十几天的时间；思考的过程也并不轻松，满怀着丧子的悲痛，十几天的时间她不是向人哭诉，也没有找人商量，而是自言自语了十几天！独自考虑，一旦方案确定，立即行动，最终挽救了一条生命。

雄狮写真

康熙十四年，西洋贡狮，馆阁前辈多有赋咏。相传不久即逸去，其行如风，巳刻绝锁，午刻即出嘉峪关。此齐东语也[1]。圣祖南巡，由卫河回銮，尚以船载此狮，先外祖母曹太夫人，曾于度帆楼窗罅（xià）窥之，其身如黄犬，尾如虎而稍长，面圆如人，不似他兽之狭削。系船头将军柱上，缚一豕饲之。豕在岸犹号叫，近船即噤不出声。及置狮前，狮俯首一嗅，已怖而死。临解缆时，忽一震吼声，如无数铜钲（zhēng）陡然合击。外祖家厩马十余，隔垣闻之，皆战栗伏枥下，船去移时，尚不敢动。信其为百兽王矣。狮初至，时吏部侍郎阿公礼稗，画为当代顾、陆，曾囊笔对写一图，笔意精妙[2]。旧藏博晰斋前辈家，阿公手赠其祖者也。后售于余，尝乞一赏鉴家题签。阿公原未署名，以元代曾有献狮事，遂题曰"元人狮子真形图"。晰斋曰："少宰丹青，原不在元人下。此赏鉴未为谬也。"

【注释】　1.齐东语：即"齐东野语"，比喻荒唐而没有根据的话。　2.顾：东晋顾恺之，有"画祖"之称。陆：南朝宋明帝时宫廷画家陆探微，被奉为中国最早的画圣。橐笔：这里指文士的笔墨耕耘。

【译文】　康熙十四年（1675），西洋进贡了一头狮子，翰林院的前辈们大多写了辞赋咏唱。相传这头狮子不久就逃走了，跑起来像风一样，上午十点多挣开锁链，中午就出了嘉峪关。这只是齐东野语而已。康熙皇帝南巡，由卫河回京，还用船运载过这头狮子。先外祖母曹太夫人当时还在度帆楼窗缝里偷偷看过，狮身像黄犬，狮尾像老虎但稍长，脸圆圆的像人，不像其他兽类那样尖尖长长的。狮子系在船头将军柱上，有人捆了一头猪来喂狮子。猪在河岸时还号叫，靠近船就吓得不出声了，等放到狮子面前，狮子低头一闻，猪已经吓死了。临开船时，狮子忽然一声怒吼，犹如无数铜钲猛然合击。外祖家的十多匹厩马隔墙听见，都战栗着伏在槽下，船离开好久还不敢动。这让人相信狮子真的是百兽之王。狮子刚由西洋入京时，绘画技艺号称当代顾、陆的吏部侍郎阿礼稗先生，曾经对狮写生画成一图，笔意十分精妙。这幅图以前藏于博晰斋前辈家，因为当初阿公亲手赠给了他的祖父。后来卖给了我，我曾经请一位鉴赏家题签。因为阿公原未署名，鉴赏家因为元代曾经有过献狮的事，题名为"元人狮子真形图"。博晰斋说："阿公的丹青技艺，原不在元人之下。这种赏鉴也不能算错。"

【评点】　在汉代以前，中国没有关于狮子的记载，目前所见最早有关狮子记载的文献是《汉书·西域传》，狮子是在汉武帝通西域之后，随着东西方交流传入中国的。文献记载，西域为了答谢汉王朝，将当地的珍贵特产狮子贡奉出来，这是狮子落户中国始因之一。这一则笔记所写西洋贡狮的事情，《清实录》与《清史稿》都没有记载。《阅微草堂笔记》未写何国贡，《聊斋志异》中曾写到"暹逻国贡狮"，但没有写是什么时候贡的，只有"观者如堵"及对狮子毛色的描绘可以跟《阅微草堂笔记》互为印证。《清稗类钞》所记载的，显然是抄录《阅微草堂笔记》。而《阅微草堂笔记》的描写，因目击者是前辈亲人，自然更为细致。尤其狮子威风凛凛的雄姿，通过纪晓岚的描绘，逼真显现在读者眼前，更为可贵。

敦厚老书生

交河老儒刘君琢，名璞，素谨厚，以长者称。在余家设帐二十余年，从兄懋园、坦居，从弟东白、羲轮，皆其弟子也。尝自河间岁试归，中途遇雨，借宿民家。主人曰："家惟有屋两楹，尚可栖止，然素有魅，不知狐与鬼也。君能不畏，则请解装。"不得已宿焉。灭烛以后，承尘上轰轰震响，如怒马奔腾。君琢起著衣冠，长揖仰祝曰："偃蹇寒儒，偶然宿此。欲祸我耶？我非君仇。欲戏我耶？与君素不狎昵。欲逐我耶？今夜必不能行，明朝亦必不能住，何必多此扰攘耶？"俄闻承尘上似老媪语曰："客言殊有理，尔辈勿太造次。"闻足音橐橐然，向西北隅去，顷刻寂然矣。君琢尝以告门人曰："遇意外之横逆，平心静气，或有解时。当时如怒詈之，未必不抛砖掷瓦。"又刘景南尝僦一寓，迁入之夕，大为狐扰。景南诃之曰："我自出钱租宅，汝何得鸠占鹊巢？"狐厉声答曰："使君先居此，我续来争，则曲在我。

我居此宅五六十年，谁不知者。君何处不可租宅，而必来共住，是恃气相凌也，我安肯让君？"景南次日遂移去。何励庵先生曰："君琢所遇之狐，能为理屈；景南所遇之狐，能以理屈人。"先兄晴湖曰："屈狐易，能屈于狐难。"

【译文】　交河老儒刘君琢，名璞，一向淳谨宽厚，以忠厚长者著称。在我家教书二十多年，堂兄懋园、坦居和堂弟东白、羲轮，都是他的学生。一次，刘先生从河间岁试归来，中途遇到大雨，借住在一户百姓家。主人说："家中只有两间空屋可以住宿，可是一向有妖魅，不知是狐是鬼。先生如果不害怕，就请打开行李住进去吧。"刘先生不得已住了进去。灭烛以后，听到天花板上轰轰震响，如同怒马奔腾。刘先生起身穿戴好衣帽，仰面对屋顶长揖施礼，祝告说："我是一个困顿的穷书生，偶然路过，住在这里。要害我吗？我与君无仇。要戏弄我吗？我与君不熟识。要驱逐我吗？今晚我肯定不能走，明天也必定不会再住，何必多此一举来骚扰呢？"不一会儿，听到天花板上似乎是一个老太太说："客人说得很有道理，你们不要太莽撞。"随后听到一阵笃笃的脚步声往西北角走去，很快就寂静无声了。刘君琢先生曾经告诫学生说："遇到意外险境，平心静气，或许有化解的可能。当时如果破口大骂，未必不会抛砖掷瓦来打我。"

还有，刘景南曾经租借一处住宅，搬进去的当天夜晚，就受到了狐精的大肆骚扰。刘景南呵斥说："我自己出钱租宅，你怎么能鸠占鹊巢呢？"狐精厉声回答说："假设是先生你先来住，我后到的来争，可以说是我理屈。可是我住在这里已经五六十年了，谁不知道？先生哪里不可以租房子住呢，却偏偏要与我一起住，这便是欺侮我，我怎么可能让你？"第二天刘景南就搬走了。何励庵先生说："刘君琢所遇到的狐精，能被人的道理屈服；刘景南所遇到的狐精，能用道理使人屈服。"先兄晴湖说:"能让狐精屈服容易,能被狐精屈服就难了。"

【评点】　笔记记载了两个老先生的故事。他们各自在住宿的时候遇到了想要驱逐他们的狐或者是鬼,也就是说,遇到了对立面。刘君琢先生是毕恭毕敬说明情不得已,只住一夜,一番话消解了对方的猜疑,一夜平安。刘景南先生一旦知道是自己无意间侵犯了对方,第二天立即搬走。给我们的启发是:社会生活中的对立面,不一定是敌人,也就是说,跟这种人打交道,遇到的不是人性问题,也不是道德问题,有时候,对方只不过是要一种被尊重、被重视的感觉。一个人,在社会上求生存,绝不能追求在人际交往方面任何时候、一时一事都占上风。

卷二

槐西杂志一

余再掌乌台，每有法司会谳事，故寓直西苑之日多。借得袁氏婿数楹，榜曰"槐西老屋"。公余退食，辄憩息其间。距城数十里，自僚属白事外，宾客殊稀。昼长多暇，晏坐而已。旧有《滦阳消夏录》《如是我闻》二书，为书肆所刊刻。缘是友朋聚集，多以异闻相告。因置一册于是地，遇轮直则忆而杂书之，非轮直之日则已，其不能尽忆则亦已。岁月骎寻，不觉又得四卷，孙树馨录为一帙，题曰《槐西杂志》，其体例则犹之前二书耳[1]。自今以往，或竟懒而辍笔欤，则以为《挥麈》之三录可也；或老不能闲，又有所缀欤，则以为《夷坚》之丙志亦可也[2]。壬子六月，观弈道人识。

【注释】　1.骎寻：渐进的样子，这里指时间推移。　2.《挥麈》：即《挥麈录》，笔记。宋代王明清作，二十卷，主要记述两宋典章制度、文人士大夫逸闻，兼及诗文碑铭，具有较高史料价值。《夷坚》：即《夷坚志》，南宋笔记小说集。全书原分初志、支志、三志、四志，每志按甲、乙、丙、丁顺序编次。著成甲至癸二百卷；支甲至支癸、三甲至三癸各一百卷；四甲、四乙各十卷。今仅存二百零六卷。

【译文】　我再次担任御史台这个官职后，由于经常遇到都察院要对全国的死刑案件复核审查，所以我住在西苑值班的时间要多一些。后来，又借了袁家女婿家的几间屋子，匾额题为"槐西老屋"。工作结束后，我就到老屋里吃饭、休息。这里离京城有几十里地，除了所属官员到这里回禀公事以外，其他宾客就很少了。夏日，白天很长，有很多富余时间，我经常静悄悄坐着消磨时光。我过去写的《滦阳消夏录》和《如是我闻》

两书，已经被书店刊印成册。由于亲朋好友聚到一起，常常告诉我一些异闻逸事。所以，就在这里放了一个记事本，每当轮到值班的时候，就回忆大家谈论过的事情，并信笔记录下来；如果不值班，就暂时搁笔。有些事情回忆不起来，也就算了。岁月过得很快，不知不觉又写了四卷。孙子树馨抄录成一册，书名叫作《槐西杂志》，这册书的体例还是与前两册大体相同。从今以后，也许会因为懒惰而停笔，所写的就像《挥麈三录》那样也行；又或许即使老了也无法闲下来，于是又提笔写了一些，就像《夷坚丙志》那样，也行。乾隆壬子年（1792）六月，观弈道人记。

【评点】　应该说，《阅微草堂笔记》有现在我们看到的这个篇幅，是纪昀辛勤笔耕的结果。零碎的时间，碎片化的记忆，汇集拢来，集中阐述了纪昀教化民众的设想。

神祠的名号

山西太谷县西南十五里白城村，有糊涂神祠，土人奉事之甚严。云稍不敬，辄致风雹。然不知神何代人，亦不知何以得此号。后检通志，乃知为狐突祠，元中统三年敕建，本名利应狐突神庙。"狐""糊"同音，北人读入声皆似平，故"突"转为"涂"也。是又一杜十姨矣[1]。

【注释】　1. 杜十姨：唐代杜甫曾任左拾遗，故世称"杜拾遗"。旧村学究戏作"杜十姨"，民间遂讹传。

【译文】　山西太谷县西南十五里的白城村，有一座糊涂神祠，当地人对这位糊涂神敬奉极其严谨。传说稍有不敬，就会遭受大风冰雹的灾祸。然而不知这位糊涂神是哪一代人，也不知为什么得了这个雅号。后来查阅《通志》，才知道是"狐突祠"，是元朝中统三年（1262）奉皇帝之旨建造的，本名"利应狐突祠"。"狐"与"糊"同音，当地人读入声和平声相似，所以"突"也就成了"涂"。这也是一个"杜十姨"式的笑话。

【评点】　狐突，字伯行，春秋时期晋国大夫，助晋文公即位。宋宣和五年（1123）宋徽宗封狐突为"护国利应侯"，敕建利应狐突祠。金明昌元年（1190）、元至元二十六年（1289）曾修葺过，并彩饰武士侍女及狐突夫妻坐像。明代又扩建了献殿，清代又扩建了山门、乐台以及钟、鼓二楼，遂构成了重院建筑。狐突祠与"糊涂"毫无关系。唐代的杜甫，曾担任过左拾遗。据说是因为村学究开玩笑作"杜十姨"，于是民间讹传开来。这些由于音似而造成的讹传给予我们的启发是：有些事情，不是因为传的历史长久，或者是传说的人数众多，就是对的；碰到来龙去脉不清楚的、前因后果很模糊的，就应该问一问为什么，在有可能的情况下，追根寻源，把问题搞清楚了，也长了学问。要是人云亦云、以讹传讹，于己，闹出大笑话；于人，形成误导，都不好。

皇朝的大老鼠

姚安公监督南新仓时，一廒后壁无故圮[1]。掘之，得死鼠近一石，其巨者形几如猫。盖鼠穴壁下，滋生日众，其穴亦日廓；廓至壁下全空，力不任而覆压也。公同事福公海曰："方其坏人之屋，以广己之宅，殆忘其宅之托于屋也耶？"余谓李林甫、杨国忠辈尚不明此理，于鼠乎何尤[2]。

【注释】　1.庾：围起的圆仓。　2.李林甫、杨国忠：唐代奸相。

【译文】　我的父亲姚安公任南新仓监督时，仓库的后墙无故倒塌了。挖开来一看，发现的死鼠将近一石，大得几乎有猫那样大。这大概是因为老鼠长期在墙下打洞，繁殖得越来越多，洞也越打越大，以至于这堵墙下全被掏空了，粮仓承受不了，终于倒塌了。先父的同事福海说："老鼠破坏别人房屋，扩大自己的洞穴时，可能忘了自己的洞穴是依赖房屋而存在的吧？"我认为，李林甫、杨国忠之流尚且不明白这番道理，又怎么能苛求老鼠呢！

【评点】　贪官污吏侵吞国有资产，就像这个粮仓的大老鼠，得意忘形之际，完全忘记自己本来全靠这个粮仓庇佑。它们越猖狂，家业越大，对国家利益损害越大，自己覆亡的下场也就越惨。

和乩仙下棋

　　程念伦，名思孝，乾隆癸酉甲戌间，来游京师，弈称国手[1]。如皋冒祥珠曰："是与我皆第二手，时无第一手，遽自雄耳。"一日，门人吴惠叔等扶乩，问："仙善弈否？"判曰："能。"问："肯与凡人对局否？"判曰："可。"时念伦寓余家，因使共弈。（凡弈谱，以子记数。象戏谱，以路记数，与乩仙弈，则以象戏法行之。如纵第九路横第三路下子，则判曰："九三。"余皆仿此。）初下数子，念伦茫然不解，以为仙机莫测也，深恐败名，凝思冥索，至背汗手颤，始敢应一子，意犹惴惴。稍久，似觉无他异，乃放手攻击。乩仙竟全局覆没，满室哗然。乩忽大书曰："吾本幽魂，暂来游戏，托名张三丰耳，因粗解弈，故尔率答²。不虞此君之见困，吾今逝矣。"惠叔慨然曰："长安道上，鬼亦诳人³。"余戏曰："一败即吐实，犹是长安道上钝鬼也。"

【注释】　1. 癸酉：乾隆十八年（1753）。甲戌：乾隆十九年（1754）。　2. 张三丰：本名通，字君宝，元季儒者、道士。善书画，工诗词，自称张天师后裔，为武当派开山祖师。　3. 长安道上：旧喻名利场所。长安，古都名，在今陕西西安西北。

【译文】　程念伦，名思孝，乾隆癸酉（1753）、甲戌（1754）间来到京城游历，他喜欢下棋，堪称国手。如皋人冒祥珠说："他和我都是二流棋手，因为当时没有一流高手，所以就称雄一时罢了。"一天，我的门生吴惠叔等人扶乩招仙，众人问："仙人善于对弈吗？"沙盘上的字是"能"。又问："肯与凡人对下一局吗？"沙盘上的字是"可以"。当时程念伦住在我家，就让他与乩仙下棋。（凡是棋谱，都以子数来计算。模仿下棋的记谱，则以路计数。和乩仙下棋，就以路计数进行。例如在纵第九路横第三路下子，沙盘上的字就是"九三"。其余都是这样下法。）刚下几个子，程念伦晕乎乎的，以为神仙的意图无法预测，特别担心下棋失败坏了自己的名声，集中精力思考，绞尽脑汁苦苦想对策，以至于汗流浃背，手发着颤，好半天才敢应落一子，落子后还惴惴不安。时间稍微一长，似乎觉得乩仙并无高深技能，于是放手攻击。乩仙竟然全局覆灭，一屋子的人都吵吵嚷嚷议论起来。乩仙忽然大字写道："我本来是个幽魂，偶尔来玩玩，假冒张三丰的名字而已。棋艺我只是懂点皮毛，所以随便答应和你下棋。想不到这位先生杀败了我，我现在告辞了！"吴惠叔感叹地说："京城里面，连鬼也会骗人！"我开玩笑说："输了棋马上讲老实话，还是京城里愚钝的鬼啊。"

【评点】 这则笔记涉及的是一个心理学问题。如果求胜心切，或者在比赛时过多考虑得失等问题，背上了沉重的思想负担，就会影响正常发挥，甚至表现得惊慌失措、水平低下。有没有乩仙不重要，重要的是程念伦的经验教训值得记取。

痴心单纯的高西园

朱青雷言：高西园尝梦一客来谒，名刺为司马相如。惊怪而寤，莫悟何祥。越数日，无意得司马相如一玉印，古泽斑驳，篆法精妙，真昆吾刀刻也[1]。恒佩之不去身，非至亲昵者不能一见。官盐场时，德州卢丈雅雨为两淮运使，闻有是印，燕见时偶索观之。西园离席半跪，正色启曰："凤翰一生结客，所有皆可与朋友共。其不可共者惟二物：此印及山妻也[2]。"卢丈笑遣之曰："谁夺尔物者，何痴乃尔耶！"西园画品绝高，晚得末疾，右臂偏枯，乃以左臂挥毫[3]。虽生硬倔强，乃弥有别趣。诗格亦脱洒。虽托迹微官，蹉跎以殁，在近时士大夫间，犹能追前辈风流也。

【注释】 1.昆吾刀：古代名刀。据说是用昆吾石冶炼成铁制作的刀，古时候认为刻玉须用昆吾刀。 2.山妻：隐士的妻子。后多用为自称其妻的谦辞。 3.末疾：四肢的疾患。

【译文】 朱青雷说：高西园曾梦见一个客人来拜访他，名片上写的是"司马相如"。他从梦中醒来，觉得特别奇怪，不知道预示什么。几天以后，高西园无意之中得到一枚司马相如的玉印。玉印古色古香，印迹斑驳，篆刻得极为精妙，真是昆吾刀刻的。高西园佩带着不离身，除非是至亲好友，谁也不让看。他在盐场任职时，德州的卢雅雨老先生任两淮盐运使，听说他有这枚玉印，宴席间偶然向他索要观看。高西园离席半跪着严肃地说："凤翰我一生结交了很多朋友，我所有的东西都可以跟朋友共享，唯有两样东西不可共享：一是这枚玉印，再就是我的妻子。"卢雅雨笑着说："谁想抢你的东西？怎么痴心到这个样子！"高西园的画艺极高，晚年得了偏瘫，右臂残废，就用左臂作画。画出的画看起来生硬不流畅，却别有一番风趣。他的诗风格也洒脱。虽然他官职低微，一生坎坷，潦倒而亡，但是在现在的读书人当中，也算是能赶得上前辈才气的人了。

【评点】 寥寥数言，活画出一个略显迂腐的书生。纪昀对他评价甚高。他痴情，把钟爱的古玉与妻子相提并论，绝不随便展示；他单纯，不懂得察言观色；他有才气，即便是中风之后肢体残疾，左手画画也有风韵。唯潦倒终身，令人慨叹。

妖由人兴

从叔梅庵公曰："淮镇人家有空屋五间，别为院落，用以贮杂物。儿童多往嬉游，跳掷践踏，颇为喧扰。键户禁之，则窃逾短墙入。乃大书一帖粘户上，曰：'此房狐仙所住，毋得秽污！'姑以怖儿童云尔。数日后，夜闻窗外语：'感君见招，今已移入，当为君坚守此院也。'自后人有入者，辄为砖瓦所击，并僮奴运杂物者亦不敢往。久而不治，竟全就圮颓，狐仙乃去。此之谓'妖由人兴'。"

【译文】　我的堂叔梅庵公说:"淮镇一户人家有五间空房,自成院落,用来贮存杂物。儿童常常聚集到这里玩耍,蹦高落低,追逐打闹,毁坏东西,实在是喧闹烦扰。主人把院门锁上,孩子们就偷偷跳矮墙进去。主人用很大的字写了一个告示贴在门上,说:'这是狐仙住的地方,不能弄脏了!'想姑且吓唬吓唬那些孩子。过了几天,夜里听到窗外有人说:'感谢主人召唤,我们已经搬过来住了,今后要为你看牢守住这个院子。'从此以后,只要有人进入这个院子,就会遭到砖瓦的袭击,就连僮仆搬运杂物也不敢去了。由于长久不修缮,房屋最终全部倒塌了,狐精这才离去。这就叫作'妖是由人作怪引起的'。"

【评点】　除了"妖由人兴"之外,这则笔记还为人们提供了"开门揖盗"和"引狼入室"的范例。打开大门,恭恭敬敬请妖魅进来,如果说真有妖魅的话,所有的灾祸都是主人自己引来的。若是主人稍稍有点爱心,就算敞开院门任由孩子们玩耍,哪里会落到这种境地?

害人终害己

先师汪文端公言:有欲谋害异党者,苦无善计。有黠者密侦知之,阴裹药以献,曰:"此药入腹即死,然死时情状,与病卒无异;虽蒸骨验之,亦与病卒无异也[1]。"其人大喜,留之饮。归则以是夕卒矣。盖先以其药饵之,为灭口计矣。公因太息曰:"献药者杀人以媚人,而先自杀也。用其药者,先杀人以灭口,而口终不可灭也。纷纷机械何为乎?"张樊川前辈时在座,因言有好娈童者,悦一宦家子。度无可得理,阴属所爱姬托媒妪招之,约会于别墅,将执而胁污焉。届期,闻已至,疾往掩捕。突失足堕荷塘板桥下，几于灭顶。喧呼掖出，则宦家子已遁，姬已鬓乱钗横矣。盖是子美秀甚，姬亦悦之故也。后无故开阁放此姬，婢妪乃稍泄其事。阴谋者鬼神所忌，殆不虚矣。

【注释】　1. 蒸骨：旧时用酒醋蒸熏骨骼以定死因的验尸方法。

【译文】　我的老师汪文端先生说：有个人想要设计害死他的对头，苦于没有好办法。有个狡猾的人秘密打探，知晓了他的想法，暗地里揣着毒药献给他，说："这种药一下肚就死，死的情状与病死的没什么两样，即使用蒸骨法检查也与病死的一样。"这个人非常高兴，就留献药人喝酒。献药人回去，当天晚上就死了。原来这个人用毒药毒死了献药人，为的是杀人灭口。汪文端先生叹息道："献药人想要拍马屁，帮着杀人，结果先遭杀身之祸；预谋杀人的人先杀人灭口，但却做不到永远封住别人的口。他们纷纷扰扰挖空心思想害人，为的是什么呢？"前辈张樊川当时也在座，顺着这个话题说，有个专门喜爱玩弄男童的人，看上了一个官员的子弟，又没有办法弄到手，就暗中吩咐自己最喜欢的姬妾，让她派媒婆去找官员子弟，说好在别墅幽会，到时用威胁手段奸污他。时间到了，这个人听到官员子弟已经去了别墅，就急忙赶去。路上突然跌了一跤，失足掉进了荷塘的板桥下，差点儿淹死。待众人闹闹嚷嚷把他拉上来，那个少年已经跑了，别墅里那个爱姬却已经是披头散发。原来那个少年清秀俊美，这个姬妾也喜欢上了他。后来，这人无缘无故把姬妾赶了出去，手下的丫头和老妈子才悄悄把这件事说了出来。善于耍弄诡计、玩弄阴谋的人，连鬼神也厌恶忌恨，实在是一点不假啊。

【评点】　阴险的诡计，过分强烈的愿望，其实都是招致祸害的根源。杀人灭口的，自以为做得神不知鬼不觉，但终究还是瞒不过人；心怀叵测想要满足邪恶的欲望，终究还是吃了哑巴亏。说"人在做天在看"显得有点虚妄，可是如果说"要想人不知，除非己莫为"，还真是实实在在的。

盲人的义举

　　育婴堂、养济院，是处有之。惟沧州别有一院养瞽者，而不隶于官。瞽者刘君瑞曰："昔有选人陈某，过沧州，资斧匮竭，无可告贷，进退无路，将自投于河。有瞽者悯之，倾囊以助其行。选人入京，竟得官，荐至州牧。念念不能忘瞽者，自赍数百金，将申漂母之报[1]。而偏觅瞽者不可得，并其姓名无知者。乃捐金建是院，以收养瞽者。此瞽者与此选人，均可谓古之人矣。"君瑞又言："众瞽者留室一楹，且夕炷香拜陈公。"余谓陈公之侧，瞽者亦宜设一坐。君瑞嗫嚅曰："瞽者安可与官坐？"余曰："如以其官而祀之，则瞽者自不可坐。如以其义而祀之，则瞽者之义与官等，何不可坐耶？"此事在康熙中，君瑞告余在乾隆乙亥、丙子间，尚能举居是院者为某某。今已三十余年，不知其存与废矣。

【注释】　1. 漂母：在水边漂洗衣服的老妇，指馈食于人的恩惠。相传韩信落魄时，一个洗衣老妇把自己带的饭给他吃。

【译文】　育婴堂、养济院到处都有。只有沧州另有一院专门收养盲人，却不隶属于官府。有个叫刘君瑞的盲人说："有个候补官员陈某，路过沧州，路费用完了，连借钱都没地方借，进退两难，走投无路，想投河自尽。有个盲人同情他，解囊相助，把自己所有的钱都给了陈某。陈某赶赴京城，终于得到了官职，后来被举荐为州牧。陈某一直念念不忘那个盲人，亲自带了几百两银子，打算像韩信报答有恩的漂母那样。但他四处寻访，始终没有找到那个盲人，而且连盲人的姓名也没有人知道。于是就捐钱在沧州修建了这个养瞽院，收养盲人。这个盲人和这位陈某，都称得上是古道热肠的人。"刘君瑞又说："盲人们在院里留出一间房子，早晚烧香膜拜陈公。"我认为在陈公的座位旁，也应为盲人设一个座位。刘君瑞不安地说："盲人怎敢与州官平起平坐？"我说："如果按官位来祭祀，盲人当然不能坐。如果因为义举来祭祀，那么盲人的义和官员相等，怎么不能坐呢？"这件事发生在康熙年间，而刘君瑞讲给我听时，是在乾隆乙亥（1755）、丙子（1756）年间。当时，刘君瑞还能说出住在这个院里的盲人的名字。如今已经三十多年了，不知养瞽院还在不在。

【评点】　帮助人有两种情况，一种是锦上添花，还有一种是雪中送炭。很多人愿意做"锦上添花"的事，因为这样做能够带来比较稳定、比较高的，而且是实实在在的物质收益回报。陈某需要帮助的时候，生活状况很糟，贫穷潦倒，还属于社会弱势群体，处于逆境；即便是暂时处于困顿、将来前途广阔、回报能力很强，但还是有太多的不确定因素，所以他告贷无门。他需要的是"雪中送炭"，但因为风险太大，效用太小，所以愿意做的人就少，而正因为其少，就更显得可贵。盲人倾囊相助穷书生，陈某办养瞽院收养盲人，这都是雪中送炭的义举。尤其是那个帮助陈某的盲人，更值得景仰。

飞车手的教训

　　飞车刘八，从孙树珊之御者也。其御车极鞭策之威，尽驰驱之力，遇同行者，必蓦越其前而后已，故得此名。马之强弱所不问，马之饥饱所不问，马之生死亦所不问也。历数主，杀马颇多。

一日，御树珊往群从家，以空车返。中路马轶，为轮所轧，仆辙中。其伤颇轻，竟昏瞀不知人，舁归则气已绝矣。好胜者必自及，不仁者亦必自及。东野稷以善御名一国，而极马之力，终以败驾[1]。况此役夫哉！自陨其生，非不幸也。

【注释】　1.东野稷：因为善于驾车而得见鲁庄公。他驾车时进退能够在一条直线上，左右转弯形成规整的弧形。庄公要他转上一百圈后再回来。颜阖说："东野稷一定会失败的。"没多久，东野稷果然失败而回。庄公问颜阖："你为什么事先就知道他定会失败呢？"颜阖回答说："东野稷的马力气已经用尽，可是还要它转圈奔走，必定失败。"

【译文】　飞车刘八，是我堂孙纪树珊的车夫。他驾车把马鞭的威力发挥到极致，马匹奔跑的速度被用到极致，遇到同路的马车，非要超越到前面才作罢，所以得到飞车的名声。他不管驾车的马是强壮是瘦弱，不管马是饱是饿，也不管马是死是活。他曾为几个主人家驾车，被他累死的马很多。有一天，他驾车载树珊去伯兄弟家，空车回来。半路上，马匹突然受惊狂奔，刘八被车轮碾过，倒在车辙当中。他伤得不重，却昏迷不醒。被人抬回家，早就断气了。好胜的人一定自食其果，不仁义的人也一定殃及自己。东野稷以善于驾驭马名扬全国，可是用尽了马的力气，马也终于垮了。何况这个车夫呢！这是自己送命，并不是不幸的意外事件。

【评点】　凡是好胜，必定是求名。过度求名，则使人急躁、虚浮甚至躁狂。这个刘八，赶车不求安全，一味求快；因为求快，就根本不顾马的死活，因而"不仁"。刘八最终因惊马而受伤死亡，纪昀说他是自食其果，不算过分。

唐打猎杀虎

族兄中涵知旌德县时，近城有虎暴，伤猎户数人，不能捕。邑人请曰："非聘徽州唐打猎，不能除此患也。"（休宁戴东原曰："明代有唐某，甫新婚而戕于虎。其妇后生一子，祝之曰：'尔不能杀虎，非我子也。后世子孙如不能杀虎，亦皆非我子孙也。'故唐氏世世能捕虎。"）乃遣吏持币往。归报唐氏选艺至精者二人，行且至。至则一老翁，须发皓然，时咯咯作嗽；一童子十六七耳。大失望，姑命具食。老翁察中涵意不满，半跪启曰："闻此虎距城不五里，先往捕之，赐食未晚也。"遂命役导往。役至谷口，不敢行。老翁哂曰："我在，尔尚畏耶？"入谷将半，老翁顾童子曰："此畜似尚睡，汝呼之醒。"童子作虎啸声。果自林中出，径搏老翁。老翁手持一柄短斧，纵八九寸，横半之，奋臂屹立。虎扑至，侧首让之。虎自顶上跃过，已血流仆地。视之，自颔下至尾闾，皆触斧裂矣。乃厚赠遣之。老翁自言炼臂十年，炼目十年。其目以毛帚扫之不瞬，其臂使壮夫攀之，悬身下缒不能动[1]。《庄子》曰："习伏众神，巧者不过习者之门。"信夫！尝见史舍人嗣彪，暗中捉笔书条幅，与秉烛无异。又闻静海励文恪公，剪方寸纸一百片，书一字其上，片片向日叠映，无一笔丝毫出入。均习而已矣，非别有谬巧也。

【注释】　1. 缒：用绳索拴住人或物从上往下放。

【译文】　堂兄纪中涵任旌德知县时，靠近县城的地方有老虎肆虐，咬伤了几名猎手，无法捕捉。当地人请求说："除非聘请徽州唐打猎，否则不能消除虎患。"（休宁县戴东原说："明代有个姓唐的人，刚结婚就被老虎吃了。后来他的妻子生了个儿子，祈祷说：'你如果不能杀死老虎，就不是我的儿子。后代子孙如果不能杀死老虎，也都不是我的子孙。'所以唐家世世代代都会捕杀老虎。"）于是纪中涵派下属带着银钱去聘请。下属回来报告，唐家选派两个武艺最高强的，马上就要来了。等唐家两个人来到，原来一个是老爷子，胡子头发雪白，还经常咯咯地咳嗽；一个是十六七岁的少年。纪中涵很失望，命令手下姑且给这两个猎手准备酒饭。老爷子觉察纪中涵不满意，就行礼道："听说这只老虎在离城不到五里的地方，不如先去捕杀，回来再赏饭也不迟。"纪中涵就派差役带这两个人去。差役走到山谷入口，不敢再走。老爷子冷笑一声说："有我在这里，你还害怕吗？"进入山谷一半时，老爷子回头对少年说："这畜生好像还在睡觉，你来喊醒它。"少年就模仿老虎的啸声。老虎果然从树林里冲出，直扑老爷子。老爷子拿着一把短柄的斧头，长八九寸，阔只有四五寸，高举手臂，直挺挺地站着。老虎扑过来，老爷子把头一歪，让老虎越过。老虎从老爷子头顶飞跃而过，就流血滚地死去了。仔细一看，老虎从下巴至尾骨，都擦着斧头而过，全身被剖成两半了。纪中涵就重赏了两个猎人，送他们回去了。

　　老爷子说，他练臂力练了十年，练眼力练了十年。他的眼睛，练到用毛扫帚扫也不会眨眼；他的手臂，即使强壮汉子抓住，把身子吊在手臂上，也不会动一动。《庄子》说："技艺熟练能使技艺超群的人们佩服，能工巧匠不过是勤学苦练的结果。"这是可信的。我曾经见过史嗣彪舍人，他可以在黑暗中提笔写条幅，写出的条幅，和点着灯写的完全一样。又听说静海的励文恪公，剪一百张一寸正方的纸片，每片都写上一个相同的字，把这些纸片叠在一起，迎着太阳透视观察，每张纸片上的字没有一笔一画有丝毫相差。这些都是练习勤奋而已，并不是另有什么巧妙的捷径可走。

【评点】 这个老爷子从容杀虎，靠的是胆量和技艺。"艺高人胆大"，他的胆量，来自他高强的本领；他高强的本领，离不开反复、多次、经久的努力。任何能工巧匠，任何超人的技艺，都由勤学苦练而来，没有捷径可走。

聪明的刘老太太

刘㸙(téng)，沧州人。其母以康熙壬申生，至乾隆壬子，年一百一岁，尚强健善饭[1]。屡逢恩诏，里胥欲为报官支粟帛，辄固辞弗愿。去岁，欲为请旌建坊，亦固辞弗愿。或询其弗愿之故。慨然曰："贫家嫠妇，赋命寨薄，正以颠连困苦，为神道所怜，得此寿耳。一邀过分之福，则死期至矣。"此媪所见殊高。计其生平，必无胶胶扰扰意外之营求，宜其恬然冲静，颐养天和，得以保此长龄矣。

【注释】 1. 一百一岁：很多地方的人计算年龄，小孩一出生，就是一岁，满一周岁（过第一个生日后）就是两岁了，此处即这种算法。

【译文】 刘㸙是沧州人，他母亲生于康熙壬申年（1692），到乾隆壬子年（1792），已经是一百零一岁了，依然身板硬朗，胃口也很好。皇上屡次颁布施恩的诏书，当地的差吏也想代她向官府申报，领取尊老的粮食布匹，她都坚决辞谢了。去年又要为她请求表彰，建立牌坊，她也坚决不同意。有人问她拒绝的原因，老人感慨地说："我一个穷人家的寡妇，天生命薄，正因为我这辈子颠沛困苦才被神明怜悯，得到了这样的长寿。一求非分之福，那么死期就到啦。"这个老太太的见识非常高明。估计她这一生，一定没有忙忙碌碌去争分外的东西。正因为她恬淡静和，颐养天年，才得以长寿啊。

【评点】　这个刘老太太长久保持的生活状态，就是她的长寿之源，若是同意乡里向上报请旌表，就是多了一份牵挂，多了一种追求；不管能否得到皇帝的赏赐，都会打乱她原先的生活秩序。以她的年龄要适应新的生活状态，必须花费格外多的精力，这就是所谓的"折寿"。世上的事总是有得必有失，刘老太太不贪分外之福，以苦为乐，一辈子虽没过上花团锦簇的日子，却因心态平和无求而少有痛苦。可见，痛苦与幸福的感受，在于一个人的心态。

卷一二

槐西杂志二

吃白食

景州宁逊公，能以琉璃春碎调漆，堆为擘窠书[1]。凹凸皴皱，俨若石纹。恒挟技游富贵家，喜索人酒食。或闻燕集，必往搀末席。一日，值吴桥社会，以所作对联匾额往售。至晚，得数金。忽遇十数人邀之，曰："我辈欲君殚一月工，堆字若干，分赠亲友，冀得小津润[2]。今先屈先生一餐，明日奉迎至某所。"宁大喜，随入酒肆，共恣饮啖。至漏下初鼓，主人促闭户。十数人一时不见，座上惟宁一人。无可置辩，乃倾囊偿值，懊恼而归。不知为幻术为狐魅也。李露园曰："此君自宜食此报。"

【注释】 1.擘窠：写字、篆刻时，为求字体大小匀整，以横直界线分格，叫"擘窠"。也指大字。擘，划分。窠，框格。 2.殚：竭尽。

【译文】 景州的宁逊公，能把琉璃春成碎末，用油漆调匀，堆砌成大字。这些字凹凸有致，脉络走势的皱褶，很像石头的纹理。宁逊公自恃有这种技能，常在富贵人家走动，强要人家招待他喝酒吃饭。只要听到什么地方有宴会，一定去坐在末席混吃混喝。有一天，刚好是吴桥镇赛神集会，宁逊公就把自己做的对联匾额拿出去卖。到了傍晚，对联匾额卖出去了，得了几两银子。忽然，碰到十几个人来邀请他，说："我们想请您费一个月的工，堆出一些字，分送给亲友，也希望得点利润。今天晚上，我们先请您随便吃一顿，明天再接您到某某地方。"宁逊公很高兴，跟着他们进了酒肆，一起大吃大喝。到头更天时，酒肆主人催他们离开，说要关门了。那十几个人一下子不见了，酒席上只剩下宁逊公一个人。宁逊公无可申辩，只好把口袋里的银子都拿出来付了酒钱，又懊丧又气愤地回家了。不知道这件事究竟是幻术还是狐狸精作怪。李露园说："这个人应该受到这种报应。"

【评点】 宁逊公有点小小的本领就觉得了不起了，就能强逼着人家请吃请喝了，就能厚着脸皮混吃混喝了，结果被小小戏弄了一下，交了一点学费。幻术或者狐狸精作怪，其实就是宁逊公说出来给自己遮羞的。现实生活中居功自傲的人不少，稍有点本事就鼻孔朝天的也不少，希望他们能吸取宁逊公的教训。

贫贱夫妻

余督学闽中时，院吏言：雍正中，学使有一姬堕楼死，不闻有他故，以为偶失足也。久而有泄其事者，曰姬本山东人，年十四五，嫁一窭人子[1]。数月矣，夫妇甚相得，形影不离。会岁饥，不能自活，其姑卖诸贩鬻妇女者。与其夫相抱，泣彻夜，啮臂为志而别。夫念之不置，沿途乞食，兼程追及贩鬻者，潜随至京师。时于车中一觌面，幼年怯懦，惧遭诃詈，不敢近，相视挥涕而已。既入官媒家，时时候于门侧，偶得一睹，彼此约勿死，冀天上人间，终一相见也。后闻为学使所纳，因投身为其幕友仆，共至闽中。然内外隔绝，无由通问，其妇不知也。一日病死，妇闻婢媪道其姓名、籍贯、形状、年齿，始知之。时方坐笔捧楼上，凝立良久，忽对众备言始末，长号数声，奋身投下死。学使讳言之，故其事不传。然实无可讳也。大抵女子殉夫，其故有二：一则捴柱纲常，宁死不辱[2]。此本乎礼教者也。一则忍耻偷生，苟延一息，冀乐昌破镜，再得重圆；至望绝势穷，然后一死以明志。此生于情感者也。此女不死于贩鬻之手，不死于媒氏之家，至玉玷花残，得故夫凶问而后死，诚为太晚。然其死志则久定矣，特私爱缠绵，不能自割。彼其意中，固不以当死不死为负夫之恩，直以可待不待为辜夫之望。哀其遇，悲其志，惜其用情之误，则可矣；必执《春秋》大义，责不读书之儿女，岂与人为善之道哉！

【注释】 1.窭人：穷苦人。 2.揩柱：支撑，支持。

【译文】 我担任福建督学时，听学院的官吏讲过这样一件事：雍正年间，此地学使有一个姬妾从楼上落下摔死，没有听说其他原因，都以为是偶然失足所致。过了一段时间，有人泄露了事情真相。据说这个妾本来是山东人，十四五岁时嫁给一个贫家子。婚后几个月，夫妇感情很好，形影不离。恰值荒年，没有办法活下去，她的婆婆就把她卖给专门买卖妇女的人贩子。夫妇两人相抱着哭了一夜，在臂膀上咬出齿痕做标记后分别。丈夫放不下她，沿途讨饭，赶上了买走她的人贩子，悄悄跟随着到了京城。一路上常在她坐的车上互相匆匆看一眼，但因为年幼胆小，怕受到呵斥责骂，不敢挨近，只是相互看着挥泪而已。后来，她被送到官媒家，丈夫还常常在门边等候，偶尔见到一面，彼此相约都不要寻死，盼望将来天上人间，总有见面的时候。后来丈夫听说她被学使纳为姬妾，就投身学使师爷手下做了仆人，一同到了福建。但他们两人内外隔绝，无法通音讯，妻子并不知道丈夫已到福建。有一天，丈夫因病去世，妻子听婢女们说起他的姓名、籍贯、形貌和年龄，这才知道。她当时正坐在笔捧楼上，听到丈夫的死讯，呆呆站了很久，忽然对众人详细诉说了事情始末，长号几声，奋身跳下楼而死。学使忌讳人家讲这件事，所以一直没有传出来。但是这件事其实没有什么可忌讳的。

大抵女子殉夫而死，有两种情况：一是为了坚持纲常礼教，宁死不受污辱。这是恪守礼教。另一种是忍辱偷生，苟延生命，希望与爱人破镜重圆，到了完全绝望的时候，才一死以表明心志。这是发自情感。上面所说的这个女子，不死于人贩子之手，不死在官媒之家，就像一朵鲜花被摧残、一块美玉被玷污，得到前夫的凶讯而后自尽，确实死得太晚了。但是她求死的心愿早已确定，只不过由于缠绵的情爱，才没有去死。在她的意识里，本来就没有将应当死而不死看作是辜负了丈夫的恩爱，而是将能够等待而没有等待当成辜负了丈夫的期望。我们哀挽她的遭遇，悲悼她的志向，惋惜她专情的错误，是应该的；非要举出《春秋》里的大道理，以贞节等礼教来要求没有读过书的青年男女，这难道是与人为善的态度吗？

【评点】 这是一则平民爱情故事，凄恻感人。迫于生计，一对相爱的小夫妻被活活拆散。但是小两口约定，一定要活下去，期待总有一天，两人还能破镜重圆。女子卖身为妾之后，偶然听到了前夫的死讯，希望破灭，奋身赴死。固守贞节观的纪昀，对于这个女子，既有出于礼法的苛责，又有出于人道的同情，他的议论既要顾及礼教，又不能不表示同情，还要努力自圆其说，显得有点强词夺理。

老儒的运气

姚安公言：霸州有老儒，古君子也，一乡推祭酒[1]。家忽有狐祟，老儒在家则寂然，老儒出则撼窗扉、毁器物、掷污秽，无所不至。老儒缘是不敢出，闭户修省而已。时霸州诸生以河工事诉州牧，期会于学宫，将以老儒列牒首。老儒以狐祟不至，乃别推一王生。自后王生坐聚众抗官伏法，老儒得免焉。此狱兴而狐去，乃知为尼其行也。是故小人无瑞，小人而有瑞，天所以厚其毒；君子无妖，君子而有妖，天所以示之警。

【注释】　1.祭酒：古代飨宴时酹酒祭神的长者。后用来以泛称年长有德或位尊者。

【译文】　姚安公说：霸州有个老儒生，是一个颇有古风的君子，乡里的人都推举他为祭酒。他家里忽然有狐狸精作怪，老儒生在家时，安安静静，老儒生一出门，狐狸就摇动门窗、毁坏器具、抛掷污秽东西，什么坏事都做。因此，老儒生不敢出门，只是关起门来读书、修身养性。当时，霸州的秀才因为治河的事情想要弹劾霸州的长官，约定在学校集会，准备把老儒生列在状纸署名的第一个。老儒生因为狐狸精作怪，没有到场，大家只好另外推举一个王秀才做带头人。后来，王秀才因此被判聚众抗官的罪名处死，老儒生却避免了灾祸。案发之后，狐狸精就离开了老儒生的家。人们这才知道，是狐狸精在阻挠老儒生出门参与聚众告状。所以，小人不应该有吉祥预兆，小人一旦有吉祥的预兆，那是上天用这个方法加重他的罪恶；君子不应该遭遇妖怪作祟，如果君子碰上妖怪作祟，那是上天用这个方法向他们报警。

【评点】　世上的人，按品行分类，可以分成小人和君子，这是事实。小人遇祥瑞，往往得意忘形、肆意妄为，这就更加重了他们的罪恶；君子遇挫折、遭受灾难，就会更加小心谨慎，认真检讨自己的行为，能够在危难中全身而退。故事中的这个老儒生，既然是保持古风的君子，必然懂得这个道理。至于狐狸精作祟，不过是为不出门编造的一个理由罢了。

卷一三

槐西杂志三

勇敢的新娘

吴惠叔言：太湖有渔户嫁女者，舟至波心，风浪陡作，舵师失措，已欹仄欲沉，众皆相抱哭[1]。突新妇破帘出，一手把舵，一手牵篷索，折戗飞行，直抵婿家，吉时犹未过也[2]。洞庭人传以为奇。或有以越礼讥者，惠叔曰："此本渔户女，日日船头持篙橹，不能责以必为宋伯姬也[3]。"又闻吾郡有焦氏女，不记何县人，已受聘矣。有谋为媵者，中以蜚语，婿家欲离婚[4]。父讼于官，而谋者陷阱已深，非惟证佐凿凿，且有自承为所欢者。女见事急，竟倩邻媪导至婿家，升堂拜姑曰："女非妇比，贞不贞有明证也。儿与其献丑于官媒，仍为所诬，不如献丑于母前。"遂阖户弛服，请姑验。讼立解。此较操舟之新妇更越礼矣。然危急存亡之时，有不得不如是者。讲学家动以一死责人，非通论也。

【注释】 1. 欹仄：同"欹侧"。倾斜，歪斜。 2. 折戗：船在逆风中扬帆行驶。折，翻转，倒腾，折腾。戗，逆，反方向。 3. 宋伯姬：鲁宣公之女，嫁给宋恭公。恭公死后，伯姬守寡十年。至景公时，住处夜间失火，左右劝她逃生，伯姬曰："妇人之义，保傅不俱，夜不下堂，待保傅来也。"保母到了，傅母未到，伯姬曰："妇人之义，傅母不至，夜不可下堂，越义求生，不如守义而死。"最终被火烧死。 4. 媵：妾。

【译文】 吴惠叔说：太湖有个渔民的女儿出嫁，迎亲船行到湖中间，忽然风浪大作。舵工惊慌失措，船也歪斜倾侧快要沉了，船上众人相互抱着痛哭。突然，新娘子扯破帘子冲出来，只见她一手把舵，一手牵住风帆的绳索。那艘船逆风破浪飞一般航行，直达新郎家，还没有耽误吉日良辰。洞庭一带把这事当作奇闻传说。也有人讥笑这个新娘子违背了礼仪，吴惠叔说："这个新娘子本来是个渔家女，天天在船头持篙掌舵。怎么能责备她不像宋伯姬那样，宁可让火烧死，还要温文尔雅保持妇人之道呢？"

又听说河间府有个姓焦的姑娘，忘了她是哪一县的人了。她的父母已经接受了聘礼，将她许配了人家。可是，有人想娶这个姑娘做妾，就千方百计破坏这桩婚事。他们制造种种流言蜚语，说这个姑娘不贞洁。婆婆家信以为真，提出解除婚聘。姑娘的父亲一气之下告到官府，可是害人者设的陷阱很深，不仅似乎证据确凿，而且还有人承认说自己就是姑娘的相好。姑娘见事态紧急，就拜托邻居一个大妈把自己带到未婚夫家里。她上堂拜见婆婆说："姑娘和媳妇大不一样，贞洁不贞洁自可明断。孩儿与其在官媒面前受验献丑，还是难免被他们诬陷，不如在婆婆面前献丑。"说罢关门脱下衣服，请婆婆检验。这场官司立刻了结。这个姑娘比那个驾船的新娘更越礼。但是，到了危急存亡的时刻，有时不得不这样做。那些道学家们动不动就用死来要求别人，不是通常可以说服人的道理。

【评点】　在生死攸关的危急关头，挺身而出，积极自救，这两个姑娘值得称赞。她们两个能化险为夷，除了勇气之外，还有各自高明的地方。渔家女有着不同寻常的技艺，在男性舵工惊慌失措、众人抱头痛哭之际，秀了一把高超的弄船技术，救了自己，也救了一船的亲友。焦氏女有着出其不意的智慧，在身临绝境之时洗清了自己的污名，挽回了婚姻，也挽回了几个家庭平静的生活。两个奇女子，破了礼法，救了自己，也为世间的弱女子树立了榜样。

老树多嘴

先兄晴湖言：沧州吕氏姑家（余两胞姑皆适吕氏，此不知为二姑家、五姑家也），门外有巨树，形家言其不利。众议伐之，尚未决。夜梦老人语曰："邻居二三百年，忍相戕乎？"醒而悟为树之精，曰："不速伐，且为妖矣。"议乃定。此树如不自言，事尚未可知也。天下有先期防祸，弥缝周章，反以触发祸机者，盖往往如是矣。（闻李太仆敬堂某科磨勘试卷，忽有举人来投刺，敬堂拒未见，然私讶曰："卷其有疵乎？"次日检之，已勘过无签；覆加详核，竟得其谬，累停科。此举人如不干谒，已漏网矣。）

【译文】　先兄晴湖说：我家嫁给沧州吕家的姑姑（我两个姑姑都嫁了姓吕的人家，这个不知是二姑家还是五姑家），她家院子门前有一棵大树，风水先生说，这棵树很不吉利。人们议论纷争，准备把这棵大树砍倒，但还没有最后定下来。夜里，主人梦见一个老人对他说："咱们是二三百年的老街坊了，您就忍心害死我吗？"主人醒来，意识到这个老人是树精，说："不快点砍倒它，它就要兴妖作怪了。"马上就议定了。如果不是这个树精托梦说情，事情还不至于这样。天下有很多这样的事，人们为了防止灾祸发生，事先去周旋弥补，反而触发了灾祸。（听说某次科举考试，李敬堂太仆正在研究试卷，忽然有个举人送来名片求见，李敬堂拒绝接见，但心里感到奇怪，说："大概他的试卷有问题吧？"第二天检查，发现已经看过一遍，没有用签条标出问题，就仔细地反复检查，竟然找出了错误。这个举人就落榜了。如果这个举人不去拜访李敬堂，这份有问题的试卷也就漏网了。）

【评点】　为了防止不可控的局面，事先打点，结果反而暴露了自身的弱点，弄得局面无可收拾，这是许多当事者料想不到的。关键在于，当事者把注意力全都集中在如何遮人耳目、如何掩饰过去，却忽略了此举往往更吸引别人的格外关注，而这种格外的关注往往特别能看出问题，这大概就是所谓的弄巧成拙吧。

弟弟的哭声

　　莆田李生裕翀（chōng）言：有陈至刚者，其妇死，遗二子一女。岁余，至刚又死。田数亩、屋数间，俱为兄嫂收去。声言以养其子女，而实虐遇之。俄而屋后夜夜闻鬼哭，邻人久不平，心知为至刚魂也，登屋呼曰："何不祟尔兄？哭何益！"魂却退数丈外，呜咽应曰："至亲者兄弟，情不忍祟；父之下，兄为尊矣，礼亦不敢祟。吾乞哀而已。"兄闻之感动，詈其嫂曰："尔使我不得为人也。"亦登屋呼曰："非我也，嫂也。"魂又呜咽曰："嫂者兄之妻，兄不可祟，嫂岂可祟也？"嫂愧不敢出。自是善视其子女，鬼亦不复哭矣。使遭兄弟之变者，尽如是鬼，尚有阋墙之衅乎？

【译文】　莆田人李裕翀说：有个叫陈至刚的人，妻子死了，留下两个儿子一个女儿。一年多后，陈至刚也死了。他的几亩田、几间房，都被兄嫂收去，声称抚养他的儿子和女儿，实际上却虐待他们。不久，屋子后面每天都听到鬼哭声。邻居早就愤愤不平，明白是陈至刚的魂在哭，就登上屋顶喊："你为什么不作祟教训教训你哥哥？哭有什么用？"鬼魂听后退到几丈远之外，呜咽着说："最亲近的人就是兄弟，手足之情，我不忍心作祟。父亲以下，兄长为尊啊。按照礼法，我也不敢作祟。我乞求哀怜而已。"他哥哥听到后有所触动，责骂妻子说："你让我无法做人。"他哥哥也登上屋顶说："兄弟，不是我要干的，是你嫂子要这么干的。"鬼魂又呜咽说："嫂子是兄长的妻子，我对兄长不能作祟，对嫂子怎么可以伤害呢？"嫂子惭愧得不敢露面。从此以后兄嫂对他的子女很好，鬼也不再哭泣了。假如世上那些兄弟不和的人，都像陈至刚那样，还会发生骨肉相残的事吗？

【评点】 明明是兄嫂虐待自己的子女，不仁在先，陈志刚的亡灵却仍然顾念手足之情，不忍为祟，只是哀哭乞怜，以此感动了兄嫂，他的孩子终于得到了很好的照顾。这个故事说明，如果不是敌对的双方，遇事以善良之心晓之以理、动之以情，比起以暴制暴，效果好太多。

大旋风

雍正戊申夏，崔庄有大旋风，自北而南，势如潮涌，余家楼堞(dié)半揭去（北方乡居者，率有明楼以防盗，上为城堞）。从伯灿宸公家，有花二盆、水一瓮，并卷置屋上，位置如故，毫不欹侧；而阶前一风炉铜铫(diào)，炭火方炽，乃安然不动，莫明其故[1]。次日，询迤(yǐ)北诸村，皆云未见[2]。过村数里，即渐高入云。其风黄色，嗅之有腥气。或地近东瀛(yíng)，不过百里，海神来往，水怪飞腾，偶然狡狯(kuài)欤？

【注释】 1.铫：煎药或烧水用的器具，形状像比较高的壶，口大有盖，旁边有柄，用沙土或金属制成。 2.迤：延伸。

【译文】 雍正戊申年（1728）夏天，崔庄刮起了大旋风，从北到南，风势像海潮汹涌，我家明楼上的矮墙都被揭去一半（北方农村，大都建有防盗的明楼，上面有矮墙）。我的堂伯父纪灿宸先生家里，有两盆花、一缸水，都被风卷到屋顶上，相互间的距离却依然如故，而且一点也不倾斜；而台阶前摆着一个风炉和铜铫，炉中炭火烧得正旺，却在原地安然不动，谁也不明白是怎么回事。第二天，询问北面各个村庄，都说没见到这股风。这股风从崔庄刮过几里地，就逐渐升高入云。风色是黄黄的，闻起来一股腥气。也许是由于此地接近东海，不过百里之遥，海神来往，或者是水怪经过，偶然起意开个玩笑吧？

【评点】 纪昀记载的这股大旋风就是"龙卷风"。这是一种小范围的猛烈旋风，破坏力很大。其中心有漏斗状云体自积雨云下垂，远处看起来像是龙。如果靠近海，能把海水吸到空中，因此，有腥气也不足为奇。

山石奇观

从侄虞惇(dūn)，甲辰闰三月官满城教谕时，其同官戴君邀游抱阳山。戴携彭、刘二生，从山前往。虞惇偕弟汝侨、子树璟及金、刘二生，由山后观牛角洞、仙人室诸胜。方升山麓，遥见一人岩上立，意戴君遣来迎也。相距尚里许，急往赴之。愈近，其人渐小，至则白石一片，倚岩植立，高尺五六寸，广四五寸耳。绝不类人形，而望之如人，奇矣。凡物远视必小，欧罗巴人所谓视差也。此石远视大而近视小，抑又奇矣。迨下山里许，再回视之，仍如初见状。众谓此石有灵，拟上山携取归。彭生及树璟先往觅，不得；汝侨又与二刘生同往，道路依然，物物如旧，石竟不可复睹矣。盖邃谷深崖，神灵所宅，偶然示现，往往有之。是山所谓仙人室者，在峭壁之上，人不能登。土人每遥见洞口人来往，其必炼精羽化之徒矣。

【译文】　堂侄纪虞惇，在乾隆甲辰年（1784）闰三月任满城教谕时，同事戴先生邀请他同游抱阳山。戴先生领着彭、刘两个学生从山前上山。虞惇带着弟弟纪汝侨、儿子纪树璟以及金姓、刘姓两个学生，从山后去看牛角洞、仙人室几处名胜。他们刚刚走到山脚，远远望见一个人站在岩石上，以为是戴先生派来迎接他们的。相距还有一里左右，急忙赶过去。越是靠近，那个人越小。到了跟前，却是一片白石，靠着山岩树立，高一尺五六寸，宽四五寸。它绝不像人的形状，而远远望去就和人一样，太奇怪了。凡是从远处看东西，必定觉得小，这就是欧洲人所说的视差。这片石头从远处看着大而近处看着小，就更奇怪了。等下山走了一里左右，再回头看那片石头，仍然像开始看见的那样。大家都说这石头有灵气，打算上山取来带回去。彭生和树璟两人先去找，没找到。汝侨又和两个刘生一起过去，走的还是原路，景物也都依旧，竟然没再见到那片石头。凡是幽谷深崖，都是神灵所居的地方。神灵偶然显形，也是常有的现象。这座山里的仙人室，在陡峭的石壁之上，人不能登上去。当地人总是远远看见洞口有人进进出出，那必定是修炼成精、羽化成仙的人。

【评点】　在特殊的光线、特殊的角度以及特定的心理因素影响下，看到的景物可能会觉得格外奇特，这种景象往往难以复制，再加上在叙述的时候有所加工，本来就罕见的现象就显得更神奇莫测了。

谦谦君子好运气

申丈苍巅言：刘智庙有两生应科试，夜行失道，见破屋，权投栖止。院落半圮,亦无门窗,拟就其西厢坐,闻树后语曰:"同是士类,不敢相拒。西厢是幼女居,乞勿入;东厢是老夫训徒地,可就坐也。"心知非鬼即狐,然疲极不能再进,姑向树拱揖,相对且坐。忽忆当向之问路,再起致词,则不应矣。暗中摸索,觉有物触手;扪之,乃身畔各有半瓜。谢之,亦不应。质明将行,又闻树后语曰:"东去二里,即大路矣,一语奉赠:《周易》互体,究不可废也[1]。"不解所云,叩之又不应。比就试,策果问互体。场中皆用程朱说,惟二生依其语对,并列前茅焉。

【注释】 1. 互体:上文的话里含有下文说出的词,下文的话里含有上文说出的词。

【译文】 申苍巅老先生说:刘智庙有两个书生应科举考试,晚上赶路迷失了方向,看到有间破房子,暂且进去休息。这所房子的院墙倒塌了一半,房子也没有门窗,书生就想到西厢房坐着,突然听到树后面有声音说:"大家都是读书人,我不敢拒绝你们进来。西厢房是我小女儿住的,请不要进去。东厢房是我老夫教学生的地方,可以进去坐坐。"两个书生知道,这声音不是鬼魂就是狐精,但是已经疲倦极了,不能再赶路,只好对着树行个礼,两个人面对面坐了下来。忽然,书生想起应当问问路,就再站起来讲话,却听不见回答了。书生在黑暗中摸索,觉得碰到了东西;再摸,原来身边各有半只瓜。书生表示感谢,也没有声音答应。到天色微明,书生要起程时,又听到树后的声音说:"向东走二里,就是大路了。有一句话送给你们:'《周易》卦爻里互体的说法,到底不可以废除。'"书生不明白这话的意思,再问又不回答。等到考试时,策论部分果然问到互体。考生们都用程朱的说法,只有这两个书生按树后声音所讲,用以前的说法来回答，结果都名列前茅。

【评点】　在昏暗中来到一个废墟上，又遇到了不可言说的东西，两个书生不仅没有被伤害，还受到了贴心的照顾，而且接受了考前辅导，这一次言简意赅的辅导还押对了考试题。究其原因，是因为那个只闻其声不见其形的主人是个读书人；还有一个重要的原因，这两个书生举手投足颇有风度。他们按照声音指点的地方坐下之前，不忘向声音发出的地方行礼；发现主人给他们解渴充饥的瓜，也及时感谢。是他们这种谦谦君子的行为，争取到了一夜安宁，还有考试中试的幸运。

世上哪有狐狸精

　　鱼门又言：游士某，在广陵纳一妾，颇娴文墨，意甚相得，时于闺中倡和。一日，夜饮归，僮婢已睡，室内暗无灯火。入视阒然，惟案上一札曰："妾本狐女，僻处山林。以夙负应偿，从君半载。今业缘已尽，不敢淹留。本拟暂住待君，以展永别之意，恐两相凄恋，弥难为怀。是以茹痛竟行，不敢再面。临风回首，百结柔肠。或以此一念，三生石上，再种后缘，亦未可知耳！诸惟自爱，勿以一女子之故，至损清神，则妾虽去而心稍慰矣。"某得书悲感，以示朋旧，咸相慨叹。以典籍尝有此事，弗致疑也。后月余，妾与所欢北上，舟行被盗，鸣官待捕，稽留淮上数月，其事乃露。盖其母重鬻于人，伪以狐女自脱也。周书昌曰："是真狐女，何伪之云？吾恐志异诸书所载，始遇仙姬，久而舍去者，其中或不无此类也乎！"

【译文】 程鱼门又说：有一个游学的书生，在扬州纳了一个妾，妾很懂文墨，两人情投意合，经常在闺房中你唱我和。一天夜里书生在外面应酬晚了回家，仆人侍女已经熟睡，进到房间里，没有灯光，空无一人。只见桌上有一封信，信中说："我原本是狐女，住在偏僻的山林，因为前生欠债应该偿还，所以跟随您半年。现在缘分已尽，不敢久留。本来准备等您回来，诉说永别情怀。又怕悲哀留恋，难以割舍。只好忍痛就这么走了，不敢再见到您。迎着晚风，回头眺望，柔肠百转。或许因为有这一心念，三生石上再结来世良缘，也未可知。您要自爱，不要为了一个女子以至于伤神。这样妾虽然离去，心里稍稍能得到安慰。"书生拿着信悲伤感叹，给朋友故旧们看，大家都相对叹息。因为书里曾记载过这种事情，也都没有怀疑。一个多月后，那个妾和她的相好北上，船在半路被盗。报告官府后，她等着官府捕捉盗贼，因此滞留在淮上好几个月，事情就败露了。原来她母亲把她重金卖给别人，她就假冒狐女脱身。周书昌说："这是真正的狐女，怎么说是假的呢？那些志怪小说所记载的，开始遇到的仙女，不久就分手的，其中可能也不乏这类女子吧！"

【评点】 志怪小说里的狐女，往往漂亮而多情，她们来无影去无踪，尤其是她们离去时往往不辞而别，给人们留下无限的牵挂、无限的想象空间。真的有所谓的狐狸精吗？这个故事给出了答案。

佛不受不义之财

沈瑞彰寓高庙读书，夏夜就文昌阁廊下睡。人静后，闻阁上语曰："吾曹亦无用钱处，尔积多金何也？"一人答曰："欲以此金铸铜佛，送西山潭柘(zhè)寺供养，冀仰托福佑，早得解形。"一人作啐声曰："咄咄大错！布施须己财。佛岂不问汝来处，受汝盗来金耶？"再听之，寂矣。善哉野狐，檀越云集之时，倘闻此语，应如霹雳声也。

【译文】 沈瑞彰借住在高庙读书，夏天夜里，就在文昌阁的廊下睡觉。一天，夜深人静时，他听到阁楼上有人说："我们没有用钱的地方，你积攒许多钱干什么？"另一个回答："我想用这些钱去铸个铜佛，送到西山的潭柘寺供养起来，希望托福保佑，让我早点脱形为人。"前一个啐着说："呸呸！你真是大错特错了！散发钱财、供养菩萨，必须用自己的钱，难道佛爷不问你的钱财来路，就接受你偷来的钱吗？"再听，没有声音了。野狐说得好啊！当施主们云集的时候，听到这些话，应当如同霹雳一声。

【评点】 布施必须用自己的钱，否则，用偷来的钱、昧心得来的钱，菩萨是不接受的。这则笔记借两个"野狐"的对话，告诫人们，敬佛诚心不诚心，不在于钱多钱少、有没有钱，而在于这钱是不是自己劳动所得。

谁是读书人

瑞彰又言：尝偕数友游西山，至林峦深处，风日暄妍，泉石清旷，杂树新绿，野花半开。眺赏间，闻木杪诵书声。仰视无人，因揖而遥呼曰："在此朗吟，定为仙侣。叨同儒业，可请下一谈乎？"诵声忽止，俄琅琅又在隔溪。有欲觅路追寻者，瑞彰曰："世外之人，趁此良辰，尚耽研典籍。我辈身列黉(hóng)宫，乃在此携酒榼(kē)看游女，其鄙而不顾，宜矣[1]。何必多此跋涉乎？"众乃止。

【注释】　1.黉宫：古代官学的泛称。酒榼：古代盛酒的器具。

【译文】　沈瑞彰又说：曾经和几个朋友一起到西山游玩，走到山林幽深的地方，风和日丽，水清石白，树木泛出新绿，野花半开，环境清朗开阔。众人正眺望欣赏间，忽然听到树顶上有朗朗的读书声，抬头看，并没有人。有个朋友向发出声音的地方作揖施礼，大声说："在这里琅琅读书，必是神仙中人，我们也算是读书人，能否请你下来聚谈聚谈呢？"读书的声音忽然停止，过了一会儿，读书声又响起，却在远处的小溪对岸了。有的朋友要循声追寻，沈瑞彰劝阻他们说："世外之人，值此良辰美景尚知珍惜时间，钻研典籍；我们虽然是太学生，却在此带着酒壶，看游玩的女人。他鄙视我们，不理我们，是对的。我们何必不知趣，跋涉着去找人家呢？"众人这才罢休。

【评点】　这则笔记其实是婉转批评不认真读书的人。自己不读书，还口称自己是读书人，打扰别人读书，确实应该鄙视。

怎样才算做功德

沧州有一游方尼，即前为某夫人解说因缘者也，不许妇女至其寺，而肯至人家。虽小家以粗粝为供，亦欣然往[1]。不劝妇女布施，惟劝之存善心，作善事。外祖雪峰张公家，一范姓仆妇，施布一匹。尼合掌谢讫，置几上片刻，仍举付此妇曰："檀越功德，佛已鉴照矣。既蒙布施，布即我布。今已九月，顷见尊姑犹单衫。谨以奉赠，为尊姑制一絮衣，可乎？"仆妇踧踖无一词，惟面赪汗下[2]。姚安公曰："此尼乃深得佛心。惜闺阁多传其轶事，竟无人能举其名。"

【注释】 1.粝:粗粮,糙米。泛指粗劣的食物。 2.踧踖:恭敬而不安的样子。

【译文】 沧州有一个云游四方的尼姑,就是前边说过给某个夫人解说因缘的那个。她不允许妇女们到她的寺里去,却肯到人家里,即便小家小户用粗茶淡饭招待,她也高高兴兴地去。她不劝说妇女们布施财物,只劝她们存善心,做善事。外祖父张雪峰先生家里有一个姓范的仆妇,捐献一匹布料。尼姑双掌合十表示感谢后,把布料放在桌上。过一会儿又拿起来交给这个仆妇,说:"施主的功德,佛已经知道了。既然承蒙你捐献,这布料就是我的了。现在已经到了九月,刚才看见你婆婆还穿着单薄的衣裳,我把这些布送给你,给你婆婆做一件棉衣,怎么样?"仆妇局促不安地说不出一句话,只是满脸通红,汗往下流。先父姚安公说:"这个尼姑才是深刻领会了佛法的精髓。可惜女人们中间关于她的逸事流传得不少,竟然没有人能说出她的名字。"

【评点】 两百多年前,农历九月份的河北沧州,气温应该不高,起码得穿厚外套了。故事里的这个儿媳妇,拿出一匹布来敬佛,全然漠视自己的婆婆还身着单衣。这一类人,我们现在经常还能看到。口口声声说自己心意虔诚,在菩萨塑像面前烧香磕头,顶礼膜拜,甚至拿出钱财献给菩萨;可是,对自己需要照顾的家人,对身边需要帮助的弱小,却视而不见、态度冷漠。实在是太需要笔记中描述的那样一个尼姑来一番说法了。

想占便宜反吃亏

先师陈文勤公言:有一同乡,不欲著其名,平生亦无大过恶,惟事事欲利归于己,害归于人,是其本志耳。一岁北上公车,与数友投逆旅。雨暴作,屋尽漏。初觉漏时,惟北壁数尺无渍痕。

此人忽称感寒，就是榻蒙被取汗。众知其诈病，而无词以移之也。雨弥甚，众坐屋内如露宿，而此人独酣卧。俄北壁颓圮，众未睡皆急奔出；此人正压其下，额破血流，一足一臂并折伤，竟舁而归。此足为有机心者戒矣。因忆奴子于禄，性至狡。从余往乌鲁木齐，一日早发，阴云四合。度天欲雨，乃尽置其衣装于车箱，以余衣装覆其上。行十余里，天竟放晴，而车陷于淖，水从下入，反尽濡焉。其事亦与此类，信巧者造物之所忌也。

【译文】　先师陈文勤先生说：他有个同乡，不想张扬他的名字，一生没做过什么大的恶事，只是事事总要把好处归自己，害处归别人，这是他一贯的为人。有一年参加科举考试，他和几个朋友投宿旅店，突然下起大雨，屋子全都漏了。开始觉得漏雨时，只有紧靠北墙的几尺地方没有水痕。这人忽然说着了凉，就躺在北墙根的床上蒙被发汗。大家知道他是装病，但没有什么理由让他移开。雨越下越大，大家就像坐在露天一样，这个人却独自酣睡。不一会儿，北墙倒塌，众人没睡，都急忙跑了出去。这个人正好被压在墙下，砸得头破血流，一条腿一条胳膊也被压断了，后来被抬回了家。这件事足以让有机诈心的人引为借鉴。由此我想起奴仆于禄，为人十分奸猾。他跟随我去乌鲁木齐，一天早晨出发前，阴云四合。他估计天将要下雨，就把自己的衣服行李全都放在车厢里，把我的衣服行李盖在上面。走了十几里，天气忽然放晴，但是车轮陷在泥坑里，泥水从车下渗进来，反而把他的衣服全都浸湿了。这件事和上面那件事相似，我相信机心巧诈是造物主所忌恨的。

【评点】　有句俗话说，与人方便，与己方便。又有俗话说，我为人人，人人为我。与人相处，时时处处斤斤计较，凡事都要占尽好处，确实容易引起忌恨。要是这个总想占便宜的人反而吃了亏，人们就会说是老天惩罚了他。

湮灭的汉代画

　　喀什噶尔山洞中，石壁剷(chán)平处有人马像¹。回人相传云，是汉时画也。颇知护惜，故岁久尚可辨。汉画如武梁祠堂之类，仅见刻本，真迹则莫古于斯矣²。后戍卒燃火御寒，为烟气所薰，遂模糊都尽。惜初出师时，无画手橐笔摹留一纸也。

【注释】　1. 剷：用锐利的器具凿或铲。　2. 武梁祠堂：位于山东省嘉祥县，其内部装饰了大量完整精美的古代画像石，是我国东汉晚期一座著名的家族祠堂，也是我国最具代表性的一处画像遗存。

【译文】　喀什噶尔的山洞里，在石壁铲平的地方，有人和马匹的画像。回族人相传说，这是汉代的画像。都相当爱惜，虽然年月很久，但是还可以看出来。汉代画像如武梁祠堂画像之类，只看过刻本。那么，真迹再没有比这里更古老的了。后来，戍边的兵卒点柴火御寒，画像被烟气熏烤，就全都模糊不清了。可惜刚出师的时候，没有会画画的人能用笔临摹一幅留下来。

【评点】　汉代的岩画，人们世世代代加以保护，一直保留到清代，却毁于士兵的烟火，确实可惜。

不比不知道

　　于南溟明经曰："人生苦乐，皆无尽境；人心忧喜，亦无定程。曾经极乐之境，稍不适则觉苦；曾经极苦之境，稍得宽则觉乐矣。尝设帐康宁屯，馆室湫隘，几不可举头[1]。门无帘，床无帐，院落无树。久旱炎郁，如坐炊甑[2]。解衣午憩，蝇扰扰不得交睫。烦躁殆不可耐，自谓此猛火地狱也。久之，倦极睡去。梦乘舟大海中，飓风陡作，天日晦冥，樯断帆摧，心胆碎裂，顷刻覆没。忽似有人提出，掷于岸上，即有人持绳束缚，闭置地窖中。暗不睹物，呼吸亦咽塞不通。恐怖窘急，不可言状。俄闻耳畔唤声，霍然开目，则仍卧三脚木榻上。觉四体舒适，心神开朗，如居蓬莱、方丈间也。是夕月明，与弟子散步河干，坐柳下，敷陈此义。微闻草际叹息曰：'斯言中理。我辈沉沦水次，终胜于地狱中人。'"

【注释】 1.湫隘：低湿矮小。 2.甑：古代蒸饭的一种瓦器。底部有许多透蒸气的孔格，置于鬲上蒸煮，如同现代的蒸锅。

【译文】 贡生于溟说："人的一生，苦和乐都没有止境。人心或忧或喜也没有一定的标准。假如经历过极其快乐的境地，稍有不适就会觉得痛苦；假如经历过极端痛苦的境地，稍微宽松一点就会觉得快乐。我曾经在康宁屯教书，住的馆舍低矮狭窄，几乎抬不起头来。门上没有门帘，床上没有蚊帐，院子里没有树木。久旱少雨、又热又闷的日子，住在里面如同在蒸锅上。中午解开衣服休息，又被苍蝇搅扰得无法合眼，心情烦躁，难以忍受，自己感觉猛火烈焰的地狱也就这样了。过了很长时间，累极了睡过去。梦见我坐船在大海上，猛然刮起飓风，天昏地暗，桅杆折断，篷帆破碎，吓得肝胆俱裂，小船很快翻沉。忽然像被人从水中拎出来，扔在岸上，马上有人过来用绳索捆绑，禁闭在地窖中。地窖里伸手不见五指，想要呼吸，咽喉却像堵住了一样。那种恐怖慌乱，难以形容。忽然听见身边有人呼叫，睁眼一看，发现我仍然睡在那张三脚木榻上。顿时觉得浑身舒适，心情开朗，好像置身蓬莱、方丈仙境之中。这天晚上月色明朗，和学生们在河边散步，坐在柳树下，谈起了这番感受。忽听到水边草丛中微微叹息着说：'这话在理。我们这些人，沉沦在水边，终归比地狱里的人强多了。'"

【评点】 还是那间局促逼仄的小屋子，还是如同蒸笼一样的环境，还是那个先前连一分钟都待不下去的地方，一切一切都没有改变，却因为做了个噩梦，感受就不一样了。这是用生活当中的境遇来说明：没有比较就没有鉴别。

是梦还是真

《列子》谓蕉鹿之梦，非黄帝、孔子不能知[1]。谅哉斯言！余在西域，从办事大臣巴公履视军台。巴公先归，余以未了事暂留，与前副将梁君同宿。二鼓有急递，台兵皆差出，余从睡中呼梁起，令其驰送，约至中途遇台兵则使接递。梁去十余里，相遇即还，仍复酣寝。次日，告余曰："昨梦公遣我赍廷寄，恐误时刻，鞭马狂奔[2]。今日髀肉尚作楚。真大奇事！"以真为梦，仆隶皆粲然。余《乌鲁木齐杂诗》曰："一笑挥鞭马似飞，梦中驰去梦中归。人生事事无痕过（东坡诗：事如春梦了无痕），蕉鹿何须问是非？"即纪此事也。又有以梦为真者。族兄次辰言：静海一人，就寝后，其妇在别屋夜绩。此人忽梦妇为数人劫去，噩而醒，不自知其梦也,遽携梃出门追之。奔十余里,果见旷野数人携一妇,欲肆强暴,妇号呼震耳。怒焰炽腾,奋力死斗,数人皆被创逸去。近前慰问,乃近村别一人妇,为盗所劫者也。素亦相识,姑送还其家。惘惘自返,妇绩未竟,一灯尚荧然也。此则鬼神或使之,又不以梦论矣。

【注释】 1.蕉鹿之梦:从前有个郑国人在野外砍柴,看到一只受伤的鹿跑过来,就把鹿打死了,担心猎人追来,就把鹿藏在一条小沟里,顺便砍了一些柴草覆盖。天黑了,他想把鹿扛回家,可怎么也找不到。于是他只好放弃,就当自己做了一场梦罢了。 2.廷寄:清时皇帝的谕旨,分明发和廷寄两种,明发交内阁发布,廷寄由军机大臣专寄给外省将军、都统、督、抚、钦差等大员。

【译文】 《列子》说有人用蕉叶藏鹿后又把它当成做了一场梦的事,只有黄帝、孔子那样的圣贤才能知道真相。的确是这样!我在西域曾经跟随办事大臣巴公巡视传递军报的邮驿。巴公先回去了,我因为公事没有处理完暂时留下,和前任副将梁君住在一起。二更时分,有一件紧急公文需要立即传送。当时士兵全都派出去了,我把梁君从梦中叫起,让他骑马去送。跟他约定,半路上只要遇到军士就命他们转送。梁君跑了十几里路,遇上士兵就回来了,又上床接着酣睡。第二天,他告诉我:"昨晚梦见你派遣我递送公文,我怕耽误时间,打着马狂奔。现在我的大腿还酸疼。这真是大怪事!"他把真事当作了梦,仆从们都笑起来。我在《乌鲁木齐杂诗》中说:"一笑挥鞭马似飞,梦中驰去梦中归。人生事事无痕过(苏东坡的诗句:事如春梦了无痕),蕉鹿何须问是非?"记载的就是这件事。有的人又把梦当作实事。我的族兄次辰说:静海县有一个人,他上床睡觉后,他妻子在另一间屋子里织布。这个人忽然梦见妻子被几个人劫走,一下子从噩梦中惊醒,不知道刚才是做梦,急忙抄起木棍，冲出门追去。跑了十几里路，果然看见旷野里有几个人抓着一名妇女要强暴，妇人呼救的喊声震耳。这个人怒火中烧，冲上去拼死格斗，那几个人都被打伤逃跑了。他上前去慰问，才认出是邻村某人的妻子，被强盗劫到这里。他平时认识这个妇女，就把她送回了家。等他心神不宁地回到家里时，妻子还在织布，屋里还亮着一盏灯。这也许是鬼神指使他去的，如果是这样，那又不能算是梦了。

【评点】 两则有趣的事，一是把真事当成了梦境，二是把梦境当成了真事。语言精练而生动，让人如临其境。只是文末的结语有点煞风景。

卷一四

槐西杂志四

珍贵的岩画

余尝惜西域汉画毁于烟煤，而稍疑一二千年笔迹，何以能在？从侄虞惇曰："朱墨著石，苟风雨所不及，苔藓所不生，则历久能存。易州、满城接壤处，有村曰神星。大河北来，复折而东南，有两峰对峙河南北，相传为落星所结，故以名村。其峰上哆下敛，如云朵之出地，险峻无路。好事者攀踏其孔穴，可至山腰。多有旧人题名，最古者有北魏人、五代人，皆手迹宛然可辨。然则洞中汉画之存于今，不为怪矣。"惜其姓名，虞惇未暇一一记也。易州、满城皆近地，当访其土人问之。

【译文】 我曾经惋惜西域的汉代壁画毁于士兵烧水的烟气，但是稍稍又感到奇怪，一二千年前的笔迹，怎么能保持到现在呢？堂侄纪虞惇告诉我："用朱砂和黑墨画在石壁上，如果风刮不到雨打不着，石上不生苔藓，就能够长期保留下来。在易州与满城县交界的地方，有个村子叫神星。黄河从北而来，到这里又折向东南，有两座山峰相对峙于河的南北，相传是陨落的流星生成的，所以就给村子起了这个名。这两座山峰都是上面张开下面收敛，恰似云朵拔地而出。山势险峻，无路可寻。那些好事的人踩着山崖上的孔穴攀缘而上，只能到达山腰。上面有不少前人的题词刻名，最早的竟有北魏人和五代人，字迹仍然清晰可辨。可见西域洞中的汉代壁画能保留到今天，也就不足为怪了。"可惜的是，山上题词人的姓名，虞惇没来得及一一记录下来。好在易州、满城都不算远，应该走访当地居民询问一下。

【评点】 事实证明，年代久远的岩画等等，确实如纪昀堂侄所说，可以长久保留。这是珍贵的文化遗产。

残忍的打鱼术

虞惇又言：落星石北有渔梁，土人世擅其利，岁时以特牲祀梁神[1]。偶有人教以毒鱼法，用芫花于上流挼渍，则下流鱼虾皆自死浮出，所得十倍于网罟[2]。试之良验。因结团焦于上流，日施此术。一日，天方午，黑云自龙潭暴涌出，狂风骤雨，雷火赫然，爇其庐为烬。众惧，乃止。夫佃渔之法，肇自庖羲；然数罟不入，仁政存焉[3]。绝流而渔，圣人尚恶，况残忍暴殄，聚族而坑哉！干神怒也宜矣。

【注释】　1.渔梁：筑堰拦水捕鱼的一种设施。特牲：祭礼或宾礼只用一种牲畜。　2.挼：揉搓。　3.庖羲：即伏羲。中国神话中人类的始祖。

【译文】　虞惇又说：在落星石北面有一道渔梁，当地人世代独享捕鱼的好处，每年过节就用牲畜祭祀渔梁神。偶尔有次一人教当地人毒鱼的办法，在上游投放揉出来的芫花汁，下游的鱼虾就都被毒死浮出水面，收获要比用网捕多上十倍。经过试验，十分管用。于是当地人就在上游搭起窝棚，天天用这种方法毒鱼。有一天，正当中午，有黑云从龙潭里突然汹涌而出，狂风骤雨大作，雷轰电闪，把窝棚烧成了灰烬。大家害怕，不再毒鱼了。打猎和捕鱼为生的方法，从伏羲时代就开始了。不过，细密的网不入鱼池，这种仁政一直存在。截断河流捕鱼，圣人都很反感，何况用残忍手段摧残生命，一下子消灭鱼类家族呢！惹得神仙生气，也是当然的事了。

【评点】　竭泽而渔，残忍而狰狞，实际上也是断了子孙后代的生路，因此，笔记描述了人神共怒的场景。特别是雷电风雨带来的震慑力，远远超过言语说教。

小人的计谋

小人之计万变，每乘机而肆其巧。小时，闻村民夜中闻履声，以为盗，秉炬搜捕，了无形迹。知为魅也，不复问。既而胠箧(qū)者知其事，乘夜而往。家人仍以为魅，偃息弗省。遂饱所欲去。此犹因而用之也。邑有令，颇讲学，恶僧如仇。一日，僧以被盗告。庭斥之曰："尔佛无灵，何以庙食？尔佛有灵，岂不能示报于盗，而转渎(dú)官长耶？"挥之使去，语人曰："使天下守令用此法，僧不沙汰而自散也。"僧固黠甚，乃阳与其徒修忏祝佛，而阴赂丐者，使捧衣物跪门外，状若痴者。皆曰佛有灵，檀施转盛。此更反而用之，使厄我者助我也。人情如是，而区区执一理与之角，乌有幸哉！

【译文】　小人的计谋千变万化，一有可乘之机就会大施巧计。小时候，听说村里有户人家半夜听到脚步声，以为是盗贼，就举着火把到处搜捕，却不见踪迹。大家知道是妖怪，也就不再理会了。不久之后，小偷知道了这件事，夜里就到这户人家偷窃。家人还以为是妖怪，就不声不响不理睬，小偷就心满意足放手偷了一番。这件事是顺着人们的心理趁机而做的。有个县令，相信理学，恨僧人像恨仇人一样。有一天，僧人报告官府说被盗了，县令当堂训斥道："你供奉的佛要是一点儿没有灵验，

192　　　　　　　　　　　　　　　　　　　阅微草堂笔记

凭什么还要得到供养？你供奉的佛要是有灵验的话，难道不让盗贼得到报应，还要反过来麻烦长官吗？"说罢，挥挥手就让人赶僧人离开，还对人说："假如天下的太守县令都用我这种办法，僧人不用淘汰，就会自动解散了！"僧人本就十分狡猾，表面上和徒弟们做佛事祈祷，暗地里收买了一个要饭的，让他捧着衣物跪在寺门外，看上去就像痴呆了一样。大家都说这寺里的佛有灵验，布施越来越盛。这件事是反用计谋，把断我生路的人变成帮助我的人。人情都是这样，固执一种道理和小人争斗，又有什么好处呢！

【评点】　明清时期有很多小品文，都是教人以修身处世之道，其中有很多篇目都是告诫人们，要特别注意防范小人。与此相契合，纪昀在《阅微草堂笔记》中也屡屡劝说世人要提防小人。明清小品文只说道理，纪昀则用故事来具体说明。这则笔记中的两个小故事，主人公上当，是因为小人或是顺应人们的心理，或是逆向思维，可见小人诡计多端。

卷一五

姑妄听之一

余性耽孤寂，而不能自闲。卷轴笔砚，自束发至今，无数十日相离也。三十以前，讲考证之学，所坐之处，典籍环绕如獭祭[1]。三十以后，以文章与天下相驰骤，抽黄对白，恒彻夜构思[2]。五十以后，领修秘籍，复折而讲考证。今老矣，无复当年之意兴，惟时拈纸墨，追录旧闻，姑以消遣岁月而已。故已成《滦阳消夏录》等三书，复有此集。缅昔作者，如王仲任、应仲远，引经据古，博辨宏通；陶渊明、刘敬叔、刘义庆，简淡数言，自然妙远[3]。诚不敢妄拟前修，然大旨期不乖于风教。若怀挟恩怨，颠倒是非，如魏泰、陈善之所为，则自信无是矣[4]。适盛子松云欲为刉劂，因率书数行弁于首[5]。

以多得诸传闻也，遂采《庄子》之语名曰《姑妄听之》。乾隆癸丑七月二十五日，观弈道人自题。

【注释】　1. 獭祭：獭是一种两栖动物，喜欢吃鱼，经常将捕到的鱼排列在岸上，在古人眼里，这种情形很像是陈列祭祀的供品。　2. 抽黄对白：指意在对仗工稳。也用来形容骈偶文字的工巧。　3. 王仲任：即王充，字仲任，会稽上虞（今属绍兴）人，著作《论衡》大约作成于汉章帝元和三年（86），现存文章85篇（其中《招致》仅存篇目，实存84篇）。《论衡》被称为"疾虚妄古之实论，讥世俗汉之异书"。应仲远：即应劭，字仲远，笃学，博览多闻，汉灵帝时举孝廉，仕至泰山太守。撰《风俗通义》，以辨物名号，释时俗嫌疑，文虽不典，世服其洽闻。刘敬叔：生年不详，约卒于宋明帝泰始中。少颖敏有异才，有《异苑》十卷传世。刘义庆：字季伯，彭城（今江苏徐州）人，南朝宋政权时文学家。刘义庆自幼才华出众，爱好文学。除《世说新语》外，还著有志怪小说《幽明录》。　4. 魏泰：字道辅，襄阳人。北宋士人。出身世族。从小好逞强行霸，曾于试院中殴打考官几死，因此不得录取。后博览群书，但不思仕进。性诙谐，尤好谈朝野趣闻。善辩，与人谈笑，莫有能挡其词锋者；又爱讹托他人之名作书。陈善：字子兼，一字敬甫，号秋塘，罗源人。生卒年均不详，约宋高宗绍兴中业（1147）前后在世。生平事迹亦不详。有《扪虱新话》十五卷，《四库总目》中有著录。

5. 剞劂：指雕版；刻印。弁：书籍或长篇文章的序文、引言。

【译文】　我生性喜欢一个人安安静静待着，又不愿意总是悠悠闲闲无所事事。自从我上学读书，就从来没有几十天离开过书籍笔墨等等。三十岁之前，我讲究钻研考证的学问，平常坐的地方，各种典籍像獭祭一样环绕着。三十岁以后，我的文章传扬于天下，更注重文字修饰，常常彻夜构思。五十岁以后，负责主管编辑整理秘籍，又回过头来讲求考证。如今老了，再也没有当年的兴致了，只是时常拿过纸笔，把想起来的旧闻写下来，姑且用来消磨时光而已。所以在写成《滦阳消夏录》等三本书之后，又有了这个集子。缅怀古时的作者，如王仲任、应仲远，他们的著作引经据典，从多方面论说，博大通彻；陶渊明、刘敬叔、刘义庆等人的风格，文字简洁、文风恬静平淡，自然而妙趣深远。我实在不敢狂妄地与先贤相比，而写作本书的主要意图，是期望不要违背风俗教化。至于还夹带着各种个人的情绪、颠倒是非，像魏泰、陈善那样的做法，我自信是没有的。恰好盛子松要给我出版这本书，因此写几句话放在前面。

　　因为本书的素材大多是来自传闻，于是便取《庄子》中的一句话，定名为《姑妄听之》。乾隆五十八年（1793）七月二十五日，观弈道人自题。

【评点】　这是《阅微草堂笔记》"姑妄听之"集的序言。纪昀简要阐明了他的写作经过以及写作宗旨，自信而不自傲。

自重才有自尊

冯御史静山家，一仆忽发狂自挝，口作谵语云："我虽落拓以死，究是衣冠。何物小人，傲不避路？今惩尔使知。"静山自往视之，曰："君白昼现形耶？幽明异路，恐于理不宜。君隐形耶？则君能见此辈，此辈不能见君，又何从而相避？"其仆俄如昏睡，稍顷而醒，则已复常矣。门人桐城耿守愚，狷介自好，而喜与人争礼数。余尝与论此事，曰："儒者每盛气凌轹，以邀人敬，谓之自重[1]。不知重与不重，视所自为。苟道德无愧于圣贤，虽王侯拥彗不能荣，虽胥靡版筑不能辱[2]。可贵者在我，则在外者不足计耳。如必以在外为重轻，是待人敬我我乃荣，人不敬我我即辱，舆台仆妾皆可操我之荣辱，毋乃自视太轻欤[3]？"守愚曰："公生长富贵，故持论如斯。寒士不贫贱骄人，则崖岸不立，益为人所贱矣[4]。"余曰："此田子方之言，朱子已驳之，其为客气不待辨[5]。即就其说而论，亦谓道德本重，不以贫贱而自屈；非毫无道德，但贫贱即可骄人也。信如君言，则乞丐较君为更贫，奴隶较君为更贱，群起而骄君，君亦谓之能立品乎？先师陈白崖先生，尝手题一联于书室曰：'事能知足心常惬，人到无求品自高。'斯真探本之论，七字可以千古矣！"

【注释】 1.凌轹：欺压，排挤。 2.彗：扫帚。版筑：筑土墙，即在夹板中填入泥土，用杵夯实。 3.舆台：古代奴隶社会中两个低等级的名称，后来泛指奴仆及地位低下的人。 4.崖岸：山崖、堤岸。引申为操守和气概。

5. 田子方：名无择，字子方，魏国人，魏文侯的友人，是孔子弟子子贡的学生，道德学问闻名于诸侯。魏文侯慕名聘他为师，执礼甚恭。

【译文】　冯静山御史家有个仆人忽然精神失常，打着自己的嘴巴，嘴里胡话不断，说道："我虽然潦倒不得志一直到死，到底还是有身份的。你是什么东西，竟敢狂傲得不给我让路？今天要惩罚你，让你知道。"冯静山亲自跑去探望，说："您是在白天显形吗？阴间与阳间情况有别，您这样做恐怕不合适。您是隐形的吗？那么您能看见他们这些仆人，这些仆人却看不见您，他们又怎么回避呢？"他的仆人随即扑倒在地，就像昏睡的样子，不久醒过来，就完全恢复正常了。

　　我的弟子桐城人耿守愚，耿直刻板，洁身自好，但总喜欢与人计较礼数。我曾经跟他谈论这件事，说："读书人往往盛气凌人，想让别人尊敬自己，以为这就是自重。他们不知道别人对自己尊重不尊重，要看他本人做得怎么样。如果德行无愧于圣贤，那么即使是王侯亲自扫地迎接自己，也不认为增添了荣耀；即使是自己像罪犯一样以土垒墙做苦力，也算不得耻辱。最可贵的东西是自己怎样，外在的东西根本不值得计较。如果一定要根据别人的态度来衡量自己的轻重，要靠别人尊敬自己才感到荣耀，别人不尊敬自己就感到屈辱，这样，杂役奴仆丫鬟就都能操纵我的荣辱，这不是把自己看得太轻了吗？"耿守愚说："您生长在富贵之家，所以才有这种看法。贫寒的读书人如果因为贫贱而失去傲气，就不能显示自己的自尊和清高，就更被人看不起了。"我说："这是田子方的观点，朱熹已经批驳过了。这种说法显然是愤激之言，依然还是重外表而不重内在精神，不必再辩了。就这种说法本身而论，它的意思也不过是说要以道德为重，不应该因为贫贱而自己轻视自己，并不是说可以一点德行都没有，只是因为贫贱就可以在别人面前傲气十足。如果真像你所说的，那么乞丐比你更贫穷，奴仆比你更低贱，他们大家一起都在你面前傲气十足，你能说这是他们在树立自己的品格吗？我已经去世的老师陈白崖先生曾在书房题写一副对联：'事能知足心常惬，人到无求品自高。'这才是真正说到了根本上，这七个字真可以千古流传了。"

【评点】　为了阐明如何建立自尊，纪昀先引用了朋友说的一件离奇故事。这种稀奇的事情确实罕见，但这件稀奇事里的那个"鬼"的心态，生活中却常有。纪昀对自己学生的一番议论，颇有见地。一个人的自尊，不是靠外在的条件，而是靠本身强大的内心世界；自尊要自己建立，而不是依据别人的评价。

不同时代的喜好

金重牛鱼，即沈阳鱘鳇鱼，今尚重之[1]。又重天鹅，今则不重矣。辽重毗离，亦曰毗令邦，即宣化黄鼠，明人尚重之，今亦不重矣[2]。明重消熊、栈鹿，栈鹿当是以栈饲养，今尚重之；消熊则不知为何物，虽极富贵家，问此名亦云未睹[3]。盖物之轻重，各以其时之好尚，无定准也。记余幼时，人参、珊瑚、青金石价皆不贵，今则日昂；绿松石、碧鸦犀价皆至贵，今则日减。云南翡翠玉，当时不以玉视之，不过如蓝田乾黄，强名以玉耳，今则以为珍玩，价远出真玉上矣。又灰鼠旧贵白，今贵黑。貂旧贵长毳，故曰丰貂，今贵短毳。银鼠旧比灰鼠价略贵，远不及天马，今则贵几如貂。珊瑚旧贵鲜红如榴花，今则贵淡红如樱桃，且有以白类车渠为至贵者[4]。盖相距五六十年，物价不同已如此，况隔越数百年乎！儒者读《周礼》蚳酱，窃窃疑之，由未达古今异尚耳[5]。

【注释】　1.鲟鳇鱼：鲟鱼和达氏鳇两种鱼类的总称，成年鱼的体重可达1000千克，是我国淡水鱼类中体重最大的鱼类。　2.毗离：即毗貍，亦作"毘貍"，契丹语译音，即黄鼠，形似大家鼠，体棕黄色，眼大，较突出。群栖于干燥的草原地区，遍布我国东北、内蒙古、华北和西北。其毛皮可利用。　3.消熊：肥熊。宋代陶谷《清异录·玉尖面》中有记载。　4.车渠：也叫砗磲，是分布于印度洋和西太平洋的一种大型海产双壳贝类。　5.蚳酱：古人用白色的蚁卵做酱，供食用。蚳，蚁卵。

【译文】　金朝时人们喜欢吃牛鱼，也就是沈阳的鲟鳇鱼，现在的人也认为这是珍贵的食品。金朝时又看重天鹅肉，现在的人不看重了。辽代珍视毗离，也称作毗令邦，也就是宣化黄鼠，明代人也看重，现在的人也不重视了。明代人看重消熊、栈鹿，栈鹿是用畜栏饲养的，当今仍受到珍视；至于消熊，就不知道是什么东西了，即便是极富贵的人家，提到这个名字，也都说从未见过。看起来东西的贵贱，是按照人的爱好变更的，没有固定的标准。

记得我小时候，人参、珊瑚、青金石都不贵，现在价格却一天比一天高；绿松石、碧鸦犀的价格当时很贵，现在却便宜了。云南翡翠玉，当时没人以为是玉，认为是蓝田乾黄一样的东西，只不过强加了玉的名号，现在却被人当作珍贵的玩物，价格远远超过真玉。再如灰鼠皮，过去是白的贵，现在是黑的贵。貂皮呢，以前长毛的价格高，因而称作丰貂，如今短毛的价格高。早先，银鼠皮的价钱比灰鼠皮稍微贵一些，远远比不上天马皮，而今几乎与貂皮同价了。珊瑚，过去的人喜欢石榴花一样鲜红色的，现在人却喜欢樱桃般淡红色的，还有人以为像砗磲石一样白色的最为珍贵。从我小时候到现在，不过相隔五六十年，物价的变更已如此明显，何况隔了几百年呢！儒生读《周礼》，见到食蚳酱的说法，嘀嘀咕咕，表示怀疑，这是因为不明白古今风俗不断变迁的缘故啊。

【评点】　时间在变，人们的喜好也在变，并没有一成不变的评判标准；人们的喜好发生变化，又直接带动风俗民情的变化。喜好与民风，互为因果，互相推动。

人正鬼不侵

裘超然编修言：杨勤悫(què)公年幼时，往来乡塾，有绿衫女子时乘墙缺窥之。或偶避入，亦必回眸一笑，若与目成。公始终不侧视。一日，拾块掷公曰："如此妍皮，乃裹痴骨！"公拱手对曰："钻穴逾墙，实所不解。别觅不痴者何如？"女子忽瞠目直视曰："汝狡黠如是，安能从尔索命乎？且待来生耳。"散发吐舌而去，自此不复见矣。此足见立心端正，虽冤鬼亦无如何；又足见一代名臣，在童稚之年，已自树立如此也。

【译文】　翰林院编修裘超然说：杨勤悫先生小时候，来来往往到乡塾去都是自己一个人走，时常看到一个绿衣女子站在一堵墙的缺口偷偷看他。有时偶然回避他，也一定要回过头来冲他笑一笑，似乎是以目传情。杨先生始终目不斜视。一天，绿衣女子居然捡了土块打过来，说："这么漂亮的外皮，却包着一副痴骨头。"杨先生拱拱手回答说："钻洞越墙的勾当，我实在不能理解。你另外去找那些不傻的人怎样？"女子忽然圆瞪双眼，直愣愣看着他说："你如此狡猾，怎么能从你这儿索命呢？只好等来生了。"披散着头发吐着长舌离开了。从此以后，再也没见过。由此足可证明，一个人只要立心端正，即使冤鬼也拿他毫无办法；又足可以看到，像杨公这样一代有名的大臣，在幼年时就能这样树立自己的品格了。

【评点】　在古代，一般人都认为，鬼怪会祸害人。纪昀却认为，之所以有人被鬼怪祸害，根本还是在于其人没有正直的品性，不能把责任都推给鬼怪。

蝴蝶背上红衫女

慎人又言：一日，庭花盛开，闻婢妪惊相呼唤。推窗视之，竞以手指桂树杪，乃一蛱(jiá)蝶，大如掌，背上坐一红衫女子，大如拇指，翩翩翔舞¹。斯须过墙去，邻家儿女又惊相呼唤矣。此不知为何怪，殆所谓花月之妖欤？说此事时，在刘景南家，景南曰："安知非闺阁游戏，以蓪(tōng)草花朵中人物，缚于蝶背而纵之耶²？"是亦一说。慎人曰："实见小人在蝶背，有鞚(qìng)控驾驭之状，俯仰顾盼，意态生动。殊不类偶人也。"是又不可知矣。

【注释】　1.蛱蝶：一种蝴蝶，翅膀多为赤黄色，有黑色纹饰。　2.蓪草：小乔木。树皮可造纸，采髓作薄片，可制通草花或其他饰品。

【译文】　郑慎人又说：有一天，庭院里的花开得很盛，忽然听到家里的丫鬟仆妇惊叫着叫人快看。推开窗户看时，只见她们都争着用手指桂树顶端。原来是一只蝴蝶，有巴掌那么大，背上坐着个穿红衫的女子，大如拇指，在那里翩翩飞舞。不一会儿，就飞过墙去，邻居家的孩子们又惊叫起来。这不知是何种怪物，大概就是所谓的花月之妖吧？我们谈论这件事时，正在刘景南家。刘景南说："怎么知道这不是闺房中女孩子们玩的游戏呢？拿来蓪草花朵上常贴的装饰用的小人，把它绑在蝴蝶背上，然后把蝴蝶放掉而已。"这也算是一种说法。但郑慎人说："确实见到那小人在蝴蝶背上,做出弓着背驾驭的样子,而且前俯后仰,左顾右盼,活灵活现,根本不像是蓪草做的小人。"这又不知道究竟是怎么回事了。

【评点】 俗话说:"耳听为虚,眼见为实。"可是,如果观察得不仔细,自己再加以猜测,之后传播开去,"眼见"也未必就是"实"。有图,未必就有真相。

不留退路的老虎

三座塔(蒙古名古尔板苏巴尔,汉唐之营州柳城县,辽之兴中府也。今为喀剌沁右翼地)金巡检(裘文达公之侄婿,偶忘其名)言:有樵者山行遇虎,避入石穴中,虎亦随入。穴故嵌空而缭曲,辗转内避,渐不容虎。而虎必欲搏樵者,努力强入。樵者窘迫,见旁一小窦,尚足容身,遂蛇行而入;不意蜿蜒数步,忽睹天光,竟反出穴外。乃力运数石,窒虎退路,两穴并聚柴以焚之。虎被熏灼,吼震岩谷,不食顷,死矣。此事亦足为当止不止之戒也。

【译文】 三座塔(蒙古语叫古尔板苏巴尔,汉朝和唐朝时的营州柳城县,辽国的兴中府。现在为喀剌沁右翼)警备部队的长官巡检金某(裘文达公的侄女婿,偶尔忘了他的名字)说:有个樵夫在山里赶路时碰上老虎,樵夫躲进了石洞里,老虎也跟了进去。石洞里本来是凹陷下去的,弯弯曲曲向前延伸,樵夫一点一点拐着弯往里面躲,渐渐地老虎就过不去了。可是老虎一心要吃樵夫,拼尽全力硬往里面钻。樵夫进也不是,退也不是,正在两难之际,见旁边有个小洞,正好还能容身,就像蛇似的爬了进去。没想到爬了几步,忽然看见了光亮,竟然出了洞口。他拼尽力气搬来几块大石头，堵住了老虎的退路，在两头洞口堆起柴草焚烧。老虎被烟熏火燎，吼声震动山谷，不到一顿饭工夫，就死了。这件事足可以让那些应当止步却不止步的人引以为戒。

【评点】　纪昀这一则笔记，像是个寓言故事。故事中的老虎，为了博取眼前的利益，不顾一切向洞里钻，不考虑退路，最终丧失了性命。这其中的道理，值得记取。

施恩勿图报

献县一令，待吏役至有恩。殁后，眷属尚在署，吏役无一存问者。强呼数人至，皆狰狞相向，非复曩时。夫人愤恚，恸哭柩前，倦而假寐。恍惚见令语曰："此辈无良，是其本分。吾望其感德已大误，汝责其负德，不又误乎？"霍然忽醒，遂无复怨尤。

【译文】　献县有个县令，对待手下的官吏衙役都特别有恩惠。他去世后，家属还在衙门里，可那些官吏衙役竟然没有一个来吊唁慰问。县令夫人勉强叫来几个人，也都横眉立目，没有好脸色，不是县令在世时的样子。夫人又恨又气，在棺材前痛哭。哭累了闭目养神，恍惚看见县令对她说："这些人没有良心，是他们的本性。我期望他们感恩已经是大错，你责备他们负恩，不是又错了吗？"夫人猛然醒悟，于是不再怨恨。

【评点】　施恩于人，若是期待别人报恩，那就一定会失望；失望之余怨天尤人，或者是有可能造成纠纷，或者是自己伤害自己，这样就已经失去施恩的本意了。纪昀是借梦境说世故人情。

不要高估自己

吴僧慧贞言：有浙僧立志精进，誓愿坚苦，胁未尝至席。一夜，有艳女窥户。心知魔至，如不见闻。女蛊惑万状，终不能近禅榻。后夜夜必至，亦终不能使起一念。女技穷，遥语曰："师定力如斯，我固宜断绝妄想。虽然，师忉利天中人也，知近我则必败道，故畏我如虎狼[1]。即努力得到非非想天，亦不过柔肌著体，如抱冰雪；媚姿到眼，如见尘壒，不能离乎色相也[2]。如心到四禅天，则花自照镜，镜不知花；月自映水，水不知月，乃离色相矣[3]。再到诸菩萨天，则花亦无花，镜亦无镜，月亦无月，水亦无水，乃无色无相，无离不离，为自在神通，不可思议。师如敢容我一近，而真空不染，则摩登伽一意皈依，不复再扰阿难矣[4]。"僧自揣道力足以胜魔，坦然许之。偎倚抚摩，竟毁戒体。懊丧失志，侘傺以终[5]。夫"磨而不磷，涅而不缁"，惟圣人能之，大贤以下弗能也。此僧中于一激，遂开门揖盗。天下自恃可为，遂为人所不敢为，卒至溃败决裂者，皆此僧也哉！

【注释】 1.忉利天：又称三十三天，是梵文 Trayastrimśa 的音译，佛教宇宙观用语。根据佛教理论，忉利天处在须弥山顶，中央为帝释天所居，四面各有八天，总共三十三天。 2.非非想天：佛教语。即三界中无色界第四天。此天是三界最高天，寿命长达八万大劫。此天没有欲望与物质，仅有微妙的思想。非非想，不是没有想，似想非想。壒：尘埃。 3.四禅天：佛教有三界诸天之说。三界，指欲界、色界、无色界。色界诸天又分为四禅：

初禅为大梵天之类，二禅为光音天之类，三禅为遍净天之类，四禅为色究竟天之类。色究竟天为色界的极处。到了这个境界人就没有淫欲心了。　4.摩登伽：摩登伽女本是首陀罗种姓的女奴，爱上了阿难。佛陀说，道行与阿难相当，才能和阿难结婚。摩登伽女于是高高兴兴剃度出家，每天精进修道，最终醒悟忏悔，发愿服膺佛陀的教法。　5.侘傺：失意而神情恍惚的样子。

【译文】　吴地的僧人慧贞说：有个浙江僧人立志修行成佛，志向坚定，刻苦修炼，从来没有平躺下来两胁靠着席子睡过觉。一天晚上，有个美女在窗口偷偷看他。僧人心里明白，这是妖魔到了，他装作好像没看到没听到一样。美女千方百计诱惑，也靠近不了他坐的蒲团。此后女子每天夜里都来，终究不能使僧人生发一丝欲念。女子的伎俩用尽了，于是远远地对僧人说："师父坚守自己意志的能力到了这种地步，我确实应该断绝我的痴心妄想。不过，您还只是佛教所说的'忉利天'这一层境界中的人物，知道一旦靠近我，就会败坏自己的道行，所以怕我像害怕虎狼一样。即使您进一步努力修行，能够达到'非非想天'，也不过只能做到女人柔软的肌肤靠着自己的身体，就像抱着冰雪；美女娇媚的姿态呈现在眼前，就像见到的是灰尘而已，还是不能摆脱色相。如果您修行达到了'四禅天'，就能不再受到任何外在物象的影响，就像花自然映照在镜子里，镜子并不知道有花，月亮自然映照在水中，水也并不知道有月亮，这就是摆脱色相了。再进一步达到'诸菩萨天'，那么花也无所谓花，镜子也无所谓镜子，月亮也无所谓月亮，水也无所谓水，没有颜色也没有物象，也无所谓离，也无所谓不离，这便是佛的自在神通，进入一种不可思议的神妙境界了。您如果能让我靠近一下，而本心不受影响，我就一心一意敬服您，就像当初摩登伽女敬服佛祖的大弟子阿难一样，再也不来干扰您了。"僧人揣度自己的道行法力足以战胜魔女的诱惑，很坦然地答应了。女子偎依在和尚怀里，百般抚摸挑逗，僧人终于控制不住欲念，损坏了自己修行的清净身体。事后悔恨不已，终身失意恍惚。其实，"经过碾磨也不变成粉末，浸在黑水里也不变成黑色"，经受种种考验而不改变心志，只有圣人才能做到，大贤人以下的人都做不到。这个僧人一下子中了魔女的激将法，等于是开门请强盗进门。天下凡是以为自己到了某种境界，于是就去做人们不敢做的事，最终一败涂地的，都属于和这个僧人是一类的。

【评点】　故事中的这个僧人，意志不可谓不坚定，修行不可谓不刻苦，但还是抵挡不了妖言蛊惑，中了妖魔的奸计，多年修行毁于一旦。纪昀篇末点题，告诫人们要有自知之明，不能过高估计自己抵御邪恶的能力。

同类可畏

季沧洲言：有狐居某氏书楼中数十年矣，为整理卷轴，驱除虫鼠，善藏弆（jǔ）者不及也[1]。能与人语，而终不见其形。宾客宴集，或虚置一席，亦出相酬酢（zuò），词气恬雅，而谈言微中，往往倾其座人。一日，酒纠宣觞（shāng）政，约各言所畏，无理者罚，非所独畏者亦罚。有云畏讲学者，有云畏名士者，有云畏富人者，有云畏贵官者，有云畏善谀者，有云畏过谦者，有云畏礼法周密者，有云畏缄默慎重、欲言不言者。最后问狐，则曰："吾畏狐。"众哗笑曰："人畏狐可也，君为同类，何所畏？请浮大白。"狐哂曰："天下惟同类可畏也。夫瓯、越之人，与奚、霤（liù）不争地；江海之人，与车马不争路。类不同也。凡争产者，必同父之子；凡争宠者，必同夫之妻；凡争权者，必同官之士；凡争利者，必同市之贾。势近则相碍，相碍则相轧耳。且射雉者媒以雉，不媒以鸡鹜；捕鹿者由以鹿，不由以羊豕。凡反间内应，亦必以同类；非其同类，不能投其好而入，伺其隙而抵也。由是以思，狐安得不畏狐乎？"座有经历险阻者，多称其中理。独一客酌酒狐前曰："君言诚确。然此天下所同畏，非君所独畏，仍宜浮大白。"乃一笑而散。余谓狐之罚觞，应减其半。盖相碍相轧，天下皆知之。至伏肘腑之间，而为心腹之大患；托水乳之契，而藏钩距之深谋，则不知者或多矣²。

【注释】　1.弆：收藏。　2.肘腑之间：比喻近身要害的地方，也比喻自己的亲属或亲信。肘腑，胳膊肘和胳肢窝。钩距：原意为辗转推问究得情实，这里指机谋。

【译文】　季沧洲说：有个狐精，住在某家的书楼上已经几十年了，为主人整理卷轴，驱除虫鼠，收藏管理图书，就连收藏家都不如它的本领。它常与人对话，而始终不现出形貌。主人宴请宾客，有时偶尔为它虚设一席，它也隐形与客人应酬。它谈吐平和文雅，言辞委婉却切中时弊，妙语连珠，令在座的客人大为倾倒。一天，令官宣布酒令规定，约定在座的各人说出自己所畏惧的，不合情理的要罚；如果说的不是自己一个人畏惧的，也要受罚。于是，有的说怕道貌岸然的讲学家，有的说怕卖弄风雅的名士，有的说怕为富不仁的阔佬，有的说怕官，有的说怕给官员拍马屁的，有的说怕精通逢迎之道的人，有的说怕过分谦虚的人，有的说怕礼法太多的人，有的说怕谨小慎微、有了话想说又不说的人。最后问狐精，它说："我最怕狐。"众人哄然笑道："要说人怕狐，还差不多；您也属狐类，有什么可怕？罚一大杯。"狐精冷笑地说："天下只有同类最可怕。生活在福建、浙江的人，不会与北方的奚族人和雷族人争夺土地；在江海航船的人，不会与车夫争抢陆路。这是因为他们不是同类。凡是争夺遗产的，必定是同父之子；凡是争宠的，必定是同夫之妻；凡是争权的，必定是同朝之官；凡是争利的，必定是同一集市上的买卖人。势利接近就会相互妨碍，相互妨碍就要彼此倾轧。猎人射野鸡时，要用野鸡做诱饵，而不用野鸭；捕鹿时则以鹿为诱饵，而不用猪羊。凡是施反间计用作内应的，也必定是同类人。不是同类人，就不能投其所好、伺机而进。由此可以想见，狐怎么能不怕狐呢？"在座有经历过艰难险阻的人，大多称赞狐精的话入情入理。只有一个客人斟酒敬到狐精座前说："您的话确有道理，不过这也是天下人都畏惧的，并非您独怕，还是要罚一大杯。"众人一笑而散。

我认为，罚狐的酒，应该减半。因为相互妨碍而相互倾轧，天下人都知道；至于那种潜伏在身边而将来可能成为心腹大患的，那种假装是挚友亲朋而心里藏着阴险计谋的，不知道的人也许就多了。

【评点】　纪昀这则笔记，说的是处世之道。他分三步来写：第一步，言明这个深谙人情世故的，是个异类，而且是一个连形貌都不愿让人看到的、本领高强的有识之士。第二步，点出这个异类的深藏不露，不仅仅是形貌，还有超乎人类的睿智。第三步，是纪昀基于那一番宏论的进一步分析。这则笔记让我们从一个侧面了解了纪昀生活的那个时代社会生活的险恶。

相见不相亲

太白诗曰："徘徊映歌扇，似月云中见。相见不相亲，不如不相见。"此为冶游言也。人家夫妇有暌离阻隔，而日日相见者，则不知是何因果矣[1]。

郭石洲言：中州有李生者，娶妇旬余而母病，夫妇更番守侍，衣不解结者七八月。母殁后，谨守礼法，三载不内宿。后贫甚，同依外家。外家亦仅仅温饱，屋宇无多，扫一室留居。未匝月,外姑之弟远就馆,送母来依姊。无室可容,乃以母与女共一室,而李生别榻书斋,仅早晚同案食耳。阅两载,李生入京规进取,外舅亦携家就幕江西。后得信,云妇已卒。李生意气懊丧,益落拓不自存,仍附舟南下觅外舅。外舅已别易主人,随往他所。无所栖托,姑卖字糊口。一日,市中遇雄伟丈夫,取视其字曰:"君书大好。能一岁三四十金,为人书记乎?"李生喜出望外,即同登舟。烟水渺茫,不知何处。至家,供张亦甚盛。及观所属笔札,则绿林豪客也。无可如何,姑且依止。虑有后患,因诡易里籍姓名。主人性豪侈,声伎满前,不甚避客。每张乐,必召李生。偶见一姬,酷肖其妇,疑为鬼。姬亦时时目李生,似曾相识。然彼此不敢通一语。盖其外舅江行,适为此盗劫,见妇有姿首,并掠以去。外舅以为大辱,急市薄槥,诡言女中伤死,伪为哭敛,载以归。妇惮死失身,已充盗后房,故于是相遇。然李生信妇已死,妇又不知李生改姓名,疑为貌似,故两相失。大抵三五日必一见,见惯亦不复相目矣。如是六七年,一日,主人呼李生曰:"吾事且败,君文士不必与此难。此黄金五十两,君可怀之,藏某处丛荻间。候兵退,速觅渔舟返。此地人皆识君,不虑其不相送也。"语讫,挥手使急去伏匿。未几,闻哄然格斗声。既而闻传呼曰:"盗已全队扬帆去,且籍其金帛妇女。"时已曛黑,火光中窥见诸乐伎皆披发肉袒,反接系颈,以鞭杖驱之行,此姬亦在内,惊怖战栗,使人心恻。明日,岛上无一人,痴立水次。良久,忽一人棹小舟呼曰:"某先生耶?大王故无恙,且送先生返。"行一日夜,至岸，惧遭物色，乃怀金北归。至则外舅已先返，仍住其家。货所携，渐丰裕。念夫妇至相爱，而结缡十载，始终无一月共枕席[2]。今物力稍充，不忍终以薄榇葬。拟易佳木，且欲一睹其遗骨，亦夙昔之情。外舅力沮不能止，词穷吐实。急兼程至豫章，冀合乐昌之镜。则所俘乐伎，分赏已久，不知流落何所矣。每回忆六七年中，咫尺千里，辄惘然如失。又回忆被俘时，缧绁鞭笞(léi)之状，不知以后摧折，更复若何，又辄肠断也。从此不娶。闻后竟为僧。

戈芥舟前辈曰："此事竟可作传奇，惜末无结束，与《桃花扇》相等。虽曲终不见，江山峰青，绵邈含情，正在烟波不尽，究未免增人怊(chāo)怅耳[3]。"

【注释】 1.暌离：分离，离散。 2.结缡：古代嫁女的一种仪式。女子临嫁，母为之系结佩巾，以示至男家后侍奉舅姑，操持家务。后多指男女结婚。 3.怊怅：形容人失意时感伤惆怅的情绪。

【译文】 李白有首诗说："徘徊映歌扇，似月云中见。相见不相亲，不如不相见。"这首诗说的是游玩时男女偶遇，也可以是寻花问柳的事。普通人家的夫妻受到阻隔，不能尽夫妻情分，却能天天见面的，那就不知道是什么因果了。

郭石洲说：河南有个李生，娶妻才十几天，母亲就病了。夫妻俩轮换守护照料，夜里衣不解带，一直忙了七八个月，没有脱了衣服睡过觉。母亲去世后，他们又严格遵照礼法，丈夫三年不进房与妻子同宿。后来穷得过不下去，他们只好投靠妻子的娘家。妻子的娘家也仅仅能维持温饱，房子不多，只能打扫了一间屋子给他们住。还不到一个月，岳母的弟弟要到很远的地方去给人做家庭教师，把老妈送到姐姐这里。没有地方安置，岳父只好让自己的岳母和女儿两个住一间房，李生在书房里搭了个铺，夫妻俩只是在早晨和晚上同桌吃饭而已。这样过了两年，李生到京城去找出路，岳父也带着全家到江西做师爷。后来李生接到岳父的来信，说妻子去世了。李生心灰意冷，越发无意于功名，贫穷潦倒，在京城待不下去，就搭了别人的船南下，到江西投靠岳父。他的岳父却已经换了主人，跟随新主人到另外的地方去了。李生无依无靠，只好靠卖字糊口，一天一天混日子。一天，在街上遇到一个雄壮魁梧的汉子，那人拿起他写的字看了看，说："先生的字写得很好，三四十两银子一年，帮人写写文件书信之类，你愿意干吗？"李生喜出望外，就跟着好汉一起上船。一路烟水茫茫，不知到了什么地方。到了地方进了家，招待供应也很丰盛。再看那些需要起草作答的书信，原来主人是绿林豪杰。李生无可奈何，只好暂且安身。担心以后会有麻烦，于是谎报了自己的籍贯姓名。主人性情豪爽，生活奢侈，养着不少歌伎，也不怎么回避男客。每次歌舞表演，主人都叫李生一起观赏。李生偶尔见到一个歌伎，长相特别像自己的妻子，怀疑是个鬼；那个歌伎也总是朝李生看过来，好像曾经认识，但是两人都不敢相互交谈。原来，李生的岳父带家人乘船去江西时，正好遭到这个强盗抢劫，强盗见李生的妻子长得很漂亮，就连同财物一道抢过来了。李生的岳父认为这是奇耻大辱，急忙买了一副薄木棺材，声称女儿受伤死了，假装哭丧收殓，然后带回去了。这个女人怕死，因此已经失身，成为强盗众多侍妾中的一个，所以两人才在强盗家里相遇。但是李生因为相信自己的妻子已死，女人又不知道李生已经改了姓名，两人都怀疑对方只是长相相似，因此虽然相见却彼此错过了。大约过个三五天，两人必定见面，见惯了，也就不再互相对看了。这样过了六七年。一天，强盗对李生说："我的事要败露了。你是个读书人，不必一起遭难。这里是五十两黄金，你可以带着；你躲藏在某个地方的芦苇丛里，等官兵退了，你赶紧找一只渔船回家。这个地方的人都认识你，不必担心他们不送你。"说完，挥手让李生快去躲藏起来。不一会，只听得外面喊杀声格斗声响成一片，接着听到一些人高声传报说："强盗已经全部乘船跑掉了，把强盗的钱财和女人登记一下。"当时天色已经昏黑，李生借着火光偷偷望去，只见那些歌伎都披头散发，被扒掉了上衣，双手反绑，用绳子系在脖子上，连成一串，被用鞭子赶着走，而那个像自己妻子的歌伎也在里面。她惊慌恐惧，浑身发抖，让人痛心。第二天，岛上一个人也没有了，李生呆呆地站在水边。过了很久，忽然有个人驾着一只小船过来，叫道："您就是某某先生吧，我们大王没事，我现在送您回去。"过了一天一夜，就到了岸边，李生担心有人查问，于是带着金子往北走。他岳父已经先到了家，李生还住在岳父家，卖掉随身带回的金子，生活渐渐好起来。他想起与妻子深深相爱，但结婚十年，同寝的时间总共不到一个月。现在家产稍宽裕一些了，不忍心让妻子还是用薄薄的棺材埋着，打算换一副好棺材，同时也想再看看妻子的遗骨，也算是夫妻一场的情分。岳父尽力阻止，李生不听。岳父无奈，只好说了实话。李生急忙日夜兼程赶到南昌，希望能与妻子破镜重圆。但是被官府俘获的歌伎早已分赏，李生的妻子不知流落到哪里去了。李生每当回忆起两人六七年间近在咫尺却好似相隔千里的情景，就惘然若失。又回忆妻子被俘时遭捆绑鞭打的情形，不知以后遭到凌辱折磨又是什么样子，想到这些往往伤心肠断。李生从此不再娶妻，听说后来竟做了和尚。

戈芥舟老先生说："这桩故事真可以编一个传奇剧本，只可惜没有结局，与《桃花扇》一样。虽然'曲终人不见，江上数峰青'的韵味悠长，缠绵含情，正因为那若有若无、浩渺无穷的烟波，但是李生夫妇事情这样收场，终究不免使人惆怅。"

【评点】 《阅微草堂笔记》是志怪笔记小说，这一则显得有点特殊。第一，纪昀没有写鬼狐精怪，也没有照惯常的思维加上因果报应的结构形式，而是写了一对贫困书生夫妻的凄凉遭遇，写的是普通人的故事。第二，笔记小说的体例，一般比较短小，往往没有完整的故事情节，但是这一则笔记，写穷书生夫妻的十年生活，长达千字，这样的篇幅在《阅微草堂笔记》中是比较少见的。纪昀记载了在动乱年代平常百姓无奈而悲惨的生活，虽是普通人的生活历程却有着浓重的传奇色彩，这大概也是纪昀认为的"怪异"题材，所以他记录下来，这也让后人对那个时代的社会生活图景有了直观的认知。

天上不会掉馅饼

门人葛观察正华，吉州人。言其乡有数商，驱骡纲行山间[1]。见樵径上立一道士，青袍棕笠，以麈尾招其中一人曰："尔何姓名？"[2]具以对。又问籍何县，曰："是尔矣，尔本谪仙，今限满当归紫府[3]。吾是尔本师，故来导尔。尔宜随我行。"此人私念平生不能识一字，鲁钝如是，不应为仙人转生；且父母年已高，亦无弃之求仙理。坚谢不往。道士太息，又招众人曰："彼既堕落，当有一人补其位。诸君相遇，即是有缘，有能随我行者乎？千载一遇，不可失也。"众亦疑骇无应者，道士咈（fú）然去[4]。众至逆旅，以此事告人。或云仙人接引，不去可惜。或云恐或妖物，不去是。有好事者，次日循樵径探之，甫登一岭，见草间残骸狼藉，乃新被虎食者也。惶遽而返。此道士殆虎伥欤[5]？故无故而致非常之福，贪冒者所喜，明哲者所惧也；无故而作非分之想，侥幸者其偶，颠越者其常也。谓此人之鲁钝，正此人之聪明可矣。

【注释】 1.骡纲：结队而行驮载货物的骡群。 2.麈尾：用麈的尾毛做的拂尘。 3.紫府：道教称仙人所居。 4.咈：象声词，不开心的声音。 5.虎伥：

传说中引导猛虎食人的鬼物。

【译文】 我的门生葛正华,是吉州人,做过道员。他说他的老家有几个商人,赶着骡队在山里走,看见打柴人走的小路上站着个道士。道士身穿青袍,头戴棕笠,用拂尘招呼其中一个人说:"你姓什么叫什么?"那个人一一回答了。道士又问原籍是哪个县,接着又说:"就是你了,你本来是被贬下凡的仙人,如今期限已满,你该回到仙境去了。我是你的本师,所以来引导你,你应当跟我走。"那个人暗想,这一辈子大字不识一个,蠢笨到这步田地,不应当是仙人转世。况且父母年纪大了,也没有丢下他们去求仙的道理。于是坚持谢绝不去。道士为之叹息,对大家说:"他既然自甘堕落,应当有一个人顶替他。诸位与我相遇就是有缘,有跟我走的吗?千载难遇的机会不应该失去啊。"大家又疑心又害怕,没有人答应。道士不高兴地走了。众人到了旅舍把这事告诉了别人。有人说仙人来迎接,不去可惜。有人说可能是妖物,不去是对的。有好奇心重的,第二天沿着砍柴人走的小路察看,刚翻过一道山梁,只见草丛里到处是残剩的骨头,原来是刚被老虎吃了的人骨头。人们惊慌地跑回来了。这个道士莫非是引诱人让老虎吃的伥鬼?所以,没有充分的理由而一下子获得不同寻常的福分,这是贪心的人喜欢的,却是明智的人惧怕的;无缘无故而想达到非分的目的,侥幸如愿是偶然的,绝大部分人会因此招来灾祸。可以说,这人的蠢笨,正是他的聪明之处。

【评点】 纪昀这则笔记说的道理,普通百姓早就用各种简洁的语言表述过。幸福要靠自己创造,一分耕耘才能有一分收获。天上不会掉馅饼,地上却有陷阱。

见到了别人的梦

魂与魄交而成梦,究不能明其所以然。先兄晴湖,尝咏高唐神女事曰:"他人梦见我,我固不得知。我梦见他人,人又乌知之?孱王自幻想,神女宁幽期[1]。如何巫山上,云雨今犹疑[2]。"足为瑶姬雪谤[3]。然实有见人之梦者。奴子李星,尝月夜村外纳凉,遥见邻家少妇掩映枣林间,以为守圃防盗,恐其翁姑及夫或同在,不敢呼与语。俄见其循塍(chéng)西行半里许,入秫(shú)丛中。疑其有所期会,益不敢近,仅远望之。俄见穿秫丛出,行数步,阻水而返,痴立良久,又循水北行百余步,阻泥泞又返,折而东北入豆田。诘屈行,颠踬(zhì)者再[4]。知其迷路,乃遥呼曰:"几嫂深夜往何处?迤北更无路,且陷淖中矣。"妇回顾应曰:"我不能出,几郎可领我还。"急赴之,已无睹矣。知为遇鬼,心惊骨栗,狂奔归家。乃见妇与其母坐门外墙下,言适纺倦睡去,梦至林野中,迷不能出,闻几郎在后唤我,乃霍然醒。与星所见,一一相符。盖疲苶之极,神不守舍,真阳飞越,遂至离魂(nié)[5]。魂与形离,是即鬼类,与神识起灭自生幻象者不同,故人或得而见之。独狐生之梦游,正此类耳。

【注释】 1.孱王:懦弱的君王。 2.巫山、云雨:出自战国楚宋玉《高唐赋序》:"妾在巫山之阳,高丘之阻。且为朝云,暮为行雨,朝朝暮暮,阳台之下。"原指古代神话传说巫山神女兴云降雨的事。后称男女欢合。明代冯梦龙在《醒世恒言》第二十五卷言此事:"这巫峡上就是巫山,有十二个山峰,山上有一座高唐观。相传楚襄王曾在观中夜寝,梦见一个美人愿荐枕席。临别之时,自称是伏羲皇帝的爱女，小字瑶姬，未行而死，今为巫山之神。朝为行云，暮为行雨，朝朝暮暮，阳台之下。那襄王醒后，还想着神女，教大夫宋玉做《高唐赋》一篇，单形容神女十分的艳色。因此，后人立庙山上，叫做巫山神女庙。" 3.瑶姬：相传是炎帝的三女儿，未婚夭亡。 4.颠踬：绊倒。5.疲苶：疲惫不堪。苶，疲倦的样子。

【译文】 魂和魄相互交合便成为梦，但这个说法我还是没有推究出所以然来。先兄晴湖曾经作诗咏高唐神女的事，诗道："他人梦见我，我固不得知。我梦见他人，人又乌知之？襄王自幻想，神女宁幽期。如何巫山上，云雨今犹疑。"这足可以为巫山神女瑶姬平反昭雪。

不过还真有人见过别人的梦。奴仆李星，月夜在村外乘凉，远远地望见邻居少妇在枣林里忽隐忽现。李星以为她在看守园子防小偷，可能她的公公、丈夫都在，所以不敢和她打招呼。不一会儿见她沿着田埂往西走了半里左右，进到高粱地里。李星怀疑她有幽会，更不敢靠近了，只是远远地望着。不一会儿，又看见她穿过高粱地出来走了几步，到河边被挡住又返了回来。她呆立了好久，又沿着河边往北走了一百多步，因为道路泥泞回头，之后折向东北到了豆子地里。她绕着弯走得很艰难，还跌倒了两次。李星知道她迷了路，就远远呼喊："几嫂深夜往哪儿去？往北更没有路，要陷进泥潭里了。"少妇回头说："我出不来了，几郎来领我回去。"李星急忙奔过去，少妇却不见了。李星心想遇见了鬼，心惊肉跳，狂奔回家。却看见少妇和她母亲坐在门外墙下，说刚才纺线困倦，睡了过去，梦里到了树林田野，迷了路出不来，听见某某兄弟在身后唤我，才一下子醒了过来。这和李星所见到的一一相符。她可能是过于疲劳，神不守舍，真阳飞跃出去，以至离了魂。魂与形体相离，这就是鬼一类的了，这与人的意识自生自灭而形成的幻象是不一样的，所以人有时还能看见。相传独孤生所遇见的梦游，正属于此类。

【评点】 平常人们认为，"日有所思，夜有所梦"，这一则离奇的故事是，梦境里是真实的场景,而醒着的人居然能进入到别人的梦境里面去。该如何解释呢?按照纪昀在记录奇闻逸事时常说的一句话,这种事百思不得其解,还是留待后人解释吧。

卷一六

姑妄听之二

离奇的婚事

侍鹭川言（侍氏未详所出，疑本侍其氏，明洪武中，凡复姓皆令去一字，因为侍氏也）：有贾于淮上者，偶行曲巷，见一女姿色明艳，殆类天人。私访其近邻，曰："新来未匝月，只老母携婢数人同居，未知为何许人也。"贾因赂媒媪觇(chān)之。其母言："杭州金姓，同一子一女往依其婿。不幸子遘(gòu)疾，卒于舟；二仆又乘隙窃资逃¹。茕茕孤嫠，惧遭强暴，不得已税屋权住此，待亲属来迎。尚未知其肯来否。"语讫，泣下。媒舐以既无所归，又无地主，将来作何究竟，有女如是，何不于此地求佳婿，暮年亦有所依²。母言："甚善，我亦不求多聘币。但弱女娇养久，亦不欲草草。有能制衣饰衾具约值千金者，我即许之。所办仍是渠家物，我惟至彼一阅视，不取纤芥归也。"媒以告贾，贾私计良得。旬日内，趣办金珠锦绣，殚极华美；一切器用，亦事事精好。先亲迎一日，邀母来观，意甚惬足。次日，箫鼓至门，乃坚闭不启。候至数刻，呼亦不应。询问邻居，又未见其移居。不得已逾墙入视，则阒无一人。偏索诸室，惟破床堆髑髅(dú lóu)数具，乃知其非人。回视家中，一物不失，然无所用之，重鬻仅能得半价。懊丧不出者数月，竟莫测此魅何所取。或曰："魅本无意惑贾。贾妄生窥伺，反往觇魅，魅故因而戏弄之。"是于理当然。或又曰："贾富而悭，心计可以析秋毫，犯鬼神之忌，故魅以美色颠倒之。"是亦理所宜有也。

【注释】 1.遘疾：遇到疾病。遘，相遇。 2.舚：用舌头接触东西或取东西，这里指劝说。

【译文】 侍鹭川说（侍姓不知起于何时何地何人。我猜想本来姓侍其，明朝洪武年间，朝廷下令凡复姓都去掉一字，因而变为侍姓）：有个商人在淮河北边做生意，偶然在小胡同里见到一个女子，相貌美丽，简直像仙女。他悄悄向她的近邻打听，邻居说："她刚来不到一个月，只和老母亲带着几个婢女同住，不知什么人。"商人便买通了媒婆去打听消息。女子的母亲说："我们是杭州人，姓金，和一子一女来投奔女婿。儿子不幸得病，死在船上；两个仆人乘机偷了盘缠跑了。寡母幼女孤零零的，怕在路上遭到强暴，不得已在这里租了房子暂住，等候亲戚来迎接，还不知道他肯不肯来。"说完，眼泪纷纷落下。媒婆劝她，既然无处投奔，这里又没有依靠，将来怎么办呢？有这么漂亮的女儿，何不在这里找个女婿，老来也有个依靠。老太太说："这样也好，也不要许多聘礼，但这个女儿娇贵惯了，也不想草草了事。如果有人能给她准备衣裳首饰家具，值个千把两银子，我就把女儿许给他。以后这些东西还是他家的，我只是到那里看一遍，一丝一毫都不带走。"媒婆告诉了商人，商人暗想，这种事划得来。于是，十天内，就急急忙忙置办了金银珠宝首饰、锦绣衣服，务求华美；所有的家具也样样精致。迎亲的前一天，他请老太太来看，老太太很满意。第二天，吹吹打打迎到门前，门却紧紧关着。等了好久，叫也没人应声。询问邻居，又都说没有看见她们搬家。不得已翻墙进去，却静悄悄不见一个人。每个房间都找遍了，只见破床上堆着几具骷髅，这才知道这一家不是人类。商人回到自己家里，一件东西不少，但是这些东西没有什么用处，转卖只能卖半价。他懊丧得好几个月没出门，最后还是猜不出这妖怪究竟要干什么。有人说："妖怪本来没打算迷惑商人，商人自己心生妄念窥探妖怪，妖怪顺势戏弄他。"按情理这是可能的。又有人说："商人很有钱，却特别悭吝，工于算计，一丝一厘都算得很精，触犯了鬼神的忌讳，所以妖怪用美色来戏弄他。"

这也是理所当然。

【评点】 对于为富不仁的商人，纪昀与大众一样痛恨他们。这则笔记里的商人遭到了捉弄，原因到底是什么？纪昀借别人的议论揭示了谜底，他的态度还是很明朗的。

闲事不能都管

李漱六言：有佃户所居枕旷野。一夕，闻兵仗格斗声，阖家惊骇，登墙视之，无所睹。而战声如故，至鸡鸣乃息。知为鬼也。次日复然。病其聒(guō)不已，共谋伏铳击之，果应声啾啾奔散。既而屋上屋下，众声合噪曰："彼劫我妇女，我亦劫彼妇女为质，互控于社公。社公愦愦(kuì)，劝以互抵息事。俱不肯伏，故在此决胜负，何预汝事？汝以铳击我，今共至汝家，汝举铳则我去，汝置铳则我又来，汝能夜夜自昏至晓，发铳不止耶？"思其言中理，乃跪拜谢过，大具酒食纸钱送之去。然战声亦自此息矣。夫不能不为之事，不出任之，是失几也；不能不除之害，不力争之，是养痈也[1]。鬼不干人，人反干鬼，鬼有词矣，非开门揖盗乎！孟子有言，乡邻有斗者，被发缨冠而往救之，则惑也，虽闭门可也[2]。

【注释】 1.失几：错过时机，失误事机。 2.被发缨冠：来不及将头发束好，来不及将帽带系上，形容急于去救助别人。

【译文】 李漱六说：有个佃户的住处在旷野里。一天晚上，忽然传来兵器撞击格斗厮杀的声音，全家都被吓坏了。爬上墙头往外看，却什么都看不见。厮杀声照旧，一直到鸡叫才停息。他知道这是鬼打仗。第二天，厮杀声又起。一家人给闹得受不了，于是商量用鸟枪打。鬼果然随着枪声都啾啾叫着逃散了。过后，一群鬼到他家屋上屋下吵闹着说："他们劫持我们的女人，我们也劫持他们的女人。双方都告到土神那儿，土神昏庸，劝我们就算互相扯平，别闹了。双方都不愿意接受，所以在这里决个胜负，关你什么事？你用鸟枪打我们，今天我们一起都到你家来了，你举起枪我们就跑，你放下枪我们又来。你能天天从晚上到早上不停地放枪吗？"佃户觉得鬼说得在理，就跪拜赔罪，准备了许多酒食和纸钱送他们走。然后厮杀声也从此停了。

不能不做的事而不出来担当，就是延误时机推卸责任；不能不除的祸害而不力争除掉，就是姑息养奸。鬼不侵害人，人反去侵扰鬼，鬼因此有了说辞，不就等于开门请强盗进来吗？孟子说过，邻居有打架的，如果连自己穿戴都没有整理好就匆匆忙忙去拉架，就容易把事情搞乱，这种事关上门装作听不见就行了。

【评点】　纪昀在文末点题，希望读者懂得，如果要"管闲事"，一定要掌握好度。有些事情必须管，有些事不能管，有些事情则不必管。

不要传闲话

御史佛公伦，姚安公老友也。言贵家一佣奴，以游荡为主人所逐。衔恨次骨，乃造作蜚语，诬主人帷薄不修，缕述其下烝上报状，言之凿凿，一时传布[1]。主人亦稍闻之，然无以箝其口，又无从而与辩；妇女辈惟爇香吁神而已[2]。一日，奴与其党坐茶肆，方抵掌纵谈，四座耸听，忽潎然一声，已仆于几上死。无由检验，以痰厥具报。官为敛埋，棺薄土浅，竟为群犬掊食，残骸狼藉[3]。始知为负心之报矣。佛公天性和易，不喜闻人过，凡僮仆婢媪，有言旧主之失者，必善遣使去，鉴此奴也。尝语昀曰："宋党进闻平话说韩信（优人演说故实，谓之平话。《永乐大典》所载，尚数十部），即行斥逐[4]。或请其故。曰：'对我说韩信，必对韩信亦说我，是乌可听？'千古笑其愦愦，不知实绝大聪明。彼但喜对我说韩信，不思对韩信说我者，乃真愦愦耳。"真通人之论也。

【注释】 1. 烝：古代指与母辈淫乱。 2. 箝：夹住。 3. 掊：挖，掘出。 4. 党进：北宋初年军事将领。

【译文】 御史佛伦先生，是我父亲的老朋友。他说有户富贵人家一个用人，因为游手好闲不务正业被主人赶了出来。于是他对主人恨之入骨，就造谣诽谤，说主人家里有许多男女之间的丑事。他详细讲述上下乱伦的状况，说得有鼻子有眼，一时间流传开去。主人也略有所闻，但是无法叫他闭嘴，又不可能与他争辩；女人们只能焚香祷告神灵而已。一天，这个人与他的同伙坐在茶馆里，拍着巴掌正讲得来劲，一茶馆的人都凝神倾听，他突然大叫了一声，扑倒在桌上死了。找不出死因，以中风猝死上报官府，官府出面收葬。因为棺材很薄，土又埋得浅，尸体竟然被一群狗拖出来撕咬，残剩的骨头撒得满地都是。人们这才知道他是背叛主人遭到了报应。

佛公天性温和平易，不喜欢听到说别人的坏话。凡是家里男女老少仆人喜欢说他们原主人坏话的，他一定好好打发他们离开，就是借鉴了这个佣人的教训。他曾经对我说："宋代的党进听到艺人说韩信的平话（艺人演说故事，叫作平话。《永乐大典》中还收了几十种），马上把他赶走。

有人问为什么，党进回答说：'他当着我的面说韩信，当着韩信的面必定也说我，怎么能听他的呢？'近千年来，人们都笑话党进糊涂，不知道他实在是大聪明。那些只喜欢当自己的面说'韩信'，而不想想对着'韩信'的面会说我的人，才是真正的糊涂啊！"这是真正的智者见识。

【评点】　纪昀这一则笔记前半截说的是因果报应，后半截说的是处世之道，也就是老百姓所说的"来说是非者，必是是非人"。那些在你面前对别人评头论足的人，喜欢搬弄口舌的人，他们能在你面前评论别人、搬弄别人说的话，换一个语境，就会在别人面前评点你，搬弄你说过的话。这类人，非但不值得深交，最好是少跟他们来往。

自取其辱

丁御史芷溪言：曩在天津，遇上元，有少年观灯夜归，遇少妇甚妍丽，徘徊歧路，若有所待，衣香鬓影，楚楚动人。初以为失侣之游女，挑与语，不答；问姓氏里居，亦不答。乃疑为幽期密约迟所欢而未至者，计可以挟制留也，邀至家少憩。坚不肯。强迫之同归。柏酒粉团，时犹未彻，遂使杂坐妻妹间，联袂共饮[1]。初甚腼䩄（miǎn tiǎn），既而渐相调谑，媚态横生，与其妻妹互劝酬[2]。少年狂喜，稍露留宿之意。则微笑曰："缘蒙不弃，故暂借君家一卸妆。恐火伴相待，不能久住。"起解衣饰卷束之，长揖径行，乃社会中拉花者也（秧歌队中作女妆者，俗谓之拉花）。少年愤恚，追至门外，欲与斗。邻里聚问，有亲见其强邀者，不能责以夜入人家；有亲见其唱歌者，不能责以改妆戏妇女，竟哄笑而散。此真侮人反自侮矣。

【注释】　1.柏酒：柏叶酒。古代习俗，谓春节饮之，可以辟邪。　2.觍觍：惭愧，害羞。

【译文】　丁芷溪御史说：过去在天津时，正逢元宵节。有个年轻人晚上观灯后回家，遇到一个少妇，很漂亮，在岔路口徘徊，好像在等什么人。她的衣服发出幽香，头上的发髻高耸，在夜幕中影影绰绰，更显得华贵优雅，惹人怜爱。年轻人开始以为她是跟伙伴走散了的观灯女子，故意与她搭话，她不回答；问她姓什么住在哪里，她也不说。年轻人猜疑她是与人私下里约会，等的相好没有到，觉得可以用这一点要挟她，让她留下来，于是就邀请她到自己家稍微休息一下。女子坚决不肯。年轻人强逼着她与自己一道回家。家里过元宵节的宴席还没散，于是让她夹坐在自己的妻子和妹妹中间，一起饮酒。她开始还很腼腆，过了一会儿就互相开起玩笑来。只见她美目顾盼，仪态万方，与妻子、妹妹互相劝酒。年轻人高兴坏了，稍稍吐露出想留她住下的意思，她却微笑着说："因为你盛情邀请，所以我暂时借你家卸一下妆，怕伙伴们在等，我不能久留了。"她站起来解开外衣，和首饰卷在一起，作了一个长揖就往外走，原来是乡里演社戏团队里的"拉花"（秧歌队里装女子的男人，俗称为"拉花"）。年轻人怒气冲天，追到门外想打架。邻居们一起聚拢来询问事情原委。有人亲眼看到是年轻人强逼他来的，所以不能说他夜晚私闯人家；有人又亲眼见到他唱歌，所以也不能责怪他改扮装束调戏妇女。最后众人哄笑而散。这真是本来想侮辱人，反而侮辱了自己。

【评点】　纪昀记载这件事，目的是警戒有轻薄习气的人。想要占人便宜，反倒自取其辱，这也是"报应"。不过，这种"报应"合情合理，没有迷信色彩。

枣树下的陷阱

老仆卢泰言：其舅氏某，月夜坐院中枣树下，见邻女在墙上露半身，向之索枣。扑数十枚与之。女言今日始归宁，兄嫂皆往守瓜，父母已睡。因以手指墙下梯，斜盼而去。其舅会意，蹑梯而登。料女甫下，必有几凳在墙内，伸足试踏，乃踏空堕溷中。女父兄闻声趋视，大受捶楚。众为哀恳乃免。然邻女是日实未归，方知为魅所戏也。前所记骑牛妇，尚农家子先挑之；此则无因而至，可云无妄之灾。然使招之不往，魅亦何所施其技？仍谓之自取可矣。

【译文】 我家的老仆人卢泰说：他有个堂舅，月明之夜坐在院子里枣树下乘凉，见邻居的女儿从院墙上探出半截身子，伸出手向他要枣吃。堂舅打了几十个枣子给了她。邻女称今天刚回到娘家来，哥哥嫂嫂都到地里看瓜去了，父母也已经睡下。说完，用手指了指墙下的梯子，递了个眼色离开了。堂舅会意，蹬着梯子爬上了墙头。他估计邻女刚刚下去，墙那边肯定会有板凳之类的，就伸脚去踩，结果一脚踩空，掉进了粪坑。邻女的父亲和哥哥听到声音，匆忙跑出来观看，他挨了一顿痛打。幸亏众人为他求情才算完。但是那天邻女根本没有回娘家，他这才知道是被鬼魅捉弄了。前面我曾经记录过一个骑牛女子的故事，那个农家子先去挑逗人家，才遭到戏弄；而这个堂舅并没有先去招惹谁，却也遭到戏弄，真可以说是飞来横祸啊。然而，假如人家招呼他，他不动心，鬼魅就无法实施诡计了。所以，还是可以说他咎由自取。

【评点】 这又是一个轻薄子自取其辱的故事。与骑牛女子故事不同的是，这个堂舅是经不起诱惑而遭到戏弄。由此可见，自身的修养有多重要。品行端正，内心才能强大。

西洋镜中观奇景

朱子颖运使言：昔官叙永同知时，由成都回署，偶遇茂林，停舆小憩。遥见万峰之顶，似有人家；而削立千仞，实非人迹所到。适携西洋远镜，试以窥之，见草屋三楹，向阳启户，有老翁倚松立，一幼女坐檐下，手有所持，似俯首缝补，屋柱似有对联，望不了了。俄云气滃郁，遂不复睹[1]。后重过其地，林麓依然，再以远镜窥之，空山而已。其仙灵之宅，误为人见，遂更移居欤？

【注释】 1.滃郁：云烟弥漫。

【译文】 转运使朱子颖说：过去做叙永县同知时，从成都回叙永，偶然路过一片茂密的树林，停车休息。远远望见连绵的山峰顶上好像有人家。但是这座山峰像是刀劈一般陡峭，实在不是人能上得去的。恰好他带着西洋望远镜，就试着仔细看。只见有三间草房，向阳开门。有个老翁倚着松树站立，一个女孩子坐在房檐下，手里拿着什么，好像在低头缝补什么。屋柱上好像有对联，但是看不清楚。不一会儿云气弥漫，再也看不见了。后来他又路过此地。树林山峰依然如故，再用望远镜看，却只是一座空山而已。也许那是仙人的住宅，因为偶尔不注意被人望见了，于是移居别处了吗？

【评点】 看起来，这件事情确实奇怪。可是经不起推敲。从这一面看到山峰刀劈一般陡峭，另一面就一定没有上去的路吗？在一个陌生的地域里，看起来的"树林山峰依然如故"，真的还是同一座山林吗？偶尔看到的，是不是类似海市蜃楼的景象？所有的疑点都落不到实处。因此，纪昀在文末下的结论，就缺乏根据。而许许多多的古代神仙故事，就是基于这样的认知。

传走样的故事

  青县王恩溥(pǔ)，先祖母张太夫人乳母孙也。一日，自兴济夜归，月明如昼，见大树下数人聚饮，杯盘狼藉。一少年邀之入座，一老翁嗔(chēn)语少年曰："素不相识，勿恶作剧。"又正色谓恩溥曰："君宜速去，我辈非人，恐小儿等于君不利。"恩溥大怖，狼狈奔走，得至家，殆无气以动。后于亲串家作吊，突见是翁，惊仆欲绝，惟连呼："鬼！鬼！"老翁笑掖之起，曰："仆耽曲蘖(niè)，日恒不足¹。前值月夜，荷邻里相邀，酒已无多。遇君适至，恐增一客则不满枯肠，故诡语遣君。君乃竟以为真邪！"宾客满堂，莫不绝倒。中一客目击此事，恒向人说之。偶夜过废祠，见数人轰饮，亦邀入座。觉酒味有异，心方疑讶，乃为群鬼挤入深淖，化磷火荧荧散。东方渐白，有耕者救之，乃出。缘此胆破，反疑恩溥所见为真鬼。后途遇此翁，竟不敢接谈。此表兄张自修所说。戴君恩诏则曰："实有此事，而所传殊倒置。乃此客先遇鬼，而恩溥闻之。偶夜过某村，值一多年未晤之友，邀之共饮。疑其已死，绝裾奔逃。后相晤于姻家，大遭诟谇(suì)也²。"二说未审孰是。然由张所说，知不可偶经一事，遂谓事事皆然，致失于误信；由戴所说，知亦不可偶经一事，遂谓事事皆然，反败于多疑也。

【注释】　1. 曲蘖:酒的代称。本意指酒母。　2. 诟谇:辱骂。谇,斥责。诘问。

【译文】　青县的王恩溥,是我祖母张太夫人奶妈的孙子。一天夜里,他从兴济回来,天色已晚。正好月光明亮,照得像白昼一般,看见一棵大树下,几个人正围坐在一起喝酒,桌上杯盘碗筷乱七八糟。一个年轻人起身邀请他入座,一个老翁责怪年轻人说:"从来都不认识,不要捉弄客人。"又严肃地对王恩溥说:"您还不快走,我们都不是人,时间长了,恐怕这帮小年轻对您不利。"王恩溥吓坏了,狼狈不堪,转身逃走,跑到家时,已经上气不接下气,几乎动弹不得了。后来,王恩溥到一个亲戚家吊唁,突然见到了那个曾经在树下饮酒的老翁,他吓倒在地,差点昏过去,只是连连喊叫:"鬼!鬼!"老者笑着把他扶起来,说:"老朽平日贪杯,天天喝不够。那天恰逢月明之夜,受到邻居邀请,当时酒已经不多了,正好您来了,我怕再增加一个人无法尽兴,所以编了个瞎话把您支走,您竟然信以为真了呀!"在场的宾客都笑倒了。其中有一个客人亲眼看见当时的场景,常常跟人们说起。一天夜里,这个客人偶然路过一座废弃的祠堂,见几个人闹哄哄地饮酒取乐,也有人邀他入席。他觉得酒味不对,心里正惊疑不定,却被群鬼挤进了深坑,群鬼已化作荧荧磷火散去了。直到天亮,他才被下地干活的人从泥坑里救了出来。从此他吓破了胆,反而怀疑王恩溥见到的是真鬼。后来他再遇见那个老翁,竟不敢交谈。这件事,是表兄张自修对我说的。

　　戴恩诏则说:"确有其事,只不过事情的前后顺序完全被弄颠倒了,应该是那个客人先遇到了鬼,王恩溥后来听说了这件事。此后不久,王恩溥夜间路过某村,偶然遇到一个多年没见的老朋友,这个朋友邀请他一道饮酒。他曾经听说此人已经去世,就扯断衣襟逃走了。后来,王恩溥在亲戚家又遇到这个人,被痛骂了一顿。"这两种说法,不知哪一种对。如果按照张自修所说的,人们不应该偶尔经历了一件事,就认为事事都是如此,以致因为误信而造成过失;从戴恩诏的说法,可知人们不应该偶尔经历了一件事,就认为事事都是如此,反而因为多疑而造成过失。

232　　　　　　　　　　　　　　　　　　　　　　　　　　阅微草堂笔记

【评点】　月夜赶路，偶遇聚饮，传出了不同版本的故事。由于讹传，竟成公案。可见，"耳听"有时真的是"虚"。由两个不同版本的故事引申出的道理，倒是很有智慧。

刘家孝子

又闻洼东有刘某者，母爱其幼弟，刘爱弟更甚于母。弟婴痼疾，母忧之，废寝食[1]。刘经营疗治，至鬻其子供医药。尝语妻曰："弟不救，则母可虑，毋宁我死耳。"妻感之，鬻及衵衣，无怨言[2]。弟病笃，刘夫妇昼夜泣守。有丐者夜栖土神祠，闻鬼语曰："刘某夫妇轮守其弟，神光照烁，猝不能入，有违冥限，奈何？"土神曰："兵家声东而击西，汝知之乎？"次日，其母灶下卒中恶。夫妇奔视，母苏而弟已绝矣。盖鬼以计取之也。后夫妇并年八十余乃卒。奴子刘琪之女，嫁于洼东，言闻诸故老曰："刘自奉母以外，诸事蠢蠢如一牛。有告以某忤其母者，刘掉头曰：'世宁有是人？人宁有是事？汝毋造言。'其痴多类此，传以为笑。"不知乃天性纯挚，直以尽孝为自然，故有是疑耳。元人《王彦章墓》诗曰："谁意人间有冯道？"即此意矣。

【注释】　1. 痼疾：指经久难治愈的病。　2. 衵：贴身的内衣。

【译文】　我又听说洼东有个姓刘的人，母亲疼爱小弟弟，刘某疼爱弟弟又胜过母亲。弟弟得了重病拖了很长时间，母亲为弟弟担忧，吃不下睡不好。刘某为弟弟张罗治病，甚至卖了自己的孩子用来请医买药。他曾对妻子说："如果弟弟救不活了，母亲也就令人担忧了，不如我替弟弟去死了。"妻子听了，十分感动，连贴身的衣服都卖了，她也没有怨言。弟弟病危，刘某夫妇昼夜哭着守在床边。有个要饭的夜间住在土地庙里，听见鬼在说话："刘某夫妇轮流守着他弟弟，他们头上有神光照射，我们一时不能靠前，眼看就要误了日期，怎么办呢？"土地神说："兵家所谓的声东而击西，你们明白吗？"第二天，母亲在灶间突然晕倒，刘某夫妇急忙跑过去看。母亲苏醒时弟弟咽了气。大概是鬼施计取命啊。后来，刘某夫妇都活了八十多岁才死去。奴仆刘琪的女儿，嫁到了洼东，说她听当地的老人说："刘某除了侍奉母亲之外，做什么事都笨得像头牛。有人告诉他某某忤逆不孝顺母亲，他马上掉过头去不想听，还说：'世上怎么会有这种人？人间怎么会有这种事？你不要造谣。'他的痴呆之举，大致如此，被人传为笑柄。"人们不知道，这是因为他生来就是这样淳朴执着，一向以为尽孝是本分、是必须这样的，所以他才会问出那样的问话。元代人曾经作《王彦章墓》一诗，诗中写道："谁意人间有冯道？"说的就是这个意思啊。

【评点】　对于刘某这样天性淳朴、为父母长辈一意行孝的人，纪昀从来都不会吝惜称赞的笔墨，而且总是为这样的人设置美好的结局。这种行孝，重视的是自然亲情，比政治教化更有说服意义。

卷一七

姑妄听之三

不圆滑的老儒生

香祉又言：有老儒授徒野寺。寺外多荒冢，暮夜或见鬼形，或闻鬼语。老儒有胆，殊不怖。其僮仆习惯，亦不怖也。一夕，隔墙语曰："邻君已久，知先生不讶。尝闻吟咏，案上当有温庭筠诗，乞录其《达摩支曲》一首焚之。"又小语曰："末句'邺城风雨连天草'，祈写'连'为'粘'，则感极矣。顷争此一字。与人赌小酒食也。"老儒适有温集，遂举投墙外。约一食顷，忽木叶乱飞，旋飙怒卷，泥沙洒窗户如急雨。老儒笑且叱曰："尔辈勿劣相。我筹之已熟：两相角赌，必有一负，负者必怨，事理之常。然因改字以招怨，则吾词曲；因其本书以招怨，则吾词直。听尔辈狡狯(kuài)，吾不愧也。"语讫而风止。褚鹤汀曰："究是读书鬼，故虽负气求胜，而能为理屈。然老儒不出此集，不更两全乎？"王谷原曰："君论，世法也。老儒解世法，不老儒矣。"

【译文】　田香祉又说：有个老儒在郊外的野庙里教学生。庙外面有许多荒坟，黄昏夜晚，有时看到鬼影，有时听见鬼说话。老儒有胆量，一点不害怕。他的僮仆习惯了，也不怕。一天晚上，有个鬼隔着墙对老儒说："咱们做邻居已经很久了，我知道您不因为我们大惊小怪。曾经听见您吟咏诗句，书桌上应该有温庭筠的诗。想求您抄录那首《达摩支曲》烧掉。"接着，鬼又小声说："末句的'邺城风雨连天草'，请您把'连'写作'粘'，我就更感激不尽。刚才，为了这个字争论，打赌输赢酒菜。"老儒案头正放着一本《温庭筠诗集》，就随手把它扔出了墙外。约莫过了一顿饭光景，外面忽然狂风怒吼，树叶乱飞，泥土沙石像急雨一般洒到窗户上。老儒笑着叱责道:"你们不要这个样子。我谋划得很周到:双方打赌,必定有一个输的,输的一方肯定不高兴,这是常理。然而,如果我把诗中的字改了招来怨恨,我理亏;如果我用原文,即便受人抱怨,我也理直气壮。任凭你怎样狡诈,我都问心无愧。"老儒的话音刚落,风立即停了。褚鹤汀说:"到底是读书鬼,所以尽管他们为一个字赌气求胜,仍然能服从正理。然而,如果老儒不把那本诗集扔出墙外,不是更两全其美了吗?"王谷原说:"您说的是世故的方法。老儒如果懂这些,就不是个老儒生了。"

【评点】 这则笔记从一个侧面暴露了文人相争的习气。无论是因为一个字而生怨怒的书生鬼,还是那个认真的老儒生,都迂腐而单纯,与世俗的圆滑有一段距离。

得道全靠自己拼

梁豁堂言:有粤东大商,喜学仙,招纳方士数十人,转相神圣,皆曰冲举可坐致。所费不资,然亦时时有小验,故信之益笃。一日,有道士来访,虽敝衣破笠,而神意落落,如独鹤孤松。与之言,微妙玄远,多出意表。试其法,则驱役鬼神,呼召风雨,如操券也;松鲈台菌,吴橙闽荔,如取携也;星娥琴竽,玉女歌舞,犹仆隶也。握其符,十洲三岛,可以梦游。出黍颗之丹,点瓦石为黄金,百炼不耗。粤商大骇服。诸方士自顾不及,亦稽首称圣师,皆愿为弟子,求传道。道士曰:"然则择日设坛,当一一授汝。"至期,道士登座,众拜讫。道士问:"尔辈何求?"曰:"求仙。"问:"求仙何以求诸我?"曰:"如是灵异,非真仙而可?"道士轩渠良久，曰："此术也，非道也[1]。夫道者冲漠自然，与元气为一，乌有如是种种哉[2]？盖三教之放失久矣。儒之本旨，明体达用而已。文章记诵，非也；谈天说性，亦非也。佛之本旨，无生无灭而已。布施供养，非也；机锋语录，亦非也。道之本旨，清净冲虚而已。章咒符箓，非也；炉火服饵，亦非也。尔所见种种，是皆章咒符箓事，去炉火服饵，尚隔几尘，况长生乎？然无所征验，遽斥其非，尔必谓誉其所能，而毁其所不能，徒大言耳。今示以种种能为，而告以种种不可为，尔庶几知返乎！儒家释家，情伪日增，门径各别，可勿与辩也。吾疾夫道家之滋伪，故因汝好道，姑一正之。"因指诸方士曰："尔之不食，辟谷丸也[3]。尔之前知，桃偶人也。尔之烧丹，房中药也。尔之点金，缩银法也。尔之入冥，茉莉根也。尔之召仙，摄灵鬼也。尔之返魂，役狐魅也。尔之搬运，五鬼术也[4]。尔之辟兵，铁布衫也[5]。尔之飞跃，鹿卢蹻也[6]。名曰道流，皆妖人耳。不速解散，雷部且至矣。"振衣欲起。众牵衣叩额曰："下士沉迷，已知其罪，幸逢仙驾，是亦前缘，忍不一度脱乎？"道士却坐，顾粤商曰："尔曾闻笙歌锦绣之中，有一人挥手飞升者乎？"顾诸方士曰："尔曾闻炫术鬻财之辈，有一人脱屣羽化者乎[7]？夫修道者须谢绝万缘，坚持一念，使此心寂寂如死，而后可不死；使此气绵绵不停，而后可长停。然亦非枯坐事也。仙有仙骨，亦有仙缘。骨非药物所能换，缘亦非情好所能结。必积功累德，而后列名于仙籍，仙骨以生；仙骨既成，真灵自尔感通，仙缘乃凑。此在尔辈之自度，仙家安有度人法乎？"因索纸大书十六字曰："内绝世缘，外积阴骘(zhì)。无怪无奇，是真秘密。"投笔于案，声如霹雳，已失所在矣。

【注释】 1.轩渠：高兴的样子，笑。 2.冲漠：虚寂恬静。 3.辟谷：道家修炼成仙的一种方法，又称"却谷""断谷""绝谷""休粮""绝粒"等，相传不吃五谷，而是食气，吸收自然能量。 4.五鬼术：方士驱使鬼狐搬取他人财物的法术。民间传说中的五鬼，指的其实是瘟神，又称五瘟，分别为春瘟张元伯、夏瘟刘元达、秋瘟赵公明、冬瘟钟士贵和总管中瘟史文业。 5.铁布衫：全身如钢铁般能抵抗外力的任何攻击，是中国功夫中最有名的护体硬气功。 6.鹿卢蹻：即鹿卢跻，道教所说的登高涉险的用具。 7.脱屣：比喻看得很轻，无所顾恋，犹如脱掉鞋子。羽化：道教称成仙。

【译文】 梁豁堂说：有个广东东部的巨商，喜欢学仙，招来几十个方士，方士们彼此吹捧，都说飞升成仙指日可待。他们花掉钱财无数，但也常常有些小的灵验，于是巨商就更相信他们了。

有一天，有个道士来访。虽然他穿着破衣裳、戴着破斗笠，但是神态洒脱，像是独鹤孤松。和他交谈，觉得他神思妙远，大多出于常人想象之外。请他表演法术，他驱使鬼神、呼风唤雨，都易如反掌；松江的鲈鱼、台州的鲜蘑、吴越的蜜橘、福建的荔枝，他随意就能取来，就像是身边带着的；请织女弹琴吹竽，召玉女唱歌跳舞，就好像指挥他的仆隶。拿着他的符，可以梦游十洲三岛。他拿出米粒大小的一颗丹，点瓦块石头为黄金，而且冶炼一百遍也不会损耗。巨商极为惊讶，大为折服，方士们也自觉不如，都叩头称呼圣师，愿意当他的弟子，请求传道。道士说："那么就选个日子设坛，一一传授给你们。"

到了这一天，道士登坛坐下，方士们一一拜过。道士问："你们都有什么要求？"大家说："想成仙。"道士问："想成仙怎么来求我？"大家说："您这么灵异，不是真仙还会是什么？"道士笑了好久，道："这是法术，而不是道。所谓道，融合于大自然中，和元气成为一体，哪里有这样种种法术呢？说起来，儒、道、佛三教已经放任好久了。儒的本旨是明事理而通达有用，不是记诵文章，也不是谈天说物性；佛的本旨是无生无灭，不是布施供养，也不是散布神机微妙的箴言；道的本旨是清静无为，不是念咒用符，也不是炼丹服药。你们所见到的种种，都是念咒用符之类，离炼丹服药还隔着几层，何况长生不老呢？但是如果我没有什么法术，却贬斥法术，你们肯定会认为我襃奖我所能的，而诋毁我所不能的，只不过说些大话吓人。今天我显示出种种所能，同时告诉你们这种种法术不能去学，或许你们能够迷途知返。儒、佛两家，特别虚伪的东西越来越多。由于门派不同，不必与他们辩论。我痛恨道家的虚伪也在滋生，所以借你们好道，且正视听。"于是道士指着方士们说："你不吃饭，是因为吃了辟谷丸；你事先知道有没有鬼，靠的是桃木偶人；你烧的丹，不过是春药；你的所谓点金法，不过是去除杂质的缩银法；你的所谓能进入地府，靠的是茉莉根；你的所谓能召仙，不过是摄灵魂；你的所谓能返魂，不过是役使狐魅；你的所谓搬运术，不过用的是五鬼术；你的所谓刀枪不入，靠的是铁布衫功；你的所谓飞跃，不过是学了鹿卢蹻的功夫。你们自称道士，实际上都是妖人，不赶紧解散，雷神就要来惩罚你们了。"道士掸掸衣服要起来。

方士们拉着他的衣服叩头道："我们沉迷其中，已经知道我们的罪过了。幸好遇上了仙人，这也是前缘，您能忍心不超度我们吗？"道士离开座位，回头看着巨商说："你听说过生活在富贵乡中的人，有谁挥挥手就成仙升天了？"道士又对方士们说："你们听说过靠着卖弄方术赚钱的人，有谁脱离尘世而登仙了？修道的人必须谢绝所有尘缘，长久不断秉持一种意念，使自己的心沉寂得如同死去一样，这样之后就可以不死了。使这种气息绵延不停，然后才能青春永驻。但这也不是枯坐就能成事。仙人要有仙骨，也要有仙缘。仙骨并不是吃点药就能换来的，仙缘也不是你们跟我感情好就能结成。必须积累功德，然后才能列名于仙籍之中。这样就能生出仙骨。仙骨既然长成，真灵便从此感通，于是仙缘也就形成了。这一切全要靠你们自己去度脱，仙家哪有什么度脱人的法术？"道士要来纸笔写了十六个大字道："内绝世缘，外积阴骘。无怪无奇，是真秘密。"写完把笔扔到桌上，发出像霹雳一样的响声。众人再看时，道士已经不见了。

【评点】 仙道与方术，在很多人眼里是一回事。这则笔记里的这个道士，先表演各种方术，然后又揭开了这些方术蒙骗人的老底。他把能否成仙的根本，归结到道德修养，归结到能否一意坚持。这种说法，在当时来看，简直是石破天惊之语。

以德报怨

表伯王洪生家，有狐居仓中，不甚为祟，然小儿女或近仓游戏，辄被瓦击。一日，厨下得一小狐，众欲捶杀以泄愤。洪生曰："是挑衅也。人与妖斗，宁有胜乎？"乃引至榻上，哺以果饵，亲送至仓外。自是儿女辈往来其地，不复击矣。此不战而屈人也。

【译文】 我的表伯王洪生家，有狐狸住在仓房里，不怎么作怪，但是小孩子如果靠近仓房去玩，就会被飞来的瓦片击中。一天，家里人在厨房抓到一只小狐狸，大家都想用木棒把它打死，发泄愤恨。王洪生说："这么做是挑起事端引来麻烦。人与妖怪斗，哪有斗赢的呢？"于是他把小狐狸拉到床上，用果子点心喂它，然后亲自送到仓房旁。从此以后，小孩们经过那个地方，再也没有瓦片飞来了。这是不通过战斗而使它屈服了。

【评点】 明明是人类占了理，明明是狐狸精不讲道理在先，当报复的机会就在眼前时，一次以德报怨的善意举动，就改变了生存环境，这个王洪生称得上是有大智慧。

溺爱就是虐杀

益都有书生，才气飘发，颇为隽上。一日，晚凉散步，与村女目成。密遣仆妇通词，约某夕虚掩后门待。生潜踪匿影，方暗中扪壁窃行，突火光一掣，朗若月明，见一厉鬼当户立。狼狈奔回，几失魂魄。次日至塾，塾师忽端坐大言曰："吾辛苦积得小阴骘，当有一孙登第。何逾墙钻穴，自败成功？幸我变形阻之，未至削籍，然亦殿两举矣[1]。尔受人修脯，教人子弟，何无约束至此耶？"自批其颊十余，昏然仆地。方灌治间，宅内仆妇亦自批其颊曰："尔我家三世奴，岂朝秦暮楚者耶？幼主妄行当劝戒，不从则当告主人。乃献媚希赏，几误其终身，岂非负心耶？后再不悛，且褫尔魄！"语讫，亦昏仆。并久之，乃苏。门人李南涧曾亲见之。盖祖父之积累如是其难，子孙其败坏如是其易也。祖父之于子孙如是，其死尚不忘也，人可不深长思乎！然南涧言，此生终身不第，顑颔以终[2]。殆流荡不返，其祖亦无如何欤？抑或附形于塾师，附形于仆妇，而不附形于其孙，亦不附形于其子，犹有溺爱者存，故终不知惩欤？

【注释】　1. 殿两举：科举考试中，因文理纰缪或犯规、舞弊等，罚停考若干科，称"殿举"。　2. 顑颔：因饥饿而面黄肌瘦的样子。

【译文】　益都有个书生,才华横溢,俊秀超群。一天晚上,他乘凉散步,与本村一个女子眉目传情。书生暗地里派仆人的老婆传话,约女子某夜虚掩后门等他。书生躲躲藏藏,正在暗地里摸着墙悄悄赶去赴约,忽然,一道火光闪过,亮得像明月。只见一个厉鬼当门而立。书生狼狈地逃回了家,差点儿吓掉了魂。第二天早上,他去私塾上课,塾师忽然正襟危坐大声道:"我辛辛苦苦积了点儿阴德,该有个孙子科考成功。为什么跳墙钻洞,自己糟蹋自己?幸亏我变成厉鬼拦住了,免除他被削籍的处分,不过,有两次考试他还是要落榜的。你收人的学费,教人家子弟,为什么这样放任学生?"塾师自己抽了十几个耳光,昏迷倒地。大家正忙着灌药救治,家里那个传话的仆人老婆也自己抽着嘴巴说:"你们祖孙三代给我家当奴仆,怎么能为了点蝇头小利反复无常?小主人胡作非为应该劝诫,他不听,可以报告主人。为了图几个赏钱就献媚取宠,险些误了他的终身,这不是忘恩负义吗?以后若不悔改,我就要了你的命!"说完仆人老婆也昏倒在地。过了很长时间,他们才苏醒过来。我的门生李南涧曾经亲眼见到此事。

看来祖宗积德是如此之难,子孙将它败坏却相当容易。祖父对于孙子就是这样,死了还尚且不忘,人们能不深思吗?然而,李南涧说,那个书生后来终生不第,最后贫困而死。大概是因为他放任自己不思悔改,他的祖父也无可奈何了吧?这位祖父要么附在塾师身上,要么附在仆人老婆身上,却不附在他孙子身上,也不附在儿子身上,说明他还有溺爱之心,所以,他始终不明白孙子受惩罚的根本原因还在他自己身上。

【评点】　纪昀是借鬼说事。这则笔记里描述的现象,其实在现实生活中是一种常态。孩子学习不用功,学习成绩不好,有人要么责怪老师教得不好,管得不严,要么认为学习环境不好,殊不知,根本原因在于学生自己。自己不想学,就是把老师和周围的人都责罚遍了,也是无济于事的。这则笔记里的祖父,望孙成才心切,溺爱之情却甚浓;也正是溺爱,把孙子往堕落的深渊又推了一把。

有压迫就有反抗

周景垣前辈言：有巨室眷属，连舻之任，晚泊大江中。俄一大舰来同泊，门灯樯帜，亦官舫也。日欲没时，舱中二十余人露刃跃过，尽驱妇女出舱外。有靓妆女子隔窗指一少妇曰："此即是矣。"群盗应声曳之去。一盗大呼曰："我即尔家某婢父。尔女酷虐我女，鞭箠炮烙无人理[1]。幸逃出遇我，尔追捕未获。衔冤次骨，今来复仇也。"言讫，竟扬帆顺流去，斯须灭影。缉寻无迹，女竟不知其所终，然情状可想矣。夫贫至鬻女，岂复有所能为？则不虑其能为盗也。婢受惨毒，岂复能报？而不虑其父能为盗也。此所谓蜂虿有毒欤！又李受公言：有御婢残忍者，偶以小过闭空房，冻饿死。然无伤痕，其父讼不得直，反受笞。冤愤莫释，夜逾垣入，并其母女手刃之。缉捕多年，竟终漏网。是不为盗亦能报矣。又言京师某家火，夫妇子女并焚，亦群婢怨毒之所为，事无显证，遂无可追求。是不必有父，亦自能报矣。余有亲串，鞭笞婢妾，嬉笑如儿戏，间有死者。一夕，有黑气如车轮，自檐堕下，旋转如风，啾啾然有声，直入内室而隐。次日，疽发于项如粟颗，渐以四溃，首断如斩。是人所不能报，鬼亦报之矣。人之爱子，谁不如我？其强者衔冤茹痛，郁结莫申，一决横流，势所必至；其弱者横遭荼毒，赍恨黄泉，哀感三灵，岂无神理？不有人祸，必有天刑，固亦理之自然耳。

【注释】　1.箠：即"棰"，鞭打。

【译文】　周景垣前辈说：有个大官带着家属，乘船赴任，他的船队是连在一起的几只船，傍晚停泊在大江里。不久又有一艘大船来停泊在一起，船舱门口挂着灯笼，桅杆上飘着旗帜，也像是一艘官员乘坐的船。太阳快要落山时，那艘船舱里二十几个人，举着刀跳上大官家的船，把所有妇女都赶到舱外。那艘船上有个浓妆艳抹的女子隔着窗户指着一个少妇说："这个就是。"那些盗贼应声一拥而上把这个少妇拖了过去。一个强盗大声说："我就是你们家某婢女的父亲。你女儿残酷地虐待我的女儿，用鞭子抽、烙铁烫，简直没有人性。幸亏她逃出来遇到我，你们没有追捕到。我恨你入骨，今天是来报仇的。"说完，他们扯起帆顺水驶去，转眼间就不见了踪影。官府没有线索追捕，大官的女儿不知后来怎样，但情状是可以想象得到的。贫穷到卖女儿的人，还能有什么作为？没想到他可以做强盗。婢女受到残酷毒打，她还能怎么样？没想到她的父亲可以做了强盗来报仇。这就是人们常说的蜜蜂蝎子虽小，也有毒刺螫人！

又李受公说：有个人对婢女十分残忍，偶尔因为一点小的过失，就把婢女锁在空房子里，结果婢女冻饿而死。但是因为身上没有伤痕，她的父亲告状不赢，反而被打了一顿。他的冤屈愤恨无以排解，晚上跳过墙进到主人家，将主人母女俩都杀了。官府通缉多年，也没有抓住。这又是不做强盗也能报仇了。又说京城某户人家失火，主人夫妇子女全部被烧死，也是他家婢女怨恨主人故意放的火。因为没有明显证据，也无法追究。这又是不必有父亲，自己也能报仇了。

我有一个亲戚，鞭打婢女小妾，嘻嘻哈哈像是儿戏，有时甚至活活打死。一天晚上，有一股黑气像车轮一样，从屋檐上落下，像风一样地旋转，啾啾有声，进到卧室不见了。第二天，亲戚脖子上的痈疽发了出来，开始只有粟米粒那么大，渐渐向四周溃烂，最后齐脖子烂断，像是用刀斩了头一样。这又是即使人不能报仇，鬼也能报仇了。

人都爱自己的儿女，谁不跟自己一样？那些刚强的，衔冤忍痛，积压在心底，无处申述，于是铤而走险报仇，这是很自然的事情。那些弱小的横遭毒害，怀恨而死，他们的悲哀必然感动神灵，怎么会没有神灵来处理？人不报仇，上天也会惩处，这本来也是很自然的道理。

【评点】　残暴无人性的主人，欺凌摧残女仆以至于残害性命，他们都遭到了报复，有几种情况：有的被落草为寇的父亲掳走；有的被逼到绝路的父亲杀死；有的被女仆们群起而烧死；有的没有家人和伙伴帮助，亡灵亲自前来索命。纪昀写下这些，并不是想要宣传鬼怪的神力，而是表达了对恶主人的愤恨，表达了对挣扎在死亡线上的弱女子深切的同情。

为情诈死

闽人有女未嫁卒，已葬矣。阅岁余，有亲串见之别县。初疑貌相似，然声音体态，无相似至此者。出其不意，从后试呼其小名。女忽回顾。知不谬，又疑为鬼。归告其父母，开冢验视，果空棺。共往踪迹。初阳不相识。父母举其胸胁瘢（bān）痣，呼邻妇密视，乃俱伏。觅其夫，则已遁矣。盖闽中茉莉花根，以酒磨汁饮之，一寸可尸蹷一日，服至六寸尚可苏，至七寸乃真死。女已有婿，而私与邻子狎，故磨此根使诈死，待其葬而发墓共逃也。婿家鸣官，捕得邻子，供词与女同。时吴林塘官闽县，亲鞫是狱。欲引开棺见尸律，则人实未死，事异图财；欲引药迷子女例，则女本同谋，情殊掠卖。无正条可以拟罪，乃仍以奸拐本律断。人情变幻，亦何所不有乎？

【译文】 有个福建女子，还没出嫁就死了，已经安葬了。过了一年多，有个亲戚在外县又见到了她。开始以为是相貌相似，然而女子的声音体态，不可能相像到这种地步。亲戚出其不意，从身后试探着叫她的小名，她忽然转过身来。这个亲戚知道没有错，却又疑心遇上了鬼。他回来告诉了她的父母，开棺验看，果然只剩了一口空棺。父母跟随这个亲戚去寻找，女子开始时装作不认识，父母指出她胸前腋下长有瘢痣，请邻家妇人贴身查看，她这才低头承认。找她的丈夫，却已经逃走了。原来福建有一种茉莉花根，用酒泡着磨成汁，喝下去的话，一寸长的茉莉花根酒汁，可以使人假死一天。六寸长的茉莉花根的酒汁喝下去，假死之后还能苏醒，七寸长茉莉花根的酒汁就让人真的死了。这个女子早就有了未婚夫，却又与邻居的儿子暗中相好，于是她服用茉莉花根酒汁装死，等下葬后，邻居的儿子扒开坟墓，两人一同逃走了。女子的未婚夫家鸣鼓告官，抓住了那个年轻人，那人的供词与女子一样。当时，吴林塘在闽县做县令，他亲自审理了本案。他想引用朝廷"开棺见尸"的律条处理，但是实际上人没死，案情与图财掘墓不同；他又想引用"以药迷人子女"的有关规定来结案，但案中的女子本来就是同谋，所以案情又不同于拐卖人口。没有明确的法律条文可以定罪，最后还是以"通奸拐诱"的罪名论处了。人世间的各种变化，也是无所不有啊！

【评点】 关于婚姻，纪昀显然是高度认同"父母之命、媒妁之言"的规则，但本文他强调的不是这个。他叙述这个离奇的故事，重点在于强调，世间的事情，凡是涉及人的，处理起来没有标准答案，情况都很复杂，不能刻板照搬律条。

到底为何打官司

天下有极细之事，而皋陶亦不能断者。门人折生遇兰，健令也。官安定日，有两家争一坟山，讼四五十年，阅两世矣。其地广阔不盈亩，中有二冢，两家各以为祖茔[1]。问邻证，则万山之中，裹粮挈水乃能至，四无居人。问契券，则皆称前明兵燹已不存[2]。问地粮串票，则两造具在[3]。其词皆曰："此地万不足耕，无锱铢之利，而有地丁之额。所以百控不已者，徒以祖宗丘陇，不欲为他人占耳。"又皆曰："苟非先人之体魄，谁肯涉讼数十年，认他人为祖宗者。"或疑为谋占吉地，则又皆曰："秦陇素不讲此事，实无此心，亦彼此不疑有此心。且四围皆石，不能再容一棺，如得地之后，掘而别葬，是反授不得者以间，谁敢为之？"竟无以折服，又无均分理，无入官理，亦莫能判定。大抵每祭必斗，每斗必讼。官惟就斗论斗，更不问其所因矣。后蔡西斋为甘肃藩司，闻之曰："此争祭，非争产也，盍以理喻之？"曰："尔既自以为祖墓，应听尔祭。其来争祭者既愿以尔祖为祖，于尔祖无损，于尔亦无损也，听其享荐亦大佳，何必拒乎？"亦不得已之权词，然迄不知其遵否也。

【注释】 1.茔：坟地，墓地。 2.兵燹：因战乱而遭致的焚烧破坏。 3.串票：旧时缴纳钱粮的收据。两造：指诉讼的双方，原告和被告。

【译文】 世上有些极小的事情，但是即使舜时最善于断案的皋陶也裁决不了。我有个学生叫折遇兰，是个很能干的县令。他在安定县任职时，有两家争一块坟地，已经打了四五十年官司，经历了两代人。那块坟地长宽不足一亩，中间有两座坟丘，两家都认为是自己的祖坟。要邻居做证吧，可是那块地在丛山之中，要带足干粮饮水才能到，四周也没有人家。问他们有没有地契，却又都说在明代兵乱中丢失了。问他们官府收缴钱粮的串票，则两家都有。两家人都说："这种地实在种不得，种了没有什么收成，官府却照纳地丁税。之所以没完没了打官司，是因为地里有祖宗的坟墓，不想被别人占了。"两家又都说："要不是前辈的尸骨葬在这里，谁肯打几十年的官司，认别人为祖宗呢？"有人怀疑这两家都是想占有这块风水宝地，而两家却都说："陕西、甘肃一带的人历来不讲究风水，自己实在没有这种念头，彼此也不猜疑对方有这种念头。况且四周都是石头，连再安一口棺木的地方都找不到。如果得到这块地把祖坟迁葬到别处，就会给另一家落下话柄，谁敢这样做呢？"县令没法说服他们，又不可能平分，也不可能没收入官，因而一直没法裁决。大概每到祭祀时就会发生殴斗，殴斗后就会到官府打官司，官府也只得就事论事，而不管它的起因了。

　　后来蔡西斋任甘肃布政使，听说这件事后道："这是争祭祀，不是争田产，何不晓之以理？"对他们说："你们既然自认为这是你家祖坟，尽管去祭祀好了。争着来祭祀的人既然认你的祖先为祖先，对你的祖先没有什么害处，对你也没有什么危害，你让他去祭祀不也很好吗？何必阻拦他呢？"这也是不得已而为之。只是至今也不知那两家按他的话去做了没有。

【评点】　尽管争地的两家说法完全一样，但是争地的根本原因肯定没有说出来；这桩诉讼之所以没有厘清，关键是官府没有弄清楚争地的这两家真正的动机。一天没有找到诉讼殴斗的真正原因，这两家的争斗就一天不能停息。

两心相契

刘约斋舍人言：刘生名寅（此在刘景南家酒间话及。南北乡音各异，不知是此寅字否也），家酷贫。其父早年与一友订婚姻，一诺为定，无媒妁，无婚书庚帖，亦无聘币，然子女则并知之也。刘生父卒，友亦卒。刘生少不更事，窭益甚，至寄食僧寮[1]。友妻谋悔婚，刘生无如之何。女竟郁郁死。刘生知之，痛悼而已。是夕，灯下独坐，悒悒不宁。忽闻窗外啜泣声，问之不应，而泣不已。固问之，仿佛似答一我字。刘生顿悟，曰："是子也耶？吾知之矣。事已至此，来生相聚可也。"语讫，遂寂。后刘生亦夭死，惜无人好事，竟不能合葬华山。《长恨歌》曰："天长地久有时尽，此恨绵绵无了期[2]。"此之谓乎！虽悔婚无迹，不能名以贞；又以病终，不能名以烈，然其志则贞烈兼矣。说是事时，满座太息，而忘问刘生里贯。约斋家在苏州，意其乡里欤？

【注释】　1. 僧寮：僧舍。　2. 此恨绵绵无了期：应为"此恨绵绵无绝期"。

【译文】　刘约斋舍人说：有个人叫刘寅（这件事是在刘景南家饮酒时说起的。南北口音有区别，不知是这个"寅"字否），家里极其贫穷。他父亲早年与一个朋友约定做儿女亲家，只是口头答应，没有媒人，没有交换婚书和双方的生辰八字，也没有送聘礼，不过双方的儿女都知道这件事。后来刘寅的父亲死了，父亲的朋友也死了，刘寅年纪小不懂如何料理家事，家境更加贫穷，甚至只能在寺庙里讨饭吃。女子的母亲谋划着想悔弃婚约，刘生也无可奈何。结果女子竟然郁郁而死。刘寅知道了，也只能痛心悼念而已。这天晚上，他独自坐在灯下，伤感抑郁心潮难平，忽然听到窗户外面有抽泣声，问是谁，没有回答，但抽泣声不断。刘寅反复地问，仿佛听到似乎回答了一个"我"字。刘寅突然明白了，他说："是你吗？你的心意我知道了，但是事情已经到了这一步，让我们下辈子相聚吧。"说完，窗外安静了。后来刘寅也未能成年就死了，可惜没有热心的人出来主事，未能让他们合葬。白居易的《长恨歌》里说"天长地久有时尽，此恨绵绵无绝期"，就是说的这类情况吧！虽然女子是母亲悔婚，但没有留下记录，不能称她为"贞"；她又是因病而死，也不能称之为"烈"。但她的心愿志向，却兼有"贞""烈"的品格。说这件事时，在场的人无不叹息，却忘记问刘寅的籍贯了。刘约斋的家在苏州，或许刘寅也是苏州人吧？

【评点】　纪昀的女子贞节观，一向受到批评。不过，这一则笔记里，纪昀并未强调他的贞节观。女子所表现出来的，似乎是一种契约精神，重然诺，不愿意因为家境贫穷而悔婚；刘寅在女子死后的痛悼、抑郁乃至早逝，似乎可以归结为一个"情"字，也与贞节无关。纪昀对于这一对少男少女，寄予了深深的同情。

不合群的鬼

杨槐亭前辈有族叔，夏日读书山寺中。至夜半，弟子皆睡，独秉烛咿唔^{yī wú}¹。倦极假寐，闻叩窗语曰："敢敬问先生，此往某村当从何路？"怪问为谁？曰："吾鬼也。溪谷重复，独行失路。空山中鬼本稀疏，偶一二无赖贱鬼，不欲与言；即问之，亦未必肯相告。与君幽明虽隔，气类原同，故闻书声而至也。"具以告之，谢而去。后以语槐亭，槐亭怃然曰："吾乃知孤介寡合，即作鬼亦难。"

【注释】　1.咿唔：象声词。多用以形容吟诵声。

【译文】　杨槐亭前辈有一个堂叔，夏天在山中一座寺庙里读书。到了半夜，弟子们都睡了，他独自在烛光下诵读。困极了闭目养神，听见敲窗说话的声音："斗胆敬问先生，从这儿往某村去，该走哪条路？"堂叔惊讶地问："你是谁？"窗外回答："我是鬼。这里溪流峡谷纵横交错，我独自走迷了路。空山之中鬼本来就少，偶尔遇见一两个无赖贱鬼，我也不愿和他们说话，问了也未必肯告诉我。我与先生虽然是两个世界的人，但气类相同，所以听到读书声就来了。"堂叔把路径仔细告诉了鬼，鬼道谢而去。后来他把这事讲给杨槐亭听，杨槐亭怅惘地说："我这才知道性格孤傲耿介不合群，就是做鬼也是很艰难的。"

【评点】　性格孤傲，总是高耸突兀，总是绷得太紧，总是不愿意有所通融，结果处处碰壁，永远孤独。如果说孤独到连解决生活细节问题都有困难，也许真该反省一下自己的行为了。

临危不乱奇女子

　　仁我又言：有盗劫一富室，攻楼门垂破。其党手炬露刃，迫胁家众曰："敢号呼者死！且大风，号呼亦不闻，死何益？"皆噤不出声。一灶婢年十五六，睡厨下，乃密持火种，黑暗中伏地蛇行，潜至后院，乘风纵火，焚其积柴。烟焰烛天，阖村惊起，数里内邻村亦救视。大众既集，火光下明如白昼，群盗格斗不能脱，竟骈首就擒¹。主人深感此婢，欲留为子妇，其子亦首肯，曰："具此智略，必能作家，虽灶婢何害？"主人大喜，趣取衣饰，即是夜成礼，曰："迟则讲尊卑，论良贱，是非不一，恐有变局矣。"亦奇女子哉！

【注释】　1. 骈首：头靠着头，并排。

【译文】　邵仁我又说：有伙强盗抢劫一户富裕人家，攻打楼门，眼看就要打破了。强盗们举着火把抢着刀，威胁看守门户的家丁说："敢叫喊的一律杀死！而且现在正刮着大风，喊叫也没人听见，白白送死有什么好处？"全家人都吓得不敢出声。有个烧火丫头，年纪十五六岁，本来睡在厨房里，偷偷带着火种，在黑暗中伏在地上爬行，悄悄进入后院，乘风放火，烧着了堆在那里的干柴。火光冲到半天空，全村的人都被惊起，几里地以内邻村的人也来救火。众人聚集后，火光之下像白天一样明亮，强盗们与众人格斗，无法逃脱，竟然全部被抓住了。主人非常感谢这个婢女，要留她做儿媳妇，他儿子也同意，说："有这样的智慧胆识，一定会持家，虽然是烧火丫头，又有什么关系？"主人大喜，催促马上取来衣服首饰，就在当夜举行婚礼，说："推迟一下就会讲究什么尊卑，考虑什么良贱，赞成反对的意见不一致，事情可能就会发生变化。"这个婢女也真是一位奇女子！

【评点】　这个烧火丫头有胆量、有谋略，令人敬佩。但是，主人家感谢的方式是立即收她作为儿媳妇，并且当夜成亲，这分明是一种占有，却被当成了一种恩赐。

千奇百怪的骗局

人情狙(jū)诈，无过于京师¹。余尝买罗小华墨十六铤，漆匣黶敝，真旧物也²。试之，乃抟(tuán)泥而染以黑色，其上白霜，亦盦(ān)于湿地所生³。又丁卯乡试，在小寓买烛，爇之不燃。乃泥质而幂以羊脂。又灯下有唱卖炉鸭者，从兄万周买之。乃尽食其肉，而完其全骨，内傅以泥，外糊以纸，染为炙煿(bó)之色，涂以油，惟两掌头颈为真⁴。又奴子赵平以二千钱买得皮靴，甚自喜。一日骤雨，著以出，徒跣(xiǎn)而归⁵。盖勒则乌油高丽纸揉作绉(yào)纹，底则糊粘败絮，缘之以布⁶。其他作伪多类此，然犹小物也。有选人见对门少妇甚端丽，问之，乃其夫游幕，寄家于京师，与母同居。越数月，忽白纸糊门，合家号哭，则其夫讣音至矣。设位祭奠，诵经追荐，亦颇有吊者。既而渐鬻衣物，云乏食，且议嫁。选人因赘其家。又数月，突其夫生还。始知为误传凶问。夫怒甚，将讼官。母女哀吁，乃尽留其囊箧，驱选人出。越半载，选人在巡城御史处，见此妇对簿。则先归者乃妇所欢，合谋挟取选人财，后其夫真归而败也。黎丘之技，不愈出愈奇乎！又西城有一宅，约四五十楹，月租二十余金。有一人住半载余，恒先期纳租，因不过问。一日，忽闭门去，不告主人。主人往视，则纵横瓦砾，无复寸椽，惟前后临街屋仅在。盖是宅前后有门，居者于后门设木肆，贩鬻屋材，而阴拆宅内之梁柱门窗，间杂卖之。各居一巷，故人不能觉。累栋连甍(méng)，搬运无迹，尤神乎技矣⁷。然是五六事，或以取贱值，或以取便易，因贪受饵，其咎亦不尽在人。钱文敏公曰："与京师人作缘，斤斤自守，不入陷阱已幸矣。稍见便宜，必藏机械，神奸巨蠹，百怪千奇，岂有便宜到我辈？"诚哉，是言也。

【注释】　1.狙诈：伺机取诈。　2.罗小华：明代著名的制墨家。名龙文，字含章，号小华。徽州人，年轻时就执掌制墨业之牛耳，为徽州制墨业中歙派的代表人物。　3.盦：覆盖。　4.炙煿：熏烤。　5.徒跣：赤脚步行。　6.靿：靴筒。　7.甍：屋脊。

【译文】　人情狡诈，再没有比京城里更厉害的。我曾经买到制墨名家罗小华的墨十六锭，装墨的匣子漆色暗旧，好像真的是古物。一试，才发现是用泥巴捏成的，外面染上了一层黑色，表面的白霜也是捂在阴暗潮湿地方长出来的霉。乾隆丁卯年（1747）参加乡试，在住所旁的一个小店买了蜡烛，点不着，原来也是用泥捏的，外面蒙了一层羊油。还有，夜里听到吆喝卖烤鸭，我的堂兄万周买了一只。原来是肉已经吃光了，而骨头架子保持完整，里面涂了一些泥巴，外面糊了一层纸，染成经过烧烤的颜色，涂上一层油，只有两只脚掌和头颈是真的。还有，我家的仆人赵平用两千文钱买了一双皮靴，非常高兴。一天突然下雨，他穿着出去，却光着脚走了回来，原来皮靴的靴筒是用乌油高丽纸揉出一些皱纹做的，靴底则是用糨糊把烂棉絮粘成一块，再用布包上。其他造假的情况大多与此类似，但这还是一些小东西。

有个赴京候选官职的人，见对门住的少妇长得很端庄秀丽，一问，才知道她的丈夫给人做师爷出了远门，暂时把家眷安置在京城，她与母亲同住。过了几个月，她家门口忽然糊上白纸，全家痛哭，原来是她丈夫的死讯传到了。她家设起灵位祭奠，又请和尚念经超度，也有不少人来吊唁。事后不久，她渐渐开始变卖衣物，说是没饭吃了，而且准备再嫁人，候选官员于是入赘到她家。又过了几个月，她的丈夫突然活着回来，这才知道误传了死讯。她丈夫非常愤怒，要到官府告这个候选官员，母女俩百般哀求，扣下候选官员所有钱财，把他赶了出来。又过了半年，这个候选官员在巡城御史那里，看到那个妇人正在受审。原来先前回家来并扣下他财物的那个人是女子的相好，他们合谋夺取了他的钱财。现在女子的丈夫真的回来了，他们败露了被拘捕。真真假假的诡计，不是越变越奇异吗？

还有件事，西城区有一处住宅，有四五十间房子，每月租金二十多两银子。有个人租了半年多，总是在规定的日期之前就把租金交来，房主于是也不过问。一天，租客突然关门离去，没有通知房主。房主跑去一看，院子里碎砖烂瓦散落满地，几十间房子不剩一根木头，只有前后临街的房子还在。原来这处住宅前后都有门，租客在后门口开了个木材店，贩卖建房用的木料，而暗暗拆下租下的住宅里的梁、柱及门窗等，夹杂着卖掉。因为前后门在不同街巷，所以别人没能发觉。宅内大片房屋的木料砖瓦，不声不响地全部搬运光，这种骗术真可谓神乎其神了。

不过，以上五六件事情，受骗的人或者是看中了价格低廉，或者是因为方便，都是因为有所贪图而上当受骗，责任也不全在骗子身上。钱文敏公说："与京城的人打交道，时时刻刻注意保护自己，不落入别人设置的陷阱，就算幸运的了。稍微显得有便宜的事情，其中必然设有圈套。京城人阴险狡猾，千奇百怪，哪会有便宜落到我们这些人身上？"这话说得不错啊。

【评点】　纪昀记载了六个骗局故事，事情有大有小，有的是听来的，还有的是他亲身经历的、亲眼看见的。对于受骗原因的分析，说不上精辟，但很实在。

卷一八

姑妄听之四

愤怒的长姐

常山峪道中加班轿夫刘福言（九卿肩舆，以八人更番，出京则加四人，谓之加班）：长姐者，忘其姓，山东流民之女。年十五六，随父母就食于赤峰（即乌蓝哈达。乌蓝译言红，哈达译言峰也。今建为赤峰州），租田以耕。一日，入山采樵，遇风雨，避岩下。雨止已昏黑，畏虎不敢行，匿草间。遥见双炬，疑为虎目。至前，则官役数人，衣冠不古不今，叱问何人，以实告。官坐石上，令曳出。众呼跪，长姐以为山神，匍匐听命。官曰："汝夙孽应充我食。今就擒，当啖尔。速解衣伏石上，无留寸缕，致挂碍齿牙。"知为虎王，觳觫祈免[1]。官曰："视尔貌尚可，肯侍我寝，当赦尔。后当来往于尔家，且福尔。"长姐愤怒跃起曰："岂有神灵肯作此语？必邪魅也。啖则啖耳，长姐良家女，不能蒙面作此事。"拾石块奋击，一时奔散。此非其力足胜之，其气足胜之，其贞烈之心足以帅其气也。故曰："其为气也，至大至刚。"

【注释】　1.觳觫：恐惧发抖的样子。

【译文】　常山山道上的加班轿夫刘福说（九卿一级的官员坐的轿子用八个人轮番抬，出了京城则加四个人，称为加班）：有个女孩叫长姐，忘记她姓什么了，是个山东流民的女儿，年纪十五六岁，随父母一起到赤峰（即乌蓝哈达，"乌蓝"译成汉语是"红"，"哈达"译成汉语是"峰"。现在这里已设赤峰州）讨生计，租了当地人的田耕种。一天，长姐进山砍柴，遇到风雨，她躲在悬崖下避雨。等到雨停，天色已经昏黑，怕有老虎，不敢走，躲在草丛里。远远看见有一对灯笼，她怀疑是老虎的眼睛。等靠近后，才发现是一个官和几个仆人，穿的衣服戴的帽子既不像古代人又不像当代人。那个官员喝问是什么人，长姐实话相告。官员坐在石头上，命令仆人将长姐从草丛中拖出来。仆人们叫长姐跪下，长姐以为遇到了山神，伏在地上听命。官员说："你前生犯了罪，应该充当我的食物。现在抓住你了，要马上吃掉你。快把衣服脱掉，躺在石头上，不要留下一根纱，免得妨碍我的牙齿咀嚼。"长姐知道他是虎王，浑身颤抖着祈求饶命。官员说："看你的容貌还可以，如果肯陪我睡觉，我可以赦免你。以后我会常来你家，并且给你带来好处。"长姐愤怒地跳起来，说："哪有神灵肯说出这种话的？必定是个妖怪。你要吃就吃，我长姐是良家女子，决不能蒙着脸不顾羞耻做这种事。"说完，她捡起石头乱打，那些妖怪四处逃散。这不是她的力量足以战胜妖怪，而是她的正气足以战胜妖怪，她坚贞刚烈之心又足以统率她的正气。所以说，人的正气，是最大最刚强的。

【评点】 这是一个女版的"士可杀不可辱"的故事。

县吏被捉弄

　　王梅序言：交河有为盗诬引者，乡民朴愿，无以自明，以赂求援于县吏。吏闻盗之诬引，由私调其妇，致为所殴，意其妇必美，却赂而微示以意曰："此事秘密，须其妇潜身自来，乃可授方略。"居间者以告乡民。乡民惮死失志，呼妇母至狱，私语以故。母告妇，咈然不应也。越两三日，吏家有人夜扣门。启视，则一丐妇，布帕裹首，衣百结破衫，闯然入。问之不答，且行且解衫与帕，则鲜妆华服艳妇也。惊问所自，红潮晕颊，俯首无言，惟袖出片纸，就所持灯视之，"某人妻"三字而已。吏喜过望，引入内室，故问其来意。妇掩泪曰："不喻君语，何以夜来？既已来此，不必问矣，惟祈毋失信耳。"吏发洪誓，遂相嬿婉¹。潜留数日，大为妇所蛊惑，神志颠倒，惟恐不得当妇意。妇暂辞去，言村中日日受侮，难于久住，如城中近君租数楹，便可托庇荫，免无赖凌藉，亦可朝夕相往来。吏益喜，竟百计白其冤。狱解之后，遇乡民，意甚索漠，以为狎昵其妇，愧相见也。后因事到乡，诣其家，亦拒不见。知其相绝，乃大恨。

会有挟妓诱博者讼于官，官断妓押归原籍，吏视之，乡民妇也，就与语。妇言苦为夫禁制，悔相负，相忆殊深。今幸相逢，乞念旧时数欢，免杖免解。吏又惑之，因告官曰："妓所供乃母家籍，实县民某妻，宜究其夫。"盖觊觎愚官卖，自买之也²。遣拘乡民，乡民携妻至，乃别一人。问乡里皆云不伪。问吏何以诬乡民？吏不能对，答曰风闻。问闻之何人？则嗫无语。呼妓问之，妓乃言吏初欲挟污乡民妻，妻念从则失身，不从则夫死，值妓新来，乃尽脱簪珥，赂妓冒名往，故与吏狎识。今当受杖，适与相逢，因仍诳托乡民妻，冀脱搥楚。不虞其又有他谋，致两败也。官覆勘乡民，果被诬。姑念其计出救死，又出于其妻，释不究，而严惩此吏焉。

神奸巨蠹，莫吏若矣，而为村妇所笼络，如玩弄婴孩。盖愚者恒为智者败，而物极必反，亦往往于所备之外，有智出其上者，突起而胜之。无往不复，天之道也。使智者终不败，则天地间惟智者存，愚者断绝矣，有是理哉？

【注释】　1.嬿婉：欢好。　2.觊：企图，希望。

【译文】　王梅序说：交河有个乡民遭盗贼诬陷，乡民憨厚，没办法洗刷自己，就送礼给县吏请求帮忙。县吏听说盗贼乱咬他，原因是偷偷调戏他妻子，被乡民痛打了一顿，县吏猜测他妻子肯定漂亮，就退回礼物而暗示说："这事牵扯隐私，必须你妻子悄悄亲自来一趟，才能给她出主意。"中间人告诉了乡民，乡民怕死，没了主心骨，把岳母找到狱中，悄悄说了其中原委。岳母回去告诉了妻子，妻子阴沉着脸没有说话。过了两三天，县吏家夜里有人敲门。开门一看，是个要饭的女人，用布帕包着头，身上穿得破破烂烂，径直闯了进来。问她也不回答，一边走一边解下头布脱下破衣服，原来是个穿得漂亮浓妆艳抹的美妇人。县吏吃惊地问她从哪里来。妇人红晕满面，低着头不说话，只是从袖子里拿出一张纸来。县吏拿到灯前一看，只写了"某人妻"三个字。县吏大喜过望，把她带进内室，故意问她来干什么。妇人抹着眼泪说："要是没有听明白你的话，我夜里来干什么？既然来到这里，就不必问了。只是希望不要失信。"县吏发了大誓，两人亲热起来。县吏把她留了好几天，完全被迷惑住了。他神魂颠倒，生怕不合妇人的意。妇人要告别几天，说在村里天天受欺负，难以久住，如果能在城里靠近县吏的住处租几间房子，可以借助虎威，免受无赖侮辱，还可以朝夕往来。县吏更加高兴，于是想方设法为乡民辩解。乡民被释放之后，县吏遇见他，他的态度很冷淡。县吏以为自己玩弄了他的妻子，他羞愧不愿见自己。后来县吏有事到乡里，想到乡民家去，乡民也坚决拒绝。县吏知道乡民夫妇要和自己断绝关系，极为愤恨。

正好有个人因为利用妓女引诱赌博被告到官府，官府判决将妓女押回原籍。县吏一看，这个妓女就是乡民的妻子，上前和她说话。她说："苦于丈夫看管得紧,对你负心,感到很惭愧,一直很想念你。今天幸好又相见了,请求念及过去的几天欢情,不要让我受杖刑,不要把我押回原籍。"县吏又被她迷惑了,报告县官说:"那个妓女供的是娘家的原籍,其实她是县民某某的妻子,应该先查究她丈夫。"县吏本来想怂恿县官以官府名义拍卖这个妓女,然后自己买下来。县官叫人把乡民拘来,乡民带着妻子来,却是另一个人。问乡里百姓,大家都说这个妻子不假。县官问县吏为什么要诬告乡民。县吏答不上来,只是说听人传的。又问听谁传的,县吏就一句都答不上来了。把妓女叫来问,妓女说:"当初县吏想趁机奸污乡民的妻子,乡民妻子想,答应他就失了身,不答应丈夫就得死。恰好我刚来,她就卖了所有的首饰买通了我,冒名前往县吏家,因此我和县吏很熟。现在我要挨杖刑,恰好见到了县吏,于是又假冒乡民的妻子,想免去杖刑。不料县吏又有别的打算,以致两人的打算都落了空。"县官复审乡民的案子,果然是被诬陷的。考虑到他妻子出这种计策是为了救人,而且又不是乡民想出来的,就释放了乡民不再追究,却严惩了县吏。

　　世上的各种奸计、各种贪腐的做法,狡诈阴险,莫过于这个县吏,但是却像一个婴孩一样被一个村妇愚弄。一般来说,愚蠢的总也斗不过聪明的,但物极必反,往往在预料之外,被当成下愚的,智谋却比聪明人还要高超,突然胜过聪明人。有往必有复,就是天道。假使聪明人永远不败,那么天地间就只剩下聪明人,愚蠢的早就绝迹了,有这个道理吗?

【评点】　这个县吏心怀鬼胎,诡计多端,自以为谋划得天衣无缝,最后却奸计败露,遭到了严惩,其中的原因,纪昀归结为"天道"。可是,逼得平民百姓通过旁门左道自救,这个官府难道不应该追究吗?!

殷桐复仇

　　瞽者刘君瑞言:一瞽者年三十余,恒往来卫河旁,遇泊舟者,必问："此有殷桐乎？"又必申之曰："夏殷之殷，梧桐之桐也。"有与之同宿者，其梦中呓语，亦惟此二字。问其姓名，则旬日必一变，亦无深诘之者。如是十余年，人多识之，或逢其欲问，辄呼曰："此无殷桐，别觅可也。"一日，粮艘泊河干，瞽者问如初。一人挺身上岸曰："是尔耶，殷桐在此，尔何能为？"瞽者狂吼如虓(xiāo)虎，扑抱其颈，口啮其鼻，血淋漓满地[1]。众前拆解，牢不可开，竟共堕河中，随流而没。后得尸于天妃宫前（海口不受尸，凡河中求尸不得，至天妃宫前必浮出），桐捶其左胁骨尽断，终不释手；十指抠桐肩背，深入寸余；两颔两颊，啮肉几尽。迄不知其何仇，疑必父母之冤也。夫以无目之人，侦有目之人，其不得决也；以孱(chán)弱之人，搏强横之人，其不敌亦决也[2]。此较伍胥之仇楚，其报更难矣。乃十余年坚意不回，竟卒得而食其肉，岂非精诚之至，天地亦不能违乎？宋高宗之歌舞湖山，究未可以势弱解也。

【注释】　1. 虓虎：亦作"哮虎"。咆哮怒吼的虎。　2. 孱：薄弱，衰弱。

【译文】　盲人刘君瑞说：有个年纪三十多岁的盲人，总是在卫河畔来往，遇到停船的人，一定要问："这里有殷桐吗？"而且一定重申："是夏殷的'殷'，梧桐的'桐'。"有人晚上跟他同住，听他说梦话，也只是念叨这两个字。问他的姓名，却是过十天半月就要变一次，也没有人深究。这样过了十多年，人们都认识他了。有时他正要开口问，就有人喊："这里没有殷桐，你到别处去找吧。"一天，运粮的船队停泊在岸边，盲人又像往常一样去问，只见一个人挺身跳上岸来，说："是你吗？殷桐在这里，你能把我怎么样？"盲人虎吼一般狂叫，扑上去抱住他的脖子，

卷一八　　　　　263

用嘴咬他的鼻子，血流得淋漓满地。众人上前想拉扯开，但是盲人抱得死死的，根本拉不开，结果两人一齐滚进河里，随着水流沉没了。后来人们在天妃宫前发现了他们的尸首（尸首漂不出入海口，凡是在河里没有找到尸体，在天妃宫前一定会浮出来），只见盲人左边的肋骨被殷桐全部捶断，但盲人始终没有放手，他的十个指头抠进殷桐的肩背有一寸多深，殷桐两边脸上的肉几乎全被咬掉。人们终究还是不知道他是什么冤仇，估计是杀害父母的冤仇。

以一个没有双眼的人，来搜寻一个有视力的仇人，查找不到几乎是肯定无疑的；以一个残疾弱小的人，与一个强壮凶横的人搏斗，不能取胜也几乎是肯定无疑的。这比起伍子胥要报楚国的杀父之仇，更为困难。但是他十几年决心不变，竟然查访到并且吃了仇人的肉，莫非是精诚所至，连天地也不能违背他的意愿吧？南宋高宗不肯出师北伐收复金人占领的北方迎回徽、钦二帝，而躲在临安游山玩水，轻歌曼舞，终究是不能以国势衰弱为自己开脱。

【评点】 弱小的盲人，竟然历经十余年艰苦查访到仇人，并且报了深仇大恨。纪昀记录下这个故事后笔锋陡然一转，斥责偏安一隅的宋高宗。这应该不是他的思维奔逸，而是说，类似靖康之难这样的国耻，铭刻在心，一时都不能忘怀。

王发救人

奴子王发，夜猎归。月明之下，见一人为二人各捉一臂，东西牵曳，而寂不闻声。疑为昏夜之中，剥夺衣物，乃向空虚鸣一铳。二人奔迸散去，一人返奔归，倏皆不见，方知为鬼。比及村口，则一家灯火出入，人语嘈嗷，云："新妇缢死复苏矣。"[1] 妇云：

"姑命晚餐作饼，为犬衔去两三枚。姑疑窃食，痛批其颊。冤抑莫白，痴立树下。俄一妇来劝：'如此负屈，不如死。'犹豫未决，又一妇来怂恿之。恍惚迷瞀，若不自知，遂解带就缢，二妇助之。闷塞痛苦，殆难言状，渐似睡去，不觉身已出门外。一妇曰：'我先劝，当代我。'一妇曰：'非我后至不能决，当我代。'方争夺间，忽霹雳一声，火光四照，二妇惊走，我乃得归也。"后发夜归，辄遥闻哭詈，言破坏我事，誓必相杀。发亦不畏。一夕，又闻哭詈，发诃曰："尔杀人，我救人，即告于神，我亦理直。敢杀即杀，何必虚相恐怖！"自是遂绝。然则救人于死，亦招欲杀者之怨，宜袖手者多欤？此奴亦可云小异矣。

【注释】　1.嘈嚵：古同"嘈杂"。声音杂乱而喧闹。新妇：中国南方多地称儿媳妇为"新妇"。

【译文】　奴仆王发，有一天夜里打猎归来。月色中，只见有个人被两个人各拉着一只胳膊，一个向东拉扯，一个向西拉扯，却一点声音都没有。他以为是盗贼趁着天黑抢夺过路人的衣物，就向空中放了一火铳。那两个人飞奔跑开，被拉的人急忙奔回来，转眼就不见了，他这才知道遇上了鬼。到了村口，看见有一家人点着灯，人们来来往往，声音嘈杂，说："儿媳妇上吊又醒过来了。"儿媳妇说："婆婆叫我晚饭做饼，饼被狗叼走了两三个，婆婆怀疑是我偷吃了，就狠狠打我的嘴巴。我冤枉无处诉说，呆立在树下。不一会儿，有个女人过来劝我，说：'这样被冤枉，不如去死。'我犹豫不决时，另外又有一个女人前来，怂恿我自杀。我恍恍惚惚，不知不觉就解下带子上吊，那两个女人还帮助我。我感到憋闷痛苦，真是难以形容,渐渐好像睡去了一样,不知不觉似乎身体出了门。一个女人说:'我先讲的,应该代替我。'另一个女人说:'如果我不来,她不会下决心上吊,应该代替我。'她们正在拉拉扯扯,忽然一声响雷,只见火光四射,那两个女人被吓跑了,我就又回来了。"后来王发每次晚上回家,就远远地听到哭骂声,说破坏她的事,誓必杀了他。王发也不怕。一天晚上,又听到骂声,王发呵斥道:"你杀人,我救命,即便告到神那里,我也有理。你敢杀我就动手吧,何必虚张声势吓唬人!"鬼从此再也不敢纠缠他了。不过救人于死地,就会招致凶手的怨恨,怪不得遇到此类事情袖手旁观的人多。这个奴仆可以说与这些人不大一样。

【评点】　见义勇为,往往会给自己带来不测,因此很多人不容易做到路见不平挺身而出。这个王发义无反顾,而且绝不后悔,正气凛然,的确不同凡俗。

辟尘珠

辟尘之珠,外舅马公周箓曾遇之,确有其物,而惜未睹其形也。初,隆福寺鬻杂珠宝者,布茵于地(俗谓之摆摊),罗诸小篚于其上,虽大风霾,无点尘。或戏以囊有辟尘珠。其人椎鲁,漫笑应之,弗信也[1]。如是半载。一日,顿足大呼曰:"吾真误卖至宝矣!"盖是日飞尘忽集,始知从前果珠所辟也。按医书有服响豆法。响豆者,槐实之夜中爆响者也,一树只一颗,不可辨识。其法,槐始花时,即以丝网幂树上,防鸟鹊啄食。结子熟后,多缝布囊贮之,夜以为枕,听无声者即弃去。如是递枕,必有一囊作爆声者。取此一囊,又多分小囊贮之,枕听,初得一响者则又分。如二枕渐分至仅存二颗，再分枕之，则响豆得矣。此人所鬻之珠，谅亦无几。如以此法分试，不数刻得矣，何至交臂失之乎？乃漫然不省，卒以轻弃，当缘禄相原薄耳。

【注释】　1.椎鲁：愚钝，鲁钝。

【译文】　避尘的珠子，我的岳父马周篆曾经见过。确实有这种宝物，可惜我没见过它是什么样子。以前，隆福寺有个卖杂货珠宝的，把布铺在地上（俗称摆摊），上面排列着小盒子，无论刮多大的风，上面都一点儿尘土也没有。有人开玩笑说他的囊里有避尘珠，这个人傻乎乎的，漫不经心地笑笑，嘴上应答着，没当回事儿。这么过了半年，有一天他跺脚大叫道："我真的把最贵重的宝贝错卖了。"因为这一天他的垫布及盒子上忽然盖满了灰尘，他这才知道先前果然是有宝珠避尘。据查，医书有服用响豆的方法。响豆就是在夜里爆响的槐树果实，这种槐豆一棵树上只有一颗，辨认不出来。取这种槐豆的方法是，在槐树刚开花时，就用丝网罩在树上，以防鸟雀啄食。结果成熟后，缝制许多布囊贮存槐豆，夜里用来做枕头，没有听到声音，就扔掉。就这么轮着枕，肯定有一个囊里有爆响声。然后把这一囊的槐豆又分成几个小囊装，夜里再枕着听。听到响声再一分为二，装进布囊枕着听。这么分下去到最后只剩下两颗，再分开枕听，就找到响豆了。这个人所卖的珠子，估计也不会太多。如果用这种方法分别试验，用不了几刻钟就能分辨出来，何至于失之交臂？他稀里糊涂，最终轻易地丢了宝贝，大概还是因为他禄相太薄。

【评点】　说这个小贩"禄相"太薄，其实就是说他缺乏智慧。没有知识，不识宝，又听不进别人的话，还不知道如何辨识，因此与稀世珍宝失之交臂。

死读书的仆人

奴子傅显,喜读书,颇知文义,亦稍知医药。性情迂缓,望之如偃蹇老儒。一日,雅步行市上,逢人辄问:"见魏三兄否(奴子魏藻,行三也)?"或指所在,复雅步以往。比相见,喘息良久。魏问相见何意?曰:"适在苦水井前,遇见三嫂在树下作针黹,倦而假寐¹。小儿嬉戏井旁,相距三五尺耳,似乎可虑。男女有别,不便呼三嫂使醒,故走觅兄。"魏大骇,奔往,则妇已俯井哭子矣。夫僮仆读书,可云佳事。然读书以明理,明理以致用也。食而不化,至昏愦僻谬,贻害无穷,亦何贵此儒者哉!

【注释】　1.针黹:针线活。

【译文】　奴仆傅显喜欢读书,很懂得一点文章的意思,也稍微懂一点医药知识。性情迂腐迟缓,望去就像个上了年纪的古板老儒生。一天,他在街上不紧不慢地走,遇到人就问:"见到魏三兄了吗(仆人魏藻,排行第三)?"有人告诉他魏藻所在的地方,他又不紧不慢地走去。等见到魏三,他喘息了好久。魏藻问他找自己有什么事,他才说:"我刚才在苦水井边,碰到三嫂在树下做针线活,做累了闭着眼睛休息。你家小儿子在井边玩耍,离井口只有三五尺远,似乎令人担心。但男女有别,我不便叫醒三嫂,所以跑来找你。"魏藻大惊,急忙跑去,妻子却已经伏在井上哭儿子了。做奴仆的喜欢读书,可以说是件好事。但读书的目的是为了明白道理,明白道理的目的是有益于实际应用。像傅显这样死记硬背却没有理解意义,以至于糊涂荒谬怪僻,反而带来无穷的危害,这样的儒者又有什么价值呢!

【评点】　这个傅显，是读书只读到了一点皮毛，虽然好像能看懂书上的文章，但是他读书实际上是用来"装"的。这种读书，对朋友无益，对社会无益，对他自己也无益。

穷寇勿追

　　武强一大姓，夜有劫盗，群起捕逐。盗逸去，众合力穷追。盗奔其祖茔松柏中，林深月黑，人不敢入，盗亦不敢出。相持之际，树内旋飙四起，沙砾乱飞，人皆眯目不相见，盗乘间突围得脱。众相诧异，先灵何反助盗耶？主人夜梦其祖曰："盗劫财不能不捕，官捕得而伏法，盗亦不能怨主人。若未得财，可勿追也；追而及，盗还斗伤人，所失不大乎？即众力足殪盗，盗殪则必告官，官或不谅，坐以擅杀，所失不更大乎？且我众乌合，盗皆死党；盗可夜夜伺我，我不能夜夜备盗也。一与为仇，隐忧方大，可不深长思乎？旋风我所为，解此结也，尔又何尤焉？"主人醒而唶然曰："吾乃知老成远虑，胜少年盛气多矣。"

【译文】　武强县有一户大姓人家，夜里有盗贼来偷东西，就一哄而上追捕。盗贼逃走，大家合力紧追不放。盗贼逃到他家祖坟所在的松柏林里，树林阴森森的没有月光，大家一时不敢进去，盗贼也不敢出来。正在相持不下，树林里忽然刮起了旋风，飞沙走石，人们被迷得睁不开眼，盗贼趁机突围逃走了。大家都很惊讶，先人的亡灵为什么反过来帮助盗贼呢？主人夜里梦见先祖说："盗贼偷东西，不能不抓，如果官府捉到盗贼正法，盗贼也不能怨恨主人。但是如果没有偷到东西，就不要穷追不舍。追上了，如果盗贼还击就会伤人，损失不是更大吗？如果大家的力量足以杀死盗贼，盗贼死了就必须报到官府，官府也许不能原谅，追究说你们擅自杀人，损失不是更大吗？何况我们这边是乌合之众，而盗贼却是抱得紧紧的团伙；他们可以夜夜伺机下手偷东西，我们却不能夜夜防备他们。一旦和他们结了仇，隐患就大了，能不从长计议吗？旋风是我刮起来的，是为了解开这场冤仇，你们又有什么好埋怨的呢？"主人醒来后叹道："我今天才真正明白，老成持重的人深谋远虑，比起年轻人凭冲动办事，不知要胜过多少啊。"

【评点】　这则笔记说的是行动前要权衡利弊。托梦先祖的一番话，展现了中国古代平民的生存智慧，这让我们联想到有个成语叫"穷寇勿追"，就是告诫人们，处于劣势的盗贼，负隅顽抗的势能很大，大到足以危及追击的人的生命安全。先祖托梦是虚幻的，但说的那一番话，还是值得多读几遍的。

艾子诚寻父

宝坻(dǐ)王泗和，余姻家也。尝示余《书艾孝子事》一篇曰：艾子诚，宁河之艾邻村人。父文仲，以木工自给。偶与人斗，击之踣，误以为死，惧而逃。虽其妻莫知所往，第仿佛传闻，似出山海关尔。是时妻方娠，越两月，始生子诚。文仲不知已有子；子诚幼鞠(jū)于母，亦不知有父也[1]。洎稍有知，乃问母父所在，母泣语以故。子诚自是惘惘如有失，恒絮问其父之年齿状貌，及先世之名字，姻娅(yà)之姓氏里居[2]。亦莫测其意，姑一一告之。比长，或欲妻以女，子诚固辞曰："乌有其父流离，而其子安处室家者？"始知其有志于寻父，徒以孀母在堂，不欲远离耳。然文仲久无音耗，子诚又生未出里间，天地茫茫，何从踪迹[3]？皆未信其果能往。子诚亦未尝议及斯事，惟力作以养母。越二十年，母以疾卒。营葬毕，遂治装裹粮赴辽东，有沮以存之难定者，子诚泫然曰："苟相遇，生则共返，殁则负骨归。苟不相遇，宁老死道路间，不生还矣。"众挥涕而送之。子诚出关后，念父避罪亡命，必潜踪于僻地。凡深山穷谷，险阻幽隐之处，无不物色。久而资斧既竭，行乞以糊口。凡二十载，终无悔心。一日，于马家城山中遇老父，哀其穷饿，呼与语。询得其故，为之感泣，引至家，款以酒食。俄有梓人携具入，计其年与父相等[4]。子诚心动，谛审其貌，与母所说略相似。因牵裾泣涕，具述其父出亡年月，且缕述家世及戚党，冀其或是。是人且骇且悲，似欲相认，而自疑在家未有子。子诚具陈始末，乃嗷然相持哭。盖文仲辗转逃避，乃至是地，已阅四十余年，又变姓名为王友义，故寻访无迹，至是始偶相遇也。老父感其孝，为之谋归计。而文仲流落久，多逋负，滞不能行。子诚乃踉跄奔还，质田宅，贷亲党，得百金再往，竟奉以归。归七年，以寿终。子诚得父之后，始娶妻。今有四子，皆勤俭能治生。昔文安王原寻亲万里之外，子孙至今为望族。子诚事与相似，天殆将昌其家乎？子诚佃种余田，所居距余别业仅二里。余重其为人，因就问其详而书其大略如右，俾学士大夫，知陇亩间有是人也[5]。时癸丑重阳后二日。案，子诚求父多年，无心忽遇，与宋朱寿昌寻母事同，皆若有神助，非人力所能为[6]。然精诚之至，故哀感幽明，虽谓之人力亦可也。

【注释】 1. 鞠：养育，抚养。 2. 姻娅：泛指姻亲。 3. 里间：乡里。间，古代二十五家为一间。 4. 梓人：木工。 5. 俾：使。 6. 朱寿昌寻母：朱寿昌是宋代有名的孝子，生母刘氏被嫡妻赶出朱家，自此母子分离五十年，朱寿昌每到一地为官都四处查找，后来又辞去官职一心寻找，母子终于团聚。

【译文】 宝坻的王泗和，是我的姻亲。他曾经把一篇名为《书艾孝子事》的文章给我看，文章写道：艾子诚，宁河艾邻村人。父亲名叫艾文仲，以做木工为生。艾文仲偶然跟人争斗，把对方打倒在地，误以为打死了，非常害怕，就逃走了。他的妻子也不知道丈夫逃到哪里去了，传说好像出了山海关。这时他妻子正怀着孕，过了两个月，生下了艾子诚。艾文仲不知自己有了儿子；子诚自小就由母亲抚养，也不知道有父亲。等稍稍懂事了，才问母亲父亲上哪儿去了，母亲哭着说了原委。子诚从此就茫茫然若有所失，常常详详细细问父亲的年龄相貌以及先人的名字、亲戚的姓名住址等。母亲不知道儿子问这些干什么，也就一一告诉了他。子诚长大了，有人要把女儿嫁给他，他坚决推辞，说："哪有父亲流离在外，儿子却心安理得成家过日子的？"人们这才知道他有志寻父，只是因为寡母还在，不想远离。但是艾文仲很久很久没有音信，子诚从生下来也没有出过门，天地茫茫，上哪儿去找？人们都不信他真的能去寻父。子诚也没有议论这事，只是勤勤恳恳种地养活母亲。过了二十年，母亲病逝。安葬完毕，他就整束行装带着干粮奔赴辽东。有人劝阻他，说你父亲生死不明，没法找。子诚流着泪说："如果能找到，他活着就一起回来，死了就把遗骨背回来。如果找不到，我宁可老死在路上，也不回来了。"大家哭着把他送走了。子诚出关后，猜想父亲是畏罪逃亡，肯定躲在偏僻的地方。凡是深山幽谷、艰难险阻之处，他没有不到的。时间长了，路费用光了，他就靠乞讨糊口。就这样二十年，始终没有悔意。有一天，他在马家城山里遇到一个老人。老人可怜他穷困,跟他交谈。问明原委,感动得直流泪。老人把子诚带到家里,酒食款待。不一会儿有个木匠带着工具进来,估量木匠的年龄和父亲差不多。子诚不由得心动,仔细看木匠的长相,也和母亲说得差不多。他拉着木匠的衣襟,哭诉父亲逃亡的时间,还仔细讲了家世及亲戚情况,希望这人就是自己寻找的父亲。木匠又惊又悲,待要相认,又觉得可疑,因为自己在家时并没有儿子。子诚又讲了事情的始末,木匠大叫一声,两人抱头痛哭。原来艾文仲辗转逃避,才到了这里,已有四十多年,又改换姓名叫王友义,所以打听不到踪迹。至此两人才偶然相遇。老人被子诚的孝义感动,谋划着帮助艾文仲回到家乡。但是艾文仲长期漂泊,欠了不少债,走不了。子诚急急忙忙奔回家,典卖房屋田地,向亲戚借贷,弄到一百两银子,终于接回了父亲。七年之后,父亲寿终正寝。子诚找到父亲之后,才娶了妻,如今有四个儿子,都勤恳节俭,能够自立。从前文安县的王原寻父于万里之外,如今子孙兴旺,这个家族很有名望。子诚的事和这事相似,也许上天要让他家繁荣昌盛吧。子诚租种我家的地,住处离我的别墅仅有两里路。我看重他的为人,因此详细询问并将大略写了下来,想让读书人和做官的人们知道,种地的人中间有这么个人。这是乾隆癸丑年(1793)重阳节后的第二天。

按,子诚寻父多年,无意中忽然相遇,这和宋代朱寿昌寻母的事情相同,好像都有神帮助,不是人力所能办到的。但是,正是因为他们的精诚到了极点,才使神灵受到感动。所以,要说这是靠他们的人力,也是可以的。

【评点】 艾子诚以他半生的艰辛,忠实履行了"孝道"。舍弃个人的幸福,背离正常的生活轨道,这么做,显得有点愚昧,有点极端。最后,他终于如愿以偿找到父亲并且将父亲接回了家,而且家族兴旺,从此有了希望。纪昀这样写,是为了教化民众,符合当时的道德宣教口径。但事实上,艾子诚由衷而发的孝心,还是难能可贵的。

卷一九

滦阳续录一

景薄桑榆，精神日减，无复著书之志，惟时作杂记，聊以消闲[1]。《滦阳消夏录》等四种，皆弄笔遣日者也。年来并此懒为，或时有异闻，偶题片纸；或忽忆旧事，拟补前编。又率不甚收拾，如云烟之过眼，故久未成书。今岁五月，扈从滦阳。退直之余，昼长多暇，乃连缀成书，命曰《滦阳续录》。缮写既完，因题数语，以志缘起。若夫立言之意，则前四书之序详矣，兹不复衍焉。嘉庆戊午七夕后三日，观弈道人书于礼部直庐，时年七十有五。

【注释】 1.景薄桑榆：太阳接近桑榆树梢，因以指日暮。也比喻晚年。

【译文】 人到晚年，如同太阳快要下山，我的精力一天不如一天，再没有著书的兴致了，只是时常作点杂记，姑且消遣解闷。《滦阳消夏录》等四本书，都属于随意拈笔的消遣之作。近年以来，连这种杂记也懒得写了，有时听到点奇闻逸事，偶然写到一张纸片上；有时忽然想起往事，打算补充到前面的几卷书里。可是都没有注意整理，就像过眼云烟，所以久久没能成书。今年五月，随从皇上到滦阳，值班之余，白天有很多闲暇，于是串联起来编成了书，命名为《滦阳续录》。全部书稿誊写完之后，顺便题写几句话，作为说明。至于写此类东西的本意，前四本书的序言已经说得很详细了，这里不再赘述。嘉庆戊午年（1798）七夕后三天，观弈道人写于礼部值班房，时年七十五岁。

【评点】 《滦阳续录》是《阅微草堂笔记》最后一种，从内容到体例，都是因袭《滦阳消夏录》等前四种。正如作者所言，由于年事已高，写到《滦阳续录》，全书已是强弩之末，因此每一卷的篇幅，较之前四种短小了很多。

绝技不外传

戴遂堂先生讳亨，姚安公癸巳同年也。罢齐河令归，尝馆余家。言其先德本浙江人，心思巧密，好与西洋人争胜[1]。在钦天监，与南怀仁忤（怀仁西洋人，官钦天监正），遂徙铁岭。故先生为铁岭人。言少时见先人造一鸟铳，形若琵琶，凡火药铅丸皆贮于铳脊，以机轮开闭。其机有二，相衔如牝牡，扳一机则火药铅丸自落筒中，第二机随之并动，石激火出而铳发矣。计二十八发，火药铅丸乃尽，始需重贮。拟献于军营，夜梦一人诃责曰："上帝好生，汝如献此器使流布人间，汝子孙无噍类矣。"乃惧而不献。说此事时，顾其侄秉瑛（乾隆乙丑进士，官甘肃高台知县）曰："今尚在汝家乎？可取来一观。"其侄曰："在户部学习时，五弟之子窃以质钱，已莫可究诘矣。"其为实已亡失，或秘惜不出，盖不可知。然此器亦奇矣。诚谋英勇公因言：征乌什时，文成公与勇毅公明公犄角为营，距寇垒约里许。每相往来，辄有铅丸落马前后，幸不为所中耳。度鸟铳之力不过三十余步，必不相及，疑沟中有伏。搜之无见，皆莫明其故。破敌以后，执虏讯之，乃知其国宝器有二铳，力皆可及一里外。搜索得之，试验不虚，与勇毅公各分其一。勇毅公征缅甸，殁于阵，铳不知所在。文成公所得，今尚藏于家。究不知何术制作也。

【注释】　1. 先德：指有德行的前辈，代指先世的德泽，也可用于已故的父亲。

【译文】 戴遂堂先生名亨，康熙癸巳年（1713）与姚安公同年考中进士。他从齐河县令的职位上罢免回乡后，曾经在我家当馆师。他说他父亲本来是浙江人，心灵手巧，喜欢与西洋人争高低。在钦天监时，与南怀仁相抵触（南怀仁是西洋人，任钦天监正），被贬官到铁岭。所以戴先生是铁岭人。他说年幼时看见父亲制造过一支鸟铳，形状像琵琶，火药铅弹都装在枪背里，用机轮作开关。机关有两个，一凸一凹，密合无间。扳动一个机关，火药铅弹就自动落到枪筒里，第二个机关随之扳动，碰击火石发火，弹丸就发射出去了。连续发射二十八次，枪筒里的火药铅丸射尽，才需要重新装贮。他父亲打算将鸟铳献给军营，当晚梦见一个人呵斥他："上帝普爱众生，你如果献出这个武器，让它流布人间，你就断子绝孙了。"他父亲害怕了就没有献出去。说这件事时，他回头对侄子戴秉瑛〔乾隆乙丑年（1745）进士，任甘肃高台知县〕说："鸟枪还放在你家吗？可以取来看一下。"戴秉瑛说："我在户部学习时，五弟的儿子偷去当钱了，已经追不回来了。"也许它确实已被遗失了，或许主人爱惜它，不肯拿出来，也说不定。然而，这支鸟铳也太奇巧了。

诚谋英勇公接着说：征伐乌什时，文成公与勇毅公明公以掎角之势扎营，与敌人堡垒相距一里路左右。两人每次往来，都有铅弹落在马前马后，幸好没有射中。估计鸟铳的射程不过三十几步，敌方必定射不到这么远，因而怀疑山沟里有埋伏。派人去搜索，却没有发现敌人，大家都不知道是什么缘故。打败敌人之后，审讯俘虏，才知道乌什的宝器中有两支铳，射程都有一里多远。搜出来一试果然不错。文成公与勇毅公各分得一支。勇毅公远征缅甸时，战死沙场，那支铳不知失落在何处。文成公得到的那一支，现在还藏在家里。终究不明白是用什么技艺制作的。

【评点】 古代中国人发明了火药，欧洲人发明了火枪。清代时，火枪从日本传入中国，人们常用来打鸟，所以称为鸟铳。古代有能工巧匠，民间有高手，火枪传入中国后，不断有人进行加工改造，纪昀说的，应该是经过改造的两种火枪。

穷家出举人

宛平陈鹤龄，名永年，本富室，后稍落。其弟永泰，先亡。弟妇求析箸，不得已从之[1]。弟妇又曰："兄公男子能经理，我一孀妇，子女又幼，乞与产三分之二。"亲族皆曰不可。鹤龄曰："弟妇言是，当从之。"弟妇又以孤寡不能征逋负，欲以资财当二分，而以积年未偿借券，并利息计算，当鹤龄之一分。亦曲从之。后借券皆索取无著，鹤龄遂大贫。此乾隆丙午事也。陈氏先无登科者，是年鹤龄之子三立，竟举于乡。放榜之日，余同年李步玉居与相近，闻之喟然曰："天道固终不负人。"

【注释】 1. 析箸：分家。箸，筷子。

【译文】 宛平县的陈鹤龄，名永年。他本来是个富户，后来渐渐没落了。他的弟弟陈永泰，去世得早。弟媳请求分家，陈鹤龄不得已同意了。弟媳对他说："兄长是男人，可以多方经营，我一个寡妇，儿女又小，请求您分给我三分之二的家产。"亲戚们得知此事都说不可行。陈鹤龄说："弟妹说的是，我应该听她的。"弟媳又借口自己家孤儿寡母不便出去征收欠租，提出将全部家产分作两份，以多年来别人的借券连同所欠利息作为一份，分给陈鹤龄，而其他财物归她所有。陈鹤龄也委曲顺从了。后来那些借券并没有追回欠租，陈鹤龄因此一下子极其贫穷。这是乾隆丙午年（1786）的事。陈氏先辈还没有过名登科榜的人，这一年陈鹤龄的儿子三立竟然在乡试时中了举。我的同年李步玉同陈鹤龄住得很近，发榜那天，他感叹道："天道终究不辜负善人！"

【评点】 在家产的分配上，处处依从亡弟的寡妻，陈鹤龄忠厚善良，是个正人君子。这样的人，在家庭教育上必定也是严格遵守道德规范，因此，这个家庭有复兴的希望。这样的未来前景，说是天道未尝不可，更重要的其实是人的努力。

留取他年相见地

一庖人随余数年矣，今岁扈从滦阳，忽无故束装去，借住于附近巷中。盖挟余无人烹饪，故居奇以索高价也。同人皆为不平，余亦不能无愤恚。既而忽忆武强刘景南官中书时，极贫窭，一家奴偃蹇求去。景南送之以诗曰："饥寒迫汝各谋生，送汝依依尚有情。留取他年相见地，临阶惟叹两三声。"忠厚之言，溢于言表。再三吟诵，觉褊(biǎn)急之气都消[1]。

【注释】 1 褊急：气量狭小，性情急躁。

【译文】 有个厨子跟随我已经多年了，今年又随我护驾到滦阳，忽然无缘无故整理好行李离开了我，借住在附近的街巷里。原来，他以再也没人给我做饭相要挟，以为凭自己的厨艺可以索取高额报酬。我的同事们都为此而愤愤不平，我也同样感到气愤。之后忽然想起武强县的刘景南做中书舍人时，生活极为困窘，就在这时，他的一个奴仆绕着弯说要求离去。景南写了首诗，送给了那个奴仆道："饥寒迫汝各谋生，送汝依依尚有情。留取他年相见地，临阶惟叹两三声。"真是忠厚之心，溢于言表。我再三吟诵这首诗，感到褊狭急躁的怒气顿时消散了。

【评点】　仆人要离开,明摆着是趋炎附势。面对世态炎凉、人情浇薄,刘景南的诗,表现了他的换位思考,也表明他万事留有余地的态度。即便是自己占理,也要想到"留取他年相见地",这是求福之道。

卷二〇

滦阳续录二

袖珍小人旋笔弄墨

一馆吏议叙得经历，需次会城，久不得差遣，困顿殊甚[1]。上官有怜之者，权令署典史。乃大作威福，复以气焰轹同僚，缘是以他事落职[2]。邵二云学士偶话及此，因言其乡有人方夜读，闻窗棂有声，谛视之，纸裂一罅（xià），有两小手擘（bāi）之，大才如瓜子。即有一小人跃而入，彩衣红履，头作双髻，眉目如画，高仅二寸余。掣案头笔举而旋舞，往来腾踏于砚上，拖带墨沈，书卷俱污。此人初甚错愕，坐观良久，觉似无他技，乃举手扑之，嗷然就执。踡（quán）跼（jú）掌握之中，音呦（yōu）呦如虫鸟，似言乞命[3]。此人恨甚，径于灯上烧杀之，满室作枯柳木气，迄无他变。炼形甫成，毫无幻术，而肆然侮人以取祸，其此吏之类欤！此不知实有其事，抑二云所戏造，然闻之亦足以戒也。

【注释】 1.议叙：清制对考绩优异的官员，交部核议，奏请给予加级、记录等奖励，谓之"议叙"。经历：官职名，执掌出纳文书。需次：旧时指官吏授职后，按照资历依次补缺。 2.轹：欺压。 3.踡跼：屈曲不能伸直。

【译文】 有个馆吏经过考核，被任命为经历官，到省城候补。因为他长期没有被授以实职，所以处境极为困难。有个上司很同情他，就让他暂且当了个典史。他却利用职权作威作福，还欺压同事，因此后来以别的借口被罢免了。邵二云学士偶然谈及这件事，顺便又说起这样一件事：他家乡有个人正在夜读，忽然听到窗棂上有声音，仔细一看，只见窗纸裂开了一道缝，有两只像瓜子那样大的小手正在扒着窗纸，随即就有个小人跳了进来，穿着彩色衣服和红色鞋子，头上梳着双髻，长得眉清目秀，却只有两寸多高。小人拖着案头的笔旋转着跳舞，在砚台上往来践踏，拖带着墨汁，把书本都弄脏了。这人开始时很惊讶，坐着看了好一会儿，觉得小人没有别的什么能耐，就伸手去捉，小人嗷嗷叫着一下子就被捉住了。小人蜷曲在这人手心里，呦呦着像虫子、像鸟在鸣叫，似乎在说饶命。这人恨透了，就顺手把他放在火上烧死了，满屋都是烧枯柳树的那种气味，后来也并没有发生其他什么变异。刚刚修炼成人形，还没有一点幻术，就放肆地以欺负人招来灾难，也属于馆吏一类的吧。不知这是实有其事，还是邵二云开玩笑编造出来的，不过人们听了之后也足以为戒吧。

【评点】　刚刚做一点小官，就作威作福欺压同事，首先是这个人人品素质有问题，并不在于他做官时间的长短。换句话说，这种人，职位越高，做官时间越长，危害越大；问题早一点暴露出来，于国于民都有好处。

道士与神仙

　　谓无神仙，或云遇之；谓有神仙，又不恒遇。刘向、葛洪、陶宏景以来，记神仙之书，不啻百家；所记神仙之名姓，不啻千人[1]。然后世皆不复言及。后世所遇，又自有后世之神仙。岂保固精气，虽得久延，而究亦终归迁化耶？又神仙清净，方士幻化，本各自一途。诸书所记，凡幻化者皆曰神仙，殊为无别。有王媪者，房山人，家在深山。尝告先母张太夫人曰：山有道人，年约六七十，居一小庵，拾山果为粮，掬泉而饮，日夜击木鱼诵经，从未一至人家。有就其庵与语者，不甚酬答，馈遗亦不受。王媪之侄佣于外，一夕，归省母，过其庵前。道人大骇曰："夜深虎出，尔安得行！须我送尔往。"乃琅琅击木鱼前道。未半里，果一虎突出。道人以身障之，虎自去，道人不别亦自去。后忽失所在。此或似仙欤？从叔梅庵公言：尝见有人使童子登三层明楼上（北方以覆瓦者为暗楼，上层作雉堞形以备御寇者为明楼），以手招之，翩然而下，一无所损。又以铜盂投溪中，呼之，徐徐自浮出。此皆方士禁制之术，非神仙也。舅氏张公健亭言：砖河农家，牧数牛于野，忽一时皆暴死。有道士过之，曰："此非真死，为妖鬼所摄耳。急灌以吾药，使藏府勿坏。吾为尔劾治，召其魂。"因延至家，禹步作法。约半刻，牛果皆蹶然起。留之饭，不顾而去。有知其事者曰："此先以毒草置草中，后以药解之耳。不肯受谢，示不图财，为再来荧惑地也。吾在山东，见此人行此术矣。"此语一传，道士遂不复至。是方士之中，又有真伪，何概曰神仙哉！

【注释】　1.不啻：不止，不只。

【译文】　说是没有神仙吧，有人却说遇上了神仙；说是有神仙吧，却又不是总能遇上。刘向、葛洪、陶弘景以来，记述神仙的书不下百余家；所记录的有名有姓的神仙，不下千人。但这些神仙，后人都不再提及了。后人遇到的，又自有后世的神仙。这岂不是说，即便神仙可以保固精气，活得很久，但也终究不免一死吗？神仙之道，以清净为本，方士之徒，以幻化为业，二者原非一家。然而，根据一些书上的记载，凡能幻化的都被称作神仙，这与方士实在是没有什么区别。

有个王老婆子，是房山人，家住在深山里。她曾告诉先母张太夫人说：她住的那座山里有个道士，年纪六七十岁。他住在一座小庵里，捡拾野果为食，渴了就掬一捧泉水喝，他不分昼夜总是敲着木鱼念经，从来没有到过一户人家。有人到庙里，跟他讲话，他也爱搭不理的，布施财物，他也不收。王老婆子有个侄儿在外面做工，一天夜里，侄儿回家探望母亲，经过庵前，道士一见他，大惊失色道："夜深了，老虎出山，你怎么敢独自行走！需要我送你走。"道士琅琅有声敲着木鱼在前边开道。走了不到半里路，果然有一只猛虎蹿出来。道士用身体挡住老虎，老虎立即转身逃走了，道士也不辞而别，自己离开了。后来道士便不知所终了。这个道士或许是神仙吧？

我的从叔梅庵公说：他曾经见到有人让一个小孩子登上三层明楼的顶部（北方覆瓦的楼房叫"暗楼"，上层做成雉堞形状用来防备抵御盗寇的楼房叫"明楼"），站在地上招手，那孩子往下一跳，翩然落地，却未曾伤着分毫。他还看见过一个人，把一只铜盂投入水里，随后站在溪边呼叫，那个铜盂就缓缓地浮出水面。这些都是方士的幻术，并非神仙之道。我的舅公张健亭先生说：砖河有一家农户，赶着几头牛在野外放牧，忽然那些牛都同时死亡。有个道士路过这里，说："它们并非真死，而是被妖怪摄去了魂魄。赶快把我的药给它们灌下去，保住内脏不受损害。我来为你们整治恶鬼，替它们招魂。"农人将道士请到家里，道士迈着四方步作起法来。约莫过了半刻，那几头牛果然一下子站立起来。农人留道士用饭，道士看也不看，转身走了。有知道内情的人说："这个道士先把毒草混到其他草里，等牛中毒以后，再用药来解毒。他不肯接受酬谢，显示出不图钱财，是为了将来便于蛊惑人心。我在山东时，曾经见过他用这种方法骗人。"这话一传开，道士再也不到这里来了。可见，方士之中，又分真假，怎能把他们一概说成是神仙呢？

【评点】 在民间，方士、相士、阴阳先生等一概被称之为神仙，纪昀在此做了厘清。他认为，有道行、无欲无求的，才是真"神仙"，而其余的，只能称之为方士。而方士当中，还有区分，有的掌握了一些方术，还有一些，直接就是骗子。这篇文章，简直可以当防骗手册中的一篇来看。

诱惑致命

同郡有富室子，形状臃肿，步履蹒跚，又不修边幅，垢腻恒满面。然好游狭斜，遇妇女必注视[1]。一日独行，遇幼妇，风韵绝佳。时新雨泥泞，遽前调之曰："路滑如是，嫂莫要扶持否？"幼妇正色曰："尔勿愦愦，我是狐女，平生惟拜月炼形，从不作媚人采补事。尔自顾何物，乃敢作是言，行且祸尔。"遂掬沙屑洒其面。惊而却步，忽堕沟中，努力踊出，幼妇已不知所往矣。自是心恒惴惴，虑其为祟，亦竟无患。数日后，友人邀饮，有新出小妓侑（yòu）酒。谛视，即前幼妇也。疑似惶惑，罔知所措，强试问之曰："某日雨后，曾往东村乎？"妓漫应曰："姊是日往东村视阿姨，吾未往也。姊与吾貌相似，公当相见耶？"语殊恍惚，竟莫决是怪是人，是一是二，乃托故逃席去。去后，妓述其事曰："实憎其丑态，且惧行强暴，姑诳以伪词，冀求解免。幸其自仆，遂匿于麦场积柴后，不虞其以为真也。"席中莫不绝倒。一客曰："既入青楼，焉能择客？彼固能千金买笑者也，盍挈尔诣彼乎？"遂偕之同往，具述妓翁姑及夫名氏，其疑乃释。（妓姊妹即所谓大杨、二杨者，当时名士多作《杨柳枝词》，皆借寓其姓也。）妓复谢以小时固识君，昨喜见怜，故答以戏谑，何期反致唐突，深为歉仄，敢抱衾枕以自赎。吐词娴雅，姿态横生。遂大为所惑，留连数夕。召其夫至，计月给夜合之资。狎昵经年，竟殒于消渴[2]。先兄晴湖曰："狐而人，则畏之，畏死也。人而狐，则非惟不畏，且不畏死，是尚为能充其类也乎！行且祸汝，彼固先言。是子也死于妓，仍谓之死于狐可也。"

【注释】　1. 狭斜：小街曲巷，常用来指妓院。　2. 消渴：消渴病是中国传统医学的病名，是指以多饮、多尿、多食及消瘦、疲乏、尿甜为主要特征的综合病证，也就是现在所说的糖尿病。

【译文】　同郡有一个富家子弟，体态臃肿，走路总是跟跟跄跄的，又不修边幅，常常满脸污垢，脏兮兮的。可是他却喜欢嫖娼宿妓，遇到妇女必定紧盯着看。有一天，他单独走路，遇到一个小娘子，体态优美，神情优雅。当时刚下过雨，道路泥泞，他就上前调戏道："路这么滑，嫂子不要我扶着走吗？"小娘子正色道："你不要糊涂，我是狐女，平生只是拜月炼形，从来不做迷惑人采补精气的事。你看看自己是什么东西，竟然敢讲这种话，灾祸就要临头了。"说着抓起一把沙土朝他的脸撒过去，他惊恐地往后退，忽然掉进了沟里，好不容易跳出来，小娘子已经不知去向。从此，他常常惴惴不安，担心她来作怪，却居然没有什么祸事。几天后，朋友邀请他喝酒，有个刚来的妓女劝酒。富家子仔细一看，就是前几天遇到的小娘子。他惊疑不定，一时不知如何是好，勉强试探着问："某天刚下过雨，你去过东村吗？"妓女漫不经心地回答说："那一天姐姐去东村看望阿姨，我没有去。姐姐与我容貌相似，你遇见的应该是她吧？"含含糊糊的，竟然弄不清她们是怪还是人，是一个还是两个，他就借故逃席走了。富家子离开之后，妓女说起了这件事："当时我确实讨厌他的丑态，又怕他强暴，就编了一套话骗他，为的是能脱身。幸好他自己跌倒，我就躲到麦场柴堆后面去了。不料他信以为真。"酒席上的人都笑得前俯后仰。一个客人说："你既然进了青楼，怎么可以挑选客人？他的确是能用千金买笑的人，何不由我带你去见他？"于是就一起前往，客人详细说了妓女的公婆及丈夫姓名，富家子的疑虑才消除。（妓女姐妹就是叫大杨、二杨的，当时名士多作《杨柳枝词》，都借寓她们的姓氏。）妓女又道歉说："我小时候就认识你，昨天为得到你的怜爱而高兴，故意和你开玩笑，不料反而唐突了你，我深深抱歉，愿意抱着衾枕来自赎罪孽。"她谈吐高雅，又有说不尽的娇媚，富家子被她的美色迷惑，留她过了好几夜。后又叫来她的丈夫，按月付给夜宿的钱财。富家子和这个妓女鬼混了一年多时间，最终死于消渴病。

先兄晴湖说："狐精幻化成人，他就害怕，实际上是怕死。人做了狐精的事，他非但不怕她，而且不怕死。这也许是因为她还是自己的同类吧！'灾祸就要临头了'，这是她事先就说过的。这个人死在妓女手里，要说他是死在狐精手里也未尝不可。"

【评点】　富家子听说女子是狐精就担惊受怕，美色当前就忘乎所以，可见诱惑往往是致命的。

要重视平民教育

郭大椿、郭双桂、郭三槐，兄弟也。三槐屡侮其兄，且诣县讼之。归憩一寺，见缁袍满座，梵呗竞作[1]。主人虽吉服，而容色惨沮，宣疏通诚之时，泪随声下。叩之，寺僧曰："某公之兄病危，为叩佛祈福也。"三槐痴立良久，忽发颠狂，顿足捶胸而呼曰："人家兄弟如是耶？"如是一语，反覆不已。掖至家，不寝不食，仍顿足捶胸，诵此一语，两三日不止。大椿、双桂故别往，闻信俱来，持其手哭曰："弟何至是？"三槐又痴立良久，突抱两兄曰："兄固如是耶！"长号数声，一踊而绝。咸曰神殛之，非也。三槐愧而自咎，此圣贤所谓改过，释氏所谓忏悔也。苟充是志，虽田荆、姜被，均所能为[2]。神方许之，安得殛之？其一恸立殒，直由感动于中，天良激发，自觉不可立于世，故一瞑不视，戢影黄泉，岂神之褫其魄哉[3]？惜知过而不知补过，气质用事，一往莫收；无学问以济之，无明师益友以导之，无贤妻子以辅之，遂不能恶始美终，以图晚盖，是则其不幸焉耳[4]。昔田氏姊买一小婢，倡家女也。闻人诮邻妇淫乱，瞿然惊曰："是不可为耶？吾以为当如是也。"[5]后嫁为农家妻，终身贞洁。然则三槐悖理，正坐不知。故子弟当先使知礼。

【注释】 1.缁袍：用黑色帛做的衣服，僧尼穿黑衣。梵呗：和尚念经的声音。 2.田荆：南朝梁吴均《续齐谐记·紫荆树》记载，京兆田真兄弟三人析产，拟破堂前一紫荆树而三分之，明日，树即枯死。田真大惊，谓诸弟曰："树本同株，闻将分斫，所以颠顿，是人不如木也。"兄弟感悟，遂合产和好。树亦复茂。后因以"田荆"为兄弟和好的代称。姜被：《后汉书》卷五十三记载，汉代姜肱与二弟仲海、季江，"俱以孝行著闻。其友爱天至，常共卧起"。"姜被"是说姜肱兄弟同被而寝，表明兄弟友爱。 3.一瞑不视：死亡。瞑，闭眼。戢影：隐藏踪迹。 4.晚盖：用后善掩盖前恶。 5.瞿然：惊骇的样子。

【译文】 郭大椿、郭双桂、郭三槐是三兄弟。三槐常常欺辱两个哥哥，并且到县衙去控告哥哥。从县衙回来的路上到一座庙里休息，只见庙堂里坐满了穿黑袍的和尚，正在齐声念经。施主虽然身穿吉服，却面容惨淡沮丧，宣读表示虔诚的祷文时，眼泪随着诵读声纷纷落下。三槐上前叩问原因，和尚答道："这位施主的兄长病危，他在叩请神佛为兄长降福呢。"三槐痴呆呆站了好久，忽然发起癫狂，一边顿足捶胸一边喊道："人家兄弟竟是这样啊！"他反复地重复这句话。众人把他扶着送回家，他不吃不睡，还是顿足捶胸，不断重复那句话，一连闹了两三天。大椿、双桂一向住在别处，听到消息赶来，拉着三槐的手哭着说："兄弟怎么会这样？"三槐又呆立了半晌，突然抱着两个哥哥说："哥哥总是这么好啊！"他长号了几声，猛然一跳断了气。人们都说是神明惩治了三槐，其实不然。三槐愧疚而自责，这就是圣贤所说的"改过"，佛家所说的"忏悔"。他能这样，田荆、姜被此类的孝悌之事，他都能做到。神佛正希望他这么做，怎么会惩罚他呢？他一旦悲伤立刻殒命，是因为心里感动，本真的良心被激发，自己觉得无颜活在世上，所以一死了之，命归黄泉，哪里是神佛收了他的魂？可惜的是，他知道有过错却不知道将功补过，仅仅是意气用事，一去而不回头。他没有学问，因而不能依靠学识来自我解脱，没有明师益友来开导他，也没有贤妻来帮助规劝他，致使他不能从恶的开头走向善的终结，以求有个好的晚节，他的不幸就在这里。

当年田氏姐姐买了个丫鬟，丫鬟原先是个妓女。丫鬟听见有人讥笑邻家妇人淫乱，惊讶地问："这种事儿不能做吗？我还以为就应该这样做呢。"后来，她嫁给农人做妻子，终身保持贞洁。三槐的行为违背常理，就是因为他不明道理，所以教育子弟应该先让他们懂得礼义。

【评点】　纪昀通过郭三槐的故事，提到了平民教育的问题。因为没有受过教育，不知道道德评价的标准，所以这一类人就以为可以率性而为，就可以按照平常所见的去做。一旦发现自己的所作所为是错误的，他们就不知所措。这时候如果能够及时把正确的榜样树立于前，他们中的很多人还是乐于改正的。

表面忠厚

蔡季实殿撰有一仆,京师长随也。狡黠善应对,季实颇喜之。忽一日,二幼子并暴卒,其妻亦自缢于家。莫测其故,姑殓之而已。其家有老妪私语人曰:"是私有外遇,欲毒杀其夫,而后携子以嫁。阴市砒制饼饵,待其夫归。不虞二子窃食,竟并死。妇悔恨莫解,亦遂并命。"然妪昏夜之中,窗外窃听,仅粗闻密谋之语,未辨所遇者为谁,亦无从究诘矣。其仆旋亦发病死。死后,其同侪(chái)窃议曰:"主人惟信彼,彼乃百计欺主人。他事毋论,即如昨日四鼓诣圆明园侍班,彼故纵驾车骡逸,御者追之复不返。更漏已促,叩门借车必不及。急使雇倩,则曰风雨将来,非五千钱人不往。主人无计,竟委曲从之。不太甚乎?奇祸或以是耶!"季实闻之,曰:"是死晚矣,吾误以为解事人也。"

【译文】 翰林院修撰蔡季实有个仆人,是京城里长随出身。他机智聪明善于应变,季实很喜欢他。有一天,这个仆人的两个幼子突然同时死了,他妻子也在家上了吊。因为不知是什么原因,只好就这么安葬了。他家有个老妈子偷偷对人说:"他妻子有外遇,想毒死丈夫,然后带着孩子嫁人。她暗中买来砒霜放在饼里,等丈夫回来吃。不料被两个孩子偷吃了,都被药死了。他妻子悔恨不已,也拼上了自己的性命。"这老妈子曾在黑夜里躲在窗外偷听,只听到了密谋的大概意思,没听出奸夫是谁,也就无从查询了。这个仆人不久也发病死去了。死后,他的同伴私下里议论说:"主人只信任他,他却千方百计骗主人。别的事不说,就说昨天,主人四更天要去圆明园值班,他却故意把驾车的骡子放跑了。赶车人去追，好久没有回来。眼看着要到四更天了，去别人家借车肯定也来不及了，主人便急忙叫他去雇车。他却说风雨就要来了，没有五千钱是雇不来人的。主人无奈，只好答应了。这不太过分了吗？他家的大祸也许是因为这些事招来的。"季实听了这些议论，说："他早就该死了，我误以为他是个很懂事理的人。"

【评点】　这是一个专门算计别人的人最终遭到报应的故事。妻子想要谋害亲夫，未料先毒死了自己的孩子，悔恨之余又搭上了自己的性命。丈夫伪装忠厚，其实处处都暗藏奸计。一般人认为，是老天看不下去，所以让他们家遭受了灭门的灾祸。这正是"机关算尽太聪明，反误了卿卿性命"，"多行不义必自毙"。

考官的雅趣

　　科场为国家取人材，非为试官取门生也。后以诸房额数有定，而分卷之美恶则无定，于是有拨房之例。雍正癸丑会试，杨丈农先房（杨丈讳椿，先姚安公之同年），拨入者十之七。杨丈不以介意，曰："诸卷实胜我房卷，不敢心存畛（zhěn）域，使黑白倒置也[1]。"（此闻之座师介野园先生，先生即拨入杨丈房者也[2]。）乾隆壬戌会试，诸襄七前辈不受拨，一房仅中七卷，总裁亦听之。闻静儒前辈，本房第一，为第二十名。王铭锡竟无魁选。任钓台前辈，乃一房两魁。戊辰会试，朱石君前辈为汤药冈前辈之房首，实从金雨叔前辈房拨入，是雨叔亦一房两魁矣。当时均未有异词。所刻同门卷，余皆尝亲见也。庚辰会试，钱箨（tuò）石前辈以蓝笔画牡丹，遍赠同事，遂递相题咏。

时顾晴沙员外拨出卷最多，朱石君拨入卷最多，余题晴沙画曰："深浇春水细培沙，养出人间富贵花。好是艳阳三四月，余香风送到邻家。"边秋厓前辈和余韵曰："一番好雨净尘沙，春色全归上苑花。此是沉香亭畔种（上声），莫教移到野人家。"又题石君画曰："乞得仙园花几茎，嫣红姹紫不知名。何须问是谁家种，到手相看便有情。"石君自和之曰："春风春雨剩枯茎，倾国何曾一问名。心似维摩老居士，天花来去不关情。"张镜壑前辈继和曰："墨捣青泥砚涴沙，浓蓝写出洛阳花³。云何不著胭脂染，拟把因缘问画家。""黛为花片翠为茎，《欧谱》知居第几名？却怪玉盘承露冷，香山居士太关情。"盖皆多年密友，脱略形骸，互以虐谑为笑乐，初无成见于其间也。蒋文恪公时为总裁，见之曰："诸君子跌宕风流，自是佳话。然古人嫌隙，多起于俳谐。不如并此无之，更全交之道耳。"皆深佩其言。盖老成之所见远矣。录之以志少年绮语之过，后来英俊，慎勿效焉。

【注释】　1. 畛域：指两物之间的界限。　2. 座师：明、清两代举人、进士对主考官的尊称。　3. 涴：染上，浸渍。

【译文】　科考的目的是为国家选取人才，而不是为了让考官收取门生。后来，因为各房考官录取的名额有规定的数量，判卷却没有一定的优劣标准，于是就有了拨房评卷的制度。雍正癸丑年（1733）会试，杨农先先生在判卷时（杨丈讳椿，与先父姚安公同年登榜），有十分之七是从其他试房拨入的。杨先生并不介意，他说："其他试卷确比本房试卷水平高，我不敢心存偏见，致使黑白颠倒。"（这是从座师介野园先生那里听来的，介野园先生就是被拨入杨公卷房而登第的。）乾隆壬戌年（1742）会试，诸襄七先生拒绝判阅其他诸房拨来的试卷，而他自己房中仅有七份试卷中式，总裁也只好听之任之。闻静儒先生房中，有一份试卷名列本房第一，拿到别的试房，落到第二十名。王铭锡房中，竟然评选不出第一名的试卷，而任钓台先生房中，却出了两个第一名。戊辰年（1748）会试，朱石君先生的试卷在汤药冈先生房中列于榜首，实际上，他的试卷是从金雨叔先生房中拨入的。这样说来，金雨叔房中也有两个第一了。当时，大家对此均无异议。所刻同门试卷，我都亲眼见过。

庚辰年（1760）会试，钱箨石先生用蓝颜色画了几幅牡丹，赠送给考官同事，大家相互传看并在画上题诗。当时，员外郎顾晴沙房中拨出的试卷最多，朱石君拨入的试卷最多，我在赠给顾晴沙的画上题诗道："深浇春水细培沙，养出人间富贵花。好是艳阳三四月，余香风送到邻家。"边秋厓先生和着我的诗韵写道："一番好雨净尘沙，春色全归上苑花。此是沉香亭畔种（读上声），莫教移到野人家。"我又为赠朱石君的画题道："乞得仙园花几茎，嫣红姹紫不知名。何须问是谁家种，到手相看便有情。"石君自己和诗道："春风春雨剩枯茎，倾国何曾一问名。心似维摩老居士，天花来去不关情。"张镜壑先生接着和诗两首道："墨捣青泥砚浣沙，浓蓝写出洛阳花。云何不著胭脂染，拟把因缘问画家。""黛为花片翠为茎，《欧谱》知居第几名？却怪玉盘承露冷，香山居士太关情。"我们是多年密友，彼此间暂时抛开身份地位，相互取笑为乐，始终毫无成见。当时，蒋文恪先生为会试总裁，看了我们的题诗后说："诸位先生跌宕风流，笔墨游戏堪称佳话。然而，古人之间的嫌隙与误解，大多是从相互戏谑嘲弄开始的。不如免去这些做法，才是保全友情之道。"大家都十分钦佩他讲的话。蒋先生为人老成持重，他的言论足以说明他的远见卓识。我将此事记录在这里，记住青年时期玩弄虚词绮语、炫耀文辞的过失，希望后来的英才俊杰，千万不要效仿。

【评点】　纪昀介绍了科举考试阅卷判卷的一些规则，还描绘了一帮青年才俊互相唱和的情景，具有珍贵的史料价值。

考官阅卷与发榜

　　科场填榜完时，必卷而横置于案。总裁、主考，具朝服九拜，然后捧出。堂吏谓之拜榜。此误也。以公事论，一榜皆举子，试官何以拜举子？以私谊论，一榜皆门生，座主何以拜门生哉？或证以《周礼》拜受民数之文，殊为附会[1]。盖放榜之日，当即以题名录进呈。录不能先写，必拆卷唱一应，榜填一名，然后付以填榜之纸条，写录一名。今纸条犹谓之录条，以此故也。必拜而送之，犹拜折之礼也。榜不放，录不出；录不成，榜不放。故录与榜必并陈于案，始拜。榜大录小，灯光晃耀之下，人见榜而不见录，故误认为拜榜也。厥后，或缮录未完，天已将晓；或试官急于复命，先拜而行。遂有拜时不陈录于案者，久而视为固然。堂吏或因可无录而拜，遂竟不陈录。又因录既不陈，可暂缓写而追送，遂至写榜竣后，无录可陈，而拜遂潜移于榜矣。尝以问先师阿文勤公，公述李文贞公之言如此。文贞即公己丑座主也。

【注释】　1.民数：指人口数字。《周礼·春官·天府》："若祭天之司民司禄，而献民数谷数，则受而藏之。"

【译文】　科举考试判卷结束在填完榜后，必须把榜卷起来横放在桌子上。

然后总裁官、主考官都身穿朝服行过九拜之礼后,才捧出去发榜。因此,堂吏们称之为"拜榜"。这种说法是不对的。按公事而论,这一榜中都是举子,考官为什么要拜举子?按私人交情而论,这一榜都是主考官的门生,老师为什么要拜门生?有人就用《周礼》中国君拜受百姓人数统计图表的典故来解释,更是牵强附会。原来放榜那一天,应当马上把题名录呈上去。题名录不能先写,必须在拆卷后念一个名字,然后付给填榜的字条,再登录一个人。现在还把纸条叫录条,就是因为这个原因。这个题名录也要拜了之后才能送上去,就像臣子拜了奏折才能送上去一样。如果不放榜,就写不成题名录;而题名录写不成,也就放不了榜。所以题名录和榜文要一齐放在桌子上才能开始拜。因为榜大录小,在灯光的照耀之下,人们只能看到榜而看不到录,所以误认为是拜榜。此后,有时因为题名录还没有写完天就亮了,也有时因为考官急于报告皇上,先拜完就走了,以致有时拜的时候桌子上没有摆放题名录。久而久之,这也被认为是理所当然的事了。堂吏也许会认为没有题名录也可以拜,就不再摆放题名录了。又因为没有摆放题名录,可以暂时延缓,等以后再追送,以致在写完榜后,也没有题名录摆放,于是这种九拜礼就渐渐转移到榜文上了。我曾经问过先师阿文勤先生,他就转述了李文贞讲过的情况。李文贞先生就是阿先生在康熙己丑年(1709)参加会试时的主考官。

【评点】 这是阅卷判卷结束之后录取名单送审的情形,由参与会试的主考官亲自解说,也具有史料价值。

卷二一

滦阳续录三

狡诈的人贩子

安公介然言：束州有贫而鬻妻者，已受币，而其妻逃。鬻者将讼，其人曰："卖休买休，厥罪均，币且归官，君何利焉？今以妹偿，是君失一再婚妇，而得一室女也，君何不利焉？"鬻者从之。或曰："妇逃以全贞也。"或曰："是欲鬻其妹而畏人言，故托诸不得已也。"既而其妻归，复从人逃。皆曰："天也。"

【译文】　安介然公说：束州有个贫穷得卖妻的人，已经收下买方的钱币，妻子却逃走了。买方将要打官司，他说："买卖已经做完了，你我的罪名均等，而且钱币要给官库没收，你诉讼到官府有什么好处呢？现在，我把妹妹赔偿给你。这样你失去的是一个再婚的女人，得到的却是一个处女，这对你有什么不好？"买方同意了。有人说："他的妻子逃走是为了保全贞节。"也有人说："他是想卖掉妹妹，却又怕被别人指责，所以找一个不得已的借口。"不久，他的妻子回到家里，接着又跟别人私奔了。评论这件事的人都说："这是天意啊。"

【评点】　遇到家庭生活困难，就要变卖家里人换钱，无论是卖妻子或者卖掉亲妹妹，都不是负责任的家长。这样的夫妻，不做也罢。

只割耳朵的强盗

门人邱人龙言：有赴任官，舟泊滩河。夜半，有数盗执炬露刃入，众皆慑伏。一盗拽其妻起，半跪启曰："乞夫人一物，夫人勿惊。"即割一左耳，敷以药末，曰："数日勿洗，自结痂愈也。"

遂相率呼啸去。怖几失魂，其创果不出血，亦不甚痛，旋即平复。以为仇耶，不杀不淫；以为盗耶，未劫一物。既不劫不杀不淫矣，而又戕其耳；既戕其耳，而又赠以良药。是专为取耳来也。取此耳又何意耶？千思万索，终不得其所以然，天下真有理外事也。邱生曰："苟得此盗，自必有其所以然；其所以然必在理中，但定非我所见之理耳。"然则论天下事，可据理以断有无哉？（恒兰台曰："此或采补折割之党，取以炼药。"似乃近之。）

【译文】　我的门生邱人龙说：有个官员去上任，他坐的船停泊在滩河边。半夜时分，有几个强盗点着火举着刀来到船上，船上的人都吓得趴着一动也不敢动。一个强盗把官员的妻子拖起来，半跪着说："我求夫人一样东西，夫人不要害怕。"随即割下了她左边的耳朵，敷上了药末，说："这几天不要洗它，伤口自然会结痂痊愈。"然后他们一个跟着一个打着呼哨离开了。夫人吓得差点儿丢了魂，伤口果然没有出血，也不怎么疼，不久就痊愈了。说他们是来报仇吧，这伙强盗却不杀不淫；说是来抢劫吧，却一样东西也没抢。既然不杀不淫不抢，却又割了耳朵；既然割了耳朵，却又送了良药。这些人是专门为取耳朵而来的。要这耳朵又是什么意思呢？千思万想，怎么也想不出个所以然来。天下真有不可理喻的事情。邱人龙说："如果把这个强盗捉住了，就能知道所以然；他们的理由也肯定有一定的道理，但肯定不是我们所认为的道理。"那么论述天下的事，能够据常理来推断有无吗？（恒兰台说："这些人或许是采补折割之流，取耳朵来炼药。"好像较为接近事实。）

【评点】　在这个世界上，每个人做的每一件事情，都是有目的，都是按照各自的行为逻辑；旁人觉得不可理喻，是因为对这些不了解。但是，因为要达到个人的目的，就不顾别人的感受，兀自坚持自己的行为逻辑，是不可取的。

事有轻重缓急

先姚安公曰："子弟读书之余，亦当使略知家事，略知世事，而后可以治家，可以涉世。明之季年，道学弥尊，科甲弥重。于是黠者坐讲心学，以攀援声气；朴者株守课册，以求取功名，致读书之人，十无二三能解事。崇祯壬午，厚斋公携家居河间，避孟村土寇。厚斋公卒后，闻大兵将至河间，又拟乡居。濒行时，比邻一叟顾门神叹曰：'使今日有一人如尉迟敬德、秦琼，当不至此[1]。'汝两曾伯祖，一讳景星，一讳景辰，皆名诸生也。方在门外束fú襆被，闻之，与辩曰：'此神荼(shū)、郁垒(lǜ)像，非尉迟敬德、秦琼也。'[2]叟不服，检邱处机《西游记》为证[3]。二公谓委巷小说不足据，又入室取东方朔《神异经》与争。时已薄暮，检寻既移时，反覆讲论又移时，城门已阖，遂不能出。次日将行，而大兵已合围矣。城破，遂全家遇难。惟汝曾祖光禄公、曾伯祖镇番公及叔祖云台公存耳。死生呼吸，间不容发之时，尚考证古书之真伪，岂非惟知读书不预外事之故哉！"姚安公此论，余初作各种笔记，皆未敢载，为涉及两曾伯祖也。今再思之，书痴尚非不佳事，古来大儒似此者不一，因补书于此。

【注释】　1.尉迟敬德：即尉迟恭，字敬德，鲜卑族，朔州善阳（今山西朔州市平鲁区）人，淳朴忠厚，勇武善战，一生戎马倥偬，征战南北，驰骋疆场，屡立战功。秦琼：字叔宝，齐州历城（今山东济南）人，唐朝开国将领。后来民间将这两员大将认定为守门神，其中执铜者是秦琼，执鞭者是尉迟敬德。　2. 襆被：行礼，行装。神荼、郁垒：都是神名，传说中善治恶鬼，汉代前民间即奉为门神。　3. 邱处机《西游记》：丘处机和徒弟应成吉思汗之邀，历时两年零四个月，行程万余里，到达成吉思汗的雪山行宫（今阿富汗境内）。公元1224年，丘处机师徒返归燕京，以成吉思汗赠给虎符、玺书，掌管天下道教，免道院及道众一切赋税差役，于是道侣云集，玄教日兴。弟子李志常效唐僧门徒辩机写《大唐西域记》，按随行日记写作《长春真人西游记》。该书以记述所经山川道里及沿途所见风俗人情为主，兼及丘处机生平，是研究13世纪漠北、西域史地及全真道历史的重要资料。

【译文】　先父姚安公说："子弟在读书之余，也应该让他们稍稍懂点家务事，稍稍懂点世务，而后他们才能治家，才能经历世事。明朝末年，道学受到尊崇，科考极受重视。于是，聪明人研究心学，以攀缘时髦的风气；淳朴的人死背经典，以求取功名，致使读书人十个中间竟没有一两个能懂点家事、世事的。崇祯壬午年（1642），先高祖厚斋公携带家小移居河间，躲避孟村的土匪。厚斋公去世后，听说朝廷大兵将要到河间，全家人又筹划着搬到乡下。临行时，邻居一个老者望着大门上的门神叹道：'假如现在有一个像尉迟敬德、秦琼那样的人，也不至于落到这般田地。'你的两个曾伯祖，一个名景星，一个名景辰，都是有名的秀才。他们正在门外捆行李，听了老者的话，辩解道：'这是神荼、郁垒的画像，并不是尉迟敬德和秦琼。'老者不服，举出丘处机著的《西游记》为证。你的两位曾伯祖说街巷小说不足为凭，转身回屋里取出东方朔的《神异经》与他争论。当时已是日暮时分，查找证据耽搁了时间，他们反复争辩又耽搁了时间，城门已经关闭，所以无法出城了。第二天，他们正要上路，河间城已被大兵包围。城被攻破后，一家人全部遇难。只有你曾祖光禄公、曾伯祖镇番公及叔祖云台公得以幸存。性命攸关之时，他们还在考证古书记载的真伪，这难道不是只知道读书却不识时务造成的后果吗？"姚安公的这番议论，最初我撰写各种笔记时，都没有敢收入，因为涉及两位曾伯祖。如今我再三考虑，书呆子并不是什么见不得人的事，古往今来的许多大学问家像这样只会读书的不止一个，因此将这件事补录在此。

【评点】　纪昀破除为尊者讳的成规，将自己两位曾伯祖的故事拿来作反面典型，告诫读书人不能只顾读书、不问世事。只知道读书，只有书本知识，却没有生存能力，这个教训实在惨痛。

世态炎凉

门人有作令云南者，家本苦寒，仅携一子一僮，拮据往，需次会城。久之，得补一县，在滇中，尚为膏腴（diāo）地。然距省窎远，其家又在荒村，书不易寄[1]。偶得鱼雁，亦不免浮沉，故与妻子几断音问。惟于坊本搢（jīn）绅中，检得官某县而已[2]。偶一狡仆舞弊，杖而遣之。此仆衔次骨。其家事故所备知，因伪造其僮书云，主人父子先后卒，二棺今浮厝（cuò）佛寺，当借资来迎。并述遗命，处分家事甚悉。初，令赴滇时，亲友以其朴讷，意未必得缺；即得缺，亦必恶。后闻官是县，始稍稍亲近，并有周恤其家者，有时相馈问者。其子或有所称贷，人亦辄应，且有以子女结婚者。乡人有宴会，其子无不与也。及得是书，皆大沮，有来唁者，有不来唁者。渐有索逋者，渐有道途相遇似不相识者。僮奴婢媪皆散，不半载，门可罗雀矣。既而令托人觐官寄千二百金至家迎妻子，始知前书之伪。举家破涕为笑，如在梦中。亲友稍稍复集，避不敢见者，颇亦有焉。后令与所亲书曰："一贵一贱之态，身历者多矣；一贫一富之态，身历者亦多矣。若夫生而忽死，死逾半载而复生，中间情事，能以一身亲历者，仆殆第一人矣。"

【注释】　1.鸾：远。　2.搢绅：即"缙绅"，指有官职的或做过官的人。这里指缙绅录，旧时书坊刊印的全国职官录。

【译文】　我有个门生在云南当县令，他的家境本来贫寒，赴任时只带了一个儿子一个书童，手头拮据，窘迫狼狈，在省城等候补缺。等了很久，补了个县令，在云南中部，还算是个富饶的县。但是这个县距离省城很远，他的家又在荒村，信也不好寄。偶然有了捎信的人，信也不免沉沉浮浮地到不了收信人手里，因此和妻子几乎断了音信。他的家人只能在坊刻本的官员名册中查到他在某县任官。这时，他有个奸诈狡猾的仆从营私舞弊，被他打了一顿赶走了。这个仆从对他恨之入骨。他对县令的家事很熟悉，就假冒那个家里带去的书童口吻写信说，主人父子都已经先后去世，两口棺材都寄放在佛庙，应当借钱来迎接回家。同时还写了主人的遗嘱，安排家事很详细。

当初，这个县令前往云南时，亲友因为他质朴老实、不善言辞，觉得他未必能补上官；即便补了官，也一定是不好的职位。后来听说他当了这个县的县令，才稍稍和他的家人亲近起来，有的还出钱周济，常常赠送东西、慰问。他的儿子有时向人借贷，对方也很痛快，而且有的还和他家攀亲。村里人的宴会，他的儿子都被邀请参加。仆从的这封信寄到，人们都大失所望，有来吊唁的，有不来。渐渐地，还有来讨债的，有的在路上相遇，好像不认识。他家的僮仆丫鬟都散去了，不到半年，门庭冷落不见有人上门。不久，这个县令托进京觐见皇帝的官员把一千二百两银子带给家里，打算把家眷接到云南去，全家人这才知道前一封信是假的，破涕为笑，好像在梦里一样。于是亲友们又渐渐凑上前来，也有避而不敢再见他家人的，这样的人还不少。

后来县令给他的一个好友写信道："一贵一贱的情态，亲身经历过的人很多；一穷一富的情态，亲身经历过的人也很多。至于活着忽然死了，死了大半年又复活，这中间的情态，由一个人来亲身经历的，恐怕我是第一个。"

【评点】　人情冷暖、世态炎凉曾引发多少感慨、多少喟叹，有多少人为此切齿、流泪，呼天喊地。纪昀的这个门生，经历过这样一番风波之后，世态炎凉都一一尝遍，应该也会有一份无可无不可的淡然吧？

滦阳续录四

卷二二

吉木萨人家

乌鲁木齐农家多就水灌田，就田起屋，故不能比闾而居。往往有自筑数椽，四无邻舍，如杜工部诗所谓"一家村"者。且人无徭役，地无丈量，纳三十亩之税，即可坐耕数百亩之产。故深岩穷谷，此类尤多。有吉木萨军士入山行猎，望见一家，门户坚闭，而院中似有十余马，鞍辔悉具。度必玛哈沁所据，噪而围之[1]。玛哈沁见势众，弃锅帐突围去。众惮其死斗，亦遂不追。入门，见骸骨狼藉，寂无一人，惟隐隐有泣声。寻视，见幼童约十三四，裸体悬窗棂上。解缚问之，曰："玛哈沁四日前来，父兄与斗不胜，即一家并被缚。率一日牵二人至山溪洗濯，曳归，共脔割炙（zhuó）食，男妇七八人并尽矣。今日临行，洗濯我毕，将就食，中一人摇手止之。虽不解额鲁特语，观其指画，似欲支解为数段，各携于马上为粮。幸兵至，弃去，今得更生。"泣絮絮不止。悯其孤苦，引归营中，姑使执杂役。童子因言其家尚有物埋窖中。营弁使导往发掘，则银币衣服甚多。细询童子，乃知其父兄并劫盗。其行劫必于驿路近山处，瞭见一二车孤行，前后十里无援者，突起杀其人，即以车载尸入深山；至车不能通，则合手以巨斧碎之，与尸及襆被并投于绝涧，惟以马驮货去。再至马不能通，则又投羁绁于绝涧，纵马任其所往，共负之由鸟道归，计去行劫处数百里矣。归而窖藏一两年，乃使人伪为商贩，绕道至辟展诸处卖于市，故多年无觉者。而不虞玛哈沁之灭其门也。童子以幼免连坐，后亦牧马坠崖死，遂无遗种。此事余在军幕所经理，以盗已死，遂置无论。由今思之，此盗踪迹诡秘，猝不易缉，乃有玛哈沁来，以报其惨杀无罪。玛哈沁食人无餍，乃留一童子，以明其召祸之由。此中似有神理，非偶然也。盗姓名久忘，惟童子坠崖时，所司牒报记名秋儿云。

【注释】 1.玛哈沁：蒙语称强盗为玛哈沁。"玛哈"，蒙古语是"肉"的意思，"玛哈沁"可以直译为"食肉者"。

【译文】 乌鲁木齐的农家大多临近水源垦田浇灌，房屋就盖在自家田边，所以不能与别人比邻而居。往往搭起几根椽子就成了，四周没有邻居，像杜甫诗所说的"一家村"。此地的人不服徭役，土地也不经丈量，只要向官府交纳三十亩地的租税，就可以耕种几百亩。在深山里峡谷中，这一类农户更多。

有驻守吉木萨的军士进山打猎，远远看见一户人家，大门紧闭，院子里却似乎有十几匹马，都配着马鞍和辔头。他们估计此处定被土匪占据，就呐喊着将院子团团围住。土匪见官军人多势众，匆忙丢下锅灶帐篷突围而去。众官军怕土匪狗急跳墙，也就不再穷追。他们进了院子，只见满地尸骨狼藉，四周一个人也没有，只是隐隐约约有啜泣声。循声寻找，只见有个十三四岁的男孩，赤条条地挂在窗棂上。他们给男孩松开绑绳询问，男孩说："土匪四天前闯来，父亲和哥哥打不过他们，全家都被捆了起来。大概一天牵着两个人到山里溪边洗干净，再拉回来，割肉烤着吃，全家男女七八口都被吃了。今天他们临走，把我洗了洗，正要吃，其中一人摆着手制止了。我虽然听不懂额鲁特语，看他的手势，像是说要把我分成几段，各自带在马上当干粮。幸亏官军来到，他们丢下我跑了，我才又活过来了。"男孩一边哭一边絮絮叨叨说个不停。军士们可怜他孤苦伶仃，就把他带回营地，暂且让他干些杂活儿。男孩告诉众人，说他家的地窖里埋着不少东西。军士们让他带路去挖，挖出了许多钱币和衣物。众人细问男孩，才知道他的父亲和哥哥都是劫盗。他们抢劫时先躲在驿路边的山石后面，看到一两辆车单独赶路，前后十里没有救应，就突然冲出来杀死车上的人，把尸体装进车里推进深山，一直到车子再也没法走，就一起用大斧将车子劈碎，连同尸体、行李一起抛进山涧，只将货物用马驮走。走到马匹也无法通行时，就把马鞍卸下来抛进山涧，放走马，随便它往哪里去，然后人背着货物从险峻的小路回来。这样算下来，离开行劫的地方已经有几百里了。回来后将财物放进地窖藏个一两年，再派人伪装成商贩，绕道到辟展等地的集市上卖掉，所以多年来从未被人发觉。但没料到这次被土匪灭了门。男孩因为年幼被官府免去连坐之罪，后来他在放马时跌下山崖死了，这一家从此绝了种。这个案子是我在乌鲁木齐军幕中亲手经办的，因为盗贼已死，就搁置一边不再追究了。今天想起来，这家盗贼形迹诡秘，短时间里不易缉拿，不料来了土匪，也算是惩治了他们的残杀之罪。土匪吃人肉没个够，却留下了一个孩子，让他把自己家遭祸事的缘由向世间披露。这中间似有神理，并非偶然。这家盗贼的姓名，我早已忘记了，只有男孩坠崖时，官府上报的公文中记录了他的名字叫秋儿。

【评点】　一桩不可能办结的刑事案件，牵连出另外若干桩无法追究的刑事案件，说来说去只为告诉读者：恶有恶报。这种道德教化形式似乎是纪昀的最爱。

小人之心

姚安公言：庐江孙起山先生谒选时，贫无资斧，沿途雇驴而行，北方所谓短盘也。一日，至河间南门外，雇驴未得。大雨骤来，避民家屋檐下。主人见之，怒曰："造屋时汝未出钱，筑地时汝未出力，何无故坐此？"推之立雨中。时河间犹未改题缺，起山入都，不数月竟掣得是县[1]。赴任时，此人识之，惶愧自悔，谋卖屋移家。起山闻之，召来笑而语之曰："吾何至与汝辈较？今既经此，后无复然，亦忠厚养福之道也。"因举一事曰："吾乡有爱莳(shí)花者，一夜偶起，见数女子立花下，皆非素识。知为狐魅，遽掷以块，曰：'妖物何得偷看花！'一女子笑而答曰：'君自昼赏，我自夜游，于君何碍？夜夜来此，花不损一茎一叶，于花又何碍？遽见声色，何鄙吝至此耶？吾非不能揉碎君花，恐人谓我辈所见，亦与君等，故不为耳。'飘然共去。后亦无他。狐尚不与此辈较，我乃不及狐耶？"后此人终不自安，移家莫知所往。起山叹曰："小人之心，竟谓天下皆小人。"

【注释】　1.题缺：奏请任命出缺官职。

【译文】　姚安公说：庐江人孙起山先生进京城候选时，因为缺少旅费，沿途只能雇毛驴驮东西，北方人称之为"短盘"。一天，他走到河间县城南门外，没有雇到毛驴。突然下起大雨，他就到一户人家的房檐下避雨。那家主人见到他，发怒说："盖房时你没有出过钱，筑地基时你也没出过力，为什么无缘无故坐在这里？"把他推到雨地里站着。当时，河间县令正属空缺，孙起山到京城，没几个月，就得到了这个职位。赴任时，房主人认出了新县令，惶恐后悔，筹划着卖房子搬家。孙起山听说了，将他叫来，笑着说："我怎么至于跟你们计较？现在你经历过这样的事，以后不要再那样了，这也是忠厚养福之道。"还举了个例子说："我的老家有个人喜欢培植花木，一天夜里，他偶然起身到院子里，发现有几个女子站在花下，一个也不认识。他明白是遇上了狐精，急忙捡起土块砸过去，怒斥道：'妖精怎么能来偷看我的花！'一个女子笑着答道：'先生自己白天赏花，我们夜间游玩，对您有何妨碍？我们夜夜来此，花并不因此损伤一茎一叶，对花又有何妨碍？瞧您那种声色俱厉的样子，怎么吝啬到如此地步？我们并非不能揉碎你的花卉，只是怕外人耻笑我们跟您一般见识，所以才不干这种事。'众女子飘然而去。后来也没发生什么意外。狐精尚且不与这种人计较，我难道还不如狐辈吗？"后来，房主人终究还是心中不安，搬得无影无踪了。孙起山叹道："真是小人之见，居然把天下人都看成小人。"

【评点】　人生在世，个人受过的教育、性格、爱好、客观条件等等这些因素，规定了生活轨迹。那么，以上所说的这些因素大致相同的人，生活轨迹难免会平行或者重合，因此我们经常会发现，曾经在不经意间相遇过的人，在自己的人生历程中会再次甚至多次相逢，所以才会有"这个世界真小"这样的感慨。这种巧合几乎是一种必然。有些人境遇不顺，常常是因为以前的一些言行，或者是有意，或者是无心，伤害过别人，埋下了不愉快的种子。这样的种子，一旦发芽开花，结出的定非幸运之果。

玄武门的小土堆

宣武门子城内，如培塿(lǒu)者五，砌之以砖，土人云五火神墓[1]。明成祖北征时，用火仁、火义、火礼、火智、火信制飞炮，破元兵于乱柴沟。后以其术太精，恐或为变，杀而葬于是。立五竿于丽谯(qiáo)侧，岁时祭之，使鬼有所归，不为厉焉[2]。后成祖转生为庄烈帝，五人转生李自成、张献忠诸贼，乃复仇也[3]。此齐东之语，非惟正史无此文，即明一代稗官小说，充栋汗牛，亦从未言及斯人斯事也。戊子秋，余见汉军步校董某，言闻之京营旧卒云："此水平也。京城地势，惟宣武门最低，衢(qú)巷之水，遇雨皆汇于子城。每夜雨太骤，守卒即起，视此培塿，水将及顶，则呼开门以泄之；没顶则门扉为水所壅，不能启矣。今日久渐忘，故或有时阻碍也。其城上五竿，则与白塔信炮相表里。设闻信炮，则昼悬旗、夜悬灯耳。与五火神何与哉？"此言似近乎理，当有所受之。

【注释】 1.培塿：小土丘。 2.丽谯：华丽的高楼，这里指城门。 3.庄烈帝：明思宗朱由检（1611—1644），1627年至1644年在位，年号崇祯，清朝上谥号守道敬俭宽文襄武体仁致孝庄烈愍皇帝，南明弘光帝上谥号绍天绎道刚明恪俭揆文奋武敦仁懋孝烈皇帝。

【译文】 北京宣武门子城内，有五个小土丘，外面砌了一层砖围着，当地人说是五火神墓。明成祖朱棣北征时，起用火仁、火义、火礼、火智、火信兄弟五人制造飞炮，用这种飞炮在乱柴沟大破元兵。后来，明成祖因为五兄弟造炮技术太精，担心他们作乱，就杀了他们葬在这里。在城门楼边上立了五根旗杆，每年按时祭祀，让他们的鬼魂有所归依，不会成为厉鬼出来作祟。后来，明成祖死后转生为崇祯皇帝，火家五兄弟则转生为李自成、张献忠等流贼，是为了复仇。这是无稽之谈，不但正史上没有这样的文字记载，即便是明代多如充栋汗牛的杂记小说，也从未提及这几个人和这种事。戊子年（1768）秋，我见到汉军步兵校尉董某，他说曾经听京城军营里的老兵讲："那五个土堆是京城的水位标志。京城地势，宣武门最低，下雨时街巷的积水与雨水汇集流到宣武门一带。每当夜间雨下得太急时，守城吏卒就起来看五个土堆，如果积水将要没过土堆，就大呼开门放水；如果积水没过了土堆，城门就会被水堵住，无法打开了。如今，人们早已忘记了那五个土堆的作用，致使水流不能及时排出，酿成水患。至于城门楼上的五根竹竿，是与白塔旁的信炮配合使用的。如果听到信炮轰响，那么白天就在竹竿上挂旗子，夜间就挂灯笼。这与五火神有什么关系呢？"这话似乎有理，可以接受。

【评点】 纪昀的年代，人们已经忘了宣武门子城内五个土堆的预警作用，纪昀的《阅微草堂笔记》强调了一遍，看来还是没有让人们记住。宣武门门楼以西有个水关，古时候城里的雨水和污水就顺着这个水关排入南护城河。宣武门地势较低，容易积水。据记载，清光绪十六年（1890）夏季，北京连降十二天大雨，积水淹没宣武门门洞，导致城门无法开启，最终还是从象来街的象房牵来了大象，才将城门拉开。人们宁肯相信不着边际的传言，却忘了对生活有直接作用的警示，怪哉！

科举录取花絮

科场拨卷，受拨者意多不惬，此亦人情。然亦视其卷何如耳。壬午顺天乡试，余充同考官（时阅卷尚不回避本省）[1]。得一合字卷，文甚工而诗不佳。因甫改试诗之制，可以恕论，遂呈荐主考梁文庄公，已取中矣。临填草榜，梁公病其"何不改乎此度"句侵下文"改"字（题为"始吾于人也"四句），驳落，别拨一合字备卷与余。先视其诗，第六联曰："素娥寒对影，顾兔夜眠香。"（题为《月中桂》）已喜其秀逸。及观其第七联曰："倚树思吴质，吟诗忆许棠。"遂跃然曰："吴刚字质，故李贺《李凭箜(kōng)篌(hóu)引》曰：'吴质不眠倚佳树，露脚斜飞湿寒兔。'此诗选本皆不录，非曾见《昌谷集》者不知也。

华州试《月中桂》诗，举许棠为第一人。棠诗今不传，非曾见王定保《摭言》、计敏夫《唐诗纪事》者不知也。中彼卷之'开花临上界，持斧有仙郎'，何如中此诗乎？微公拨入，亦自愿易之。"即朱子颖也。放榜后，时已九月，贫无絮衣。蒋心余素与唱和，借衣与之。乃来见，以所作诗为贽(zhì)。余丙子扈从时，古北口车马壅塞，就旅舍小憩。见壁上一诗，剥残过半，惟三四句可辨。最爱其"一水涨喧人语外，万山青到马蹄前"二语，以为"云中路绕巴山色，树里河流汉水声"不是过也，惜不得姓名。及展其卷，此诗在焉。乃知针芥契合，已在六七年前，相与叹息者久之。子颖待余最尽礼，殁后，其二子承父之志，见余尚依依有情。翰墨因缘，良非偶尔，何尝以拨房为亲疏哉！（余《严江舟中》诗曰："山色空蒙淡似烟，参差绿到大江边。斜阳流水推篷坐，处处随人欲上船。"实从"万山"句夺胎。尝以语子颖曰："人言青出于蓝，今日乃蓝出于青。"子颖虽逊谢，意似默可。此亦诗坛之佳话，并附录于此。）

【注释】　1.同考官：明、清乡试、会试中协同主考或总裁阅卷之官。因在闱中各居一房，又称房考官，简称房官。试卷分发各房官先阅，加批荐给主考或总裁。

【译文】　科场中拨卷复查，被拨卷的考官心里大多不痛快，这也是人之常情。但是否得中，还要看答卷的水平怎样。乾隆壬午年（1762）顺天乡试，我任同考官（当时阅卷还不回避本省的考生），阅到一张合字号舍的卷子。此卷的文章很有功底，但是诗写得不怎么样。因为考试制度刚刚改试作诗，我觉得诗作差些还可以谅解，就呈给了主考官梁文庄先生。已经决定录取了，但在填写草榜时，梁公认为此卷中"何不改乎此度"一句，和下文的"改"字相矛盾（题为"始吾于人也"四字），就让这份卷子落榜了，另外拨来一份合字号房的卷子给我。先看考生的诗，第六联："素娥寒对影，顾兔夜眠香。"（题为《月中桂》）我已喜欢上了诗的秀丽洒脱。又看第七联写道："倚树思吴质，吟诗忆许棠。"我不禁眉飞色舞，说："吴刚的字是质，所以李贺在《李凭箜篌引》中说：'吴质不眠倚佳树，露脚斜飞湿寒兔。'这首诗在各选本中都没有收录，没有读过《昌谷集》的人便不知有这首诗。唐代华州乡试以《月中桂》为题作诗，许棠得了第一名。许棠的诗没有流传下来，如果没有读过王定保《摭言》、计敏夫《唐诗纪事》的人就不知道这件事。取中那份卷子上的'开花临上界，持斧有仙郎'诗句，怎么比得上取中这首诗呢？如果没有你调来这份试卷，我也愿意换成它。"这张卷子的考生就是朱子颖。

放榜之后，已是九月了，朱子颖穷得连棉衣也没有。蒋心余常和他以诗唱和，借了衣服给他穿，他这才能来见我，将自己写的诗当作献礼。我在乾隆丙子年（1756）扈从皇上到古北口时，路上车马拥挤，就到旅舍休息。只见墙上有一首诗，已剥落大半，只有三四句尚可辨认。我最喜欢其中"一水涨喧人语外，万山青到马蹄前"两句，认为"云中路绕巴山色，树里河流汉水声"两句也不过如此，只是可惜不知是谁写的。打开朱子颖的诗卷，这首诗就在其中。由此才知彼此在六七年前就已经性情投合了，大家在一起叹息了好久。朱子颖对我极为尊敬，他去世后，他的两个儿子秉承父志，见了我仍有依依不舍之情。说起来，笔墨因缘实在不是偶然的，怎么能以拨房来定亲与疏的关系呢？（我的《严江舟中》诗写道："山色空蒙淡似烟，参差绿到大江边。斜阳流水推篷坐，处处随人欲上船。"实际上是从"万山"一句脱胎而来的。我曾经对朱子颖说："人们说青出于蓝，现在却是蓝出于青。"朱子颖尽管谦让，他的意思似乎是默认了。这也是诗坛佳话，一并附录在这里。）

【评点】　因为接受拨卷而意外结识情投意合的门生，成就一段佳话。

丁一士的教训

　　里有丁一士者，矫捷多力，兼习技击、超距之术。两三丈之高，可翩然上；两三丈之阔，可翩然越也。余幼时犹及见之，尝求睹其技。使余立一过厅中，余面向前门，则立前门外面相对；余转面后门，则立后门外面相对。如是者七八度，盖一跃即飞过屋脊耳。后过杜林镇，遇一友，邀饮桥畔酒肆中。酒酣，共立河岸。友曰："能越此乎？"一士应声耸身过。友招使还，应声又至。足甫及岸，不虞岸已将圮，近水陡立处开裂有纹。一士未见，误踏其上，岸崩二尺许。遂随之坠河，顺流而去。素不习水，但从波心踊起数尺，能直上而不能旁近岸，仍坠水中。如是数四，力尽，竟溺焉。盖天下之患，莫大于有所恃。恃财者终以财败，恃势者终以势败，恃智者终以智败，恃力者终以力败。有所恃，则敢于蹈险故也。田侯松岩于滦阳买一崂山杖，自题诗曰："月夕花晨伴我行，路当坦处亦防倾。敢因恃尔心无虑，便向崎岖步不平！"斯真阅历之言，可贯而佩者矣。

【译文】　家乡有一个叫丁一士的人，动作敏捷力气大，还会技击、腾跃的武术。两三丈高的地方纵身一跃就轻快地上去了，两三丈宽的地方能一下跳过去。我小时候曾经见到过，请他表演。他叫我站在一个过厅里，我面朝前面，看见他在前面和我相对而立；我转身向后面，又看见他在后面和我相对而立，这样有七八次。原来他是一跃从屋脊上跳过去的。后来他到杜林镇碰见了一个朋友，两人在桥边的酒店喝酒，喝到高兴处，两人站在河边。朋友说："你能跳过去吗？"他应声跳过去了。朋友叫他跳回来，他又跳了回来。脚要踏到岸边时，不料河岸将要坍塌，靠近水边的地方已经有开裂的纹路。丁一士没有看到，误踩了上去，河岸崩塌了两尺的样子，丁一士也随之掉到河里，顺流而去。他不会游泳，只是从水中跃起几尺高，却只能笔直向上而不能向旁边跳上岸，于是又落进水里。这样跳了许多次，最终力尽淹死了。

　　天下最大的祸患莫过于有所依仗。依仗钱财的因为钱财落败，依仗势力的因为势力落败，依仗智谋的因为智谋落败，依仗气力的因为气力落败。因为有所依仗就敢于冒险。田松岩买了一根崂山手杖，自题诗道："月夕花晨伴我行，路当坦处亦防倾。敢因恃尔心无虑，便向崎岖步不平！"这是饱经世故的经验之谈，应当效法并且牢记在心。

【评点】　有所依仗就敢于冒险。有这么一件小事：三个人赶路，一个带了手杖，一个带了伞，还有一个什么都没有带。中途忽然遇到了大雨，到达目的地后人们发现，三个人情况的确不同。带伞的，身上的衣服湿了半边；带手杖的，弄脏了衣服；倒是那个什么都没有带的，既没有淋湿，也没有跌倒。问起原因，带伞的说："我想反正我撑着伞，不管雨势大小我都赶路，没有想到还是弄湿了。"带手杖的说："下雨时我因为没有伞就躲避在屋檐下，等雨停了再走，不过我想反正我有手杖，所以我就没有注意看路，结果一不小心还是跌倒了。"什么也没有带的人说："我没有带伞，所以我等雨停了再走；没有手杖，所以一路上我都注意脚下，一步一步踏踏实实地走。"这件小事也正好印证了纪晓岚的话。

卷二三

滦阳续录五

沧州麻姑酒

沧州酒，阮亭先生谓之"麻姑酒"，然土人实无此称。著名已久，而论者颇有异同。盖舟行来往，皆沽于岸上肆中，村酿薄醨，殊不足辱杯斝；又土人防征求无餍，相戒不以真酒应官，虽笞捶不肯出，十倍其价亦不肯出[1]。保阳制府，尚不能得一滴，他可知也。其酒非市井所能酿，必旧家世族，代相授受，始能得其水火之节候。水虽取于卫河，而黄流不可以为酒，必于南川楼下，如金山取江心泉法，以锡罂沉至河底，取其地涌之清泉，始有冲虚之致。其收贮畏寒畏暑，畏湿畏蒸，犯之则味败。其新者不甚佳，必庋阁至十年以外，乃为上品，一罂可值四五金。然互相馈赠者多，耻于贩鬻。又大姓若戴、吕、刘、王，若张、卫，率多零替，酿者亦稀，故尤难得。或运于他处，无论肩运、车运、舟运，一摇动即味变。运到之后，必安静处澄半月，其味乃复。取饮注壶时，当以杓平挹；数摆拨则味亦变，再澄数日乃复。姚安公尝言：饮沧酒禁忌百端，劳苦万状，始能得花前月下之一酌，实功不补患；不如遣小竖随意行沽，反陶然自适，盖以此也。其验真伪法：南川楼水所酿者，虽极醉，胸膈不作恶，次日亦不病酒，不过四肢畅适，恬然高卧而已。其但以卫河水酿者则否。验新陈法：凡庋阁二年者，可再温一次；十年者，温十次如故，十一次则味变矣。一年者再温即变，二年者三温即变，毫厘不能假借，莫知其所以然也。董曲江前辈之叔名思任，最嗜饮。牧沧州时，知佳酒不应官，百计劝谕，人终不肯破禁约。罢官后，再至沧州，寓李进士锐巅家，乃尽倾其家酿。语锐巅曰："吾深悔不早罢官。"此虽一时之戏谑，亦足见沧酒之佳者不易得矣。

【注释】　1.醨：薄酒。斝：古代用于温酒的酒器，也被用作礼器，通常用青铜铸造，圆口，三足。

【译文】　沧州酒，阮亭先生称之为"麻姑酒"，不过当地人并不这么叫。虽然沧州酒久负盛名，但谈论起沧州酒人们看法很不一致。这里舟船往来，都在岸上的小酒店买酒喝，乡村土酿酒味淡薄，根本上不了筵席。还有当地人为了防止官府无休止征酒，相互约定不卖正宗沧州酒给官府的人。即便是挨打也不肯拿出来，出十倍的价钱也不卖。保定知府尚且连一滴都得不到，何况他人。沧州酒不是一般人家所能酿造的，必须是酿酒世家世代相传，才能把握酿制的技艺。酿酒的水虽然取之于卫河，但是浑浊的水不能酿酒，必须在南川楼下，像金山和尚在江心取泉水那样，把锡瓮沉到河底，汲取地下涌出的清泉，酿出来的酒才有淡雅的味道。贮存的沧州酒怕冷怕热，怕湿怕燥，环境稍稍不对，味道就变了。新酿的酒不太好喝，必须把它放置在架上，过了十年之后，才算是上品，一坛酒能值四五两银子。但是人们大多用来互相馈赠，而耻于拿到街市上去卖。而且酿酒大户如戴家、吕家、刘家、王家，还有张家、卫家等，都衰落了，酿酒的人少了，所以这种酒尤其难得。如果要把这种酒运到别处，无论是肩扛、车载、船运，一晃动酒就变味。运到之后，必须把它静放半个月，才能恢复原味。喝酒时把酒装进壶里，必须用酒勺平平地舀，如果用酒勺搅来搅去，酒味也会变。这样也必须静放几天才能恢复原味。姚安公曾经说：喝沧州酒有无数的禁忌，经过万般劳苦之后，才能花前月下喝一杯，好处实在补偿不了辛劳；不如打发小童去随便买一壶，反倒陶然自乐，就是这个原因。检验沧州酒真假的方法是：喝南川楼水酿的酒，虽然大醉，胸膈间并不恶心，第二天也没有酒醉的症状，只是感到四肢非常舒服，想安静睡觉而已。如果用卫河水酿的酒，就不是这样了。检验沧州酒新货陈货的方法是：凡是贮藏两年的，可以温两次；贮藏十年的，可以温十次，味道都一样，温十一次，味就变了。放了一年的酒，温两次味就变了。放了两年的，温三次味就变了。一丝一毫不能作假，也不知道什么原因。

董曲江前辈的叔叔名叫思任，最爱喝酒。任沧州知州时，他知道好酒不交官府，百般劝说，酿酒人还是不肯破坏禁约。他罢官之后又来到沧州，住在进士李锐巅家，把他家酿的好酒都喝光了。他对李进士说："我真后悔没有早一些罢官。"这虽然是一时的玩笑话，也足以看出沧州的美酒真是不易得到啊。

【评点】　只想问一句：沧州酒，传下来了吗？

正人君子鬼不欺

李汇川言：有严先生，忘其名与字。值乡试期近，学子散后，自灯下夜读。一馆童送茶入，忽失声仆地，碗碎铮然。严惊起视，则一鬼披发瞪目立灯前。严笑曰："世安有鬼，尔必黠盗饰此状，欲我走避耳。我无长物，惟一枕一席，尔可别往。"鬼仍不动。严怒曰："尚欲给人耶？"举界尺击之，瞥然而灭。严周视无迹，沉吟曰："竟有鬼邪？"既而曰："魂升于天，魄降于地，此理甚明。世安有鬼，殆狐魅耳。"仍挑灯琅琅诵不辍。此生崛强，可谓至极，然鬼亦竟避之。盖执拗之气，百折不回，亦足以胜之也。又闻一儒生，夜步廊下。忽见一鬼，呼而语之曰："尔亦曾为人，何一作鬼，便无人理？岂有深更昏黑，不分内外，竟入庭院者哉？"鬼遂不见。此则心不惊怖，故神不瞀乱，鬼亦不得而侵之。又故城沈丈丰功（讳鼎勋，姚安公之同年），尝夜归遇雨，泥潦纵横，与一奴扶掖而行，不能辨路。经一废寺，旧云多鬼。沈丈曰："无人可问，且寺中觅鬼问之。"径入，绕殿廊呼曰："鬼兄鬼兄，借问前途水深浅？"寂然无声。沈丈笑曰："想鬼俱睡，吾亦且小憩。"遂偕奴倚柱睡至晓。此则襟怀洒落，故作游戏耳。

【译文】　李汇川说：有个严先生，他的名和字都忘了。在乡试日期临近时，学生们都回去了，夜里他自己在灯下读书。一个小童给他送茶，忽然惊叫了一声扑倒在地上，茶碗也打碎了。严先生吃惊地起来一看，却是一个鬼披散着头发瞪着眼睛站在灯前。严先生笑道："世上哪有鬼？你肯定是个狡猾的强盗伪装的，想把我吓跑。我没什么别的东西，只有一枕一席，你还是到别处去吧。"鬼仍然不动。严先生怒道："你还要骗人吗？"举起界尺就打，鬼转眼不见了。严先生转着圈找，什么也没有发现，沉吟道："竟然真有鬼啊？"接着又说："魂升上天，魄降入地下，这个道理很清楚。世上哪里有鬼，可能是狐精作怪吧？"他继续点着灯琅琅读书不停。这个先生的倔强，可以说到了极点，然而鬼也竟然躲避他。原来执拗的气性，能百折不回，也可以战胜鬼怪。又听说有个书生，夜里在廊下散步，忽然遇见一个鬼，就叫过来对它说："你也曾经做过人，为什么一旦做了鬼，就不懂做人的道理了呢？哪有深更半夜，不分内外，直接闯进人家庭院的呢？"鬼于是不见了。这就是心里不害怕，因此神志也不昏乱，鬼也就不敢冒犯。还有，故城县沈丰功先生（名鼎勋，是姚安公的同年），有一次晚上回家时天下雨，路上泥泞难走，他和一个奴仆相互搀扶着行走，看不清道路。经过一座荒废的寺院，过去传说这儿有不少鬼。沈先生说："这里没人可问路，姑且到寺里找鬼问问。"他进到寺里，绕着殿廊叫道："鬼兄鬼兄，请问前面道路水深不深？"寺里安安静静，一点声响都没有。沈先生笑道："可能鬼都睡了，我也休息一会儿吧。"于是和奴仆倚着柱子睡到天亮。这是沈老先生胸怀潇洒豪爽，故意开开玩笑而已。

【评点】　纪昀在《阅微草堂笔记》中写了几个不怕鬼的人。其中，自称不怕鬼也终究没有见到过鬼的，有纪昀的父亲，有想要靠捉鬼换酒钱的雇工，再就是这位沈先生了。

迂儒刘泰宇

老儒刘泰宇，名定光，以舌耕为活。有浙江医者某，携一幼子流寓，二人甚相得，因卜邻。子亦韶秀，礼泰宇为师。医者别无亲属，濒死托孤于泰宇。泰宇视之如子。适寒冬，夜与共被。有杨甲为泰宇所不礼，因造谤曰："泰宇以故人之子为娈童。"泰宇愤恚，问此子，知尚有一叔，为粮艘旗丁，掌书算。因携至沧州河干，借小屋以居；见浙江粮艘，一一遥呼，问有某先生否。数日，竟得之，乃付以侄。其叔泣曰："夜梦兄云，侄当归。故日日独坐舵楼望。兄又云：'杨某之事，吾得直于神矣。'则不知所云也。"泰宇亦不明言，悒悒自归。迂儒拘谨，恒念此事无以自明，因郁结发病死。灯前月下，杨恒见其怒目视。杨故犷悍，不以为意。数载亦死。妻别嫁，遗一子，亦韶秀。有宦室轻薄子，诱为娈童，招摇过市，见者皆太息。泰宇，或云肃宁人，或云任丘人，或云高阳人。不知其审，大抵住河间之西也。迹其平生，所谓殁而可祀于社者欤！此事在康熙中年，三从伯灿宸公喜谈因果，尝举以为戒。久而忘之。戊午五月十二日，住密云行帐，夜半睡醒，忽然忆及，悲其名氏翳如。至滦阳后，为录大略如右。

【译文】 老儒生刘泰宇，名定光，以教书为生。有个浙江医生带着个小儿子流落到刘泰宇的村子，两人相处很好，就比邻而居。医生的小儿子聪敏清秀，拜刘泰宇为师。医生别无亲属，临终时把儿子托付给刘泰宇。刘泰宇将他当成了自己的儿子。寒冷的冬夜，两人合盖一条被子。有个叫杨甲的人，刘泰宇一贯看不上他，这人就造谣说："刘泰宇把朋友的儿子当娈童。"刘泰宇又气又恨，问孩子，知道他还有个叔叔，为押运粮船的绿旗兵管文书账目。于是刘泰宇把孩子带到沧州河岸，借了一间小屋住下，见到浙江粮船就一一呼叫，问有位某某先生在不在船上？这样找了几天，还真的找到了孩子的叔叔，就把孩子交给了他。孩子的叔叔哭道："夜里梦见哥哥说，我侄子要回来了，所以我天天坐在舵楼上望。哥哥还说：'杨某的事，我要向神申述。'不知说的是什么事。"刘泰宇也不明说，闷闷不乐地自己回来了。他一向迂阔拘谨，总是想着这件事没法洗清自己，结果忧郁成病死了。灯前月下，杨甲经常看见刘泰宇怒目而视。杨甲一向强悍凶暴，也不在乎。过了几年，杨甲也死了，他妻子改嫁，留下一个儿子，也长得秀丽可爱。有个做官人家的轻薄公子哥儿，引诱这个孩子当了娈童，招摇过市，见到的人都叹息。刘泰宇，有人说是肃宁人，有人说是任丘人，有人说是高阳人，不知究竟是哪儿的人，大概是在河间府以西的地方。考察一下他的生平，就是那种死后可以在社庙里享祭的人吧。这事发生在康熙年间中期。我的三堂伯灿宸公喜欢谈因果，曾经讲起这件事叫人引以为戒。年长日久，我也忘了。嘉庆戊午年（1798）五月十二日，我住在密云的行军帐篷里，半夜醒来，忽然想起这件事，感伤他的名字和事迹渐渐被人遗忘。到了滦阳后，就把他的事迹粗略地记录了下来。

【评点】 读书学知识，从自身来说，是要创造幸福生活，从国家从社会来说，是要做一个有用的人。像刘泰宇这样，遇到一点事情连自己都保护不了，更别指望能够成为国家的有用之材了。读书读成这样，实在是太不应该了。

大盗归正

常守福，镇番人。康熙初，随众剽(piāo)掠，捕得当斩[1]。曾伯祖光吉公时官镇番守备，奇其状貌，请于副将韩公免之，且补以名粮，收为亲随。光吉公罢官归，送公至家，因留不返。从伯祖钟秀公尝曰："常守福矫捷绝伦，少时尝见其以两足挂明楼雉堞上，倒悬而扫砖线之雪，四周皆净。（剧盗多能以足向上，手向下，倒抱楼角而登。近雉堞处以砖凸出三寸，四周镶之，则不能登，以足不能悬空也，俗谓之砖线。）持帚翩然而下，如飞鸟落地，真健儿也。"后光吉公为娶妻生子。闻今尚有后人，为四房佃种云。

【注释】 1.剽掠：抢劫掠夺。

【译文】 常守福，镇番人。康熙初年，他跟着盗匪掠夺民财，后来被官府抓住，按律条是要斩首的。我的曾伯祖光吉公当时正在做镇番守备，欣赏他的相貌，恳求副将韩公免其死罪，又把他补进士兵的名册，发给粮饷，收作自己的亲随。光吉公罢官后，常守福护送主人到家乡，留下来没有返回军营。堂伯祖钟秀公曾说："常守福身手矫健，小时候，曾见他两脚倒挂在明楼女儿墙上，将砖线四周的积雪扫净。（大盗大多数能用脚倒爬墙，手向下，挟住楼房的拐角爬上去。靠近雉堞的墙上用砖砌出三寸，四周镶起边来，强盗就爬不上了，因为他的脚不能悬空、没着力的地方，所以老百姓把凸出三寸的地方叫砖线。）然后，手持扫帚飘然落下，像飞鸟落地一般轻巧，真是个壮士。"后来光吉公为常守福娶了妻子，他又有了子女。如今，听说常守福还有后人，是族中四房名下的佃户。

【评点】　这则笔记似乎是为一个归正的盗贼立传。一个按律当斩的人，刀下留命之后做了奴仆，他的功夫只是在扫雪时偶尔非同寻常地表现一下。按照纪昀的逻辑，四五代以后还有后人，道德品行应该还是不错的。那么，读者禁不住要问：是谁把一个好人逼成了江洋大盗？

忠厚积福

小人之谋，无往不福君子也。此言似迂而实信。李云举言：其兄宪威官广东时，闻一游士性迂僻，过岭干谒亲旧，颇有所获。归装襆被衣履之外，独有二巨箧，其重四人乃能舁，不知其何所携也。一日，至一换舟处，两舷相接，束以巨绳，扛而过。忽四绳皆断如刃截，訇然堕板上。两箧皆破裂，顿足悼惜。急开检视，则一贮新端砚，一贮英德石也。石箧中白金一封，约六七十两，纸裹亦绽。方拈起审视，失手落水中。倩渔户投水求之，仅得小半。方懊丧间，同来舟子遽贺曰："盗为此二箧，相随已数日，以岸上有人家，不敢发。吾惴惴不敢言。今见非财物，已唾而散矣。君真福人哉！抑阴功得神佑也？"同舟一客私语曰："渠有何阴功，但新有一痴事耳。渠在粤日，尝以百二十金托逆旅主人买一妾，云是一年余新妇，贫不举火，故鬻以自活。到门之日，其翁姑及婿俱来送，皆羸病如乞丐。临入房，互相抱持，痛哭诀别。已分手，犹追数步，更絮语。媒妪强曳妇人，其翁抱数月小儿向渠叩首曰：'此儿失乳，生死未可知。乞容其母暂一乳，且延今日，明日再作计。'渠忽跃然起曰：'吾谓妇见出耳。今见情状，凄动心脾，即引汝妇去，金亦不必偿也。古今人相去不远，冯京之父，吾岂不能为哉[1]？'竟对众焚其券。不知乃主人窥其忠厚，伪饰己女以给之，倘其竟纳，又别有狡谋也。同寓皆知，渠至今未悟，岂鬼神即录为阴功耶？"又一客曰："是阴功也。其事虽痴，其心则实出于恻隐。鬼神鉴察，亦鉴察其心而已矣。今日免祸，即谓缘此事可也。彼逆旅主人，尚不知究竟何如耳。"先师又聃(dān)先生，云举兄也。谓云举曰："吾以此客之论为然。"余又忆姚安公言：田丈耕野西征时，遣平鲁路守备李虎，偕二千总，将三百兵出游徼(jiǎo)，猝遇额鲁特自间道来[2]。二千总启虎曰："贼马健，退走必为所及。请公率前队扼山口，我二人率后队助之。贼不知我多寡，犹可以守。"虎以为然，率众力斗。二千总已先遁，盖绐虎与战，以稽时刻，虎败，则去已远也。虎遂战殁。后荫其子先捷如父官。此虽受绐而败，然受绐适以成其忠。故曰："小人之谋，无往不福君子也。"此言似迂而实确。

【注释】　1.冯京之父：北宋宰相冯京，父亲冯商原本无子，路过京城买了个妾。女子哭泣流泪说，她父亲因为欠人债务，才卖她还债。冯商立刻将该女归还其父，并赠送银两给父女俩。数月后，冯妻竟然怀孕，生下冯京。2.游徼：巡游，巡察。

【译文】　小人所施的计谋，没有一条不是为君子造福的。这话听起来似乎有点迂腐，但确实是这样。李云举说：他哥哥宪威在广东做官时，听说有个四处飘游求学的书生，性情迂腐而孤僻，路过岭南时，拜见亲戚朋友，颇有收获。归来时除了铺盖衣物之外，还带回了两只大箱子，要四个人才能搬动，不知里面装着什么。一天，到了一个换船的地方，两船的船舷靠在一起。士子命人用粗绳捆好箱子，抬到那条船上去。忽然四根绳子断裂开来，断头处像是被刀砍过的一样。两只箱子都摔裂了，士子心疼得直跺脚。急忙打开箱子检查，原来一只箱子里放的是崭新的端砚，另一只箱子装的是英德石。装英德石的箱子里有白银一封，用纸包裹着，有六七十两，纸包已经摔破了。士子拈起银子来查点，不小心失手掉入河中。他急忙求渔民入水打捞，只捞上了一小半。正懊丧时，同来的一个船工突然向他道喜说："强盗们为这两只箱子，已经跟踪您几天了，因为岸边有人家，他们才没敢动手。我心里一直惴惴不安，又不敢说出来。刚才强盗们见箱子里不是财物，唾了唾沫散去了。您真是有福之人哪！大概是您平日积了阴德得到了神灵的保佑？"同船的一个客人悄悄说："他有什么阴德，只不过刚刚干了一件傻事。他在广州时，曾经花一百二十两银子托旅店主人买了个妾，据说是个刚结婚一年的新媳妇，因为家里穷得揭不开锅，才卖了她，让她有条活路。过门那天，她的公婆和丈夫都来送别，一个个病病弱弱像乞丐一样。临进屋时他们竟然相互搂抱着痛哭告别。分手之后，女人又回身追出几步，絮絮叨叨嘱咐个不停。媒婆强拉硬拽女人进屋，她的公公抱着个几个月的婴儿跪着向书生磕头说：'这孩子一旦断奶，生死就难以预料了，求您允许他母亲再喂一次奶，让他今天能活命，明天再另作打算。'书生忽然一跃而起，说：'我以为她是被你们赶出来的，现在看见这种情况，凄惨得让人心痛，你们马上把媳妇带回去，钱我也不要了。古人今人相去不远，宋代冯京之父能做到的事，难道我就做不到吗？'于是，他当众焚烧了卖身契。他根本没想到是旅店主人看他忠厚，把自己的女儿伪装了一番哄骗他。倘若他真的和那个女子成了亲，旅店主人还有更狡猾的招数。跟书生同住的人都知道这件事的底细，只有他至今还蒙在鼓里。难道鬼神会把这种事录为阴德吗？"另一个客人说："说起来，此事还应该算是他积的阴德。事情虽然做得傻，他却是真的出于恻隐之心。鬼神鉴察，重点还是人的心灵。今天，他能够免除祸患，可以说就是这件事的缘故。那个旅店主人，还不知会落个什么下场呢。"我的老师李又聃先生，是李云举的兄长，他对李云举说："我认为这个客人说得对。"

我又想起姚安公说的一件事：田耕野先生带兵西征时，曾经派遣平鲁路守备李虎偕同两位千总，率领三百名军士出外巡察，突然遭遇额鲁特人从小路偷袭。两位千总向李虎报告说："贼人马匹强健，我军撤退，必然会被他们追上。请您率领前队守住山口，我二人率后队相助，贼人弄不清我军兵力有多少，也许能守住。"李虎认为此话有理，率前队兵士奋力与敌人搏斗。就在李虎与敌人交战之际，两个千总已经先逃走了。原来他们骗李虎与敌人作战，拖延时间。李虎战败时，他们早就溜得没影儿了。李虎最终战死。后来，李虎的儿子袭了父亲的官爵，做了平鲁路守备。李虎虽因为受人欺骗而战死，但是这种欺骗也成全了他成为一代忠良。所以说："小人所施的计谋，没有一条不是为君子造福的。"这话虽然看起来迂腐，不过确实是这样。

【评点】　被别人欺骗也是挺让人伤心的，但是要知道那个实施欺骗的人，虽然一时间得了某些好处，但失去了众人的信任，失了民心，并不会因此就真的幸福了；而受欺负的人，却就此彰显了忠厚善良的内心世界，而且因为经受了一番挫折，增长了见识、才干，气量也得到了锻炼，反而因为受骗上当经历了灾难而赢得了今后更多的幸福。郑板桥的"吃亏是福"说的也就是这个道理。

卖粮报恩

　　云举又言：有人富甲一乡，积粟千余石。遇岁歉，闭不肯粜。忽一日，征集仆隶，陈设概量，手书一红笺，榜于门曰："岁歉人饥，何心独饱？今拟以历年积粟，尽贷乡邻，每人以一石为律。即日各具囊箧赴领，迟则粟尽矣。"附近居民闻声云合，不一日而粟尽。有请见主人申谢者，则主人不知所往矣。皇遽大索，乃得于久镝敝屋中，酣眠方熟，人至始欠伸[1]。众惊愕掖起，于身畔得一纸曰："积而不散，怨之府也；怨之所归，祸之丛也。千家饥而一家饱，剽劫为势所必至，不名实两亡乎？感君旧恩，为君市德。希恕专擅，是所深祷。"不省所言者何事。询知始末，太息而已。然是时人情汹汹，实有焚掠之谋。得是博施，乃转祸为福。此幻形之妖，可谓爱人以德矣。所云"旧恩"，则不知其故。或曰："其家园中有老屋，狐居之数十年，屋圮乃移去。意即其事欤？"

【注释】　1.镝：锁闭。

【译文】　李云举又说：有个全乡最富的人，积攒了一千多石粮食。遇上荒年，关着仓门不肯售粮。突然有一天，富人把仆人们召集来，摆出升斗量器，写了一张红纸，贴在大门口，告示上写道："荒年人人饥饿，我怎么能安心一个人吃饱？现在准备把历年积存的粮食，全部借给同乡邻里，每人限借一石。即日开始，各人自备口袋箩筐来领取，迟到粮食就分光了。"附近的居民听到消息都拥来了，不到一天，粮食就分光了。有人请求拜见主人，表示感谢，主人却不知到什么地方去了。大家惊慌起来，到处寻找，从一间关闭很久的破房子中找到了，主人睡得正香，有人来他才打哈欠伸懒腰。大家很惊讶地把他扶起来，在他身边看到一张纸，上面写着："积存而不散发，是怨恨的根源；怨恨集中，灾祸就丛生了。千家饥饿，一家饱食，必然引来抢掠，这不是名利两空吗？我感谢你旧日的恩德，现在为你买取德行。希望你宽恕我的专权，这是我最大的希望。"大家都不清楚纸上讲的是什么事。富人查问分粮的全过程，只有叹气的份儿了。但是，当时人们心情焦急，确实有放火抢掠的想法。富人因为广为分送粮食，才转祸为福。这个变成富人模样的妖怪，可以说是用德行来爱护这个富人了。所说的旧时的恩德，却不知道是什么事。有人说："富人家的院子里有间老屋，狐精住了几十年，到老屋倒塌才离开。大概是指这件事吧？"

【评点】　这个"怪"其实不能称之为"妖"。由于他洞察形势，了解到需要帮助的人处于绝境，社会弱势群体贫穷潦倒，生活状况糟糕到难以生存的地步，就会铤而走险；在饥荒年月，巧妙地将囤积居奇转化为雪中送炭，使得即将发生的灾祸有了颠覆性的转变。这个怪物散粮之举，缓解了社会矛盾，等于救了富翁。

董华妻

　　沧州有董华者，读书不成，流落为市肆司书算。复不能善事其长，为所排挤。出以卖药卜卦自给，遂贫无立锥。一母一妻，以缝纫浣濯huàn佐之，犹日不举火。会岁饥，枵xiāo腹杜门，势且俱毙。

闻邻村富翁方买妾，乃谋于母，将鬻妇以求活。妇初不从。华告以失节事大，致母饿死事尤大，乃涕泗曲从，惟约以倘得生还，乞仍为夫妇。华亦诺之。妇故有姿，富翁颇宠眷，然枕席时有泪痕。富翁固问，毅然对曰："身已属君，事事可听君所为。至感忆旧恩，则虽刀锯在前，亦不能断此念也。"适岁再饥，华与母并为饿莩（piǎo）。富翁虑有变，匿不使知。有一邻妪偶泄之，妇殊不哭，痴坐良久，告其婢媪曰："吾所以隐忍受玷者，一以活姑与夫之命，一以主人年已七十余，度不数年，即当就木；吾年尚少，计其子必不留我，我犹冀缺月再圆也。今则已矣！"突起开楼窗，踊身倒坠而死。此与前录所载福建学院妾相类。然彼以儿女情深，互以身殉，彼此均可以无恨。此则以养姑养夫之故，万不得已而失身，乃卒无救于姑与夫，事与愿违，徒遭玷污，痛而一决，其赍恨尤可悲矣。

【译文】　沧州有个董华，读书不成，流落为店铺里的算账先生，却又没有能好好发挥自己的长处，受人排挤。从店铺里出来后靠卖药算命维持生活，穷得没有立锥的地方。他的母亲和妻子，靠缝补浆洗帮衬家用，还是常常揭不开锅。正遇上这一年闹饥荒，全家人都饿得闭门不出，看样子都要饿死了。董华听说邻村富翁要买妾，就和母亲商量，打算卖了妻子求活路。妻子开始时不肯。董华告诉她说失去贞节事大，让母亲饿死了事情更大，妻子才满脸是泪同意了，只是要求倘若活着回来，仍然和他做夫妻。董华也答应了。董妻相貌漂亮，富翁很宠爱她，不过枕席上总有泪痕。富翁追问，她毅然回答说："我的身子已经属于你了，什么事都会听任你的。但是，说到怀念旧时夫妻恩爱，心中留有感情，即使刀锯放在我面前，我也不能割断这种怀念。"遇上又一年饥荒，董华和母亲都饿死了。富翁担心变故，隐瞒着不让董妻知道。邻居一个老婆子偶然把消息透露出来，她一声也不哭，呆坐了很久，告诉身边的婢女、老妈子说："我之所以忍受屈辱，一是为了救婆婆和丈夫的命，二是因为主人已经七十多岁，料想过不了几年就该死了；我年纪还轻，估计主人的儿子肯定不会留下我，我还希望缺月能够重圆呀！如今一切都完了。"说完突然打开楼上的窗户，头朝下跳楼而死。这和前面《滦阳消夏录》所载福建学使所买的妾殉情的事差不多。但是那个妾因为男女情深，相互以身殉情，彼此都可以无遗憾了。这个故事是因为要养活婆婆、丈夫的缘故，万不得已才卖身，最后却无法救助婆婆与丈夫，事与愿违，白白身受玷污，沉痛地自绝，她怀抱的怨恨就更加令人悲伤了。

【评点】 《阅微草堂笔记》有好几篇都记录了类似的情形，灾荒年月，家庭中的男性成员担负不了生活的重任，于是有的把养活父母的重担放在妻子柔弱的肩膀上，有的把妻子卖掉，拿钱来养活自己和家人。这则笔记，道出了穷人的无奈和悲酸，也表现了那个时代对女性的不公。

卷二四 滦阳续录六

趣说酒量

　　酒有别肠,信然[1]。八九十年来,余所闻者,顾侠君前辈称第一,缪文子前辈次之。余所见者,先师孙端人先生亦入当时酒社。先生自云:"我去二公中间,犹可著十余人。"次则陈句山前辈与相敌,然不以酒名。近时路晋清前辈称第一,吴云岩前辈亦骎骎争胜[2]。晋清曰:"云岩酒后弥温克,是即不胜酒力,作意矜持也[3]。"验之不谬。同年朱竹君学士、周稚圭观察,皆以酒自雄。云岩曰:"二公徒豪举耳。拇阵喧呶(nāo),泼酒几半,使坐而静酌则败矣。"验之亦不谬。后辈则以葛临溪为第一,不与之酒,从不自呼一杯,与之酒,虽盆盎无难色,长鲸一吸,涓滴不遗。尝饮余家,与诸桐屿、吴惠叔等五六人角,至夜漏将阑,众皆酩酊,或失足颠仆,临溪一一指挥僮仆扶掖登榻,然后从容登舆去,神志湛然,如未饮者。其仆曰:"吾相随七八年,从未见其独酌,亦未见其偶醉也。"惟饮不择酒,使尝酒亦不甚知美恶,故其同年以登徒好色戏之,然亦罕有矣。惜不及见顾、缪二前辈,一决胜负也。端人先生恒病余不能饮,曰:"东坡长处,学之可也,何并其短处,亦刻画求似?"及余典试得临溪,以书报先生,先生覆札曰:"吾再传有此君,闻之起舞,但终恨君是蜂腰耳[4]。"前辈风流,可云佳话。今老矣,久不预少年文酒之会,后来居上,又不知为谁矣。

【注释】　1.别肠:与众不同的肠胃。比喻能豪饮。　2.骎骎:形容马跑得很快的样子。引申为疾速。 3.温克：指醉酒后能蕴藉自持，后来也用来指人持有温和恭敬的态度。 4.蜂腰：形容女子或者男子腰部曲线优美，非常细。这里指作者不会喝酒。

【译文】 有特别能饮酒的人，确实是这样。八九十年来，我所听说的，顾侠君前辈算第一，缪文子前辈是第二。我所看见的，已故老师孙端人先生也够入当时的酒社。孙先生曾说："在我和顾、缪二人之间还可以排上十几个人。"其次是陈句山前辈和他相匹敌，但是他的酒量不著名。近来路晋清前辈称第一，吴云岩前辈也跃跃欲试和他争胜。路晋清说："吴云岩酒后更加温和安静，这是因为知道自己快要不胜酒力，故意矜持。"果然不错。同年朱竹君学士、观察使周稚圭都以豪饮自居。吴云岩说："这两人只是豪举罢了，举着杯子猜拳喧嚷，酒已经泼了大半。如果让他们安安静静喝就不行了。"也确实这样。后辈当中以葛临溪为第一，不给他酒，他从不主动要。给他喝，即使是一盆也没有为难的样子，张嘴长吸，一滴也不剩。他曾经在我家，和诸桐屿、吴惠叔等五六人拼酒到天快亮。其他人都酩酊大醉，有的失足摔倒，葛临溪则指挥僮仆把这几个人搀扶上床，然后从容地上车走了，就像没喝酒一样。他的仆人说："我跟随他七八年，从没有看他独自喝过酒，也没有看见他醉过。"只是他喝酒从来不选择，叫他尝酒也不大知道好坏，所以他的同年进士用"登徒子好色娶丑女"的故事来取笑他。他这样的酒量是少见的，可惜没有赶上和顾、缪两位前辈一决胜负。孙端人先生经常埋怨我不能喝酒，他说："苏东坡的长处学了是可以的，怎么连他的短处都要刻意相似呢？"我主持科考录取了葛临溪，写信给孙先生。先生回信说："我的再传弟子中有这样的酒量，我听到也高兴得手舞足蹈，但是还是遗憾你这个中间的人不会喝酒。"前辈性格风流潇洒，可称得上是佳话了。现在我老了，很久没有参加年轻人论文品酒的集会，酒力后来居上的人，又不知道是哪一位了。

【评点】 一段关于酒量的佳话。一个人酒量的大小，取决于这个人体内酶的含量。如果一个人体内有两种酶：乙醇脱氢酶和乙醛脱氢酶，他的酒量肯定大，因为酒精的成分是乙醇，乙醇脱氢酶促使乙醇脱去两个氢原子变成乙醛，乙醛脱氢酶再脱去两个氢原子，就转化成了无害身体的其他成分了，如乙酸、水、二氧化碳等。酒量是天生的，学不来，刻意练也很难有根本性的变化。

长官的守门人

数皆前定，故鬼神可以前知。然有其事尚未发萌，其人尚未举念，又非吉凶祸福之所关、因果报应之所系，游戏琐屑至不足道，断非冥籍所能预注者，而亦往往能前知。乾隆庚寅，有翰林偶遇乩仙，因问宦途。乩判一诗曰："春风一笑手扶筇，桃李花开泼眼浓[1]。好是寻香双蛱蝶，粉墙才过巧相逢。"茫不省为何语。俄御试翰林，以编修改知县。众谓次句隐用河阳一县花事。可云有验，然其余究不能明。比同年往慰，司阍者扶杖蹒跚出[2]。盖朝官仆隶，视外吏如天上人。司阍者得主人外转信，方立阶上，喜而跃曰："吾今日登仙矣！"不虞失足，遂损其胫，故杖而行也。数日后，微闻一日遣二仆，而罪状不明。旋有泄其事者曰："二仆皆谋为司阍，而无如先已有跛者。乃各阴饬其妇，俟主人燕息，诱而蛊之。至夕，一妇私具饼饵，一妇私煎茶，皆暗中摸索至书斋廊下。猝然相触，所赍俱倾，愧不自容，转怒而相诟。主人不欲深究，故善遣去。"于是诗首句、三四句并验。此乩可谓灵鬼矣，然何以能前知此等事，终无理可推也。（马夫人雇一针线人，曾在是家，云二仆谋夺司阍则有之，初无自献其妇意。乃私谋于一黠仆，黠仆为画此策，均与约：是日有暇，可乘隙以进。而不使相知，故致两败。二仆逐后，黠仆又党附于跛者，邀游妓馆。跛者知其有伏机，阳使先往待，而阴告主人往捕，故黠仆亦败。嗟乎！一州县官司阍耳，而此四人者互相倾轧，至辗转多方而不已。黄雀螳螂之喻，兹其明验矣。故附记之，以著世情之险。）

【注释】 1. 筇：一种竹子，实心，节高，宜于做拐杖。 2. 蹩：走路腿脚不稳的样子。

【译文】 运数都是前定，所以鬼神可以比人先知道。但是，有些事情还没有迹象，当事人还没有想法，又不是关系到吉凶祸福、因果报应之类，只是游戏琐碎不值得说的事，绝对不是阴间生死簿预先注明的，但也往往能提前知道。乾隆庚寅年（1770），有个翰林偶然遇上了乩仙，询问自己的仕途情况。乩仙判下一诗道："春风一笑手扶筇，桃李花开泼眼浓。好是寻香双蛱蝶，粉墙才过巧相逢。"他茫然不知是什么意思。不久，翰林经过皇上测试，从编修外放为知县。大家说这首诗的第二句隐用河阳一县花的故事，可以说是应验了。但其余几句还是不明白。等到科举同榜朋友们上门祝贺时，守门人扶着拐杖拐着脚出来开门。大概是朝官的仆从们把外放的官员看作天上人。这个仆从得到主人外放的消息，当时正站在台阶上，高兴得跳起来叫："我今天登仙了。"不料失足摔断了小腿，所以拄着拐杖。几天后有消息说翰林一天里打发走了两个仆人，罪名却不清楚。随后有人透露说："这两个仆人都要谋求看门人的职位，可是被那个摔断腿的先占了。于是这两人都把自己的老婆打扮起来，等主人休息时来诱引他。晚上，一个妇人偷偷带着点心，一个妇人偷偷带着茶，都在黑暗中摸索着来到书房的廊下，却突然撞在一起，手里的东西都打翻了，两人恼羞成怒，相互骂了起来。主人不想深究，就把她们好好打发走了。"诗的首句及三四句都应验了。这个乩仙可以说是灵鬼了，但是他怎么能预先知道这些事？真是无从解释。（马夫人雇用了一个做衣服的女人，曾经在那一家做过，说那两个仆人计划夺取守门人职务的事是有的，最初并没有让老婆去勾引的意思。他们偷偷地和一个狡猾的仆人商量，狡猾的仆人给出了这个计策，又都和他们约定：当天有机会，可以乘机进行。但又不让双方相互知道，以致双方都失败了。那两个仆人被赶走后，狡猾的仆人又依附受伤跛脚的仆人，请他去玩妓院。受伤跛脚的仆人知道他有阴谋，假装让他先进去等待，自己暗中报告主人去抓捕，因此狡猾的仆人也败露了。啊，一个州县长官的守门人，有四个人互相倾轧争夺位置，辗转反复个不停。黄雀螳螂的比喻，这就是个明白的例子。附带把这件事记在这里，用来揭示世情的险恶。）

【评点】　　清代官员若是异地做官，人生地不熟，又不熟悉行政事务，加之操持当地政务的六房书吏和四班衙役队伍庞大、精通各种关节，就必须提防。为了监督牵制此类胥吏，长官赴任时总是自己带着长随和师爷。长随负责的体事务是：看门、管官印、料理长官生活起居，这三类是"宅门内"用事者；管仓库的和送公文的是"宅门外"用事者；另外一类随时听候差遣的则是介于内外之间的用事者。由于长随是主官的亲信，有时会接受委派，掌管书吏事务，监督进出衙门的人员，通禀来客来访，充当州县长官与书吏衙役的中介，收发公文并监督公文处理程序中的各个环节，监督案件审判的准备情况，参与案件审讯，处理审案琐务，监督狱卒和囚犯，查看税册，解送税款和漕粮，监管仓库和驿站，办理相关杂差等。长随不属官府编制，所做的却是很多在编人员都无权做的事情。长随没有上下班的时间划分，因为长官一刻都离不了他们，这也是长随得名的由来。长随是长官的私人雇员，薪酬由官员个人支出。但是长随的隐性收入很多，比如有些规费是长随的专属，如门包。另外，长随常常从所经手的款项中克扣一定比例，替长官受礼时收取"好处费"等。

因此，仆人往往把做长随当成美差。

看重实录

张浮槎《秋坪新语》载余家二事，其一记先兄晴湖家东楼鬼（此楼在兄宅之西，以先世未析产时，楼在宅之东，故沿其旧名），其事不虚，但委曲未详耳。此楼建于明万历乙卯，距今百八十四年矣。楼上楼下，凡缢死七人，故无敢居者。是夕不得已开之，遂有是变。殆形家所谓凶方欤？然其侧一小楼，居者子孙蕃衍，究莫明其故也。其一记余子汝佶临殁事，亦十得六七；惟作西商语索逋事，则野鬼假托以求食。后穷诘其姓名、居址、年月与见闻此事之人，乃词穷而去。汝佶与债家涉讼时，刑部曾细核其积逋数目，具有案牍，亦无此条。盖张氏纪氏为世姻，妇女递相述说，不能无纤毫增减也。嗟乎！所见异词，所闻异词，所传闻异词，鲁史且然，况稗官小说。他人记吾家之事，其异同吾知之，他人不能知也。然则吾记他人家之事，据其所闻，辄为叙述，或虚或实或漏，他人得而知之，吾亦不得知也。刘后村诗曰："斜阳古柳赵家庄，负鼓盲翁正作场。死后是非谁管得，满村听唱蔡中郎。"[1]匪今斯今，振古如兹矣。惟不失忠厚之意，稍存劝惩之旨，不颠倒是非如《碧云騢》，不怀挟恩怨如《周秦行记》，不描摹才子佳人如《会真记》，不绘画横陈如《秘辛》，冀不见摈于君子云尔[2]。

【注释】　1. 刘后村：即刘克庄，南宋诗人、词人、诗论家。字潜夫，号后村居士。　2.《碧云骃》：宋代梅尧臣所撰杂记。《周秦行记》：收入《太平广记》，旧题牛僧孺撰，以自述的方式写牛僧孺贞元年间举进士落第，归家乡宛叶，行至伊阙南道鸣皋山下，误入汉文帝母薄太后庙，与汉高祖戚夫人、薄夫人、王昭君、南齐潘淑妃、石崇爱妾绿珠、杨玉环等人相会饮酒作乐，昭君侍寝。天明分手后，旋失所在。《会真记》：即传奇《莺莺传》，作者为唐人元稹。元稹，字微之，别字威明。《会真记》叙述了张生与崔莺莺的爱情悲剧故事，文笔优美，刻画细致，为唐人传奇中之名篇。《秘辛》：明代杨慎伪撰《汉杂事秘辛》。

【译文】　张浮槎《秋坪新语》记载我家的两件事，其中一件记述我已故兄长晴湖家东楼的鬼（这座楼在兄长宅子西边，因为祖上没有分家时，楼在大宅子的东边，所以沿用旧时的叫法），这件事不假，只是细节记得不够详尽而已。这座楼建造于明朝万历乙卯年（1615），距离现在一百八十四年了。楼上楼下，一共吊死过七个人，所以没有人敢住。当天晚上，事不得已打开楼门，就发生那样的变故。这大概是看风水的人所讲的有死亡气息的方位吧？不过在旁边的一座小楼，居住的人家却子孙繁衍，真是不知什么缘故。另外一件记载我儿子汝佶临死时的事，也有六七分准确。只是西北商人附身说话讨债的事，却是野鬼假装来骗取供品。后来认真追问西北商人的姓名、住址、年月和见过听过这件事的人，野鬼才无话而去。汝佶和债主打官司时，刑部曾经仔细核对过他欠债的数目，都有文件记录，也没有这件事。原来张姓和纪姓世代婚姻，妇女们相互传说，不会没有一点增减的。哎，所见相同而讲法不同，所听相同而讲法不同，传闻相同而讲法又不同，鲁国史书都是这样，何况野史小说呢！别人记录我家的事，哪些符合事实，哪些不符合，我是知道的，其他人不能知道。那么，我记录别人的事，是根据听说的人转述的，有的假，有的真，有的遗漏，人家会知道，我也不会知道的。刘克庄的诗说："斜阳古柳赵家庄，负鼓盲翁正作场。死后是非谁管得，满村听唱蔡中郎。"

可见并非今天才如此，从古到今都是这样。只要不丧失忠厚的意思，稍微保存劝善惩恶的目的，不像《碧云騢》那样颠倒是非，不像《周秦行记》那样带着个人恩怨，不像《会真记》那样描绘才子佳人，不像《杂事秘辛》那样描写男女淫乱，希望不被君子唾弃就是了。

【评点】　纪昀再次重申了他的写作宗旨、写作体例，为我们了解和研究《阅微草堂笔记》，了解他所处的那个时代提供了帮助。